Sparkys Edition

Zum Buch

»Man erkennt die Abstammung. Man erkennt sie! Das Unglück ist also auch auf dich übergesprungen.« Da war es wieder, dieses Dunkel vor seinen Augen. Diese Wut. Johannes konnte nichts mehr sehen, nichts mehr hören. Mit einem lauten Knall krachte der schwere Esstisch auf den Boden. Flaschen zersplitterten, Teller zerbrachen. Er sprang wie ein Puma über ihn hinweg und schmetterte Johanna mit brachialer Gewalt gegen die Wand. Beinahe 400 Jahre lang machten sich in den Alpenregionen Jahr für Jahr Heerscharen junger Menschen auf, um ins nördliche Voralpenland zu gelangen. Die Not und Armut trieben ihre Familien dazu, die Kinder schon ab dem sechsten Lebensjahr im März auf die lebensgefährliche Wanderschaft durch die schneebedeckten Berge zu schicken. In der Hoffnung, dass die Mädchen und Jungen von den schwäbischen Bauern auf den Kindermärkten auf Zeit gekauft wurden.

Viel Unrecht geschah, viel Leid musste erlitten werden. Doch das soll nun gesühnt werden! Eine Gruppe von Nachfahren will sich rächen. Oberschwaben wird von einer Welle der Gewalt überzogen. Kommissar Steven Plodowski stemmt sich mit seinen Kollegen der Gewalt entgegen und gerät dabei in Lebensgefahr. Der große Showdown naht. Ravensburg sieht sich der größten Gefahr gegenüber, an die sich deren Bewohner erinnern können. Wird es Steven Plodowski schaffen, die Täter rechtzeitig zu stoppen?

Ein Kriminalroman voller Spannung und Leidenschaft, im Herzen Oberschwabens.

Die Rache der Schwabenkinder

Plodowski ermittelt 2

Ein Oberschwabenkrimi

Alle Handlungen und Personen sind frei erfunden. Ähnlichkeiten mit lebenden Personen oder Institutionen sind reiner Zufall. Die Orte aber sind real und oberschwäbische Schönheit.

E-Mail: service@sparkys-edition.de

Lektorat: Dorthe Teßarek, Augsburg

Korrektorat: Susanna Kando, Stuttgart

Umschlaggestaltung: Designwerk-Kussmaul,

Weilheim/Teck, www.designwerk-kussmaul.de

Titelbild: Nadezda Ledyaeva – stock.adobe.com

Herstellung und Verlag: Sparkys Edition, Zu den Schafhofäckern 134, 73230 Kirchheim/Teck

ISBN: 978-3-9810604-8-5

Inhalt

In Gedenken an all die tapferen jungen Menschen, die über viele Jahrhunderte schweres Leid ertragen mussten!

Das Schicksal

Beinahe 400 Jahre lang machten sich in den Alpenregionen Jahr für Jahr Heerscharen junger Menschen auf, um ins nördliche Voralpenland zu gelangen. Die Not und Armut trieben ihre Familien dazu, die Kinder schon ab dem sechsten Lebensjahr im März auf die lebensgefährliche Wanderschaft durch die schneebedeckten Berge zu schicken, in der Hoffnung, dass die Mädchen und Jungen auf den Kindermärkten in Ravensburg, Wangen oder Kempten von den schwäbischen Bauern auf Zeit gekauft wurden. Vorausgesetzt, sie kamen nach ihrer beschwerlichen Wanderschaft heil an.

Bis zu St. Martin mussten die Kinder dann bis zum Umfallen auf den Höfen arbeiten, litten unter chronischem Schlafmangel und unsäglichem Heimweh. Niemand kümmerte sich um sie, denn sie waren Kreaturen der unteren Klasse. Sie wurden ausgenutzt und nicht selten missbraucht. Nur wenige fanden gute Aufnahme und Behandlung. Einige verunglückten bei der Arbeit, wurden zu Krüppeln oder starben. Schwangerschaften junger Mädchen wurden ebenfalls dokumentiert.

Erst zu Beginn der Vierzigerjahre des 20. Jahrhunderts fand diese unglückliche Tradition ein Ende. Zurück blieb das persönliche Erinnern an das große Leid und die Entbehrungen, die man in der Blüte seiner Kindheit ertragen musste. Durch die Tabuisierung wurde diese Erinnerung tief in die eigene Biografie vergraben und konnte dort all das Unheil einer nicht verarbeiteten Familiengeschichte entfalten.

Über Generationen hinweg sind die Auswirkungen zu spüren. Doch man redet nicht gerne darüber. Das Schwabengehen ist trotz einiger Bemühungen bis heute eine verborgene Geschichte, die man nur an ausgewählten Stellen ans Tageslicht lässt – in Museen und bei Einzelausstellungen.

Aber: Es braut sich Unheil zusammen.
Einzelne wollen Wiedergutmachung.
Es dürstet sie nach Rache.

Schweres Erinnern

++ *August* ++

Heftig knallte Johannes Vetter die Praxistür zu. Der laute Donner hallte durch die enge Gasse der mittelalterlichen Bergstadt. Aufgewühlt fuhr er mit der Hand durch seine blonde Mähne, die wild in alle Richtungen ragte. Wütend? Nein, mehr als das. Saumäßig wütend! Und diese Wut ließ ihn mit einem kräftigen Tritt einen schweren Mülleimer gegen die Hauswand krachen. Ängstlich blickten um ihn herum Menschen aus den Fenstern.

»Alles gut, Johannes? Brauchst du Hilfe?« Seine Therapeutin lehnte sich besorgt aus dem Fenster.

Doch er beachtete sie nicht, rannte los, lief durch die Gassen der Stadt, stolperte über hervorstehende Randsteine in Richtung Waldhaus der psychiatrischen Klinik. Das unebene Kopfsteinpflaster ließ ihn straucheln. Nur mit Mühe konnte er einen Sturz vermeiden.

Der junge Patient hatte keinen Blick für die wunderschönen Berge. Stattdessen lief wieder und wieder dieser schreckliche Film in ihm ab. Graue Fratzen vernebelten seinen Blick. Sie erschienen immer, wenn die Wut in ihm hochstieg, einer Lavamasse gleich, die mehr und mehr Druck entwickelte und mit einem Knall auszubrechen drohte. Nervös kratzte sich Johannes an den Unterarmen. Unentwegt. Er bemerkte es nicht, spürte nicht den Schmerz, den die langen Fingernägel auf der schon feurig roten Haut verursachten.

»Schwermütig, ohne dass er weiß warum. Traurige Kindheit aufgrund dysfunktionaler Familienverhältnisse. Zeigt Verhaltensauffälligkeiten. Wird psychotherapeutisch behandelt. Bisher keine Veränderung. Auch die Schwester leidet an diesen Symptomen. Will seine Medikamente absetzen. Habe ihn ausdrücklich davor gewarnt.«

Er flüsterte auswendig, was auf dem Papier in seiner Hand

geschrieben stand. Notiert von dieser alten Zicke dort oben im ersten Stock. Er hatte ihn von ihrem Schreibtisch entwendet. Was erlaubte sie sich nur, über ihn und seine Familie so zu urteilen?

Eigentlich hätte er auf seinem gut dreieinhalb Kilometer langen Fußweg zur Klinik seiner Schwester nach Norden abbiegen müssen, um zur Anhöhe zu gelangen. Stattdessen führten ihn seine Füße unvermittelt nach rechts, Richtung Süden, tiefer hinein in die Altstadt. Nein, er wollte jetzt nicht zu ihr, zu seiner Schwester Mila, auch wenn sie auf ihn warten mochte. Sie war der Beginn seiner eigenen Reise zu sich selbst. Nun gut, so wirklich hatte er bisher nicht angefangen mit dieser Reise in sein Innerstes. Immer wieder war er kurz vor dem Eintauchen abgebogen und geflüchtet. Hatte die Reißleine gezogen. Milas Geschichte schreckte ihn ab, es ihr gleich zu tun. Sie war zerbrochen an psychischen Problemen, die sie nicht einordnen konnte. Ängste, die sie nicht in der Lage war zuzuordnen; Zwänge, die ihr das Leben schwer machten; unbändige Wut, die unvermittelt herausbrach und die sie gegen sich wendete. Ihr zartes Wesen konnte dem Druck nicht standhalten, der sich in ihrem Inneren immer wieder aufbaute und entlud. Sie konnte ihr eigenes Leben derzeit nicht meistern. Und jetzt war er selbst mittendrin im Schlamassel.

Johannes ballte die Hände zur Faust. Die Fingernägel bohrten sich in die Handballen. Heftig schüttelte er im Gehen den Kopf. Hätte er doch besser nicht begonnen mit dieser Therapie. Dieser Schmerz, den die Gefühle in ihm auslösten, war unerträglich. Das feinfühlige Bohren der Therapeutin war für ihn schlimmer als die Folter eines jeden Zahnarztes. Johannes atmete heftig, die Brust schmerzte ihm. Er musste seinen schnellen Schritt verlangsamen.

In der Grabenstraße lenkte der junge Student direkt auf das dortige Café zu. Seine Muskeln und Sehnen spannten sich an, als er sich auf den Stuhl warf. Schweiß rann ihm am Hals entlang und suchte sich seinen Weg nach unten. Das dunkle T-Shirt legte sich an diesem heißen Sommertag schwer auf seine Haut. Johannes blinzelte in die grelle Sonne. Der August schenkte seiner Heimatstadt an diesem Tag erneut tropische Hitze.

Das Vibrieren seines Handys riss den Aufgewühlten aus seinen Gedanken. Pflichtbewusst griff er in seine Hosentasche und zog es mühsam heraus. Irgendeiner seiner wenigen Bekannten aus Zürich, wie das Display verriet. Doch Johannes hatte keine Lust auf Gespräche und drückte den Anrufer weg. Stattdessen bestellte er sich einen Espresso und ein schönes Helles. »Gleich einen halben Liter, bitte!«, rief Johannes der Bedienung hinterher. So langsam kam er wieder zur Ruhe. Der Alkohol würde am heißen Sommertag auf den leeren Magen schnell und heftig einschlagen und sein Übriges tun. Er beobachtete halb im Stuhl versunken die wenigen Besucher, die sich nach Chur verloren hatten. Sie würden zu wenig Zeit investieren, um diese schöne Stadt zu entdecken. Das taten so gut wie alle Menschen, die auf der Durchreise waren. Chur mied man, als ob auf dieser Stadt ein Fluch liegen würde. Eilig nahm Johannes der Bedienung das Bier aus der Hand und genoss gierig einen tiefen Schluck. Quengelnde Touristenkinder zerrten ihre Eltern zur nahegelegenen Eisdiele.

»Tsss, die Deutschen mal wieder«, brummte jemand am Nachbartisch.

Johannes blickte zu dem Sprecher hinüber und nickte. Das Bier leerte sich schnell, nebelte ihn ein. Seine tiefblauen Augen erhielten einen matten Schleier. Doch dieser Schleier legte sich auch wohltuend auf sein Gehirn, lullte die Gedanken ein und ließ so langsam die Fratzen verschwinden. Diese ewigen Quälgeister.

»Sie sind wieder in Scharen in Richtung Süden unterwegs«, kommentierte der Unbekannte am Nachbartisch. Er suchte das Gespräch. Doch Johannes nickte nur stumm. Er war mit seinem Bier beschäftigt und ließ sich vom Geschehen auf dem Platz vor ihnen ablenken.

Johannes nannte Chur seine Heimat. Hier war er groß geworden. Mit Chur pflegte er eine Hassliebe, wie wohl jeder junge Mensch, den es aufgrund der Enge in die Welt hinaustrieb und doch immer wieder herzog. Die Enge der Stadt und der Täler gab Heimat und Geborgenheit – wenn man noch ein Kind war. Je älter Johannes aber wurde, desto magischer wurde die Anziehungskraft des Rheins, der mit mächtiger Kraft nach Norden strebte, in das weit ausladende Land der Deutschen und weiter in die Welt hinaus. Dorthin wollte der junge Mann nach seinem Studium an der ETH, jener Elitehochschule in Zürich, flüchten, denn auch Zürich war nicht genug weite Welt. Nach Mittel- oder Südamerika. Weit weg von diesen traurigen Orten. Es musste bald geschehen, das spürte er.

Ein kleiner Spatz platzierte sich frech vor ihm auf dem Bistrotisch. Er war im Begriff, Johannes den Rest seines Zimtkekses streitig zu machen. Verärgert warf dieser dem Dieb einen silbernen Kaffeelöffel entgegen, den er noch immer in der Hand gehalten hatte.

»Verschwinde, du Biest. Kümmere dich um deinen eigenen Dreck.« Eilig stopfte Johannes die Reste seines Kekses in den Mund, damit kein Vogel der Erde auf den Gedanken kommen konnte, es ebenfalls zu versuchen. Der Zettel mit seiner Diagnose knisterte in der Hosentasche, als er sich wieder aufrecht hinsetzte.

»Vielleicht habe ich ja einen an der Waffel, will das aber nicht zugeben«, sinnierte Johannes vor sich hin.
Die Geschichte mit seinen Ahnen und ihr Unglück, das auf ihn übergesprungen war, wie die Therapeutin andeutete, gab ihm eine gute Rechtfertigung.

Johannes Gedanken wurden gestört durch eine kleine Gruppe von Rentnern, die mit ihren Rollatoren neben ihm am Tisch Platz nahmen. Ihre Gehhilfen klapperten etwas und schlugen gegen die Metallstühle, als die Damen und Herren im Schatten mühevoll ihre Sitzgelegenheiten zurechtrückten. Die Senioren lachten viel und plapperten durcheinander. Er kam nicht umhin, ihnen seine Aufmerksamkeit zu schenken. Trotz sichtbarer Behinderungen und Beschwerden, die das Alter mit sich brachte und die dazu beitrugen, dass der Vorgang des Setzens einige Zeit in Anspruch nahm, schien sie das nicht zu stören. Sie hatten offenbar eine gute Zeit miteinander.

Johannes kniff die Augen zusammen, um gegen das Licht besser sehen zu können. Dabei wollte er das alles gar nicht mitkriegen! Lachende und zufriedene Menschen in direkter Nachbarschaft, das brauchte er jetzt nicht. Mehr Bier, das war es, was ihm guttat. Und so nahm er einen weiteren tiefen Schluck.

»Hallo Johannes, alles gut bei dir?« Eine der älteren Damen winkte ihm freundlich zu. Er nickte zögerlich, gab sich aber einen Ruck und hob zum Gruß sein zweites Glas Bier. Nun erkannte er einzelne Gesichter in der Gruppe. Seine Großmutter pflegte zu Lebzeiten hin und wieder mit dieser Seniorengruppe die Stadt unsicher zu machen. Die »Rollatorengang« wurden sie von der Bevölkerung genannt. Sie konnten ihr Leben genießen; in vollen Zügen, wie es schien.

Er zwang sich zu einem Lächeln beim Anblick der fröhlichen Gruppe. Und ohne es anfangs zu wollen, hellte sich sein Gemüt mit diesem Lächeln etwas auf. Die Ablenkung schien gutzutun. Seine Neugierde verdrängte zusehends das Grübeln. Neugierde darauf, wie diese Menschen ihr Leben gemeistert hatten und wie sie mit den Schicksalsschlägen umgingen, die sie sicherlich alle während ihrer vielen Jahrzehnte ertragen mussten.

Gut, dass sich die Zeiten geändert hatten. Johannes erinnerte sich der Erzählungen der alten Menschen oben in den Bergdörfern. Bevor der Tourismus und die Industrialisierung in diese Welt gelangten, war das Leben karg und voller

Entbehrungen gewesen. Seine Großmutter, Gott habe sie selig, hatte ihm viele schreckliche und grausame Geschichten aus jenen Tagen erzählt. Im vergangenen Winter auf ihrem Krankenbett, das an der Pforte zum Frühling auch ihr Sterbebett wurde. Ein langes und im Ganzen doch mühevolles Leben fand damit ein sanftes Ende. Doch für den traurigen Enkel bedeutete dies ein weiteres schweres Erbe, das sich auf seine Schwermut legte.

Die Therapeutin sollte ihm helfen, dieses Gift zu entfernen, um ihm endlich innere Ruhe zu geben. Doch seinem Empfinden nach verschlimmerte sie die Situation nur noch mehr. Keine Stunde war es her, dass er in der Therapiesitzung laut heraus brüllte: »Ausgebeutet, missbraucht und geschändet haben uns die Sau-Schwaben! Meine Familie genauso wie alle Schwabenkinder in dieser Zeit. Haben Leben zerstört, unserer Familie eine glückliche Zukunft genommen!« Johannes schüttelte sich, wollte die Gedanken an die letzte Sitzung verdrängen. »Darf ich mich zu euch setzen?« Er blickte fast schüchtern zur Gruppe der Senioren.

Doch diese zögerten nicht lange und machten erfreut Platz. »Was ist dein Anliegen, junger Mann?«, forderte ihn einer der alten Herren auf, der seinen Blick richtig interpretierte.

Johannes druckste etwas herum, startete aber direkt mit seinen Fragen, obschon das Bier ihn etwas beim Reden einschränkte. »Mich bewegen die Erzählungen von Großmutter, in denen sie vom vielen Leid in früheren Tagen sprach. Sie berichtete, dass das Leben in den Bergen für unsere Vorfahren mehr einer Hölle glich als einem lebenswerten Dasein. Sie sprach von Hunger, Kälte und Not, die die Menschen Jahr für Jahr nach Norden ins Alpenvorland trieben. Was wisst ihr selbst davon?«

Die Runde räusperte sich. Niemand antwortete zunächst, bis die ehemalige Freundin seiner Großmutter reagierte.

»Was genau meinst du denn? Es gab immer und überall viel Leid.«

»Nun, zum Beispiel die Schwabenkinder oder Hütekinder! Wart ihr selbst welche?«

Unruhe machte sich am Tisch breit. Aus dem willkommenen Gast wurde plötzlich ein ungemütlicher. »Nein, wir sind zu jung, um diese Zeit noch erlebt zu haben. Aber wir kennen die Geschichten. Warum willst du das wissen?«

»Na, weil es Teil meiner Geschichte ist, weil es Teil der Geschichte unserer Familie ist, weil es wie ein schwarzer Fleck auf unser aller Vergangenheit lastet«, wollte Johannes antworten. Doch er behielt dies für sich. Stattdessen entgegnete er: »Ich will die Welt unserer Ahnen und das Leben in eurer Jugend kennenlernen und besser verstehen. Deshalb.« Erwartungsvoll blickte er in die Runde. Die Kühle des Schattens war an diesem sengenden Sommertag eine Wohltat. Um die Stille zu überbrücken, schnappte sich Johannes wieder seinen Krug und nahm einen weiteren kräftigen Schluck des inzwischen lau gewordenen Bieres. Zu seiner Überraschung erhielt er keine Antwort, sondern eine Gegenfrage aus dem Munde einer der Seniorinnen.

»Johannes, lass es uns doch mal umdrehen: Erzähl du uns, was deine Großmutter auf ihrem Sterbebett berichtet hat. Dann können wir mit unserem Wissen ergänzen, was möglich ist. Für mich wäre es aber auch eine Hilfe, um manches Verhalten deiner Großmutter zu ihren Lebzeiten besser verstehen zu können. Nicht immer haben wir alles verstanden, wenn sie so plötzliche und impulsive Gefühlsschwankungen hatte.«

Der Angesprochene schluckte schwer. Das hatte er nicht erwartet. Er wollte erfahren, nicht von sich preisgeben. Doch die Runde blickte ihn erwartungsvoll, beinahe drängend an. »Sprich, was hat sie dir erzählt?« Ein Kloß lag in seinem Magen. Hatte er nicht gerade eben eine Stunde lang einer fremden Person, seiner Therapeutin, von sich erzählen müssen? Entgegen seiner Gefühle und entgegen seiner Natur? Einem älteren Herrn ging das zu lange: »Na, warst schon immer ein introvertierter, wortfauler Junge.« Er winkte mit der Hand ab: »So war schon die ganze Familie – eigenartig.«

»Pius, benimm dich!« Die ältere Dame neben ihm stieß ihm hart in die Rippen. Doch der wehrte störrisch ab.

»Niemand war bei uns eigenartig!« Johannes zischte einer Schlange gleich die Worte durch die Zähne. Jede seiner Muskeln spannte sich an. Schweiß rann von seiner Stirn.

»Dann erzähl endlich. Und wir erzählen dir.« Der Pius genannte Herr ließ nicht locker.

Gereizt drehte sich Johannes ihm zu: »Also gut! Ich erzähls euch! Denn das verdammte Unheil liegt nicht nur auf uns. Das weiß ich jetzt! Das ist ein Fluch aus der Zeit der Schwabenkinder!«

Das Schreien der Touristenbälger vor der Eisdiele hallte über den sommerlichen Marktplatz. Sie stritten mit ihren Eltern um die Anzahl der Eiskugeln. Mehr als wohlgenährt standen sie in ihren verschwitzten T-Shirts vor der Eisvitrine und zeigten mit dicken Fingern auf bunte Eisbehälter.

Johannes öffnete die Lippen, um zu beginnen, doch der alte Herr kam ihm unvermittelt zuvor. Der Begriff Schwabenkinder war offenbar ein Schlüssel, um ihn zu öffnen. »Na gut, dann erzähle ich etwas: Es waren schwere Zeiten für alle in den früheren Jahrhunderten. So gut wie keine der Familien in den Alpen blieb vom Gang ins Schwabenland verschont«, erklärte Pius. Er blickte Johannes an. Seine Stirn lag in Falten. Eigentlich hatte er sich den Nachmittag ganz anders vorgestellt. »Doch warum wissen die Menschen hier nur so wenig von diesem unsäglichen Thema? Warum sperren wir es in kleine Museen und schweigen es sonst zu Tode?« Johannes stellte sein Bier energisch auf dem metallenen Bistrotisch ab. »Niemand redet darüber. Niemand!«

»Weil nicht alles schlecht daran war und wir dadurch überleben konnten, junger Mann! Niemand hatte es früher so gut wie ihr! Für euch ist rundherum gesorgt. Die Zukunft steht euch offen. Den Begriff Hunger kennt ihr doch nur aus Erzählungen.«

Johannes wehrte mit den Händen ab und schüttelte den Kopf: »Großmutter hat mir erzählt, dass der Schwabengang großes Unglück über unsere Familie gebracht hat. Damals muss etwas passiert sein, was niemand erzählen möchte, aber uns bis heute kaputt macht.«

Schweigen setzte ein. Alle griffen beinahe zeitgleich nach Kaffeetassen und Gläsern, um einen Schluck zu nehmen. Alle hatten sie einen Gedanken hierzu, niemand aber wollte sprechen. Auch Johannes nicht, obwohl er schon sehr viel hatte in Erfahrung bringen können, seit dem Tod seiner Großmutter.

»Unglücke gehören zum Leben in den Bergen, mein Sohn«, durchbrach ein kleinerer Mann die Stille. Er saß in sich zusammengesackt da. Sein Kopf hing vornüber, ihm fiel es schwer, den Blick zu heben. »Sie sind Gottes Strafe für unsere Nachlässigkeit im Glauben. Wir müssen diese Sühne annehmen. Ich weiß, ihr jungen Leut' versteht das nicht mehr. Aber glaub mir, ich weiß, wovon ich rede.«

Johannes wandte seinen Blick von ihnen ab und biss sich auf die Lippen. Sie kamen nicht wirklich weiter. Niemand würde ihm konkrete Informationen preisgeben wollen oder über Dinge sprechen, die lange zurücklagen. Schmachvolle Geschichten verdrängte man besser. Er fühlte sich plötzlich erschöpft und müde. »Lasst es gut sein«, winkte er dann auch ab. »Wir sollten die Vergangenheit ruhen lassen und uns der Gegenwart zuwenden.« Er versuchte ein zögerliches Lächeln und hob sein Bier zum Gruß. Nur allzu gerne nahmen die Senioren das Angebot an und starteten unvermittelt ein Gespräch übers Wetter, die Kühe auf den Almen und die diesjährige Milchproduktion dort oben in den Bergen, die in kilometerlangen Pipelines ins Tal gepumpt wurde. Johannes wollte höflich sein und lauschte noch einige Zeit. Dann aber bezahlte er, verabschiedete sich und ging seiner Wege.

Die grauen Schatten tauchten wieder auf und begleiteten ihn hartnäckig. Er konnte noch so schnell gehen, an der nächsten Biegung standen sie wieder vor seinen Augen, durchdrangen ihn, verfolgten den Gepeinigten. Doch je mehr er sich der psychiatrischen Klinik näherte, desto lichter wurde es um ihn und in seinem Kopf. Die Aussicht, gleich seine Schwester, den wichtigsten Menschen in seinem Leben zu treffen, munterte ihn etwas auf.

Langsam wurde sein Kopf wieder klarer, und Johannes schaffte es, sein dumpfes Gehirn ein wenig zu sortieren. An Tagen wie diesen beneidete er seine Schwester Mila, die gut versorgt wurde und in der Klinik ein entsprechend manierliches Leben führen konnte. Mila war so klug gewesen zu verstehen, dass ihre Depressionen ein Leben lang ihre Begleiter sein würden. Sie konnte ihnen nicht entkommen, aber lernen mit ihnen zu leben. Und das schaffte sie mit der Betreuung in der Klinik.

Nach ihrem zweiten Selbstmordversuch, den sie vor wenigen Jahren nur mit Glück überstanden hatte, befand sich seine Schwester in der Einrichtung für psychisch Erkrankte. Großmutter war seinerzeit ihr Schutzengel gewesen und rief in letzter Minute die Ambulanz, bevor die Tabletten ihre fatale Wirkung zu Ende hatten führen können.

Johannes schoss ein Schmerz durch die Brust, als die Bilder jenes schrecklichen Tages wieder vor ihm auftauchten. Nein, Mila brauchte den Schutz. Er durfte sie nicht verlieren. Sie war seine letzte große Säule, die ihm Halt gab in diesem Leben.

Der Duft frisch gemähten Grases auf den angrenzenden Wiesen und würziger Kräuter empfing ihn, als er die weitläufige Anlage mit ihren zahlreichen Gebäuden betrat. Die Ruhe hier draußen tat gut. Keine Touristen, die mit ihrem Geplapper nervten, kein Durchgangsverkehr oder Stadtlärm. Einfach Ruhe, die sofort das eigene Gemüt besänftigte. Er entdeckte Mila in den Grünanlagen. Sie saß auf einer Bank

und winkte ihm zögerlich zu, als er den Kiesweg entlangschritt.
»Hi, Süße, hast du auf mich gewartet?«
Sie nickte. »Ja, schon seit dem Nachmittag.«
Sofort erwischte ihn sein schlechtes Gewissen. »Es tut mir leid, ich wurde aufgehalten.«
Mila blickte ihm in die Augen und strich fürsorglich eine Strähne aus seinem Gesicht. »Traurig?«
Er blickte zur Seite. »Nein, alles gut. Nur ein wenig Heuallergie«, log er. »Sie ernten heute im Umland. Wie geht es dir?«

»Gut, sehr gut. Wir machen Fortschritte.« Mila zeigte in Richtung Terrasse. »Es gibt gleich Abendessen, isst du mit?« Als er etwas zögerte, zog sie ihn mit. »Komm schon, ich habe vorhin gefragt. Sie freuen sich, wenn du mir Gesellschaft leistest. Sie wissen, wie gut du mir tust.«

Das Lächeln kehrte wieder in sein Gesicht zurück. Ja, seine kleine Schwester, sie verstand es schon immer, ihn wieder einzufangen, wenn er am Abdriften war. Sie beide waren ein Team, ein Leben lang. Das gab ihnen Halt und Stärke bei schwachen Eltern, die mit ihrem eigenen Leben, ihrer Ehe und der folgenden Scheidung vollauf beschäftigt und mit der Fürsorge für die Kinder hoffnungslos überfordert waren. Gut, dass die Großmutter in Chur die Erziehung der beiden übernommen hatte, während die Eltern versuchten, möglichst weit auseinanderzuziehen und der Welt wie dem Leben überhaupt zu entfliehen.

Die Mitarbeiter der Klinik hatten ihnen einen eigenen kleinen Tisch im Freien eingedeckt, sodass sie für sich sein konnten.

»Warst du heute bei deiner Therapeutin?«

Er nickte, wandte aber seinen Blick ab. Ihm war nicht daran gelegen, mit ihr darüber zu sprechen.
»Und?« Mila hakte nach.
Um etwas Zeit zu gewinnen, nahm sich Johannes eines der

frischen Bauernbrote und strich es mit Kräuterquark voll, um darauf Radieschen, Käse und etwas Schinken zu platzieren. Mit gepresster Stimme setzte er an: »Sie ist nervig! Sie bohrt unentwegt nach und lässt nicht locker.« Genau dort, wo es ihm am meisten wehtat. Kein Faustschlag ins Gesicht konnte so viel Schmerz verursachen wie dieses konsequente Drücken auf die wunde Seele.

»Johannes, es ist wichtig, dass du in die Gefühle reingehst. Wenn du in diesem Bereich deines Innersten aufgeräumt hast, dann wird's leichter. Glaub mir. Die Frage ist nur, ob diese Therapeutin und diese Therapierichtung für dich am geeignetsten sind.«

Doch er schüttelte den Kopf. Im Grunde mochte er seine Therapeutin, auch wenn er immer wieder wütend auf sie war. Der impulsive Patient spürte, dass sie ihm helfen wollte. Sie war für ihn da. Und doch, brach oftmals diese unbändige Wut, dieser ziellose Hass aus ihm heraus, wenn er bei ihr war. Johannes konnte das nicht kontrollieren, und das machte ihn verrückt.

Aufmerksam beobachtete Mila ihn, während er seinen Gefühlen nachforschte. »Bruderherz, du musst lernen zu unterscheiden, was deine eigenen psychischen Probleme sind und was du über Generationen hinweg vererbt bekommen hast.«

Johannes nickte. »Das sagte sie heute auch. Neuere Forschungsergebnisse hätten das nun belegt.« Er schmatzte genussvoll.

»Ja, da hat sie recht, deine Therapeutin. Sie haben das bei Nachfahren von Kriegsopfern entdeckt. Über mehrere Generationen hinweg war eine unergründliche Angst und Panik bei den Menschen zu verzeichnen.

Niemand konnte das nachvollziehen oder verstehen. Nun aber ist klar: Diese Ängste werden kollektiv weitervererbt. Von einer Generation auf die andere.«

Johannes blickte von seinem zweiten Brot auf, das er mühsam mit einem Messer zu teilen versuchte. »Alles verstanden so weit. Was hat das aber mit uns zu tun? Gab es etwas wirklich so Schlimmes bei unseren Urahnen?« Er hätte sich die Antwort selbst geben können!
Ein früher Käuzchenruf hallte durch den lauen Sommerabend. Rufer des Todes, schoss es unmittelbar durch seinen Kopf.

»Hat Großmutter dir nichts von ihrem Schicksal und dem ihrer Vorfahren erzählt?«

Er zog die Schultern hoch: »Ja sicher hat sie von Früher gesprochen. Aber, ob es sich um diese Sache mit dem Vererben dreht, kann ich nicht sagen. Woher weißt du das alles?«

»Aus meiner Therapie. Seit gut einem Jahr arbeiten wir vermehrt an unserer Familiengeschichte. Und Großmutter ist ein wichtiger Baustein.« Mila richtete sich auf und begann zu erzählen. »Einer meiner Therapeuten hat Großmutter im Krankenhaus besucht. Und erst, als er ihr klarmachte, dass dies alles für meine Heilung notwendig wäre, brach sie ihr jahrzehntelanges Schweigen. Es begann mit einer unserer Ururgroßmütter, die 1888 geboren wurde. Oben in Arosa, wo unsere Familie ursprünglich herkommt. Sie wurde als junges Mädel 1903 genauso wie tausende anderer Kinder im Alter von fünfzehn Jahren hinausgeschickt zu den Schwabenbauern, wie du weißt.«

Johannes nickte. Er hatte das im Internet mühsam nachrecherchiert, nachdem Großmutter nur bruchstückhaft darüber reden wollte.

Mila breitete beide Arme aus und hielt die Hände nach oben, als wolle sie abwägen. »Manche waren wohl nett, andere waren die reinsten Sklaventreiber und Sadisten.«
Sie ließ die Arme wieder sinken und schwieg, als schien sie in sich hineinzuhorchen, um zu verstehen, was das Gesagte mit ihr machte. Der Ruf des Käuzchens kam näher. Johannes

lauschte aufmerksam dem eigentümlichen Geräusch. Ein leichter Schauer lief ihm über den Rücken.

Mila tupfte sich mit einer Serviette den Mund ab und fuhr fort: »Unsere Urahnin, ich erinnere mich gerade leider nicht an ihren Namen, wurde von einem Bauern gekauft, auf dessen Hof sie bis zu dreizehn Stunden am Tag schuften musste. Hier, schau mal, das sind Notizen, die Urgroßvater auf einer Schreibmaschine von einem älteren Aufschrieb abgetippt und mit eigenen Kommentaren versehen haben soll.« Mila reichte ihm mehrere zusammengefaltete Blätter, die von oben bis unten vollgetippt waren. Das Papier war vom häufigen Lesen kräftig abgegriffen. Mila musste darin regelrecht gewühlt haben.

Johannes begann, die knittrigen Zettel zu überfliegen, während Mila mit ihrer Schilderung fortfuhr. »Mit fünfzehn Jahren war sie ja schon größer als manch anderes Kind in der Fremde. Das war dem Bauern wohl auch aufgefallen, und er schwängerte sie. Die Hintergründe kenne ich nicht. Ob mit Gewalt oder mit Lockmitteln. Du musst wissen, die Not und Angst der Kinder waren groß.«

Johannes blieb der Bissen im Mund stecken. »Weiß man, welcher Bauer das war? Gibt es eine Adresse?« Und wieder quoll diese unergründliche dunkle Masse in ihm hoch. Seine Hand legte sich krampfhaft um die Armlehne des Stuhls. Er drückte so fest er konnte, um diese Wut unter Kontrolle zu bringen.

Milas Stimme klang brüchig, als sie weiter erzählte: »Stell dir vor, ein schwangeres Mädel in diesem Alter. Geschwängert von einem Schwabenbauern. Was für eine Schande für die Familie. Wer wollte sie noch heiraten? Welche Zukunft konnte ein geschändetes Mädchen noch haben in jener Zeit? Dennoch ist sie im Oktober schweren Herzens zurück nach Hause gewandert. Wo hätte sie sonst hingehen sollen? Doch niemand wollte was mit einer Hure im Dorf zu tun haben. Die eigene Familie hat sie verstoßen. Man warf das arme

Mädchen einfach vor die Tür wie einen streunenden Hund. Kannst du alles in diesen Kopien nachlesen. Es gibt noch mehr davon. Kann ich dir beim nächsten Mal geben, wenn du willst.«

Johannes nickte. Sein Blick wirkte düster. Wenn er den Namen des Bauern und seiner Nachfahren herausbekommen würde, dann … »Sprich weiter«, forderte er seine Schwester auf, der das Drohende in seiner Stimme nicht entging.

»Soll ich wirklich? Alles in Ordnung mit dir?«

Ungeduldig nickte er. »Ja, sicher. Ich bin groß genug, um das zu hören. Sprich weiter!«

Mila legte sanft ihre Hand auf seinen linken Arm, der frei auf dem Tisch lag, während die andere Hand noch immer die Armlehne zu zerquetschen versuchte. Er ließ die zärtliche Nähe kurz geschehen, bevor er die Linke zurückzog. Mila blickte ihn irritiert an, ließ ihre Hand aber auf dem Tisch liegen. »Den kleinen Sohn brachte sie im Frühjahr 1904 somit allein in einer armseligen Hütte zur Welt. Mit der Hilfe einer Kräuterfrau. Nur notdürftig hat sie sich um den Sohn gekümmert, und wäre die Kräuterfrau nicht gewesen, wäre der Neugeborene wohl nicht übers Jahr gekommen. Ururgroßmutter aber hat sich im Sommer darauf voller Kummer das Leben genommen.« Sie schluchzte. »Wie kann man nur so kaltherzig mit einem armen Geschöpf umgehen, Johannes? Sie war doch noch ein Mädchen und vollkommen unschuldig!«

Wieder spürte Johannes diese unsägliche Hilflosigkeit in sich aufsteigen, die sich mit jener tiefschwarzen Masse in ihm vermischte. Doch zum ersten Mal verband er diese zerstörerische Energie mit einem Menschen. Dem Bauern in Oberschwaben. Dieses Schwein. Was hatte er nur angerichtet. Johannes blickte zu seiner Schwester auf, die sich gerade die Tränen aus dem Gesicht wischte. Mit aller Macht kämpfte er selbst dagegen an.

»Unser Urgroßvater wuchs ohne Eltern bei der Kräuterfrau

auf, die im hohen Alter starb, als er selbst noch nicht einmal zwölf war. Kann es sein, dass er Thomas hieß?«

Seine Schwester schien zerstreut und müde. Jetzt nahm Johannes ihre Hand in die seine und streichelte sie sanft. »Gut möglich, Süße. Komm, lassen wir es für heute sein. Das strengt dich zu sehr an.«

Doch Mila atmete tief ein und fuhr fort: »Dieser junge Thomas, der so viel jünger war, als wir beide es sind, musste sich allein durchschlagen, stahl, was er zum Leben brauchte, und wurde am Ende von den Menschen aus der Gemeinde verjagt. Er musste in einem der Jahre genauso den schweren Marsch über die Berge zu den Schwaben auf sich nehmen, wie die anderen Kinder auch. Als er aber im Herbst darauf zurückkehren wollte, nahm man ihn nicht mehr in die Gemeinschaft auf. Ein Schwabenbastard hatte keine Zukunft in deren Welt. Dieser junge Thomas schlug sich deshalb in der Fremde durch, bis er inmitten der Kriegswirren an einem der Häfen im Westen landete, die die Menschen nach Übersee brachten. Er musste flüchten. Ich vermute, er hatte zu viele Straftaten auf seinem Weg an die französische Küste begangen. Sicherlich, um zu überleben, aber wer weiß das schon? Ein Junge, der mit ihm flüchten wollte, aber kalte Füße bekam, berichtete nach seiner Rückkehr davon, dass dieser junge Thomas bei seinen Überfällen äußerst brutal und aggressiv war. Er habe dem Jungen Angst gemacht. Sie trennten sich deshalb voneinander, und der Bub ging reumütig zurück ins Dorf.«

Johannes schlug mit lautem Klatschen eine Mücke tot, die sich auf sein Gesicht gesetzt hatte. »Woher wusste Großmutter solche Dinge? Nur von den Aufschrieben?«
Voller Grimm zerrieb er die Mücke zwischen Daumen und Zeigefinger zu einem Brei.

Mila zeigte in Richtung südlicher Berge. »Sie soll das von einem guten Freund erfahren haben, der noch heute in Arosa lebt. Wohl der Sohn des Jungen, der mit Thomas geflüchtet war. Louis heißt er, wenn ich mich richtig erinnere. Er arbeitet im Heimatmuseum. Ich weiß es nicht genau. Aber unser Urgroßvater heuerte auf einem dieser Ozeandampfer als Bootsjunge an und verschwand für viele Jahre in der neuen Welt. Was er auf der anderen Seite des Ozeans gemacht hat und wo er genau war, weiß niemand. Doch ungefähr fünfzehn Jahre nach dem ersten Weltkrieg tauchte er unvermittelt wieder auf. Gut gekleidet, mit einem großen Beutel voller Dollars am Gürtel. Gut sichtbar für alle im Dorf. Niemand erkannte zunächst den reichen Herrn, der auf großen Füßen zu leben beliebte und für genügend Gerede in der Gegend oben in den Bergen sorgte. Mit seinem Geld aber kaufte er sich ausgerechnet in Arosa ein großes Anwesen, inmitten der Menschen, die seine Mutter und ihn einst verstießen und ihn nicht als den Sohn ihrer Gemeinde erkannt haben. Unser reicher Urgroßvater schnappte sich das schönste Mädel im Dorf. Oder besser gesagt: Sie war seinem vielen Geld erlegen. Von einer glücklichen Ehe konnte man nicht sprechen, wie es hieß. 1935 wurde unsere Großmutter Anna geboren. Sie hatte sich eine Familie ausgewählt, die von Hass und Rachsucht geprägt war.«

Mila unterbrach ihre Erzählung, um Atem zu holen. Sie schwieg längere Zeit. Die folgenden unglücklichen Jahrzehnte breiteten sich vor ihrem geistigen Auge aus.

Johannes rutschte unruhig auf seinem Stuhl umher und drückte ungeduldig ihre Hand. Mila versorgte ihn durch ihre Erzählung mit einigen Puzzleteilen, die sich mit denen aus den Erzählungen seiner Großmutter verbanden. »Sprich weiter – bitte!« Er registrierte die Pfleger, die bereits mehrfach aus der Tür geblickt hatten, um den Tisch abzuräumen und um seine Schwester mit hineinzunehmen.

Mila gab sich nochmals einen Ruck und fuhr fort. »Mit den Menschen im Dorf hat unser Urgroßvater seine hässlichen Späße getrieben, sie gedemütigt, wenn sie bei ihm ihre

Schulden nicht begleichen konnten und hat Streit und Zwietracht unter den Bergbauern gestreut, wann immer er konnte. Das Leben muss für die Dorfbewohner und ihre Familien die Hölle gewesen sein. Doch für die Frauen auf dem Hof war dieses Leiden noch um einiges mehr. Sie wurden von ihm misshandelt und vergewaltigt. Sein Hass und sein Drang anderen wehzutun war gewaltig. Er machte vor niemandem halt. Auch Großmutter ist nicht von ihm verschont geblieben. Seine eigene Tochter! Er hat sie verprügelt, wenn sie sich ihm verwehrte. Als unsere Mutter 1969 ebenfalls als uneheliches Kind geboren wurde, keimte die Angst, dass er sich eines Tages auch an dem Mädchen vergreifen würde.«

Johannes fragte sich, warum ihre Großmutter nicht vom Hof geflohen war. Hatte sie Angst? Wusste sie nicht, wohin? Zerstreut zerbröselte er einzelne Brotkrumen zwischen seinen Fingern. Großmutter war für ihn immer eine willensstarke und energische Frau gewesen. Warum aber war sie damals nicht einfach gegangen?

Mila presste kurz die Lippen zusammen und blickte in den Nachthimmel. Dann sprach sie mit leiser Stimme weiter: »Den Vater unserer Mutter gab Oma niemals preis. Wir können nur spekulieren. Der Tag aber, vor dem sich unsere Großmutter gefürchtet hatte, kam, als Mutter acht oder neun Jahre alt war. Ich erinnere mich gerade nicht genau an ihr Alter. Unsere Urgroßmutter war längst gestorben, als der Schänder Mutter in den Schuppen zerrte. Oma hörte das Schreien, als sie aus dem Garten ins Haus gehen wollte. Danach ging alles ganz schnell: Der Hof brannte lichterloh, die Kleine konnte gerettet werden, doch der Alte kam elendig in den Flammen um. Die genauen Umstände des Feuers konnten nie geklärt werden, und Großmutter nahm als einzige Zeugin dieses Geheimnis mit ins Grab. Er habe eine brennende Zigarre ins Heu fallen lassen, so ihre Version, der aber niemand so richtig Glauben schenkte. Wahrscheinlich wollte es auch niemand so richtig wissen. Sicher waren die Menschen froh, dass der alte Teufel endlich aus ihrem Leben verschwunden war.«

Johannes starrte Mila wortlos an. Der Appetit war ihm längst vergangen. »Aber warum hat Großmutter mir das nicht erzählt? Ich war doch bei ihr, als sie starb.« Seine Worte wirkten hilflos.

»Weil sie dich geliebt hat und weil sie Sorge hatte, dass du das nicht verarbeiten kannst. Sie wollte es eigentlich niemandem erzählen. Auch mir nicht.« Die Nacht begann um sich zu greifen. »Großmutter glaubte, nach dem Brand alles hinter sich lassen zu können. Sie packte Mama und das, was ihnen noch geblieben war, um hier unten in Chur ein neues Leben zu beginnen. Doch der schwarze Schatten der Vergangenheit verfolgte sie ins Tal hinunter, hatte bereits auch von Mama Besitz ergriffen. Der versuchte Missbrauch durch den Alten und die brutalen Erlebnisse versetzten sie in eine Art Schockstarre. Sie sprach über beinahe zwei Jahre kein einziges Wort, stierte nur vor sich hin. Wann immer sie älteren Männern begegnete oder wann immer sie irgendwo ein offenes Feuer sah, brach sie in Panik aus. Erst als junge Frau soll sie langsam normal geworden sein. Was immer normal ist.«

Mila war erschöpft vom langen Erzählen und von der Gewalt der Emotionen, die die Worte in ihr ausgelöst hatten. Johannes erhob sich und nahm sie vorsichtig in den Arm. Sie schluchzte: »Johannes, es hat mit der Vergewaltigung unserer Ururgroßmutter angefangen, aber der Alte hat mit Sicherheit die Hauptschuld an allem.«

Ihr Bruder nahm sie behutsam bei der Hand und geleitete seine Schwester in die Klinik. Er war doch selbst ein Opfer, sprach Johannes stumm zu sich, Urgroßvater wurde zu dem gemacht, was er war. Das tat er nicht freiwillig. Und nun musste der junge Mann erfahren, dass seine Großmutter, diese gütige und stolze Frau, höchstwahrscheinlich eine Mörderin war?

Johannes umarmte Mila innig zum Abschied, als ob es für immer wäre, und ging seiner Wege. Der Ruf des Käuzchens begleitete ihn hinunter in die Altstadt, wo er müde die Tür zur ehemaligen Wohnung seiner Großmutter aufschloss. Die enge Treppe in sein kleines Zimmer wurde ihm zu einem beschwerlichen Aufstieg. Er hatte das Gefühl, eine niederdrückende Last auf den Schultern zu tragen. Immer wieder schossen die Gedanken kreuz und quer durch seinen Kopf. Täter und Opfer vermischten sich dabei, tauschten immerzu die Rollen. Am Ende aber waren es die Schwabenbauern, die die Schuldigen waren.

Johannes zog nur Schuhe und Hosen aus und warf sich aufs Bett. Die Schwüle öffnete alle Poren an seinem Körper und ließ ihn in Schweiß baden. Unruhige Träume begleiteten den Gepeinigten durch die Nacht.

***

Am folgenden Morgen war Johannes froh, schon früh die Bahn besteigen zu können, um zu den einsamen Siedlungen der südlichen Berge zu gelangen. Von seiner sonst so charismatischen Ausstrahlung war nicht viel zu spüren. Der Entschluss, auf Spurensuche zu gehen, war mitten in der beinahe schlaflosen Nacht in ihm aufgetaucht. Wenn er etwas über den Urgroßvater in Erfahrung bringen wollte, dann mit Sicherheit dort oben in den Bergen. Er wollte die Familie des Jungen ausfindig machen, der seinen Urgroßvater auf seiner damaligen Flucht begleitet hatte. Vielleicht war das ein Anhaltspunkt?

Nicht viele Fahrgäste taten es ihm gleich an diesem sommerlichen Morgen, und so besaß er ein Abteil bis auf eine Handvoll Gäste beinahe für sich allein. Gemächlich begann die Fahrt durch Chur, vorbei an der Stadtmauer, dem Malteserturm und Obertor, einer touristischen Stadtfahrt gleich. Doch schon bald endete der Stadtbummel auf Schienen, und der rote Zug verwandelte sich zur Gebirgsbahn, kaum, dass er die Stadtgrenze erreicht hatte. Ein möglicher Mord, Vergewaltigung und schändliche Untaten hatten sich seit dem gestrigen Tag in seine Familiengeschichte geschlichen. Sie trübten sein Gemüt auf melancholische Weise ein. Johannes fühlte sich plötzlich so einsam inmitten all dieser Menschen. Irgendwie ausgeschlossen und – sonderbar!

Innerhalb einer Stunde beförderte die Rhätische Bahn ihre Gäste auf einer Strecke von kaum sechsundzwanzig Kilometern um über tausend Höhenmeter nach oben in die alpinen Gefilde von Arosa. In zahlreichen Kurven und Windungen arbeitete sich fortan das Gefährt durch unberührte Natur und die Gebirgslandschaften des Schanfigg. Das Langwieser Viadukt schien geradezu majestätisch in großer Höhe über der Plessur zu schweben, während der Fluss tief unter ihnen in der engen Schlucht schäumte und gurgelte.

Johannes döste träge vor sich hin, während die anderen Fahrgäste aufgeregt von einer Seite zur anderen rannten. Ihn interessierte diese fantastische Welt dort draußen ebenfalls, doch an diesem Morgen war es einfach noch zu früh. Als Arosa sie mit frischer Bergluft, Sonne und einer Prise alpiner Folklore empfing, wachte er vollends auf.

Der direkt an den Bahnhof anschließende Obersee mit seinem smaragdenen Wasser verleitete sehr dazu, einfach kurz reinzuspringen. Doch Johannes zügelte sich, er hatte anderes im Kopf und lief direkt von der modernen Bahnstation hinüber zum alten Ortskern.

Das Leben war an diesem frühen Sommertag bereits in vollem Gange. Touristen und Wanderer suchten den Einstieg in ihren Bergpfad. Bedienstete aus aller Herren Länder eilten emsig in die Hotels, um dort die Zimmer zu reinigen und die Gäste zu umsorgen. Johannes vernahm eine Vielzahl fremdländischer Sprachen, in denen sich die Saisonarbeiter unterhielten. Ironie der Geschichte, dachte er sich, nun kommen sie aus wirtschaftlichen Gründen zu uns, wohingegen die Unsrigen über gut vierhundert Jahre lang nach Norden wandern mussten, um nicht zu verrecken. Vehement kickte er einen Stein aus dem Weg, der laut gegen das Kennzeichen eines unerlaubt parkenden Touristenautos mit Kürzel WN knallte. Waiblingen, ein Schwabe. Trotzig streckte er sein Kinn in die Höhe, dem erschrockenen Fahrer entgegen. Doch der traute sich nicht aufzubegehren. Verächtlich wandte Johannes seinen Blick ab. Was für eine Demütigung, blitzte es in ihm auf. Diejenigen, die damals die Kinder dieser Berge als Saison-Sklaven in ihren Landen missbrauchten, kommen nun hierher, um sich mit ihren fetten Geldbeuteln als Könige bedienen zu lassen. Und wieder wurden die Bewohner der Berge zu Handlangern ebendieser Menschen.

»Kann ich Ihnen helfen?« Der Besitzer eines Sportladens stand urplötzlich vor ihm, durch den Knall aufmerksam geworden.

Doch Johannes schüttelte den Kopf und suchte eilig das Weite. Er war auf dem Weg zu einem besonderen Haus, dem Eggahuus. Dort befand sich das Heimatmuseum Schanfigg. Wie er im Internet erfahren hatte, war es ein Strickbau aus dem Beginn des 17. Jahrhunderts. Was auch immer dies bedeutete.

Johannes marschierte zügig durch die Gassen des alten Dorfes, um von der verschlossenen Tür des Museums aufgehalten zu werden. Der junge Wanderer war mehr als eine Stunde zu früh. Das hatte er nicht nachgeschaut im Internet. Zu dumm! Höflich grüßte er einen uralten Mann, der vor dem Haus auf einer Bank saß. Dieser Oheim schien selbst zur Museumsausstellung zu gehören, so alt, wie er aussah, mit seiner ledrigen Haut, die in tiefe Falten gelegt war. Alte Tracht kleidete den hageren, kleinen Körper, der leicht nach vorn gebeugt vor Johannes saß.

Er nickte zurück und musterte den Jungen. »Kommst aus der Stadt?« Er wies mit der Hand auf den Platz neben sich.

»Aus Chur, meinen Sie? Ja, da komm ich her. Wohnen tu ich

aber sonst in Zürich, wo ich studier'.«

»Ah, ein Städter.« Der Alte schwieg und schaute ins Tal hinunter, wo immerzu neue Touristengruppen ankamen.

»Aber meine Vorfahren kamen von hier.« Johannes versuchte sein Glück. »Kann es sein, dass Sie der Louis sind?« Erstaunt blickte ihn der Oheim an. »Woher weißt das? Und wer will das wissen?« Aufregung machte sich bei Johannes breit. Er war es also. »Meine Schwester Mila hat von Ihnen erzählt. Sie hat Ihren Namen von unserer Großmutter, der Anna Vetter. Sie sagte, man findet Sie häufig hier im Haus.«

Der Blick des alten Herrn hellte sich bei der Nennung des Namens auf, verdüsterte sich aber schnell wieder. »Ja, die Anna, ein nettes Mädel. Aber ihr Vater – dieser Teufel. Der hat Unglück über uns und euch gebracht.« Er verstummte. Johannes traute sich nicht, die Stille zu stören. »Wie heißt du, junger Mann?«

Mit brüchiger Stimme antwortete der Angesprochene. »Johannes.« Wieder Schweigen. Die Touristen waren inzwischen in ihren Hotel- und Bettenburgen verschwunden.

»Aha. Ein schöner Name. Aber, er wird dich nicht vor dem Fluch schützen.«

Johannes drückte seinen Rücken gegen die unebene Holzwand des Hauses, dass es ihn schmerzte. »Was für ein Fluch denn? Verdammt noch mal.« Er stierte angestrengt ins Tal, suchte mit den Blicken Halt. Dieses dauernde Stocken des Alten ärgerte ihn. »So sprich doch!«

Doch der Greis ließ sich nicht aus der Ruhe bringen. Bedächtig füllte er seine Pfeife mit würzig duftendem Tabak und drückte ihn mit seinem durch die Jahre braun gewordenen Daumen nach unten. »Genau das meine ich, diesen Jähzorn. Das ist das sichtbare Zeichen dieses Schwabenfluchs.« Es knisterte, als er den Tabak mit einem langen Streichholz anzündete.

Johannes wäre ihm am liebsten an die Gurgel gesprungen.

Diese unbändige, unkontrollierbare Wut, die sich explosionsartig ohne Vorwarnung in ihm breitmachte, er hasste sie. Schnell schloss er seine Augen und atmete tief und konzentriert ein – und wieder aus – wieder ein – und aus. So, wie er es von der Therapeutin gelernt hatte. Es half. Johannes kam wieder langsam zur Ruhe, öffnete die Augen. Der Strahl der Sommersonne kitzelte ihn ins Gesicht. Sie verbreitete schon in der frühen Morgenstunde große Wärme. Es sollte ein heißer Sommertag werden.

»Weißt du, Johannes, ich habe deine Großmutter sehr gemocht, sie war eine kluge und wunderschöne Frau. Immer so fröhlich und dann doch unvermittelt so unsagbar traurig und schwermütig. Wie geht es ihr denn heute?«

Johannes traf diese Frage unvorbereitet, doch er antwortete tapfer: »Gestorben. Im vergangenen Winter, im Krankenhaus in Chur.« Wieder trat dieses Schweigen ein. Johannes war solch eine langgezogene Art der Unterhaltung nicht gewohnt und rutschte schwerfällig auf der Bank hin und her. »Gott hab sie selig. Eine schwere Last ging mit ihr ins Grab. Jetzt hat sie es leichter.« Der alte Mann beobachtete in Ruhe, wie sich zwei Fliegen auf seiner Hand balgten. »Dort oben«, er wies in Richtung einer abseits liegenden kleinen Anhöhe, »dort stand euer alter Hof. Ein stolzes Anwesen. Das größte in der ganzen Gemarkung. Doch in jenem unseligen Jahr niedergebrannt, mitsamt dem alten Teufel, und von niemandem wiederaufgebaut. Weißt du, dass bis heute keiner dort oben sein will? Die Menschen haben Angst, dass der böse Geist des Alten auf sie überspringt.« Johannes blinzelte, um etwas gegen die Sonne sehen zu können. »Wie war er, der Urgroßvater? Kanntest ihn doch, richtig?«

Der Bergbewohner nickte. »Selbstverständlich. Alle kannten ihn. Er, der aus dem gelobten Land Amerika zurückgekommen war, mit großem Reichtum, und der es uns allen zeigen wollte, was für ein besonderer Kerl er war. Man sagt, er war selbst ein Schwabenkind. Musste bereits als kleiner

Junge hinaus zu den Deutschen, nachdem seine Mutter gestorben war. Keine Ahnung, ob das stimmt.« Er zog an seiner Pfeife und stieß den Rauch mit leichtem Zischen aus. »Mein Vater hat mir erzählt, sie habe sich umgebracht. Aus Kummer, weil sie wohl von einem Bauern dort in Schwaben geschwängert worden war.« Er verstummte erneut. Johannes merkte erst jetzt, dass es seinem Gesprächspartner schwerfiel, so lange und so viel zu reden.

Die Tür des Museums hatte sich inzwischen geöffnet, ein in Graubündener Tracht gekleideter Museumswärter tauchte auf und beobachtete die beiden. Louis hob die Hand zum Gruß.

»Findet man da drin etwas von diesen Geschichten?« Johannes blickte von dem Wärter zurück zu seinem Sitznachbarn.

»Nein. Dazu gibt es nur wenig. An die Schwabengänge und die Schicksale der vielen tausenden von jungen Menschen will man sich nicht erinnern. Das ist eine Schmach. Niemand will an die traurigen Zeiten erinnert werden!«

Johannes wollte gerade aufstehen, um ins Museum hineinzugelangen, als der Alte fortfuhr. »Dein Urgroßvater kam viele Jahre nicht mehr zurück, als man ihn damals verjagt hatte. Man glaubte, er wäre tot und suchte ihn nur kurze Zeit, falls er in der Nähe untergetaucht wäre und weiterhin Schaden anrichten würde. Doch der wütende Kerl war verschwunden. Mein Vater hat später erzählt, er wäre in Amerika gewesen. Als er zurück ins Dorf kam, spielte er den reichen Mann von Welt. Er hat sich allen Menschen hier vollkommen überlegen gefühlt. Aber vor allem war er von Hass getrieben. Hass gegen alles und jeden. Er hasste sich selbst. Für sein Leben, für sein Unglücklichsein und dafür, dass er das Schöne in der Welt nicht sah.«

Allmählich sickerte es Johannes ins Gehirn, dass er tatsächlich der Spross eines unehelichen Urahns war, gezeugt im Ausland, kriminell geworden in der Ferne.

»Aber Augen für die kleinen Mädchen hatte er. Man warf ihn oft genug aus der Dorfwirtschaft, wenn er sich an den jungen Bedienungen vergriff. Dann schaffte er sich nach Hause und soll wohl die arme Anna … und nicht nur die …«

»Sei still, Alter! Was lügst du nur in der Gegend herum!« Johannes war aufgesprungen. Stand zitternd vor ihm. »Du fantasierst! Redest wirres Zeug. Wenn du noch ein Wort gegen meine Familie sagst, dann schlage ich dir den Schädel ein!« Dabei hatte doch seine Schwester das alles schon gesagt. Jetzt erst verstand er es. Aber es war etwas anderes, wenn Fremde seine Familie beschmutzten. Sie waren nicht schuld. Andere hatten ihn dazu getrieben! Die Schwaben! Schnell hob Johannes einen schweren Stein in die Luft und wandte sich drohend gegen den Greis.

Doch der ließ sich nicht einschüchtern. »Man erkennt die Abstammung. Man erkennt sie! Das Unglück ist also auch auf dich übergesprungen.«

Johannes holte aus. Sterne tanzten vor seinen Augen. Er zitterte, als der Arm niedersausen wollte. Doch diese dunkle Wut stachelte ihn an, den Schlag zu tun. Er wollte Schmerzen zufügen und hätte es getan, wäre nicht unvermittelt die Faust des Wächters in seine Rippen geschossen. Heftig schleuderte es Johannes gegen die Holzwand.

Der Stein traf den alten Herrn leicht an der Schulter. Der schien das aber nicht zu spüren. Blickte nur den Jungen an und schüttelte den Kopf. »Das Gift verbreitet sich über mindestens drei Generationen hinaus, sagt man. Du hast es in dir. Das ist jetzt sicher!«

Mehrere Menschen scharten sich inzwischen um sie, packten Johannes an seiner Jacke und zogen ihn vom Haus weg. »Du Lump, du. Was erlaubst du dir, den Louis anzugreifen? Hast du keinen Anstand?« Sie schlugen auf ihn ein.

»Lasst ihn. Er kann nichts dafür. Lasst ihn«, rief der Alte noch.

Doch sie hatten Johannes bereits geschnappt und samt seinem kleinen Rucksack den Hang hinuntergestoßen. Hart schlug er auf, als er einige Dutzend Meter hinunterstolperte und beim Versuch sich abzufangen, das Bein verstauchte.

»Fickt euch, ihr Idioten!« brüllte er den Hang hoch. »Mein Urgroßvater hatte wohl recht mit dem, was er von euch gehalten hat. Er hat schon richtig gehandelt!«

Kräftig gebaute Bauern eilten von den gemähten Wiesen aus der Nähe hinzu. Bedrohlich schwangen sie ihre Heugabeln. »Schick dich, du Gauner. Aber schnell«, drohten sie ihm, und Johannes ließ sich das nicht zweimal sagen. Er flüchtete überstürzt die Straße hinunter und rannte, ohne sich umzuschauen, den Weg entlang. Diese Schweine! Hatten die keine Ehre? Warum stießen sie die Tapferen aus, die sich gegen die Ungerechtigkeiten des Lebens wendeten? Denn genau das würde er tun: die Gerechtigkeit für seine Familie wiederherstellen. Seine Lunge brannte. Das Stechen in der Brust wurde unausstehlich. Doch Johannes rannte. Humpelte immer weiter. Lief sich die Wut und Energie aus dem Leib.

Hundstage

Die Hitze der Nacht, gut vier Wochen nach dem Vorfall in Arosa, war beinahe unerträglich. Johannes wälzte sich von einer Seite auf die andere. Das Dachfenster seines Studentenzimmers inmitten der Altstadt von Zürich war weit geöffnet. Der Vollmond erhellte die schwüle Sommernacht und brachte weitere Schlaflosigkeit mit sich. Im Zimmer direkt nebenan vergnügte sich ein Liebespaar schon seit einer gefühlten Ewigkeit. Zu allem Überfluss hatten sie ihr Fenster geöffnet. Johannes hörte jedes Aufstöhnen, hörte jedes Schlagen der Schenkel des Begattenden im lustvollen Takt gegen ihren Hintern. Er zählte die einzelnen Klopfer, erregte sich an ihrem Stöhnen, kam irritiert aus dem Takt, wenn eine Hand heftig auf Fleisch klatschte. Er zog die Decke über den Kopf, um gleich darauf wieder gierig zu lauschen. Neben ihm lag kein anderer Mensch, mit dem er hätte Zärtlichkeiten austauschen können. Einsamkeit umfing ihn einmal mehr.

Nach dem heftigen Streit heute Abend mit seiner Freundin war er sich nicht mehr sicher, ob er überhaupt noch eine Beziehung hatte. Mit den Worten, dass sie einen harten Kerl an ihrer Seite brauche und keinen Schlappschwanz, der seinen jämmerlichen Familiengeschichten hinterherhechle, ließ Geli ihn von einem der Türsteher aus ihrem Nachtclub schmeißen. Sie war deutlich älter als Johannes und machte mit ihrem zwielichtigen Etablissement, in dem er selbst als Türsteher jobbte, gutes Geld.

Warum Geli sich in ihn verguckt hatte, erschloss sich Johannes nicht wirklich. Vielleicht wollte sie eine kurze und erfrischende Abwechslung, und jetzt wars genug. Blöde Tussi. Wenn die wüsste, mit wem sie sich angelegt hat. Ihr würde er noch früh genug zeigen, was für ein Kerl in ihm steckte.

Wütend warf sich der Gepeinigte von einer Seite auf die

andere. Das Stöhnen nebenan schwoll an, klang ab, schwoll an, nahm kein Ende. Johannes nahm zornig den Takt auf und fühlte sich bei seiner einsamen Handlung ein weiteres Mal als Verlierer und Versager. Er war allein, die da drüben zu zweit und offenbar glücklich miteinander. Es half ihm nicht sich vorzustellen, dass die Stöhnende – denn von ihm war so gut wie nichts zu hören – eine hässliche, unschlanke, dumme Göre war, die er im Leben nicht angeschaut hätte, wäre sie ihm auf der Straße begegnet. Das Bild wollte nicht gelingen, und die Gemeinheit seiner Gedanken wurde ihm nicht bewusst. Tatsache war, die beiden hatten mächtig Spaß miteinander. Und er musste es ertragen. Johannes war froh, als mit beginnender Dämmerung das Konzert der Vögel einsetzte und damit den Tag einläutete.

Früh stieg er die enge Treppe, die eher einer Hühnerleiter glich, in die Küche hinunter, um sich Kaffee zu machen. Keiner seiner beiden Mitbewohner regte sich. Sie schienen gut zu schlafen. Johannes schnappte sich den fertigen Kaffee, nachdem das Surren der Maschine verstummt war, und ging mit einem dicken Buch wieder nach oben ins Bett. Nebenan war endlich Ruhe eingekehrt. Der Duft des Kaffees brachte den träge quer auf dem Bett Sitzenden auf andere Gedanken.

Eigentlich müsste der Wälzer in seiner Hand ein anderer sein. Einer zur Metallurgie und den Eigenschaften der verschiedenen Metalle; Wissen, das er an der ETH in Zürich für die Vorlesungen brauchte. Doch stattdessen entpuppte sich der dicke Brocken als historisches Werk, in dem er weitere Informationen zur Geschichte seiner Ahnen und tausender anderer unglücklicher Kinder über die Jahrhunderte hinweg erhoffte.

Das Buch hatte er im Staatsarchiv entdeckt. Eines der wenigen, die man in der Schweiz finden konnte. In Liechtenstein gab es Forschungsprojekte und in einem kleinen Dorf namens Wolfegg eine Ausstellung, drüben bei den Deutschen. Viel musste selbst recherchiert werden, das hatte er schon früh erkannt. Studieren an der ETH selbst, das schaffte Johannes schon lange nicht mehr. Er sah den Nutzen aber auch nicht. Seine Mission war eine andere. Je mehr Johannes in die Geschichten der Schwabenkinder eintauchte und in ihre leidvollen Erlebnisse, desto mehr wurde ihm bewusst, was seine Bestimmung war.

»Mutter, warum holt ihr mich nicht ab? Ich flehe euch an. Bitte holt mich, sonst muss ich hier sterben.«

Johannes' Blick flog erneut über die aufwühlenden Zeilen voller Zitate aus Briefen und flüchtigen Notizen gepeinigter junger Kreaturen jener Zeit.

»Den Toni haben sie gestern unter der Kuh herausziehen müssen. Der soll noch immer nicht bei Sinnen sein. Zerquetscht hat's ihn unter dem maledeiten Stück Vieh. Aber meinst, die würden ihn ins Krankenhaus bringen? Ein dummer Schweizerbub ist selbst schuld, wenn so was passiert, sagen sie. Ich glaub, der ist bald tot.«

Johannes wischte sich den Schweiß von der Stirn. Sein kleines Verlies hoch oben über den Dächern der Altstadt glich eher einer Sauna denn einer Wohnung. Die Hitze des heißen Sommers raubte ihm beinahe die Sinne. Doch Johannes verstand diese Tage als Momente der Läuterung, als Weg zur inneren Reinigung. »Hundstage« nannte der Bauernkalender diesen späten August. Studium, Freundin, Liebesschmerz und nachbarliche Lustspiele gerieten dabei in den Hintergrund.

»Warum hilft uns nur niemand in unserer großen Not. Warum haben unsere Eltern uns verstoßen? Das frage ich mich die ganze Zeit, wenn ich so viele Stunden draußen auf den Feldern bin und die Kühe hüten muss. Die Kälte ist schier unerträglich, wenn es geregnet hat und der Wind durch die nassen Kleider dringt.«

Johannes las aufmerksam die Berichte der armen Schwabenkinder. Einen um den anderen, auf der Suche nach Namen, die zu seiner Ururgroßmutter oder zum Urgroßvater führen konnten.

»... die einzige Wärme geben mir die Kühe mit ihren Kuhfladen. Ich stecke da meine Füße hinein und wärme mich. Denn Schuhe habe ich die ganze Zeit nicht. Warum haben sie mir die weggenommen? Oh, lieber Gott, sind meine Sünden so groß, dass du mich so bestrafst? Ich habe seit Wochen diesen schlimmen Husten. Ich hoffe, ich muss nicht sterben. Bitte, lieber Gott. Wenigstens einmal will ich die Heimat noch erleben. Tag und Nacht weine ich. Das Heimweh will mir die Brust zerreißen.«

Johannes wischte sich Tränen aus den Augen. Er konnte sich der Emotionen nicht erwehren, die ihn überströmten. Niemand hatte diesen hilflosen Geschöpfen jemals geholfen. Alle ertrugen die Erniedrigungen und Qualen ihrer Kinder. Johannes klappte mit lautem Schlag das Buch zu. Das erschöpfte Liebespaar nebenan musste sicherlich erschrocken zusammenzucken.

Johannes wollte nicht mehr weiterlesen. Er wusste von früheren Lektüren, was nun kam: Berichte von weiterem Missbrauch und auch Vergewaltigungen. Er wollte das nicht mehr lesen müssen. Die Suche nach Namen und Tätern, die seiner Familie das Schlimme angetan hatten, führten ihn immer tiefer in eine Welt von Leid und Schmerz. Für Johannes war das keine gute Basis, um sich selbst von seinen Gefühlswelten zu befreien, die ihn quälten. In den Unterlagen seiner Großmutter, in Arosa und im Web: Überall fanden sich Mosaiksteine, die ihm halfen, ein Bild zu entwerfen, wie er es brauchte! Ein Bild, das klar darstellte, dass bis heute ein Jahrhunderte altes Verbrechen ungesühnt war. Bodnegg war der Ort, zu dem seine Urahnin zur Arbeit hatte wandern müssen. Das hatte Johannes schon als sicher feststellen können.

Dieser Ort tauchte in einzelnen Aufschrieben seines Urgroßvaters immer wieder auf.

Er warf das Buch zur Seite. Zahlreiche Blätter voll mit handgeschriebenen Notizen fielen heraus, verteilten sich auf Bett und Boden. Johannes ließ sie liegen, wo sie waren. Er kannte so gut wie jedes einzelne Blatt und jede Notiz darauf, verbunden mit Namen einzelner Schweizer Kinder und ihren Schicksalen.

Einigen dieser Geschichten war er in den vergangenen drei Wochen hinterhergereist. War zuerst nach Ravensburg, Wangen und Kempten gefahren. Dorthin, wo die Sklavenmärkte oder Hütekindermärkte, wie sie genannt wurden, jährlich zu Josephi, also am 19. März, stattfanden. Von dort aus bereiste er die zahlreichen übers weite Land verteilten Bauernhöfe, fotografierte die frisch renovierten und stolzen Gehöfte, sprach mit den Bauersleut' übers Wetter, die kommende Ernte und das Leben auf dem Land. Johannes fühlte sich in diesen Momenten den Menschen überlegen. Denn er wusste vieles über deren Geschichte. Sie aber rein gar nichts über ihn und das, was er vorhatte.

Mit Leichtigkeit konstruierte Johannes eine Karte, die Namen, Schicksale und historische Schilderungen miteinander verband. Doch seine Spur führte auch zurück in die Städte. Dorthin, wo mancher Landbewohner zu Wohlstand und Ehren als Kaufmann oder Bürgermeister wie auch Landrat gekommen war. Er spürte ihnen allen nach. Beobachtete ihre Lebensgewohnheiten, ihre Familien, verfolgte deren Kinder in die Schulen und auf die Spielplätze oder die Älteren in die Discos.

Auch in jenes sogenannte Humpis-Quartier in Ravensburg, in dem die Schwaben ihre Geschichte festhalten wollten, trieb es Johannes.

In einem kleinen Raum tauchten Exponate zu den Schwabenkindern auf. Er fragte sich, warum die Ravensburger das taten. War es eher die Verarbeitung eines schlechten Gewissens, was sie dort betrieben? Oder ein weiteres Symbol der Demütigung der tausenden und tausenden von Schwabenkindern? Johannes tendierte zu Letzterem. In dem Museum huldigten sie ihrem Stolz und ihrer Geschichte. Unfassbar, dass sie die Schicksale der Schwabenkinder darin einbetteten. Schließlich war es eine Dokumentation von ungesühntem Unrecht.

»Tod verjährt nicht. Müsste die Polizei nicht auch jetzt noch ungesühnte Morde der Vergangenheit ahnden?« Johannes fragte sich das immer wieder. Vor allem, wenn er Beweise fand. Wenn er die Bauern ausfindig machte oder deren Nachfahren. Und mit dieser Frage wurde ihm klarer denn je: Er war für diese Aufgabe bestimmt. Das wusste er inzwischen. Und für diese Mission musste er sich vorbereiten – und Gesinnungsgenossen finden.

Johannes spürte nicht, dass er schon eine kleine Ewigkeit wie hypnotisiert auf die Blätter um sich herum starrte. Die Bilder liefen vor seinen Augen ab, als ob er es selbst erlebt hätte. Der Kaffee war längst kalt geworden und die Tasse drohte, ihm aus den Händen zu gleiten. Angestrengt mühte er sich, seinen Blick von den geschwungenen Buchstaben auf brüchigem Papier abzuwenden, hin zum dicken Buch, das er wieder aufschlug.

Verächtlich überblätterte er alle Passagen, die versuchten, positive Aspekte jener jährlichen Schwabengänge und diverser Einzelgeschichten darzustellen. Er wollte nicht die Bilder sehen, wie nach vielen Jahren die Schwabenkinder als Erwachsene zurück zu ihren Bauern reisten und in Freundschaft mit ihnen verkehrten. Das konnten nur wenige Einzelfälle unter vielen tausenden von Schicksalen sein!

Ein weiteres loses Blatt, das ihm beim Wischen übers Bett in die Hände fiel, kam gerade recht! Ein handgeschriebenes vergilbtes Papier, dessen verblassende Schrift schwer zu erkennen war. Doch Johannes kannte es ebenfalls in- und auswendig. Es war eine Erinnerung, die offenbar seine Ururgroßmutter in ungelenker Handschrift niedergeschrieben hatte. Langsam wanderten seine Augen über die Zeilen hinweg.

»Das Heimweh war unerträglich für mich als kleines Mädle. Tag und Nacht musste ich weinen. So viel gar, dass mich die Mägde aus der Kammer warfen, weil sie keinen Schlaf mehr gfunden haben.

Von früh am Morgen bis spät in d'Nacht mussten wir schufften. Im Stall, in der Küche und auf der Weide. Dabei war das Gänsehüten da draußen in den Wiesen das Schönschde für mich. Weit weg, da sah ich die weißen hohen Berge meiner Heimat. Dort hinten, wusst ich, da war die Mutter und meine Gschwister. Am Schlimmsten aber wars immer, wenn der Bauer kam und schlimme Dinge mit mir gmacht hat. Keiner der Knechte durfte mich berühren. Denn ich gherte ihm. Als Mädle von gerade mal fuchzehn Jahrn hab ich mich nit getraut, mich zu wehren. Er war danach immer sehr nett zu mir. Aber weh hat es getan, als er mich so anfasste und Dinge tat. Als ich immer dicker und dicker wurde, hat mich die Bäurin fest gschlagen und als Schlampen gschimpft. Noch vor Martini musst ich den Hof verlassen, nur mit a bisserl Geld und Häs, was mir dr Bauer hinterm Schuppen zugsteckt hat. Dahoim wollt mi aber niemand mehr in dr Familie aufnehmen. Hätt mi des alt Kräuterweib nit aufgnommen, ich hätt nit gwußt, wohin. Jetzt hab ich den Balg unter meinem Herzen, der von Dag zu Dag wächst. Was soll i nur dua? ... Wenn i an mei verlorene Kindheit denk, ich möcht es keinem Vieh wünschen ... es isch ein Alptraum ... Warum dr liabe Gott des zulässt, verschdand i beim beschta Willa nit. I fühl mi so alloi und einsam. Was han i nur gmacht, dass ma mi it Hoim losad.«

Hass kam in Johannes auf. Diesen Schändern würde er niemals verzeihen können. Niemals! Bei dem, was sie seiner

Familie und damit auch ihm angetan hatten. Sie hatten die jungen Menschen benutzt und ausgebeutet! Gerechtigkeit, das wollte er erlangen.
Ein feiner Schriftzug am unteren, rechten Ende des Papiers, den er bisher nicht bemerkt hatte, weckte seine Aufmerksamkeit. *Josepha Amann* war dort zu lesen. Das Mädchen, dessen Leiden aufgeführt war, schien Josepha Amann zu heißen.

»Also nicht Josepha Vetter«, murmelte Johannes nachdenklich. Hatte sie einen anderen Nachnamen gehabt als sein Urgroßvater? War der Name Vetter, den sein Urgroßvater trug, eventuell von der Kräuterfrau übernommen worden? Er hatte viele Tage nach der falschen Josepha gesucht. Einem Goldsucher gleich, der eine Ader entdeckt hat, stieß Johannes einen Freudenschrei aus. »Josepha Amann«, wiederholte er erneut. Damit konnte er nun besser nachforschen und mit Sicherheit über kurz oder lang den schuldigen Bauern-Clan in Schwaben finden.

Er ballte die Faust und hob sie in die Luft: »Bald wird das Unrecht gesühnt.«

Zürich war schon lange zum Leben erwacht. Trotz der Sommerhitze zwängten sich die Menschenmassen durch die Gassen. Touristen störten Geschäftsleute auf ihrem emsigen Weg von einem Ort zum anderen. Bewohner der Stadt mischten sich unter diese, um ihre täglichen Einkäufe zu tätigen. Zusammen erzeugten sie ein lebendiges Stimmengewirr, das zu Johannes hochdrang und ihn ins Hier und Jetzt zurückholte. Er musste schnell duschen und sich frisch machen. Seine ersten Verbündeten und er wollten sich in der Cafeteria der alten Uni-Mensa treffen, um über ihre gemeinsame Mission zu sprechen. Johannes quälte sich aus dem Bett. Lust hatte er keine, unter Menschen zu gehen.

***

»Hallo, Simon, bist wieder recht pünktlich.« Ueli sprang schnell von seinem grauen Plastikstuhl auf, als er sein Idol die Cafeteria betreten sah.

»Und du absolut zuverlässig, mein Freund.« Johannes nahm ihn zur Begrüßung brüderlich in den Arm. Er musste kurz den Atem anhalten, um dem modrigen Geruch, der offensichtlich aus dem T-Shirt seines Gegenübers strömte, entgehen zu können. Das kommt davon, wenn man die Wäsche zu lange in der Waschmaschine stecken lässt, dann gammelt sie vor sich hin, hätte er ihm sagen können. Doch Johannes beließ es dabei. »Wie geht es dir heute? Alles paletti?« Er blickte den 27-Jährigen aufmerksam an, dessen ungefähre Größe von 1,70 Metern an sich nicht wesentlich von seinen eigenen 1,78 Metern entfernt war, der Größenunterschied aber durch die gebeugte Haltung des Langzeitstudenten verstärkt wurde. Die dünnen, dunkelbraunen Haare wirbelten wild um seine schlammigbraunen Augen. Ein Stoppelbart, der nur unregelmäßig das Gesicht bedeckte, ließ ihn ungepflegt erscheinen. Die altmodischen, braunen Cordhosen und das erwähnte lange T-Shirt mit irgendeinem albernen Spruch und Comic darauf rundete das Bild ab.

»Gut, gut. Ja, sehr gut«, erwiderte der Angesprochene. »Simon, willst du einen Kaffee? Stark und schwarz wie immer?«

Johannes nickte. »Schwarz wie die Seele. Bringst mir noch ein Cantuccini mit?«

Während Ueli eilig in Richtung Tresen verschwand, setzte sich Johannes und blickte in der Cafeteria umher. Das alte Gebäude hatten sie zu ihrem täglichen Besprechungsort auserkoren. Die moderaten Preise und die legere Atmosphäre zogen nicht nur Studenten an, sondern alles, was in der alternativen Szene Zürichs Rang und Namen hatte. Hier pflegte man vor allem sein Image. Das genau wollte Johannes ebenfalls bei seinen Gefolgsleuten tun, in deren Kreis er unter dem Namen Simon auftrat. Das war zufällig geschehen, gefiel ihm aber. Er hatte den Namen bei seinen Recherchen zu den Schicksalen einzelner Schwabenkinder entdeckt und sich sofort mit seinem Klang angefreundet.

Es soll einst in den Bergen einen jungen Burschen gegeben haben, der sich gegen sein Vertreiben ins Schwabenland gewehrt hatte und der die anderen Kinder ebenfalls aufwiegeln wollte. Das musste Anfang des 20. Jahrhunderts gewesen sein. Man scheuchte ihn dennoch mit den anderen Jungen und Mädchen aus dem Dorf zu den Schwaben und schimpfte ihn fortan den aufsässigen Simon. Simon trug laut Bibel den Beinamen »Zelotes«, wie Johannes recherchiert hatte. Das bedeutete auf Aramäisch »Kananäus« und auf Deutsch »der Eiferer« – weil er wohl gewaltsam die römischen Fremdherrscher aus Israel vertreiben wollte. Das war was Feines und gefiel Johannes. Er wollte niemanden aus seinem Land vertreiben, aber sich gegen die dunklen Schatten und Geister aufbäumen, die ihr aller Leben bestimmten.

Jener Simon vergangener Jahre sollte wohl von einem Schwabengang nicht mehr zurückgekommen sein. Man vermutete, dass er sich auf ein Schiff nach Amerika geschmuggelt hatte, um dort sein Glück zu versuchen. Ein Zeitungsartikel zur Schmach der Schwabenkinder in einer großen amerikanischen Zeitung wurde denn auch einem ehemaligen Schwabenkind zugeschrieben. Vielleicht jenem Simon? Der Artikel selbst sorgte für enormen Wirbel bis hoch in diplomatische Kreise und zum Deutschen Kaiser. Das Ende der Schwabengänge fand damit seinen Anfang.

Gedankenverloren wischte Johannes mit der Hand über den Tisch. Simon, ja, der Name gefiel ihm, und die sich dahinter verbergende Figur verkörperte seine Mission – sowohl der Simon der Antike als auch der Simon des vergangenen Jahrhunderts.

Als Ueli vor zwei Wochen beim Kennenlernen in einer alten Studentenkneipe fragte, wie er denn hieße, sagte er nur:

»Simon – der Eiferer, mit einer großen Mission, zu der ich genau dich brauche. Denn das Schicksal hat uns zusammengeführt.«

Dabei hatte Ueli ihn lediglich beim Bestellen eines Bieres an der Bar in der ihm eigenen Ungelenkigkeit versehentlich angerempelt und beinahe sein Getränk über Johannes verschüttet. Aus dem kleinen Zusammenstoß entwickelte sich ein langes Gespräch inmitten des Lärms und der Musik der Kneipe.

Ueli gefiel diese gestelzte, beinahe pathetische Sprechart. Dieser junge Mann aus den Bergen Churs hatte ihn mit seiner zielstrebigen Art und klaren Mission sofort in seinen Bann gezogen. Er hatte nicht erkannt, dass Johannes an diesem Abend gezielt auf der Jagd nach Verbündeten war. Dazu war alles zu geschickt inszeniert.

Johannes beobachtete, wie sein Ueli auf der gegenüberliegenden Seite der Cafeteria mit den Getränken in Richtung Kasse wankte, das Tablett vor sich her balancierend. Seine anfängliche Einschätzung des Verbündeten hatte sich vom ersten Tag an bewahrheitet. Zugegeben, Ueli hatte einen an der Waffel. Extrem sogar. Glaubte Johannes. Aber, dieser Ueli hat ihn zum Messias gemacht. Es schmeichelte Johannes, wie dieser Typ ihn anhimmelte und bewunderte. Und wenn Ueli ehrlich zu sich war, dann wusste er selbst, dass er sich schon heute zu den verkrachten Existenzen zählen durfte: im Studium bisher gescheitert, ziellos. Zuvor hatte ihm das Schweizer Militär schon nach wenigen Wochen seine Untauglichkeit bescheinigt. Den Grund hatte Ueli bisher nicht verraten. Er hatte es akzeptiert. Schon während seiner Kindheit war es so gewesen, dass Ueli Führung brauchte. Er war der Mitläufertyp, der die Meinung anderer übernahm und dann auch fest daran glaubte. Genau das gab ihm dieser charismatische Kerl mit seinen stahlharten, blauen Augen in dieser verwirrenden Stadt Babylon, namens Zürich. Dieser neue Anführer gab Ueli eine Begründung für sein Unglück, eine Rechtfertigung dafür, warum er in diesem Moloch gestrandet war und kein Ziel vor Augen hatte. Ueli fand durch diesen Simon endlich eine wertvolle Aufgabe und ein Ziel – sich vom Joch der Vergangenheit zu befreien und alle Opfer der Jahrhunderte zu rächen.

Der Lärm in der Cafeteria schwoll an. Stimmen hallten durch den Raum. Konzentriert auf sein Tablett schauend, kam Ueli gerade mit Kaffee und dem beißharten Gebäck um die Ecke, als aus den Boxen jenes alte Lied von *Element of Crime* erklang: »You fucked up your life, you … and you don't know why.«

Johannes lächelte und nahm dankend den Kaffee entgegen. »Dann lass uns mal kräftig arbeiten, damit die Welt eine gerechtere und bessere wird, mein Freund. Wann kommen die anderen?«

Gerade als Ueli antworten wollte, erschienen Johanna und Clara in der Tür und winkten ihnen zu. Schnell holte Johannes einen vierten Stuhl, um den Frauen einen Platz anbieten zu können. Während Johanna den angebotenen Stuhl kraftvoll mit beiden Händen schnappte, ließ sich Clara gerne hofieren und beim Hinsetzen helfen.

Es war in der Gruppe kein Geheimnis, dass sie Simon liebte. Verliebt, seit er sie im Club vor einem gewalttätigen Freier gerettet hatte. Von diesem Tag an war er ihr Held, denn noch nie hatte ein Mensch sich so uneigennützig für sie eingesetzt, nicht einmal ihre Chefin, Simons Freundin. Clara wollte einfach so viel wie möglich bei ihm sein. Das Geheimnis seines neuen Namens Simon trug sie gerne mit, wie sie alles andere ebenfalls mittrug, was in dieser Gruppe an eigenartigen Geschichten vor sich ging.

Missbilligend beobachtete Johanna, wie sich ihr blondlockiges Gegenüber von Simon umsorgen ließ. Deren verträumte Augen wichen nicht mehr von ihrem Angebeteten. Für die gleichaltrige Ex-Studentin war das einer Frau der heutigen Zeit nicht würdig. Mit einer abwertenden Geste wandte sie ihren Kopf ab. Johannas helle Haut setzte einen starken Kontrast zu dem feurigen Rot ihrer kurzen Haartracht. Sie war zwar mit ihren knapp 1,60 Metern die Kleinste im Team, aber auch das größte Energiebündel. Nur kurz nickte sie ihrem guten Freund Ueli zu, der sie auch vor wenigen Tagen in die Gruppe gebracht hatte. Dann wanderte ihr Blick sofort durch den Raum, um die Umgebung zu scannen.

Ueli lächelte. Er wusste, warum sie das tat. Johanna brauchte die Kontrolle über ihr Umfeld. Auch fühlte sie sich immer und überall dazu verpflichtet, für alles einzustehen, was nach Ungerechtigkeit schrie. Ihr ging es nicht um Inhalte, sondern um Ideologie. Sie war gegen Ausbeutung jeglicher Art. Mit diesem Ansinnen jagten ihre Augen durch die Cafeteria und blieben auch sofort am Nachbartisch hängen.

»Setz dich auf einen anderen Stuhl, du Parasit! Siehst du nicht, dass sie nur kurz ihr Tablett abholen will?« Eiskalt schossen ihre Worte in Richtung des jungen Mannes, der sich an den Nachbartisch setzen wollte, und ließen den Gescholtenen noch in der Sitzbewegung einfrieren. Ohne Widerworte nahm er sein Tablett und suchte sich einen anderen Tisch.

»Nicht schlecht«, staunte Johannes. Sie würde ihm noch gute Dienste erweisen.

Johanna aber brauchte kein Lob. Sie hatte nur für Recht gesorgt. »Was steht an? Was sind die aktuellen Ergebnisse?« Erwartungsvoll blickte sie die anderen in der Runde an. Ohne zu fragen schnappte sie sich eine Süßigkeit von einem der Teller und schob sie sich in den Mund. Da musste Gerechtigkeit auch mal Pause machen. Johannes ließ es geschehen.

»Ich war die letzten Tage wieder dort droben – bei den Deutschen. Hab mir wirklich ziemlich Zeit genommen, um einzelne Fälle zu recherchieren. Bin gerade in der Region Ravensburg und in einer Gemeinde namens Bodnegg zu den

Bauernhöfen rausgefahren, um die Erlebnisberichte einzelner Schwabenkinder mit den Namen und Gegebenheiten vor Ort zu vergleichen.« Johannes verschwieg, dass er im Wesentlichen die Geschichte seiner Urgroßmutter und des Urgroßvaters nachverfolgt hatte. Dort traf er auf einen Bauer namens Gressler. Er war der erste von ihm identifizierte Nachfahre jener Täter, die seinen Urgroßvater in seinem Jahr bei den Schwaben missbraucht und ausgebeutet hatten. »Ihr glaubt nicht, wie sehr dort alles förmlich nach Wohlstand und jahrhundertealtem Reichtum stinkt.«

»Und nach Unrecht, Missbrauch und Verbrechen!«, warf Ueli eifrig ein.

Johannes nickte. »Ja, das stimmt absolut, mein Freund! Die fetten Säcke sitzen faul in der Gegend herum. Vor lauter Reichtum müssen sie fast nichts mehr arbeiten.« Er spürte urplötzlich wieder diese schwarze Masse in sich aufsteigen. Schwer legte sie sich auf seine Brust, wollte ihm den Blick vernebeln. Doch er ignorierte diese Zeichen, vergaß, ruhig durchzuatmen, um zur Ruhe zu kommen. Stattdessen zerdrückte er das harte, italienische Mandelgebäck, das vor ihm auf dem Teller lag, in seiner Faust. Kleine Brösel prasselten auf den Boden. Schnaubend ließ Johannes seiner Wut freien Lauf. »Diese Arroganz, mit der sie dich beobachten. Ihr glaubt es nicht. Schon von Weitem erwischt dich ihr Misstrauen, wenn du allein nur den Weg zum Hof hochläufst. Ich sage euch, sie spüren die Angst im Nacken hochsteigen, wenn man sie auf die alte Zeit und ihr Unrecht anspricht. Allein die Anwesenheit eines Schweizer Nachkommens ihrer Opfer lässt ihnen den Schweiß auf die Stirn treten. Glaubt mir, sie haben hinter der arroganten Fassade Angst vor uns!« Er machte eine Pause und blickte sie an. Mit seiner linken Hand zog Johannes ein Buch mit dem Titel »Die Schwabenkinder« aus seiner Umhängetasche und legte es auf den Tisch. »Hier, das habe ich aus Ravensburg, aus diesem Humpis-Quartier. Irgendein komisches Museum. Aber für mich der Hort des Bonzentums dieser Region. Schaut euch das Buch ruhig an. Die Ausbeuter haben damit selbst ihre Anklageschrift vorbereitet.« Johannes knallte die flache Hand auf das Buch und hob wütend an: »Dieses Unrecht gilt es nun wettzumachen.«

Nicht nur Clara schaute ihn jetzt begeistert an. Alle, die am Tisch saßen, klebten an seinen Lippen und ließen sich von seinen Worten mitreißen.

»Ja, du sagst es, Simon. Absolut.« Das war Johanna, die nun die Hand zur Faust ballte. »Wiedergutmachung und nichts anderes ist es, was wir brauchen. Es kotzt mich an, dass in meinem Heimatdorf kein Mensch darüber reden will. Alle laufen sie dumpf wie Zombies durch die Gegend. Aber keiner will aufstehen und sich der Vergangenheit stellen!«

»Ich fordere Gerechtigkeit«, brüllte Ueli beinahe schon.

Sie gerieten in einen leidenschaftlichen Disput, den Johannes geschehen ließ, um dann versöhnlich zu schließen: »Beides, wir brauchen beides, und ihr habt absolut recht. Wiedergutmachung und Gerechtigkeit. Lasst es uns miteinander verbinden und zur Tat schreiten! Die Menschen werden es uns danken. Glaubt mir!«

Clara nickte verzückt. Ob er ihre Liebe spürte? Sie wollte es ihm beweisen. Diesem tollen Kerl, der ihr kürzlich so heldenhaft geholfen hatte. Ja, natürlich würde sie hier ohne Wenn und Aber mitmachen. Das war schließlich was Gutes.

Die Sommerhitze hatte auch die alte Cafeteria fest im Griff. Kein Lüftchen verirrte sich durch die geöffneten Fenster ins Innere des nicht klimatisierten Raumes. Das alte, graue Linoleum unter ihnen dünstete modrige Dämpfe aus.

»Und was machen wir nun?« Ueli hob seine Tasse an den Mund.

Etwas angeekelt wandte Johannes seinen Blick von den Schweißrändern unter den Achseln auf dessen T-Shirt ab. Der Lärm der nahen Straße drang zu ihnen hoch. Jemand hatte die Musik ausgeschaltet.

»Heiß hier, die Stadt verglüht«, stöhnte Clara.
»Oh ja«, lächelte Johannes ihr zu. Er traute sich nicht, Clara zu fragen, wie es seiner Noch-Freundin ging.
»Hast du einen Vorschlag, Clara, was wir tun sollen?« Johanna blickte sie provozierend an. Ihr gefiel diese Harmonie nicht.

Blut schoss der Angesprochenen ins Gesicht. »Nun, also, ich meine, wir sollten die Öffentlichkeit informieren. Beispielsweise Interviews machen mit noch lebenden Zeitzeugen oder den direkten Nachfahren der letzten Schwabenkinder.«

Anerkennend blickte Ueli seine Mitverschwörerin an. »Und dann rufen wir zur Demo auf«, ergänzte er eifrig. Nach kurzem Zögern, um ihre Reaktion abzuwarten, fuhr er fort: »Wir verlangen öffentlich Wiedergutmachung. Wir rufen zum Boykott der Waren aus Deutschland auf oder was meinst du, Simon?« Unsicher schaute er sein Gegenüber an.

Johannes lauschte teilnahmslos den Vorschlägen. Ihn beeindruckte das noch nicht.
»Das sind doch alles weichgespülte Aktionen von irgendwelchen ökosozialen Gutmenschen! Das bringt uns in diesem Fall nicht weiter«, kritisierte Johanna den Dialog. Unstet wanderte ihr Blick im Raum umher. Sie suchte nach möglichen Spionen. »Da muss mehr geschehen! Nur mit Schischi werden wir den Kampf nicht gewinnen!«

Ueli blickte sie irritiert an. »Und was möchtest du tun? Eine Petition an die Regierung richten? Eine Klage vor dem Europäischen Gerichtshof für Menschenrechte einreichen?« Verächtlich zischte Johanna über den Tisch. Ueli wich unwillkürlich zurück.
Johannes spürte den aufkommenden Streit, der sich anbahnte. Unruhig rutschte er auf seinem Stuhl umher. Die Pobacken klebten auf dem vergilbten Plastikstuhl.
»Keine schlechten Gedanken«, kommentierte er und forderte Johanna mit einem Nicken auf weiterzusprechen.

Diese stocherte mit der Kuchengabel auf dem Tisch herum. Bohrte sie in die Platte. »Wir müssen diesen Imperialisten einen Denkzettel verpassen. Wir müssen diese Fettsäcke so anpacken, wie sie es mit unseren Vorfahren taten: quälen und verprügeln! Lasst es uns dort oben tun, in den Bergen bei uns, den Schwabenkindern. Dort, wo die ehemaligen Unterdrücker nun als Touristen wie die Insekten einfallen und auf dicke Hose machen mit ihren Geldern.« Sie stoppte und ließ das Unausgesprochene im Raum stehen. Stattdessen nickte sie auffordernd in die Runde.

»Du willst die Touristen verprügeln?« Clara traute ihren Ohren nicht. Unsicher schaute sie Johannes an, wie dieser reagieren würde. Doch der blieb ruhig und ließ die Szene geschehen. »Aber die haben uns doch nichts gemacht?« Clara schüttelte den Kopf. Hatte sie etwas nicht verstanden? Verächtlich presste Johanna ihre Beleidigungen durch die Zähne: »Liebchen, nur vom Beine-breit-Machen und Titten-an-der-Stange-Zeigen wird die Welt nicht besser, glaub mir! Du musst Zeichen setzen. Klare und markante Signale in die Welt schicken, sonst interessiert sich kein Schwein für dich.«

Erbost sprang Clara von ihrem Stuhl auf. »Du hast doch keine Ahnung!«, brüllte sie und wollte den Kuchenteller in Johannas Gesicht schleudern. »Von dir muss ich mir nichts vorwerfen lassen!«

Schnell ergriff Johannes ihren Unterarm und zog ihn sanft nach unten. »Alles gut, alles gut«, flüsterte er und streichelte ihren Arm entlang. So wie damals, als der Freier das Mädchen misshandeln wollte.

Stumm sank Clara auf den Stuhl zurück und ließ sich von ihrem Beschützer beruhigen, der vorsichtig mit einer Serviette ihre Tränen abwischte.

»Komm ich gerade rechtzeitig zum großen Finale?« Ein hochgeschossener, hagerer Kerl Anfang dreißig hatte sich während des Streits unbemerkt herangeschlichen.

Vertraut legte er die Hand auf Johannas Schulter. »Na Cousinchen, seid ihr wieder am Politisieren?«

Die Angesprochene drehte sich nicht um, ließ die Berührungen mit steifer Haltung geschehen und fixierte nach wie vor ihre Kontrahentin.

»Na, Thomas, dürfen die Beamten schon nach Hause heute? Habt ihr Hitzefrei?« Ueli fand sich witzig mit seiner Bemerkung.

Behände schnappte sich der Angesprochene einen Stuhl vom Nachbartisch, schwang diesen um die eigene Achse und platzierte ihn direkt zwischen Johanna und Johannes. Nur leicht nickte er ihm und den anderen zu. Er mochte nicht, dass sie sich mit diesen Versagern herumtrieb. Doch Johanna war seine Cousine. Sie beide verband sehr viel Geschichte aus der Zeit in ihrem entlegenen Bergdorf, und gemeinsam waren sie vor Jahren hierher nach Zürich gekommen, um ein eigenes Leben zu beginnen. Beide redeten nicht gerne über die Zeit in den Bergen. So sehr Johannes nachfragte und forschte, er bekam keine Antwort. Erst spät würde er in dieser dunklen Vergangenheit den Grund für Johannas Hass erfahren. Zu einem Zeitpunkt, als es beinahe zu spät für sie alle war.

Thomas fuhr vertraut mit der Hand über den Rücken seiner Cousine, was diese ohne Widerstand zuließ. Für Johanna tat er einiges. Selbst diese Personen zu ertragen, mit denen sie Umgang pflegte. »Was war denn gerade das Thema? Habt ihr euch in dieser Sommerhitze in Rage geredet?« Er lächelte spöttisch in die Runde. »Also mir wäre das hier zu heiß. Cousinchen, wollen wir nicht noch ’ne Runde Schwimmen gehen?«

Schweigen breitete sich aus, bis Ueli es nicht mehr aushielt und dem Kantonalbeamten, der Thomas als Revisor nun mal war, zu antworten begann. »Wir überlegen uns, was wir gegen die Schwab…«

»Nichts. Es war nichts. Die Hitze setzt uns einfach zu«,

unterbrach Johanna. »Wir haben uns über Lächerlichkeiten gestritten. Tut mir leid, Clara, ich wollte dich nicht verletzen. Wieder Freunde?«

Diese ließ noch immer die Hand willig unter der von Johannes und nickte glücklich zurück. Streit war ihr mehr als zuwider.

»Na, das freut mich, ich hatte schon Sorge, ihr wollt wieder die Welt rächen«, stichelte Thomas, um aber versöhnlich fortzufahren: »Die Informationen, um die ihr mich gebeten habt, habe ich schon zusammengetragen. Ich schicke sie euch heute Abend von meinem Privatrechner zu.«

Irritiert blickte Ueli von Thomas zu Johannes. »Unterlagen? Wofür?«

Doch Johannes schwieg. Es passte ihm nicht, dass er von diesem unsympathischen, arroganten Kerl abhängig war. Aber Thomas hatte Zugriff zu sensiblen Meldedaten und staatlichen Archiven. Eine wichtige Quelle, um weiter recherchieren zu können. Josepha Amann, der Name tauchte wieder in seinen Gedanken auf. Dieser und noch einige Daten mehr mussten geprüft werden.

»Danke«, sagte er also nur, stand auf und verließ mit einem leichten Nicken die Runde. An der Tür wandte er sich nochmals um. »Ich melde mich in Kürze. Haltet euch bereit.«

Aufstand der Wenigen

»Was suchst du denn so verzweifelt? Du rennst ja wie ein Flüchtender durchs ganze Haus.« Mila beobachtete irritiert ihren Bruder. Ihren freien Tag von der Klinik hatte sie sich irgendwie anders vorgestellt.

Was war das für ein Auftritt hier in Chur? Johannes war für einige Wochen einfach wortlos verschwunden, tauchte dann bei ihr ohne weitere Erklärung auf, um die Klinikleitung zu fragen, ob seine Schwester einen Tag Ausgang bekäme. Er müsse mit ihr im Haus der verstorbenen Großmutter ein paar Dinge klären. Und jetzt saß sie einfach nur untätig herum, um zu beobachten, wie ihr Bruder wild von Zimmer zu Zimmer sprang. Die abgestandene Luft in dem verlassenen Altstadthaus nahm ihr beinahe den Atem. Sie rüttelte am Küchenfester, doch das ließ sich nicht öffnen. Etwas hakte.

»Mila, erinnerst du dich denn gar nicht, wo Großmutter ihr Bargeld und ihren Schmuck versteckt hat?« Er blickte seine Schwester eindringlich an. »Versuch doch mal, dich zu konzentrieren!« Er setzte sich zu ihr. Schweiß rann ihm die Stirn hinunter.

»Johannes, du machst mir Angst. Du wirkst so gehetzt. Willst du mir nicht sagen, um was es geht?«

Nein, das konnte er nicht. Es war unmöglich für ihn, ihr zu gestehen, dass er alle Wertschätze der Großmutter zu Geld machen musste, um seine aufwändigen Aktionen zu finanzieren. Seit Wochen verdiente er keinen Franken mehr. Die Reisen in die verschiedenen Regionen Süddeutschlands, der Schweiz und Österreichs kosteten viel Geld, die Anwerbeversuche von Verbündeten für seine Bewegung waren ebenfalls teuer. So viele Gesprächsrunden in den Wirtschaften der Bergdörfer dort oben in den Alpen lagen hinter ihm, in denen er Essen und Trinken spendierte, um gute Stimmung zu verbreiten und um am Ende dennoch rausgeschmissen zu werden. Eine Volksbewegung wollte er aus dem Boden stampfen. Johannes war davon überzeugt, dass es vielen anderen Menschen genauso gehen musste, wie ihm. Doch bisher weit gefehlt.

Er wischte sich mit dem staubverschmutzten Handrücken den Schweiß von der Stirn und lehnte sich zu ihr rüber. »Komm lass uns 'nen leckeren Kaffee trinken. Ich habe die Maschine schon angeworfen. Immer noch mit Milch und Zucker?«

Sie nickte erfreut, als sie merkte, dass ihr Bruder wieder zur Normalität zurückkam. »Ja, gerne. Omi hat immer so schöne, große Tassen gehabt, mit den verschiedenen Motiven aus allen Ländern der Erde, die sie bereist hat. Bitte heute die Tassen aus Griechenland.«

Johannes lächelte. Ihm gefiel die Detailfreude seiner Schwester. »Mila, ich will offen zu dir sein. Ich brauche dringend Geld. Viel Geld. Zunächst. Aber es wird sehr viel mehr Geld zurückkommen. Das verspreche ich dir. Die einzige Möglichkeit ist, dass ich Omis Wertsachen zu Geld mache.« Er blickte sie mit hochgezogenen Augenbrauen an. »Schwesterherz, kannst du mir da deine Zustimmung geben? Das hier gehört uns beiden.«

Die Angesprochene rührte stumm in dem ihr vorgesetzten Kaffeebecher. Sie ignorierte, dass es derjenige aus Spanien geworden war und nicht der aus Griechenland. »Johannes, man hat mir schon erzählt, dass du sonderliche Dinge machst. Hast du was ausgefressen?«

Erstaunt stellte er seine Tasse ab. »Woher hast du das? Wer erzählt so etwas?« Er lehnte sich in seinem Stuhl zurück, wartete geduldig, bis seine Schwester das Schweigen brach.

»Johannes, glaubst du denn, in der Klinik sperren sie uns weg und kapseln uns von der Außenwelt ab? Was für ein Bild hast du von meinem Leben?« Sie schüttelte den Kopf. »Es war aber wirklich eher Zufall. Eine aus unserer Küche kommt aus Arosa. Sie hat erzählt, was sich dort zugetragen hat. Und dann habe ich im Web recherchiert. In einigen Foren berichten sie von einem Unruhestifter namens Simon, der Mitstreiter für seinen Aufstand der Schwabenkinder sucht. Für mich war schnell klar, dass du dahintersteckst, Johannes. So, wie du nach unserem letzten Abendessen davongestürmt bist. War unser Gespräch der Anlass?«

Unruhig blickte er auf. Seine Spuren im Netz? So auffällig war er bisher unterwegs gewesen? Mit leicht zitternden Händen fuhr sich Johannes durchs Haar. Dann gab er es zu: »Vor dir kann man nichts verbergen, meine Beste. Aber du hast recht. Das war ich. Ich habe versucht, diese trägen Säcke wachzurütteln. Nur, kannst du dir das vorstellen? Sie glauben wirklich, dass das alles überwiegend eine gute Sache war mit diesen Schwabengängen. Eine gute Chance, um über beinahe vierhundert Jahre lang zu überleben, indem man jährlich Tausende junger Menschen ins Alpenvorland trieb. Durch Wind, Eis und Kälte. Ihnen ist egal, dass nicht jedes Kind dort ankam! Und wer es zu den fetten Schwaben schaffte, wurde dort beinahe bis zum Tod ausgebeutet, misshandelt, und die kleinen Mädchen wurden sexuell missbraucht!« Johannes schlug mit der Faust auf den Tisch. »Und dann, Mila, dann sagen sie mir in den Dörfern dort oben in den Bergen, dass das das kleinere Übel gewesen wäre. Denn sonst wären alle zusammen verreckt und verhungert.«

Johannes schnappte sich die Tasse. Er setzte langsam den Rand an den Mund und ließ nochmals die Bilder vor seinen Augen Revue passieren. Es war so schwer für ihn, das alles zusammenzubringen.

»Johannes, es gibt aber auch die Erzählungen von Zeitzeugen und Aufzeichnungen, in denen sie berichten, dass es ihnen gut gegangen ist bei den Schwabenbauern. Dass sie gut zu Essen bekommen haben, Teil der Familie waren und immer zwei gute Sätze Kleidung erhielten, wenn St. Martini kam. Einige sind sogar Freunde auf Lebenszeit geworden. Manche sind später immer wieder zu den Bauern gefahren, haben sie besucht oder sind gleich im Schwabenland geblieben, haben dort Familien gegründet.«

Ihr Bruder wischte mit der Hand durch die Luft. »Wie viele waren das, Mila? Wie viele erlebten Gutes im Verhältnis zu denen, deren Leben über Generationen hinweg zerstört wurde? Nein! Ich sehe das anders. Jedes einzelne zerstörte Schicksal ist es wert, Wiedergutmachung zu fordern. Glaub mir. Jedes einzelne.« Er schoss aus seinem Stuhl hoch und suchte weiter in der Wohnung umher. Irgendwo musste die Omi doch ihre Schätze versteckt haben. Er musste sie finden.

Mila blickte starr vor sich hin. Sie fröstelte. Die Bilder, die seine Erzählungen in ihr hochriefen, rissen die dünnen Wände in ihrer Gefühlswelt nieder. Alles stürzte darin übereinander. Ihr Leid vermischte sich mit den Bildern aus seinen Erzählungen. Der Kaffee wurde kalt. Doch sie rührte sich nicht vom Fleck. Sie spürte, dass eine dunkle Macht gerade dabei war, ihr den Bruder zu nehmen. Ihren letzten Vertrauten. Mila versank tiefer und tiefer in ihrem inneren Abgrund, der ihr so Angst machte.

Apathisch ließ sie sich spät an diesem Abend von Johannes in die Klinik zurückbringen. Beide sprachen kein Wort, als er Mila die Treppen zur Klinik hochführte. Seine Hilflosigkeit kämpfte mit seinem Schuldgefühl. So hatte er seine Schwester viele Jahre nicht mehr gesehen.

»Johannes, was hast du mit wenigen Worten nur angerichtet?« Die Stimme in ihm geißelte sein Gewissen immer und immer wieder. Das hatte er nicht gewollt. Vorwurfsvolle Blicke des Personals trafen ihn, als seine Schwester in diesem schlechten Zustand vor ihnen stand. Doch Johannes hatte nicht mehr viel Zeit. Nur noch etwas mehr als acht Wochen bis zu Martini am 11. November. Schnell küsste er seine Schwester auf die Stirn, entschuldigte sich und verschwand. Er durfte sich nicht von persönlichen Befindlichkeiten ablenken lassen. Dazu war die Mission zu wichtig.

Unten im Park schüttelte er sich wie ein nasser Hund, um die Schwere auf seinem Gemüt loszuwerden, und lief wieder in der ihm typischen Art los. Er rannte davon.

***

Der Anruf von Ueli erfreute Johannes sehr am folgenden Morgen. Gefolgsleute. Echte Gefolgsleute waren auf dem Weg zu ihm!

»Simon, sie haben in den Internetforen von dir gelesen und haben gefragt, wo man dich findet.« Er verschluckte sich beinahe in seinem Redefluss. »Ich hab ihnen vorsichtige Botschaften zukommen lassen und sie nach Chur gelotst.«

Unruhig ging Johannes im Raum umher, immer wieder fuhr seine Hand durch die ungebändigten Haare. »Wo, wohin hast du sie gelotst? Zu mir?« Er blickte zum Fenster hinaus auf die noch ruhige Gasse.

»Aber nein. Wo denkst du hin? Ich habe sie für heute Nachmittag ans Rathaus bestellt. Sie sollen an der rechten Ecke des Hauses warten. Jeder hat eine gelb-schwarze Fahne oder ein Tuch in der Hand.«

Johannes runzelte die Stirn. »Gelb-schwarz?« Er verstand das Symbol erst nicht.

»Ja, natürlich, die Farbe der Ausbeuter. Gelb-schwarz ist ihre Landesfarbe.« Nette Idee, dachte Johannes, wenngleich auch albern. »Wohin du mit den Neuen gehen wirst, bleibt dir überlassen und hängt natürlich davon ab, wie viele wirklich kommen. Ich selbst bin schon auf dem Weg zum Zug nach Chur. Ich komme so um die Mittagszeit an. Bis später.«

»Aber Ueli, wie soll … Ueli?« Die Verbindung war weg.

Johannes setzte sich auf den Küchentisch. Langsam drang

es zu ihm durch. Da kamen Menschen, die ihm folgen wollten, ihm, dem Simon, beziehungsweise Johannes. Ein kleiner Vogel zwitscherte fröhlich auf der Fensterbank. Frech plusterte er sein braunes Gefieder auf, den Blick auf das Fenster gerichtet. Hatte seine Großmutter das Tier immer gefüttert und wartete es auf Nachschub? Gedankenverloren blickte Johannes auf den lustigen Tanz.

Sauer stieß er auf. Er trank zu viel Kaffee in diesen Tagen und lebte vollkommen ungesund. Die Reste der Pizza von gestern Nacht standen noch auf dem Tisch. Es roch modrig in der dunklen Küche. Doch Johannes wollte die Hitze draußen lassen. Wie fühlt man sich in solch einer Situation, wenn man zum ersten Mal Anhänger hat, die auf einen warten? Was denkt man dabei? Wie mit der Verantwortung umgehen, wenn sie wirklich Straftaten begehen und er sie dazu angeleitet hat? Denn ohne Gewalt würde es nicht gehen, wollten sie ihr Recht einfordern.

Johannes spielte das Spiel, das sonst seine Therapeutin mit ihm spielte. Doch es wollte ihm nicht gelingen. Vor lauter Aufregung gab er keine vernünftigen Antworten. Der kleine Vogel pickte mit dem Schnabel gegen die Glasscheibe. Er wollte Aufmerksamkeit von seinem menschlichen Futterautomaten. Johannes trank trotz des übersäuerten Magens weiter an seinem Kaffee. Er musste gleich noch dringend zum Pfandleiher, um die Wertsachen seiner Großmutter zu veräußern, bevor das Treffen stattfand. Unruhig nahm er die schwere metallene Box in die Hand, in der die Familienerbstücke lagerten. Spät in der Nacht hatte Johannes sie in seiner Kammer in einem versteckten Winkel im Dachgebälk gefunden. Warum seine Großmutter seine Eltern enterbt und Mila und ihn als Erben eingesetzt hatte, fragte sich Johannes nie. Das war jetzt auch nicht wichtig. Er musste flüssig sein, um eine Bewegung anführen zu können. Gleich heute Mittag sollte es losgehen.

Hitze stieg in ihm hoch. Er, der Simon. Er, der Anführer

einer Bewegung, die in den biblischen Geschichten der Zeloten ihre Vorgänger besaß. Doch war das nicht eine Nummer zu groß? Unwohl zupfte Johannes an seinem Shirt. Schweiß trat ihm auf die Stirn.

Wie muss man vor solchen Leuten auftreten?, fragte er sich. Dominant, charmant, befehlend oder in gewinnender Art? Er wusste es nicht. Die abgestandene Luft in der schlecht belüfteten Wohnung störte Johannes plötzlich mächtig. Ihm wurde stickig und eng.

Das Fiepen des kleinen Vogels wollte nicht enden.

»Still«, zischte Johannes, »sei endlich still!«

Doch der kleine Knirps vollführte fröhlich und aufgeregt seinen Tanz, bis ein heftig gegen das Fenster geschleuderter Kochlöffel die Scheiben klirren ließ. Aufgeschreckt flatterte der Spatz davon. Johannes aber sprang auf und schnappte sich die Schmuckbox. Er musste was tun, sich ablenken. Hoffentlich gab der private, nicht ganz offizielle Pfandleiher gut und viel. Er brauchte das Geld.

Wenige Stunden später platzierte sich der Anführer der zukünftigen Bewegung unauffällig in einer Türnische gegenüber dem Rathaus. Der Schatten in der engen Gasse tat gut in der Mittagshitze. Noch immer wollte der späte Sommer nicht abtreten. Es würde wieder einmal ein Jahrhundertsommer mit Rekordtemperaturen gewesen sein, wenn er denn mal zu Ende ging.

Johannes blickte auf die Uhr seines Smartphones. Ueli musste sich doch endlich melden. Wo blieb der Kerl denn nur?

Er beobachtete abwesend die schräg bemalten Fensterläden am Rathaus. Das rot-weiß-schwarze Muster bildete harte Kontraste. Die Fahne des Kantons schwebte über allem. Johannes erinnerte sich an den Schulunterricht, in dem ihnen beigebracht wurde, dass sie aus den Motiven der drei Bünde, wie man sie ehedem nannte, zusammengesetzt war.

Warum aber der Steinbock im unteren Feld der Fahne einen roten Penis besaß, der gut und deutlich zu sehen war, verwunderte Johannes noch heute. Welche Botschaft sollte dies denn haben? Er kam nicht mehr dazu, sich tiefergehend damit zu beschäftigen, da sein Gefolgsmann endlich um die Ecke stampfte. Aus seinem schützenden Zürich in die Welt hinaus zu gehen war ungewöhnlich für Ueli. Doch Johannes war glücklicher denn je, ihn zu sehen.

»Sei gegrüßt, mein Freund. Hast gut hergefunden?«

Noch außer Atem nickte dieser nur und wischte sich den Schweiß mit einem gelb-schwarzen Tuch von der Stirn. Schnell schnappte sich Johannes das Teil und versteckte es.

»Simon, was soll das? Das brauchen wir!« Das Unverständnis war in seine Augen geschrieben. »Gibs mir zurück. Ich hab auch eins für dich.«

Doch der Angesprochene winkte ab. »Noch nicht! Wir beobachten erst, wer kommt!« Er schnappte sich auch das zweite Tuch und steckte es in seine Hosentasche, die gut mit Geldscheinen gefüllt war. Die Pfandleiher hatten erfreulich viel gegeben. Es waren derer zwei, die er hatte aufsuchen müssen, denn für einen war es zu viel gewesen. Das hatte er bestimmt seinem reichen Urgroßvater zu verdanken.

»Simon, das ist ein historischer Moment. Ist dir das bewusst? Das hier markiert den Beginn unserer Bewegung.« Sichtlich bewegt hüpfte Ueli von einem Fuß auf den anderen. Er durfte dabei sein, bei diesem schicksalsträchtigen Moment!

Doch noch tauchte kein Mensch auf. Nicht einmal eine Senioren- oder Touristengruppe erschien. Ein alter Amtsbote trat aus dem Haus heraus und nickte Johannes kurz zu. Man kannte sich aus alten Tagen, als die Großmutter noch lebte.

Johannes boxte seinem Kompagnon genervt in die Seite. »Was soll das denn? Warum tippelst du so wild in der Gegend rum? Geh doch rüber zu den Tauben dort. Ihr passt zusammen!«

Die alte Uhr über ihnen schlug scheppernd zweimal. Halb eins. Wann kamen sie? Die Minuten zogen sich dahin. Ein etwas dicklicher Herr mittleren Alters bog zögerlich um die Ecke. Er blickte hilfesuchend um sich, um dann wieder auf der anderen Seite zu verschwinden.

»Wo wollen wir uns nachher zusammensetzen?« Ueli schaute erwartungsvoll zu Johannes hinüber.

Na, der hatte ja Nerven, dachte sich dieser. Bestellte alle hierher, ohne sich Gedanken zu machen, wo die Bewegung ihren Ausgangspunkt hatte. Das passte zu Ueli. Nur die unmittelbar nächsten Schritte bedenken. Mehr aber nicht.

»Du hast also nichts geplant?«, fragte Johannes unnötigerweise, wollte es aber nochmals von Ueli hören. Doch die Antwort ging unter im Schwall einer Gruppe von gut einem Dutzend Personen, die die Gasse aus Richtung Bahnhof herunterkamen. Alle schwangen sie wild die gelb-schwarzen Tücher und Schals in den Händen. Offenbar hatte die Rhätische Bahn alle zugleich aus den Bergen hierhergebracht. Johannes entdeckte Bierflaschen in mancher Hand, die fröhlich an die Münder wanderten. War das seine Verschwörergruppe? Er duckte sich unwillkürlich in dem Hauseingang gegenüber dem Rathaus. Fast nur Männer. Kernige und lustige Kerle offenbar. Nun doch, zwei Frauen waren dabei.

Die Gruppe erregte bereits Aufsehen im Rathaus. Neugierige Blicke tauchten aus den Fenstern auf. Das nahm ja einen guten Start! Johannes musste handeln.

»Willkommen Freunde«, sprach er mit gedämpfter Stimme und winkte die Gruppe zu sich her. Aufmerksam musterte er die Gesichter der Ankömmlinge. Die Abenteuerlust sprühte nur so aus ihren Augen. Wie alt mochten sie sein, diese Gesellen und die zwei Frauen? Johannes schätzte den größten Teil von ihnen auf Mitte zwanzig. Ein paar mochten dabei sein, die auf die Vierzig zugingen. Menschen aus den Bergen waren immer schwer einzuschätzen. Sonne und Arbeit ließen schnell die Haut altern. Zwei aus der

Gruppe jedoch waren als Milchgesichter auszumachen, die maximal sechzehn oder siebzehn Jahre alt sein konnten.

Die Truppe war äußerst bunt, nicht nur, was die Kleidung anbetraf. Von traditioneller Bauerntracht mit wollenen Westen, die dicke Bäuche umschmiegte, bis hin zu Jeans und T-Shirts, die sich über kräftige Oberkörper legten, entdeckte er alles. Die beiden Frauen trugen wollene Westernhemden mit rot-weißen Karos. Alle redeten sie fröhlich durcheinander. Außenstehende hätten in ihnen eine Reisegruppe gesehen, die einen Tag in der Stadt gebucht hatte.

»Das Tuch, Simon, das Tuch.« Ueli machte sich beinahe in die Hose. »Auf, gibs mir«, und zog es seinem Anführer mit kräftigem Ruck aus der Hose, dass beinahe die zwei dicken Umschläge mit dem Geld herausfielen. Johannes konnte es in letzter Sekunde packen und zurückschieben. Hastig spulte er den Satz ab, den er sich den ganzen Morgen schon parat gelegt hatte:

»Ihr habt es hierher geschafft! Euch gebührt mein großer Respekt. Einzelne Gesichter erkenne ich wieder. Nochmals willkommen. Bitte folgt mir!« Und schon lief er los. Das mit dem Wiedererkennen war gelogen. Aber Johannes ging einfach davon aus, dass das hätte möglich sein können, nach all den Gesprächen in den Dörfern dort oben.

»Ueli, bleib bitte hier und sammle den Rest ein, der eventuell noch kommt. Ich geb dir die Adresse, wo du uns findest. Es ist eine alte aufgegebene Schreinerei. Geht einfach in den Hinterhof. Ich lasse die Tür offen.«

Er notierte schnell eine Straße auf einem Stück zerknitterten Papiers. Der Geistesblitz war Johannes glücklicherweise vor wenigen Momenten gekommen. Ein alter Verehrer seiner Großmutter betrieb einst ein kleines Gewerbe, in dem er alte Möbel renovierte und reparierte. Johannes durfte als Jugendlicher immer helfen und etwas Geld dazuverdienen. Die Zahlenkombination des Vorhängeschlosses kannte er noch heute, vorausgesetzt, es war das alte Schloss von damals und nicht ausgetauscht worden, nachdem der Freund der Familie ins Altersheim gegangen war. Ein guter Ort, denn dort im Hinterhof waren sie etwas ab vom Schuss.

***

Als Ueli eine halbe Stunde später mit weiteren vier Verschwörern auftauchte, bot sich ihnen in der alten Schreinerei ein buntes Bild: Auf den Werkbänken, Holzkisten, Bretterstapeln und wackeligen Holzstühlen hatten es sich die anderen bereits gemütlich gemacht. Johannes besorgte beim Getränkemarkt nebenan eilig weiteres Bier, Schnaps und Wasser, sodass alle nach kurzer Begrüßung gut am Feiern waren.

Noch immer brachte Johannes nur wenige Worte heraus. Wie gebannt beobachtete er die Szene. Ueli hatte sich neben ihn gesetzt.

»Wo sind eigentlich Johanna und Clara?«

Erst jetzt wurde Johannes bewusst, dass die beiden Frauen aus Zürich nicht hier waren.

Ueli zuckte die Schultern. »Weiß nicht. Ich hab sie angeschrieben, aber keine Antwort bekommen.«

Er öffnete gerade selbst ein Bier, als ein Schrank von Mann auf sie zutrat. Dunkelhaarig, mit wilder Mähne und Vollbart. Seine Zimmermannskluft verriet den Handwerker. »Hallo, Simon. Erinnerst dich noch? Bin der Rico. Komm aus Graubünden. Haben uns kürzlich dort getroffen, als du im Bürgersaal geredet hast. War kein schöner Abend für dich, was?« Er legte ihm die Pranke auf die Schulter.

Johannes zuckte zusammen. Ja, dieser Abend, an dem sie handgreiflich geworden waren und ihn als Unruhestifter beschimpft hatten. Er war aus dem Gemeindesaal rausgeflogen, in unsanfter Weise. Was wollte dieser Rico?

»Tut mir sehr leid. Denn ich habe verstanden, was du willst: Schulden müssen beglichen werden, auch wenn sie jahrhundertealt sind. Auge um Auge, Zahn um Zahn! Das ist meine Devise. Und das habe ich bei dir auch entdeckt. Ich weiß nicht, ob jemand aus meiner Familie zu den Schwaben musste. Das ist aber auch egal! Es geht uns alle an, und ich bin dabei, wenn wir das Unrecht begleichen können, das meinen Volksleuten widerfahren ist. Du hast mich mit deiner Rede überzeugt! Deshalb bin ich hier.« Er hielt Johannes seine Flasche hin, damit dieser mit seiner eigenen anstoßen konnte. Sie nahmen beide einen kräftigen Zug. Rico rülpste laut und dröhnte für alle hörbar in den Raum: »Wie fangen wir es an?«

Schweigen machte sich unvermittelt breit, als der Graubündener mit seiner tiefen, brummenden Stimme diese Frage von sich gab. Darauf hatten sie gewartet.

Für Johannes war das die Initialzündung, die er gebraucht hatte. Rico gab ihm den Mut. Die Pranke auf seiner Schulter erhob ihn zum Führer der Gruppe, adelte ihn gleichsam. Der noch junge Anführer erhob sich langsam. Als er sich seiner Kleinwüchsigkeit neben dem großen Graubündener gewahr wurde, kletterte er rasch auf einen der Stühle. Beinahe hätte er den Kopf an der Decke angeschlagen.

»Freunde! Freunde! Wir sind hier, um Großes zu begehen. Die Zeit ist reif, um Geschichte zu schreiben und ein großes Unrecht wiedergutzumachen! Ein Unrecht, das über viele Jahrhunderte hinweg unseren Ahnen widerfahren ist und woran wir heute noch leiden.«

Der gedrungene Raum mit seinem vielen Holz nahm seiner Stimme zwar den Hall und das Volumen, aber das tat der Stimmung keinen Abbruch. Gebannt lauschten diese Menschen, die bereits früh am Morgen von ihrem Zuhause aufgebrochen waren, seinen Worten und den im Ansatz einstudierten Ausführungen. Für sie klang das, was er ihnen erzählte, beinahe wissenschaftlich fundiert, fast schon zwangsläufig in der Konsequenz dessen, warum das so war, wie es war und warum sie noch heute damit zu kämpfen hatten.

Johannes konnte reden. Das musste man ihm lassen. Auch

wenn er Worte verwendete, die mancher sein Lebtag nicht gehört hatte. Sie sogen alles auf, und so setzten sich die Begriffe wie »Determinismus« und »Fluch bis ins dritte Glied« und darüber hinaus tief in ihrem Bewusstsein fest. Endlich hatten sie die Erklärung und die Entschuldigung für jedes Versagen und für alle Unzulänglichkeiten in ihrem Leben. Die Gruppe johlte, brüllte, feierte sich und das Leben und die Aufgabe, die das Schicksal ihnen eröffnete. Simon musste Ueli zweimal mit Geld losschicken, um im Getränkemarkt Nachschub zu holen.

Dann kam die Stunde der Wahrheit. Johannes stellte sich vollkommen nass geschwitzt in dem stickigen und alkoholgeschwängerten Raum vor die kleine Horde von Verschwörern. »Jetzt liegt es an euch, mit mir diesen Weg zu gehen. Ihr könnt helfen, aus unserer Bewegung eine Massenbewegung zu machen, die unsere Regierung zwingt, in unserem Sinne zu handeln und die Deutschen auf Regresszahlungen zu drängen. Geht raus in die Welt, und erzählt allen die Wahrheit. Weckt die Menschen auf!« Er machte eine lange Pause, zog kräftig an seinem Bier und spürte bereits gewaltig den Alkohol. »Wer nur das erreichen will, der kann jetzt schon gehen. Wer aber mehr will, wer gezielt den nachgeborenen Bastarden der Unterdrücker das Geld entreißen will, das uns gehört, der soll bleiben. Aber, ich warne euch! Danach gibt es kein Zurück mehr. Wir werden Grenzen überschreiten müssen. Das Gesetz wird es für uns nicht mehr geben. Denn für unser Anliegen gibt es kein Rechtssystem! Wir müssen uns unseren Raum selbst schaffen. Ihr wisst, was das heißt: Auge um Auge, Zahn um Zahn! Und damit haben wir bereits begonnen. Die Unterdrücker haben inzwischen von uns ihr Ultimatum erhalten! Entscheidet euch jetzt, und bleibt nur dann, wenn Ihr mutig genug seid. Danach gibt es kein Zurück mehr! So isses!«
Schnell trank er sein Bier zu Ende, stieg vom Stuhl und torkelte zu seinem Holzklotz zurück.

Die Stille war fast schon gespenstisch. Die ersten standen auf, stellten ihr Bier ab und schlichen sich zur Tür. »Simon, wir sind da, wenn du uns als Helfer brauchst. Oben in den Bergen. Aber denk bitte daran, wir haben Familie. Wir können sie nicht in Gefahr bringen.« Sagten es und verschwanden.

Johannes blickte starr auf den Boden. Sein Körper war angespannt wie eine Sehne, von den Zehen bis in die Haarspitzen. Für Minuten versank er in sein schwarzes, tiefes Loch, in dem er schon als Kind verschwand und dort in seiner eigenen Welt weilte. Das Schlagen der alten Holztür, wenn sie wieder und wieder auf den Holzrahmen schlug, drang einem Trommelrhythmus gleich an sein Ohr. Als er wieder zu sich kam und aufblickte, waren nur noch Ueli und Rico im Raum. Betreten blickten sie zur hölzernen Tür.

»Feiglinge. Sie sind alle weg. Was ist das denn für ein Pack.« Ueli schleuderte seine Flasche in die Ecke.

Doch Rico besänftigte ihn. »Lass sie. Sie haben es nicht verdient, dass man über sie schimpft. Kamen extra hierher und werden auch helfen. Doch sie haben viel zu verlieren und weniger Mut als wir.« Er blickte in dem leeren Raum umher. »Ich aber bin dabei! Ich weiß, dass dies getan werden muss. Lasst uns was essen gehen, ich habe einen Bärenhunger. Dann können wir besser Pläne schmieden. Ich hätte da was vorzuschlagen.«

Weder Johannes noch Ueli reagierten zunächst. Ihre Blicke wollten nicht aus der Tiefe auftauchen. Doch Rico fasste den einen unter dem rechten, den anderen unter dem linken Arm und hob sie kurzerhand hoch. Beinahe flogen sie wie Federn unter seinem Griff in die Höhe und fanden sich auf der Gasse wieder.

»Wo gehen wir hin?«, wollte Rico wissen.

Johannes schüttelte sich und versuchte der Umklammerung Ricos zu entkommen. »In das Drei Bünde, in die Rabengasse«, stotterte er und stolperte los.

Sie hofften auf das Nachlassen des vielen Alkohols, der den ganzen Nachmittag geflossen war, während sie durch die Gassen wankten und endlich den Eingang ins Restaurant fanden. Der Kellner bot ihnen einen der freien Tische an und nahm die Bestellung entgegen.

Johannes stützte müde seinen Kopf auf seinen Händen auf, die Ellbogen auf der Tischplatte abgesetzt. Ueli sah nicht besser aus, wie er den Kopf gleich direkt auf den Tisch legte.

»Jungs, trinkt gleich noch ein Bier, das hilft.« Rico saß aufrecht wie ein Stamm und beobachtete etwas besorgt seine Mitstreiter.

Johannes seufzte: »So soll es denn sein und lasst uns gleich noch einen Schnaps bestellen.«

Sein Verbündeter aus den Bergen klopfte ihm erfreut auf die Schulter. »So ist es schon besser. Ich sehe, du bist ein Kämpfer.«

Der Gelobte erfreute sich an solchen Sprüchen. Sie bauten ihn auf, egal, wie ernst das gemeint war. Kräftig schlug er dem noch immer auf dem Tisch liegenden Ueli auf den Hinterkopf. So lange, bis dieser sich wieder aufrecht hinsetzte. Die Gäste an den Nachbartischen beobachteten sie bereits. Das passte hier nicht rein in diese Gaststätte. Mit dunkel umrandeten Augen und der Gravitation folgenden Mundwinkeln lallte Ueli über den Tisch hinweg: »Und auf die Briefe hat bisher auch keine Sau reagiert. Niemand!«

Johannes wollte ihm gerade den Mund verbieten, als Ricos Aufmerksamkeit geweckt war. »Welche Briefe? Worum geht es?« Er legte seine Pranken auf den Tisch. »Sprecht!«

Und so sah sich Johannes gezwungen, ihm von der Aktion zu berichten, die seit gut zehn Tagen lief. »Wir haben Briefe verschickt. Briefe an die Nachkommen der Unterdrücker. An alle, die wir über unsere Nachforschungen entdeckt haben.« Er stockte kurz, um hinzuzufügen: »St. Martin. Das ist das letzte Ultimatum. Du siehst, es gibt eh keinen Weg mehr zurück. Wir müssen das durchziehen, sonst lachen sie uns wieder aus, diese Ausbeuter.«

Auch der deftige Braten mit Knödeln und Soße hielt Rico nicht ab, ihn zum Weiterreden aufzufordern. Obschon Johannes zögerte, ihm alles zu erzählen, war am Ende die ganze Geschichte raus. Der Alkohol löste die Zungen und machte das Denken schwer. »Sie verhöhnen uns. Sie glauben nicht an die Ernsthaftigkeit unserer Drohungen«, seufzte er. Die drei jungen Männer schmatzten und schwiegen. Als der letzte Bissen gegessen war und der Ober ohne ihr eigenes Zutun die Rechnung brachte, tranken sie rasch aus und traten in die Gassen der Stadt.

***

Chur war bereits in tiefstem Dämmerschlaf, als sie sich über Straßen, Wege und Pflastersteine quälten. Ohne ein Wort zu verlieren, bewegten sich alle drei in Richtung der Bleibe von Johannes.

»Radikaler. Viel radikaler!« Ricos Worte hallten bedrohlich durch die Gassen, als er diese laut von sich gab.

Johannes blieb stehen und wandte sich zu ihm um. »Was? Was meinst du?« Er versuchte, den Blick von Rico zu ergattern, dessen Kopf konzentriert nach unten schaute, um seinen Füßen zu helfen, den einen vor den anderen zu setzen. Ueli erleichterte sich gerade einige Meter hinter ihnen an einer Hauswand. Sein Plätschern erfüllte die Nacht. Über ihm öffnete sich ein Fenster, und ein Wasserschwall schoss auf ihn nieder. Doch die beiden Kameraden beachteten das nur beiläufig. Sie bewegten sich torkelnd weiter.

»Das muss radikaler passieren, Simon! Du musst ihnen klarmachen, wie ernst du es meinst. Jetzt lachen sie über dich. Ich kann schon sehen, wie sie in ihren Stuben sitzen und dich verhöhnen. Du, der Bastard einer runtergekommenen Hütekindersippe.«

Johannes wurde urplötzlich nüchtern. Jene gefürchtete,

dunkle Lava strömte abrupt in ihm nach oben, wollte seinen Kopf bersten lassen. Die Worte hallten in ihm nach. Bastard, verhöhnen … Der gerade noch so träge vor sich hin Dämmernde rastete aus.

Wild schlug er auf Rico ein, der überrascht aufstöhnte, als Johannes' Faust seinen Magen traf. Ueli wurde grob zur Seite geschleudert, als er zu seinen Kollegen aufschloss. Beide Hände noch immer am Hosenladen, um ihn zu schließen. Das Schimpfen des erbosten Anwohners hallte hinter ihnen durch die Nacht.

»Ruhe, ihr Gammler. Verschwindet endlich«, brüllte er zu ihnen herüber.

Unvermittelt ließ Johannes von seinen Genossen ab und riss lockere Pflastersteine aus dem Boden unter ihm. Mit ihnen in der Hand rannte er auf das Fenster des Anwohners zu, das dieser gerade schließen wollte. Die Steine flogen mit Urgewalt ins zweite Stockwerk, zertrümmerten Glas und ließen im Inneren Gegenstände zerbersten. Ein Stein nach dem anderen flog.

»Bastarde«, brüllte Johannes, »Bastarde, ihr werdet es noch bereuen, mich zu verhöhnen. Ich töte euch.«

Erschrecktes Geschrei ertönte über ihm. Lichter gingen an. Menschen blickten vorsichtig aus den Häusern.
»Polizei, ruft die Polizei!«, riefen erste Stimmen. Doch Johannes beachtete sie nicht, versank tiefer in seine blinde Wut und tobte weiter, um dann wie eine Furie loszurennen. Erst, als er vor dem kleinen Haus seiner Großmutter zum Stehen kam, konnten seine Freunde ihm den Schlüssel abnehmen und erschöpft die Wohnungstür aufschließen. Im Inneren des vertrauten Hauses klarte sich sein Blick wieder etwas auf. Ohne ein weiteres Wort sank er auf der Küchenbank nieder und schlief in unbequemer Lage ein.

Die Freunde ließen es geschehen und trauten sich nicht, ihn zu wecken. Vorsichtig zogen sie sich zurück, um selbst einen geeigneten Schlafplatz zu finden.

»Interessant, interessant«, flüsterte Rico noch, bevor auch er einschlief. Er hatte die schwache Stelle Simons entdeckt. Eine wichtige Erkenntnis, die vielleicht mal von Nutzen sein konnte.

***

Am Morgen danach packten sie ihre wenigen Sachen zusammen, um nach Zürich zu reisen. Die Schädel wollten ihnen bei jeder Bewegung bersten. Am liebsten wären sie liegen geblieben, um sich zu erholen. Doch nach dem Krawall der vergangenen Nacht war es in Chur zu heiß geworden. Johanna und Clara waren schnell per WhatsApp ins Bild gesetzt. Der Versuch, deutlich mehr Gefolgsleute zu gewinnen, war gescheitert. Johannes reichte am Bahnhof seinen Begleitern je einen Becher Kaffee. Er nippte vorsichtig an seinem. Es war kühl geworden über Nacht. Der Jahrhundertsommer verlor allmählich seine Kraft.

»Dann muss es halt ein Aufstand der Wenigen werden«, sinnierte der junge Anführer vor sich hin. Mühevoll zog er sich ein dünnes Shirt über. Ihn fröstelte.

Rico nickte. »Ja, so wird es wohl sein. Der Vorteil ist, dass wir dann auch nicht mehr so viele Spuren hinterlassen wie gestern.« Er nahm einen kräftigen Schluck aus dem Becher. Die Hitze des Gebräus störte ihn nicht. »Euch ist klar, dass wir jetzt untertauchen müssen. Es wissen zu viele von unserem Vorhaben. Wenn nur einer dumm rausquatscht, kann es gefährlich werden.«

Johannes und Ueli nickten. »Ja, da ist was dran. Zürich bietet uns genügend Möglichkeiten abzutauchen. Und außerdem müssen wir die nächsten Tage ohnehin zu den Deutschen. Etwas Druck machen. Sonst wird das alles nichts.«

Der IC 3 stand zur Abfahrt bereit. Träge und mit einem

klagevollen Stöhnen erhoben sich die drei von der Wartebank, um ihren Waggon zu besteigen. Rico warf einen letzten kurzen Blick in Richtung seiner Berge. Konnte Johannes Wehmut im Gesicht des neuen Gefährten erkennen? Als der aber bemerkte, dass er beobachtet wurde, setzte er sich nach kurzem Zögern entschlossen zu Ueli und stieß diesen in die Seite. »Auf, wer saufen kann, kann auch arbeiten. Lasst uns Pläne schmieden!« Er versuchte ein Lächeln, um dann selbst tief in den Sitz hineinzurutschen.

Die Fahrt nach Zürich schliefen sie alle fest und tief. Unruhige Träume begleiteten die jungen Verschwörer. Der Weg zur Isolation und Radikalisierung lag wie eine Einbahnstraße vor ihnen. Das Rattern des Zuges schien sagen zu wollen: »Es gibt kein Zurück mehr. Ihr habt euch entschieden.«

Regen an Sankt Remigius …

… bringt für den ganzen Monat Verdruss.

Der Oktober begann für Kriminalhauptkommissar Steven Plodowski nicht »golden«, wie man es sich hätte wünschen wollen, sondern brutal und gewalttätig. Die Verbrechen häuften sich inflationär, hätte man meinen können. Passanten, die grundlos niedergeschlagen wurden, misshandelte Haustiere bis hin zu aufgeschlitzten Reifen.

Steven war zwar nicht für diese Art von Delikten zuständig, doch die Kollegen in der Dienststelle Ravensburg baten ihn in den vergangenen Wochen mehrfach um Amtshilfe, was man zwar nicht gerne tat, aber so viele Morde geschahen nun mal nicht in Oberschwaben. Und da wäre es unkollegial gewesen, nicht zu helfen.

Warum konnten seine Ravensburger und Oberschwaben nicht ein gutes und ruhiges Leben führen wie bisher? Nieselregen legte sich auf seine neuen, braunledernen, schicken Schuhe. Sein ganzer Stolz. Die Träger der blauen IKEA-Tasche schnitten tief in seine Schulter. Deren Bewohner beschwerte sich bei jedem Schlagen der Tasche an Stevens Schenkel mit einem kräftigen Knurren. Herr Max, Stevens Haustier, mochte solche Unruhe gar nicht. Es war ohnehin keine gute Idee, den Leguan in dieser Kälte durch die Gegend zu schleifen. Doch die besondere Situation machte es an diesem hässlichen Sonntagnachmittag erforderlich.

»Sicher die bösen Flüchtlinge und Asylanten! Ja, die sind das bestimmt«, maulten einige umstehende Passanten. Irritiert blickte der Kommissar zu ihnen, bevor er das Absperrband anhob und sich darunter hindurchwand.

»Grüß dich, Steven, das Opfer liegt dort drüben.« Kerstin zeigte in Richtung eines kleinen Grünstreifens, der sich entlang des Weges zog. Die junge Kollegin musterte Steven aufmerksam, wie sie es immer tat, wenn er am Tatort eintraf.

Feine Regentropfen perlten vom beinahe kahlgeschorenen Kopf des Mittvierzigers auf sein schickes, dunkelblaues Jackett. Das weiße Hemd war ebenfalls vom Regen in Mitleidenschaft gezogen worden. Das »Alles gut?« vermied sie aber an diesem Tag vorsorglich.

»Aber das ist ja ein Tier, kein Mensch. Ein Hund?« Irritiert drehte sich der Kriminalhauptkommissar zu ihr um. Seine mandelfarbigen Augen trafen die ihrigen. Mit seinen knapp 1,80 Metern überragte er seine Kollegin um gut eine Handbreit, sodass er über sie hinweg zu den Schaulustigen sehen konnte. Sie nickte. »Ja, ein Dobermann. Tolles Tier. Einfach niedergestochen.«

Steven blickte wieder zum Hund. »Für Tierdelikte haben wir doch andere Kollegen. Alles müssen wir jetzt nicht unbedingt übernehmen…« Er wollte sich schon wegdrehen.

»Bleib, Steven«, rief ihm Valmir zu. »Es gibt auch ein echtes Opfer. Lebt zwar noch, ist aber übel zugerichtet.«

Steven wandte sich ihnen wieder zu. »Wo?« Dieser eigenartige Blutgeruch eines Tatorts drang unvermittelt in seine feine Nase. »Nicht mehr hier. Was denkst du denn? Gerade noch rechtzeitig mit dem Krankenwagen in den OP gebracht.« Kerstin schüttelte den Kopf. Glaubte er denn, man sollte die Opfer so lange am Tatort lassen, bis sie zu Mordopfern wurden?

Der Kommissar seufzte. Doch kein freier Nachmittag. Der Bauernspruch in einem der Bioläden in der Gasse der Ravensburger Oberstadt klang ihm noch nach: »Regen an Sankt Remigius bringt für den ganzen Monat Verdruss.« Dabei war dieser frühherbstliche Sonntag doch gerade erst der Monatsbeginn. Seine Kinder würden es verstehen – müssen.

Steven sandte rasch eine Nachricht in die Family-Chat-Gruppe, um seinen Eltern sowie Sina und Salvador, seinem Nachwuchs, eine Nachricht zuzusenden. Sie sollten mit dem Kaffee und Kuchen nicht auf ihn warten.

»Na gut, was haben wir?« Steven schaltete nun endgültig

in den Ermittlungsmodus um. Ärgerlich blickte er zu den pöbelnden Zuschauern hinter der Absperrung.

Einer hielt ein Smartphone in die Luft und rief: »Seht ihr? Im Netz wissen sie schon, wer die Täter sind, während die hier untätig herumstehen. Da steht es schwarz auf weiß!« Einige Umstehende nickten und begannen, selbst an ihren Geräten rumzufingern.

Kerstin zog Steven mit sich in Richtung einer Parkbank auf der anderen Seite des Grünstreifens. »Stell doch mal deinen Kollegen hier ab, dann kann ich in Ruhe berichten.« Die Erleichterung tat gut, als Steven die blaue Tasche auf der hölzernen Sitzfläche postierte. Herr Max schob neugierig die Nase aus der oberen Öffnung. Sie setzten sich neben ihn und kraulten gedankenverloren beide den Nacken des grünen Leguans.

»Es macht irgendwie keinen Sinn. Auch dieses Opfer hier war ein einfacher, unauffälliger Bankangestellter bei der Sparkassenfiliale in der Parallelstraße. Kein Bezug zu irgendwelchen auffälligen Gruppierungen oder irgendein bisher feststellbares Nachtleben oder Ähnliches.«

Steven nahm einen Notizzettel aus Kerstins Hand und las laut: »Andreas Rommel. Einundvierzig Jahre alt, wohnhaft in Ravensburg. Aha.«

Herr Max legte seinen Kopf vertraut auf Kerstins Schenkel. Die Körperwärme, die von ihr ausströmte, tat ihm sehr gut. Steven schaute einen Tick länger, als sich gehörte, dem Kuscheln zu. Das Tier hatte großes Vertrauen zu der attraktiven Kollegin. Steven musterte sie verstohlen. Schulterlange, blonde Haare umschmeichelten ihr ovales, gleichmäßiges Gesicht. Ihre braunen Augen beobachteten liebevoll Herrn Max. Mühsam riss sich der Kriminalbeamte vom Anblick los und stotterte etwas, als er versuchte, sich wieder auf die Arbeit zu konzentrieren.

»Überprüft sein privates Umfeld aber bitte dennoch.
Nicht dass wir irgendwas übersehen.« Er nahm sein kleines

Notizbuch aus der Brusttasche seiner Jacke. Der schwarze Lederumschlag sah mitgenommen aus, an den Kanten aufgestoßen. Er blätterte einige Seiten hin und zurück. »Siehst du wirklich keine Parallele zu den anderen Fällen, die wir haben? Ich meine, haben wir eine Jugendgang, die jegliche Grenzen überschritten hat? Erinnere dich doch an die Bande, die vor einigen Jahren in der Unterstadt rund ums Jugendhaus marodiert hat.«

Sie nickte. »Oh ja, einer meiner ersten Fälle. Damals dachten alle, es wären Bandenmitglieder vom Balkan.«

»Und dabei waren es urschwäbische Bengels, denen es einfach zu langweilig geworden war.« Steven reichte ihr ein frisches Salatherz, welches sie Herrn Max verlockend vor die Schnauze hielt.

»Wir haben nun innerhalb weniger Tage gut fünf Körperverletzungen. Ein Raubüberfall ist nirgends festzustellen. Die Täter scheinen nie etwas zu entwenden. Dann die zahlreichen demolierten Autos und eingeschlagenen Fensterscheiben. Jetzt auch noch getötete Tiere. Kerstin, ich finde, das sind keine Einzelfälle. Das gehört zusammen.«

Ein Polizist brachte ihnen einen Plastikbeutel. »Das haben wir am Tatort gefunden.«

Neugierig inspizierten beide Beamten den Inhalt. »Geldbeutel, eine Einladung zum Jahrestreffen des Trachtenvereins Oberschwaben in Bodnegg Ende des Monats, ein paar Quittungen. Muss ihm wohl aus der Tasche gefallen sein.« Steven nahm das ordentlich in der Hälfte gefaltete Einladungsschreiben aus dem Beutel. »Was hat ein Städter mit einem Traditionsverein in Bodnegg zu tun? Was macht denn ein Trachtenverein überhaupt?«

Kerstin zuckte mit den Schultern. Herr Max forderte gerade ihre Aufmerksamkeit ein, da er mit einer seiner Vorderpfoten an ihrem Schenkel kratzte. Vorsichtig schob sie ihm ein weiteres Blatt Salat in Richtung Mund, darauf bedacht, ihre Finger nicht zwischen seine Kiefer zu bekommen.

Bei Salatherzen verstand Herr Max keinen Spaß.

Steven beobachtete gedankenverloren die Szene. »Hm. Oder müssen wir jeden Bezug zwischen Täter und Opfer herausnehmen? Wenn ich meine Notizen hier anschaue, dann können das auch Zufallsbegegnungen sein, die schlecht für die Opfer ausgingen. Vielleicht will hier jemand seine Aggressionen auf üble Weise abladen? Schau mal«, er hielt ihr den Geldbeutel hin, »nicht einmal das Geld haben er oder sie genommen. Scheint alles noch da zu sein.« Vorsichtig durchsuchte er die Geldbörse, deren Inhalte fein säuberlich in einzelnen Fächern eingeordnet waren. Die Kreditkarten und sonstigen Plastikkarten in Reih und Glied auf den aufklappbaren Seiten der Börse, die Belege sorgfältig zusammengefaltet in den Längsfächern. Alles normal und unverdächtig. Er legte das Beweisstück wieder in den Plastikbeutel zurück. »Wie geht es eigentlich der alten Dame von letzter Woche?« Er schob das Notizbuch zurück in die Jackentasche.

Steven sprach einen der Überfälle an, bei dem eine Seniorin mit ihren Freundinnen auf dem Friedhof attackiert worden war. »Offenbar nicht gut. Sie hat einen Schwächeanfall erlitten, nachdem die Idioten sie zu Tode erschreckt haben. Die Arme liegt noch immer in der Klinik. Die anderen sind wohl wieder auf den Beinen und zu Hause.« Wie konnte man aber auch bei beginnender Nacht auf den Friedhof wollen? Steven schüttelte voller Unverständnis den Kopf. »Und die Opfer kennen sich gegenseitig nicht, richtig?« Er wollte gerade aufstehen, um sich den Tatort nochmals anzuschauen, bevor die Dämmerung einsetzte. »Nicht ganz. Wir haben herausbekommen, dass bei drei Personen entfernte Verwandtschaftsbeziehungen bestehen. Über ein, zwei Generationen hinweg zwar, aber sie haben hierüber eine Beziehung.«

Das konnte was bedeuten, aber auch nicht. Steven kannte die engen Verstrickungen in Oberschwaben. Die Migration war hier unten über viele Jahrhunderte hinweg nur gering gewesen.

»Was ist das denn für eine eigenartige Münze in seinem Geldbeutel?« Steven fasste nochmals in den Plastikbeutel und fischte aus dem aufgesprungenen Fach für Münzen ein ovales Metallstück heraus. Er meinte, dort eine Figur zu erkennen. Ein Heiliger?

Kerstin nickte, als sie das Motiv entdeckte. »Solch ein Medaillon haben wir auch bei den anderen Opfern gefunden. Stimmt! Immer im Geldbeutel. Scheint in Blech gestanzt zu sein. Ein Heiligenbildchen?« Sie drehte sich zum gerade hinzugekommenen Kollegen Valmir um.

Doch der zuckte mit den Schultern. »Das darfst du mich nicht fragen. Fremde Baustelle für mich. Aber meine Großtante hat so was immer als Kette um den Hals getragen. Ich glaube, das ist so etwas wie ein katholischer Talisman. Das haben viele Menschen in Oberschwaben als Schmuck, im Geldbeutel oder in der Hosentasche.«

Steven schmunzelte. Für einen Atheisten wusste der Kollege doch recht viel. »Lernt man so was nachts in den Clubs?«, zog er ihn ein wenig auf. Er mochte den talentierten Kollegen sehr, dem mit seinen jungen Jahren Anfang dreißig eine gute Karriere vorausgesagt wurde. Valmir, Kerstin und er – sie waren ein ungleiches, aber umso vertrauteres Team, das in wenigen Jahren schon einige Fälle erfolgreich gemeistert hatte.

Valmir streckte seinem Chef frech die Zunge heraus und forderte beide mit einem Wink auf, ihm zu folgen. Der Hund war bereits abtransportiert, als sie zum Tatort zurückkamen.

»Auf dem armen Tier war übrigens ein Graffiti aufgesprüht. Ein Eurozeichen in roter Farbe.« Kerstin übergab Steven wieder dessen Hausgenossen, der es sich in der Tasche auf dem Daunenkissen gemütlich gemacht hatte. »Der Herr Max ist ganz schön schwer geworden. Wie groß können diese Tierchen eigentlich werden?«

Steven blickte irritiert zu ihr, die Information mit dem Graffiti beschäftigte ihn. »Frag lieber nicht! Das kann noch ein echtes Problem werden! Warum habt ihr das mit dem Eurozeichen nicht vorher erwähnt?« Wer sich Zeit nahm, eine Nachricht zu hinterlassen, handelte nicht mehr willkürlich und spontan, sondern wollte eine Botschaft senden. »Untersucht die Geschichte des Opfers. Eventuell hat es etwas mit seiner Arbeit in der Bank zu tun.«

Sein Handy piepste. Steven zog das Gerät aus der Hosentasche und klickte auf die Nachricht: »Kuchen ist bereits gegessen. Wir gehen jetzt nach Hause. Wo bist du? Wir holen Herrn Max ab. Dann kannst du deiner Pflicht nachgehen.«

Traurig drückte er auf die Tasten. Es fiel ihm schwer, dass schon wieder ein Tag, den er mit seiner Familie verbringen wollte, verloren gegangen war. Aber wenigstens Herrn Max wollte er bei sich behalten. »Passt alles. LG und bis später«, tippte er schnell ein, um die Nachricht zu versenden.

***

»Lasst uns hier reingehen.« Steven parkte wenig später seinen Wagen an der Friedhofsmauer und zeigte zur Brauereigaststätte. »Zum Leibinger?« Kerstin schaute ihn erstaunt an. »Wusste nicht, dass dir dieser Stil gefällt.« Vorsichtig nahm sie die Tasche mit Herrn Max in die Hand und hievte ihn aus dem Auto. Valmir freute sich. »Ich mags. Ist heimelig da drin. Und das Bier ist spitze.«

Also auch der trendige Kollege mochte Traditionen. Sieh an. Valmir erstaunte Kerstin immer wieder.

»Wirst du denn dein glutenfreies Bier bekommen?« Steven blickte reuevoll zu seiner Kollegin. Ihre Allergien vergaß er zu oft. »Nein, das haben sie leider nicht. So weit ist man auf dem Land noch nicht. Dafür gibt es aber auch andere Getränke die schmecken. Aber was ist denn mit deiner Familie? War heute nicht Kinder-Familientag angesagt?«

Steven hob leicht resigniert die Schultern. »Der war ja dank niedergestrecktem Dobermann und halbtotem Bankangestellten leider schon beendet, bevor er beginnen konnte.« Er hielt seinen Kollegen die Tür zur Gaststätte auf. »Und außerdem seid ihr ein Teil meiner Familie.«

Kerstin blickte ihn liebevoll an. »Ach, das hast du aber nett gesagt, wir haben dich auch lieb.«

Valmir kniff ihm vertraut in die Wangen. Steven trat nach dem frechen Kerl, traf aber nur den Türrahmen, was umgehend in einem brennenden Stechen im Zeh mündete. »Ich mich auch«, murmelte er verlegen, »und euch auch – ein wenig.«

Sie nickten den Wirtsleuten wie den wenigen Gästen zu. Alles Einheimische, die diesen Geheimtipp und dieses gastronomische Kleinod bevölkerten. Die Touristen blieben im Stadtzentrum. Dabei war alles sehr freundlich und angenehm eingerichtet und der Service hervorragend.

»Auch wenn es heute Abend beinahe frühlingshaft ist, würde ich doch einen Platz hier drinnen empfehlen, oder?« Fönwetter hatte am späten Nachmittag eingesetzt und den Nieselregen verdrängt. Die Luft roch nach Frühling. Als ob der ausgehende Sommer sich nochmals gegen die Kälte aufbäumen wollte.

»Besser ist das, vor allem für unsere Gespräche«, bestätigte Steven den Vorschlag von Kerstin. »Es muss ja nicht jeder das vertraute Turteln dreier Kriminaler mithören, gell?« Während sie ihre Speisekarten studierten und Herr Max langsam immer mutiger seine neue Umgebung, wagte Steven einen verstohlenen Blick in Richtung Kerstin und Valmir, seinem Team. Sie verbrachten so viel Zeit miteinander. Zu Tagzeiten, Nachtzeiten, Sommers wie Winters. Man fühlte sich miteinander verbunden. »Steven, bestellen, nicht träumen«, lachte Kerstin ihn an. Ihre Hand berührte seinen Arm. »Oh ja. Ja, ähm, ich nehm' die Schlachtplatte mit Kraut.« Er tippte auf die aufgeklappte Speisekarte. »Bitte den Salat ohne Dressing. Mein Freund hat auch Hunger.« Er lächelte seinem Leguan zu, der sich mit beiden Vorderpfoten auf seine Schenkel gestellt hatte und aufmerksam das Geschehen am Tisch beobachtete.

Die Bedienung nickte tapfer. Sie wollte sich nichts anmerken lassen, zuckte aber dann doch kurz mit den Mundwinkeln, als sie nachfragte: »Das Tier ist aber schon stubenrein, oder? Ist das gefährlich?«

Die Kriminalbeamten lachten auf und wie zur Bestätigung nickte Herr Max im Takt des Gelächters mit. Beleidigt zog die im traditionellen Dirndl gekleidete Bedienung ab. »Alles gut, er ist bestens erzogen«, versuchte Steven noch zu besänftigen. Kerstin wischte Tränen aus ihren dunkelbraunen Augen.

»Steven, warum stierst du uns so an?« Valmir beobachtete aufmerksam das Minenspiel seines Chefs. »Du tust so, als ob du uns heute zum ersten Mal siehst. Hallo, ich bin der Valmir, und das ist die Kerstin.«

Steven lief schlagartig rot an und griff in seiner Verlegenheit zum Steinkrug. »Prost, ihr beiden. Schön, dass es euch gibt.« Sie hoben die Krüge und Gläser.

Steven steckte zuerst Herrn Max und dann sich ein erstes Salatblatt in den Mund, nachdem die Vorspeisen serviert worden waren. Alle schmatzten vor sich hin. Steven wischte sich Olivenöl vom Mund und verscheuchte mit der ihm typischen Handbewegung seine Gedanken, bevor die anderen reagieren konnten. »Das Eurozeichen ist für mich ein Beleg, dass keine zufälligen Straftaten vorliegen. Dann noch die Medaillons beziehungsweise die Abbildungen dieser Figur, die wir immer wieder finden. Christliche Tradition hin oder her. Ich selbst habe so etwas beispielsweise nicht in meinem Geldbeutel.« Valmir ergriff die Gelegenheit: »Dann beantrage ich, dass wir eine Sonderkommission ›Medaillon‹ gründen. Einverstanden?« Die beiden Kollegen nickten und prosteten ihm zu.

Während die Hauptgänge serviert wurden und der Duft von würzigem Braten, deftigem Sauerkraut und herzhafter Soße ihre Nasen erfüllte, rollten die Diskussionen immerzu wellenartig an. Ein Fall wurde mit dem anderen verglichen.

Hätten sie gewusst, dass die ersten Opfer willkürlich ausgewählt worden waren, es wäre ihnen leichter gefallen. Sie wurden deshalb überfallen, weil sich in den Dokumenten und Archiven Hinweise fanden, die offenbar zu ihnen führten. Johannes hätte es ihnen sagen können. Er hatte anfangs keine großen Mühen aufgewendet, zu prüfen, ob die von ihm gezogenen Verbindungslinien zwischen Vorfahren und späteren Opfern wirklich passten.

Stattdessen mühten sich die Beamten vergeblich, Beziehungen herzustellen. Die Nacht wurde lang, als auf dem Tisch mithilfe von bekritzelten Bierdeckeln kleine Reihen mit Indizien, Fakten und Erkenntnissen, vor allem aber Vermutungen gelegt wurden. Von einigen Nachbartischen musste Nachschub geholt werden, um alles aufzuschreiben. Wer wollte ihre schöne Lebenswelt in Ravensburg und das Umland in diese Unruhe stürzen? Sie suchten nach einem Muster. Hoffentlich griff die Presse das Thema nicht zu früh auf.

Die Unerträglichkeit des Seins

Spät erst kam Steven in dieser Nacht nach Hause. Er hatte einen sitzen, wie man im Schwäbischen so schön sagte. Doch der Kommissar wollte noch nicht ins Bett. Die Einsamkeit, die ihn in dem alten, liebevoll renovierten Fachwerkhaus, hoch über Ravensburg gelegen, umfing, ließ ihn frösteln. Noch immer meinte er, den Geruch von Dagmar wahrzunehmen. Dabei lebte sie schon über ein Jahr nicht mehr hier.

Ein leidvolles Stöhnen entfloh seiner Brust. Warum war sie nicht gleich mit Sack und Pack ausgezogen? Warum mussten noch die Fotografien von Dagmar und den Kindern hier stehen? Weil Sina und Salvador dies verlangt hatten? Möglich.

Steven wanderte durch die Wohnung von Bild zu Bild. So vieles hatte sich plötzlich verändert, nachdem er im Frühjahr letzten Jahres aus Kolumbien zurückgekommen war. Andrea-Domenicas Lächeln im digitalen Bilderrahmen zeugte davon. Stevens schlechtes Gewissen und alle Vorwürfe, die er sich gemacht hatte, dass er fern der Heimat eine Affäre begonnen hatte, waren in Windeseile verflogen, als er erfuhr, dass seine Frau schon längere Zeit eine Liebschaft mit dem Staatsanwalt hatte. Überhaupt wollte sie schon vor Jahren die Beziehung mit ihm beenden, wie sie ihm gestanden hatte. Es waren nur die Kinder, durch die die Ehe zusammengehalten worden war. Und Steven hatte all die Jahre nichts davon bemerkt.

Liebevoll strichen seine Finger über den Screen des Bilderrahmens mit den Fotos von Andrea-Domenica, bevor er sich zielstrebig ein Whiskyglas schnappte und herzhaft vom schottischen Single Malt eingoss. Ein kleiner Tropfen Wasser dazu, um das Aroma im Getränk zu wecken, verbotenerweise einen Schnitz Zitrone dazu und schon wanderte das Glas zu seinem Mund. Der Duft von samtigem Malz, Vanille und einer fernen Welt umfing ihn im selben Moment. Etwas ungelenk prostete der Einsame seiner fernen Geliebten zu und nahm das Bild mit auf die Coach. Jeden Zentimeter betrachtete er mit großer Aufmerksamkeit. Sie war eine wunderschöne Frau und die Zeit mit ihr in Bogotá ein paradiesisches Erlebnis. Tränen benetzten seine Augen, ließen das Bild trübe werden.

Steven drückte die Fernbedienung der Stereoanlage und aktivierte den alten Kassettenrekorder, in dem er die letzten Tage eine Kassette nach der anderen abgespult hatte. Er lächelte. »Wird man aufs Alter nostalgisch, mein Guter?«

Musik aus alten Tagen erklang aus den im Wohnzimmer versteckten kabellosen Boxen. Er erinnerte sich noch gut an diese Zeit in den späten Achtzigern, als er nach der Schule die Popklassiker einlegte und es sich im Sessel seines Zimmers gemütlich machte. Dann tauchte er ein in die Bücherwelt der Weltumsegler, die darin ihre Einsamkeit und ihr Erleben schilderten. Fernweh, das war wie ein Fieber, das ihn immer packte und in die Welt hinaustrieb. Gedanklich zumindest. Ansonsten blieben Oberschwaben und der Bodensee seine weite Welt. Mit Ausnahme der großen Reise, die Steven mit WorldSkills nach Kolumbien machen durfte. Damals. Vor eineinhalb Jahren. Als er Andrea-Domenica begegnete, die seither sein Leben begleitete.

»Innere wie äußere Schönheit hast du, meine Liebste, weißt du das?« Er nickte dem Bild zu, das gerade auf dem Screen erschien. Es zeigte ein glückliches Paar im großen Stadtpark von Bogotá, wie es in ein buntes Ruderboot kletterte. Die Gefühle des Verliebtseins, der Millionen von Schmetterlingen, die damals in seinem Bauch umherflogen, stiegen in Steven hoch, vermischten sich mit seinem Schwips, der ihn melancholisch werden ließ, und plötzlich schlug alles wieder um in eine betonartige Wand der Einsamkeit, in die er schutzlos hineinknallte. Warum konnte sie nicht hier sein? Was war denn das Problem?

»Verdammt, Andrea-Domenica, ich vermisse dich!« Er seufzte tief. In den letzten Wochen war es erstaunlich ruhig geworden. Steven hörte von ihr nicht mehr viel. Sie beantwortete seine Mails auch nur noch sporadisch. Hatte sie also einen Neuen? War die Liebe erloschen und hatte die Distanz des großen Atlantiks das Feuer beider zum Abkühlen gebracht? Sein tiefstes Innerstes sagte: »Nein.« Sein Kopf aber hämmerte verunsichert die Gedanken vor sich her. Wollte sie ganz sicher gehen, dass er auch wirklich für eine Beziehung mit ihr bereit war?

Herr Max tauchte unter dem Sofa hervor. Der Leguan hatte in den vergangenen Monaten wirklich kräftig zugelegt und die Meterlänge beinahe überschritten. »Na, mein Alter, was meinst du denn so?«, blickte Steven fragend seinen Hausgenossen an. »Bin ich von Dagmar wirklich schon ganz weg? Und ist die erste Beziehung nach einer langjährigen Ehe lediglich eine Trennungshilfe, die nicht lange hält?«

Herr Max erklomm behäbig aber doch zügig das Sofa, um sich in voller Länge auf Steven zu legen. Das Kraulen seines Kammes auf dem Rücken war was Feines, wenn sein menschlicher Mitbewohner damit loslegte. Er nickte gemächlich vor sich hin.

»Meinst du wirklich? Herr Max, was bedeuten familiäre Bande und Wurzeln? Oder denkst du, Andrea-Domenica ist die Frau meines Lebens?«

Wieder ein ruhiges Nicken. »Ah, verstehe«, nuschelte Steven fast nur noch, um dann Sekunden später in einen tiefen, schnarchenden Schlaf zu verfallen, der ihn mit launigen Träumen versorgte. Träume, in denen geschändete Tiere die Straßen Ravensburgs säumten, Autoreifen zerstochen und Menschen übel zugerichtet wurden.

***

Der Verursacher seiner dunklen Träume hingegen beugte sich im nicht weit entfernten Wangen im Allgäu über den Bildschirm seines Laptops. Ihm brannten die Augen vor Müdigkeit und angestrengtem Lesen. Die Zeilen wollten ihm vor den Augen verschwimmen und sein kräftiges Reiben derselben mit den Fingerspitzen taten ihr Übriges. Auf der Internetseite, die gerade hochgeladen wurde, war die Aufforderung zu lesen: »Recherchieren Sie selbst nach Ihren Vorfahren und an welchen Orten sie ihren Schwabengang zubrachten!« Dazu Bilder von jungen Menschen, die nur dürftig gekleidet durch die Winterkälte wanderten. Offenbar in Richtung Norden ins Schwabenland.

Johannes klickte auf den mit dem Text verbundenen Link, um noch tiefer in die Datenbank der Schwabenkinder zu gelangen. Durch die halboffene Tür hörte er das Schnarchen von Rico und Ueli, wie auch das sanfte Atmen von Johanna. Sie stammelte unverständliche Sätze vor sich hin, stöhnte kurz auf und verfiel wieder in ein sanftes Atmen. Was sie wohl gerade in ihren Träumen erlebte?

Das kleine Appartement in der Innenstadt von Wangen war nicht unbedingt eine Luxusherberge, aber es bot jedem in der Gruppe ein eigenes Zimmer, das war Johannes wichtig. Er brauchte seine Komfortzone, wie er es gerne nannte.

Seine Aufmerksamkeit wandte sich wieder dem Suchformular zu, das sich vor ihm aufbaute. »Bodnegg« tippte der übermüdete Aktivist in das Suchfeld ein. Bodnegg, dieser Name tauchte immer wieder in den Aufschrieben seiner Familie auf. Dort sollten ironischerweise der Urgroßvater wie auch zuvor dessen Mutter auf den Höfen fetter Bauern ihre Dienste verrichtet haben. Einen Thomas Vetter oder eine Josepha Amann spie die Datenbank zwar nicht aus, aber einen Alfons Aschenrainer aus Tirol. Ihn kannte Johannes bereits aus anderen Recherchen.

Der arme Kerl musste beim selben Bauern gewesen sein wie seine Ururgroßmutter. Die Beschreibungen passten: ein

Aussiedlerhof auf der Gemarkung Bodnegg. Ähnliche Schilderung von Lage und Aussehen. Todeszeitpunkt und -ort des Alfons Aschenrainer waren laut Datenbank nicht bekannt. Doch Johannes hätte Auskunft geben können. Gestorben soll er sein bei einem seiner Schwabengänge, auf ebendiesem Hof, auf dem das Unglück seiner Vorfahren selbst seinen Lauf nahm. Er war sich da sehr sicher. Die Unterlagen, die Johannes hatte, waren klar. Der Bauer soll den armen Alfons Aschenrainer erschlagen haben. Im Streit, weil der junge Bub aufsässig war und sich weigerte weiterzuarbeiten. So zumindest eine Notiz seines Urgroßvaters. Der Name des Bauernhofes war vermerkt: Gressler.

Johannes war bereits einige Male dort vor Ort gewesen, um sich alles anzuschauen. Ein Aussiedlerhof. Sich sanft am Hang anschmiegend. Wald oberhalb und an den Seiten. Nach Südwesten ausgerichtet. Einsam. Einst ein stolzer Hof, aber jetzt vernachlässigt. Man würde dort leicht eindringen können. Der Bewohner und offenbar Nachfahre der Gresslers war der Nächste auf ihrer Liste. Johannes hatte die Reise dorthin mit seinen Komplizen für die kommenden Tage vorbereitet.

Sein Blick wanderte weiter über die Ergebnisliste auf seinem Bildschirm. Der Name Marta Dimitz aus Nauders tauchte auf. Auch sie war in Bodnegg bei Bauern zu Diensten gewesen. Selbst ein uneheliches Kind einer Schwabengängerin, geschwängert in Oberschwaben. Das arme Mädel. Sie war nur einmal bei der Wanderung über die Alpen dabei. Was wohl aus ihr geworden war?

Die Einsamkeit, das Leiden, die unentwegte Sehnsucht nach der Heimat, den Eltern und der Wärme der Dorfgemeinschaft kroch aus den nüchternen Datenkolonnen heraus und über die Tastaturen in seine Hände hinein. Ihn fröstelte beim Lesen. Schnell klappte er seinen Laptop zu.

Johannes schloss seine Augen. Rechtfertigte das alles

wirklich die Angriffe und Gewalttaten, die sie in den vergangenen Tagen begangen hatten? Dieser fette Bankangestellte heute, war er wirklich ein weiterer Nachfahre dieses Schänders namens Gressler?

Ja! Und die anderen in seiner Gruppe meinten, dass es am Ende egal wäre. Alle müssten sie hier bluten für die Untaten, die die Bewohner der Region über Jahrhunderte verübt hatten. Verbrecher waren das! Nichts anderes.

Es tauchten wieder die Bilder vor seinen Augen auf. Bilder aus den vergangenen Tagen und Wochen, in denen seine Gefährten in einen wahren Rausch geraten waren. Nachts, nach dem Besuch mehrerer Kneipen und Bars in Ravensburg, als die besoffenen Begleiter nichts Besseres zu tun hatten, als Jung wie Alt, eben wer gerade des Weges kam, wild zu verprügeln. Es gab einige Blessuren und Schürfwunden, wenn der Widerstand zu kräftig wurde. Doch das stachelte seine Gefolgsleute nur noch mehr an.

Johannes musste daraufhin ein paar der wilden Rabauken nach Hause schicken. Ihm war das zu heiß geworden. Gerade Ueli zeigte Wesenszüge, die er ihm nicht zugetraut hätte. Sie durften nicht die Aufmerksamkeit der Polizei auf sich ziehen und verhaftet werden, bevor ihre Mission zum Erfolg geführt worden war. Es galt, ab sofort gezielt nach Faktenlage vorzugehen. Schließlich waren sie keine frustrierten Kriminellen, sondern hatten eine Mission. Johannes wollte Clara allerdings aus diesem schmutzigen Geschäft heraushalten. Sie sollte von Zürich aus die Aktionen unterstützen: Gelder überweisen, Routen planen oder Recherchen vornehmen. In Gedanken wanderte er noch kurz den morgigen Tag ab, bevor auch ihn ein tiefer, unruhiger Schlaf erfasste.

***

Wie gerädert wachte Steven spät am folgenden Morgen auf. Es war bereits hell, und einzelne Sonnenstrahlen blickten durch die kleinen Fenster des spätmittelalterlichen Hauses. Der Leguan hatte sich davongemacht und badete in den Strahlen der frühherbstlichen Sonne.

Steven schüttelte sich kräftig, um die Schreckensbilder der Nacht loszubekommen. Nicht einmal Hose und Shirt hatte er in der Nacht ausgezogen. Aber das musste ja niemand erfahren. Umständlich schüttete er Kaffeebohnen in die edle Kaffeemaschine. Links und rechts ploppte eine Bohne um die andere auf den Boden. Putzen müsste man mal wieder das gute Ding, meldete sich sein schlechtes Gewissen. Und es stimmte. Manches war schon speckig und fleckig. Gar nicht so einfach, allein den Haushalt zu führen, mit Kindern, die eher Hotelgäste als Mitbewohner waren. Nach eigener Laune pendelten Sina und Salva zwischen den elterlichen Wohnungen hin und her. Dafür nahm Steven gerne eine Spüle voll benutzten Geschirrs in Kauf.

Das Mahlwerk riss ihn mit seinem Getöse aus den Träumereien. Zischender Wasserdampf wurde mit Hochdruck durch die gepresste Pulverschicht gedrückt. Leckerer Duft erfüllte unmittelbar den Raum und ließ bei Steven alle Magensäfte zusammenfließen. Er schnappte die große Keksdose, um sich gleich eine satte Menge des süßen Gebäcks in den Mund zu schieben. Jetzt noch einen heißen Schluck Kaffee einsaugen, und das morgendliche Glück könnte nicht größer sein.

Während er sein Frühstück zelebrierte, beobachtete Steven seinen Freund und Kumpel, Herrn Max. Dieser lauerte bereits. Er wusste, jetzt war auch seine Futterzeit gekommen und grüner Salat war genauso gut wie ein halber Keks. Steven musste sich unbedingt mal darüber Gedanken machen, ob es wirklich stimmte, was man sich über Ehepaare und Mensch-Tier-Paare sagte, die zu lange miteinander lebten. Sein Blick wanderte über den kammartigen Hinterkopf des

Tieres, unwillkürlich sich selbst dabei an den Hinterkopf fassend … nun, so weit ging die Ähnlichkeit wohl noch nicht.

Sie schmatzten beide genüsslich vor sich hin. Ein Signalton an seinem Smartphone verriet Steven, dass eine Nachricht angekommen war. Er scrollte durch die Liste. Ungern las er, was da stand: »Steven, du solltest mal langsam in die Dienststelle kommen. Hier häufen sich die Ereignisse. Endlich ein Hinweis, der uns helfen könnte. Kommst du?«

Wie nett sie ihm beibringen konnte, dass er hoffnungslos verschlafen hatte. Kerstin eben. Doch das Frühstücksritual musste sie ihm noch gönnen. Genauso wie ein ausgiebiges Duschen und Sich-hübsch-machen. Steven war ein eitler Kerl!

»Wer einen guten Nachbarn hat, braucht keinen Zaun«

++ Samstag, 13. Oktober ++

Die Bauernweisheit an der Wand beobachtete Bauer Alfons Gressler nicht. Das Kalenderblatt, auf dem der Spruch prangte, datierte auf den 31.7.2009. Dem Tag, als ihn seine Erika mitsamt den beiden Kindern verlassen hatte. Alfons war gerade mit den Koffern in der Hand zur Tür hereingekommen. Rotgebrannt von der Sonne Asiens. Durchgeknetet von den rührigen Händen einer dienstbaren Dame. Seiner Frau war das alles zu viel. Sein Saufen, sein Streiten und die Frauengeschichten. Sie ging in die Stadt und kehrte nie mehr wieder. Der Spruch blieb seither als mahnendes Denkmal hängen.

Der Blick aus den kleinen Fenstern der alten Bauernstube verriet dem aufmerksamen Betrachter, dass Bauer Alfons nichts auf solche Bauernsprüche gab. Niemand hatte es in seiner Familie über Jahrhunderte hinweg damit gehalten. Und so zogen sich feste und stabile Zäune oder Steinmauern um den Hof herum wie auch um alle Äcker, Wiesen und Wälder, die sie besaßen. Es galt zu bewahren, was der Sippe gehörte oder was sie sich angeeignet hatte. Das Misstrauen bestimmte dabei schon immer ihr Handeln.

Das saftige Grün auf den fruchtbaren Böden schmiegte sich an die steilen Hänge. Tiefe Furchen, gezogen von Generationen von Kühen, die hier weideten, gaben der Fläche das urtypische Muster, wie es diesen Hängen Oberschwabens und des Allgäus eigen war. Noch standen die uralten Buchen, Eichen und Kastanien in ihrem grünen Blätterkleid. Doch schon in wenigen Tagen und Wochen würde der goldene Oktober voll zur Geltung kommen und eine bunte Farbenpracht erzeugen.

»Was wollt ihr von mir? Verschwindet doch endlich.«

Alfons versuchte wieder und wieder aufzubegehren. In seinem eigenen Haus. Doch die Besucher lachten zynisch auf. »Was sagst du da, du Hurensohn? Du willst uns einfach rausschmeißen?« Einer der Besucher polterte über die Holzdielen hinweg und schlug ihm mit der flachen Hand ins Gesicht. Das eh schon hochrote Gesicht des Bauern färbte sich noch mehr in allen möglichen Rottönen. Er wollte aufspringen, doch der zweite Besucher drückte den kleinen, dicklichen Bauern sofort wieder auf den Holzstuhl zurück, der am Esstisch der Bauernstube stand.

»Na, Dicker, jetzt kriegst du es mit der Angst zu tun, was? So ist das eben, wenn man nicht auf Zahlungsaufforderungen reagiert.«

Alfons antwortete nicht, blickte nur ausdruckslos auf die Briefe, die vor ihm ausgebreitet auf dem Tisch lagen.

»Wir haben dir sage und schreibe vier Briefe geschickt! Und du hast nicht geantwortet.« Ein dritter Besucher tauchte aus dem Hintergrund auf. Hünenhaft wirkte er in der gedrungenen Stube, er musste seinen Kopf einziehen. Mit seiner Pranke schlug er dem armen Hausbewohner auf den Hinterkopf, dass das dünne, fettige Haar durch die Luft wirbelte. »Hier in der Gegend sagt man, dass ihr Ausbeuter und Räuber seid. Habt euren Nachbarn über die Jahrhunderte Stück für Stück ihr Land geraubt. Habt in den Wirtshäusern beim Kartenspiel betrogen, um hohe Wetteinsätze zu gewinnen. Und Streiten tut ihr mit allen. Ist das richtig?«

Alfons blickte trotzig zu ihm hin. Dieses ganze Theater hier, was sollte das denn alles? »Wenn ich euch was gebe, verschwindet ihr dann wieder?« Zu Johannes gewandt rief er: »Dich kenn ich doch! Du bist hier schon einmal um den Hof geschlichen. Hast mich ins Dorf ins Wirtshaus verfolgt. Hätte ich doch nur die Polizei gerufen! Ihr Räuber!« Lachen ertönte im Raum. »Was willst du uns denn geben? Fünfhundert Euro? Tausend Euro? Für unzählige Sklavendienste, die junge Menschen über so viele Jahrhunderte bei euch leisten mussten? Wie viele sind denn gestorben, wie viele wurden zu Krüppeln?« Wieder ein Schlag auf seinen Hinterkopf.

Alfons' Kopf schmerzte. Er ahnte, dass das hier nicht so schnell vorbei sein würde. Sein Blick wurde zunehmend beunruhigter. »Was soll das denn alles? Das geht mich nichts an! Und außerdem haben sie es bei uns immer gut gehabt, die armen Kinder aus den Bergen. Alle sagen das hier. Alle!« Er schrie es beinahe. Speichel tropfte ihm aus den Mundwinkeln. »Das war für alle eine gute Sache. Sonst wären sie da oben in den Bergen verreckt und verhungert, damals. Kinder! Das ist doch alles Vergangenheit, aus und vorbei!«

Das hätte Alfons nicht sagen dürfen. Kaum einen Atemzug später wurde der etwas zu kurz geratene Bauer vom Stuhl gehoben und gegen die Wand gepresst. Die mächtige Pranke seines Peinigers drückte ihm die Gurgel zu. Alfons zappelte, kickte mit den Füßen, aber traf nur Luft. Sterne begannen, vor seinen Augen zu tanzen.

»Lass ihn los, du bringst ihn ja um«, hörte er noch aus der Ferne rufen. Auch das raue Lachen tönte nur noch dumpf an sein Ohr.

»Will ihm nur eine kleine Abreibung geben, der ist zäh und wird nicht so leicht kaputtgehen.«

Alfons gurgelte, wollte rufen, dass er ihnen alles geben würde, was er hatte. Doch der Stich, der wie ein Blitz durch seine Brust schoss, lähmte urplötzlich alles an ihm. Seinem Herzen war das zu viel. Die Nacht umfing Alfons Gressler in rasender Geschwindigkeit, er sackte zusammen wie ein nasser Sack. So hatte er das Ende seines irdischen Daseins nicht erwartet.

***

Unweit vom Gehöft von Bauer Alfons entfernt und beinahe

zeitgleich fuhr Steven mit seinem alten Volvo, Abgasklasse unbekannt, über eine kleine und verwinkelte Straße. Das »Kongo« war sein Ziel. Eine versteckte und nur Wenigen bekannte Gaststätte. Wie in früheren Zeiten lag Steven eine Landkarte der Region auf dem Schoß. Das GPS seines Handys hatte keinen Empfang.

»Von Kofeld nach Hannober«, flüsterte Steven vor sich hin, »von Kofeld nach Hannober ...«, um dann aber doch in Amtzell zu stranden. Er fluchte und parkte sein Fahrzeug auf dem Gehweg direkt beim alten Schloss. Dieser Samstagmorgen begann ja schon recht kompliziert. Herr Max blickte aufmerksam vom Beifahrersitz auf. Diese Ortschaften kannte er noch nicht. Sein Nicken offenbarte Sympathie für das lauschige Dorf.

Nein, die Woche war nicht einfach gewesen. Noch mehr Gewalttaten, noch mehr tote Tiere und Verletzte. Eine Sonderkommission »Medaillon« wurde tatsächlich eingerichtet, unter Stevens Leitung. Die abgebildete Figur mit dem Kind auf den Schultern war St. Christophorus, wie kundige Mitarbeiter in der Dienststelle verraten hatten. Mehr und mehr Polizisten wurden für diese Soko abgeordnet. Die Bevölkerung war beunruhigt. Und die Medien verständlicherweise aufgeschreckt. Man durfte nun raten, ob aus Sensationsgier oder echter gesellschaftlicher Teilnahme.

»Amtzell also.« Steven drehte die Karte hin und her. »Die Waldburger Straße müssen wir finden, mein Bester. Dann, wenn wir clever sind, finden wir die Abkürzung und müssen nicht erst nach Hannober, um in den Kongo zu gelangen.«

»Grüner Baum« hieß die Gaststätte, aber alle nannten sie »Kongo«. »Hier geht es zu wie im Kongo«, soll in früheren Jahren der Spruch gewesen sein. Sein Vater war einst mit ihm als kleiner Junge hier zu einer Firmenfeier gewesen, aber das war Ewigkeiten her.

Die Fahrt ging weiter. Über dünn besiedeltes Oberschwaben schob der Kriminalbeamte sein Fahrzeug. Er erfreute sich an der hügeligen saftiggrünen Landschaft, an den vielzähligen Aussiedlerhöfen, die sich so wunderschön in diese Landschaft einfügten. Das war echte Heimat für ihn, dem Spross einer polnischen Immigrantenfamilie. Hier fühlte er sich mehr zu Hause, als er es jemals woanders sein könnte. Und doch war der Ravensburger so selten hier draußen auf dem Land. Warum eigentlich? Steven nahm sich vor, das zu ändern, wie so oft.

Vor lauter Träumerei war die Abkürzung verpasst und Steven landete doch in Hannober. Schnell bog er die Nächste wieder rechts in die »Teuringer« ein, um dann endlich auf einer der schmalsten Landstraßen der Welt und einem Schlängelkurs durch Wald und Wiesen beim Gasthaus herauszukommen. Eine freundlich wirkende Waldschenke, zu der der Name nicht recht passen wollte.

Die Freunde waren bereits im Biergarten bei Weizenbier und Weißwürsten zugange. Unvermittelt hellte sich Stevens Blick auf. Schön, die Begleiter von seinem Kolumbienabenteuer wiederzusehen: Jens, Julian, Lukas, Jessica und Sarah. Ja, aus ehemaligen Zeugen und auch Verdächtigen waren gute Freunde geworden. Der Herbstmorgen an diesem Samstag war golden-warm und das Wiedersehen eine große Freude. Sie umarmten sich herzlich, hielten sich lange in den Armen.

»Sarah und Lukas, ihr ein Paar? Ist das schön.« Steven hatte noch nie in seinem Leben nach einem abgeschlossenen Fall intensiveren Kontakt mit den Beteiligten gehabt, mit Ausnahme des Falls rund um die WorldSkills-Weltmeisterschaften. Diese Menschen hatten ihn bewegt, das Geschehene sein ganzes Leben verändert.

Ein kleiner Hund städtischer Wandergäste knurrte Herrn Max an, als Steven ihm mit zwei aneinandergeschobenen Stühlen ein Plätzchen einrichten wollte. Doch der Leguan schlug den Angreifer mit einem kräftigen Fauchen in die Flucht und verzog sich lieber an den sonnengefluteten

Stamm eines Ahornbaumes neben ihnen, um sie von dort aus aufmerksam zu beobachten.

Die frischen Biere wurden gereicht und schon stieß man auf alte Zeiten an. Auf Zeiten, in denen es um Weltmeistertitel, Rivalitäten und Kämpfe ging. Aber auch um Siege, Liebe und Zukunft. Steven hob sein Glas und prostete: »Auf euch, auf die Weltmeister und Helden ihrer Berufe.« Sie alle johlten laut und ließen die Gläser klingen. »Julian, wie steht es mit dem Stipendium? Bist du zufrieden?«

Jessica blickte ihren Freund an und drückte seine Hand. »Oh ja, oh ja,« bestätigte dieser. »Im kommenden Frühjahr werde ich ein Auslandssemester machen können, und Jessica kommt mit.« Das war beeindruckend. »Im Maschinenbau in den USA?«, wollte Steven dann auch wissen. Doch weit gefehlt. »Nein, wo denkst du hin? Ab nach Singapur. In die Staaten geht doch niemand mehr. Ich will in Asien Führungsmanagement in der digitalen Zukunft studieren. Was ganz Neues, was mich brennend interessiert.«

Steven wischte sich den Weißwurstsenf vom Kinn. »Aha, die Roboter mal wieder. Kommst nicht weg davon, oder?« Sarah lachte. Das war auch ihr Thema.

Die Sonne stieg zur Mittagszeit über das Laubdach der sich färbenden Bäume hinweg, um den Biergarten in einen wohligwarmen Raum zu verwandeln. Jens Heber, der ehemalige Ausbilder und Trainer von Julian bei den World-Skills, zeigte mit dem Finger auf Steven. »Jetzt erzähl uns aber mal von dir, Herr Kommissar. Wie ist es denn dir nach dem ganzen Wirrwarr ergangen, das wir damals gemeinsam in Bogotá verursacht haben? Ach übrigens, wir sind kurz vor den Weltmeisterschaften in Shanghai. Untersteh dich, da mitkommen zu wollen. Nicht dass wir wieder Mord und Totschlag erleben. Dieses Mal wollen wir Gold ohne Rahmenprogramm gewinnen.«

Alle polterten mit den Händen auf die Tische. »Das wäre ein mächtiger Spaß.«

Stevens Wangen färbten sich tiefrot. Es war ungewohnt für ihn, im Mittelpunkt zu stehen. Deshalb gefiel ihm das Ermitteln so sehr, denn da konnte man andere befragen und blieb selbst anonym. »Ihr wollt ja nur wissen, ob ich noch mit Andrea-Domenica Kontakt habe, richtig?«

Jens nickte. »Die Perle Kolumbiens. Natürlich. Das bist du uns schuldig, wenn du schon die Schönste des Landes wegschnappst.«

Steven setzte sich zurecht und leerte mit einem Zug sein Weizenbierglas. »Lasst mich erst mal Mut antrinken.«
Sarah lächelte ihm aufmunternd zu.

»Es war ein sehr einsames Ankommen damals in Ravensburg. Ihr wart plötzlich weg, der Trubel und all die Menschen. Vor allem aber Andrea-Domenica hat mir sehr gefehlt. Das muss ich schon zugeben. Meine Frau, Dagmar, sie war für einige Tage verschwunden gewesen, wie ich erfuhr. Wollte wohl mit dem Flieger von Frankfurt aus in die Welt hinaus flüchten. Bis heute weiß ich nicht genau, mit wem das war und wie alles vonstattenging. Der Verdacht liegt aber nahe, dass unser Staatsanwalt mit dahintersteckte. Er ist übrigens seit diesen Tagen verschwunden. Aber das alles ist Geschichte!«

Neues Bier wurde gereicht. Langsam wurde es bedrohlich mit dem Autofahren für die Gäste. Steven gab sich einen Ruck, um weiterzureden. »Zum Glück haben die Nachbeben zum WorldSkills-Fall einiges an Arbeit verursacht. Das lenkte mich ein wenig ab. Besonders, als in der Süddeutschen einige brisante Geschichten rund um deine alte Firma auftauchten, Sarah, hat es einigen Wirbel gegeben, der mich beschäftigt hat.« Steven verschwieg, dass er seinerzeit die Dokumente an den Kollegen der Zeitung geschickt und den Wirbel selbst verursacht hatte.

»Was ist denn nun jetzt aktuell mit Andrea-Domenica, Steven?« Seine Zuhörer waren begierig auf die Liebesgeschichte. Er nestelte etwas verlegen an seinem Hemd herum.

»Ich glaube, wir sind ein Paar. Andrea-Domenica war schon zweimal hier in Deutschland! Und ich einmal dort. Ich hätte das nie geglaubt. Und meine zwei Sprösslinge finden sie auch sehr nett.« Er stockte kurz, wischte mit seiner flachen Hand über die Tischfläche, um unsichtbaren Staub zu beseitigen. »Aber, sie ist deutlich jünger und dort unten balzen bestimmt einige Kerle um sie. Ich hab auch schon länger nichts mehr von ihr gehört.« Damit verstummte Steven und schwieg beharrlich.

Schnell wurde das Thema gewechselt. Schwänke aus der Vergangenheit und Frotzeleien machten die Runde und erhellten die Stimmung. Steven holte Herrn Max vom Baumstamm und setzte das schwere Tier auf seinen Schoß. Dieser ließ das anschließende Kraulen sehr gerne über sich ergehen und beobachtete wieder aufmerksam die fröhliche Runde.

Spät am Nachmittag erst löste sich die Gesellschaft auf, und Steven setzte sich in sein Fahrzeug, um es mühevoll durch die kleinen Straßen der Hügellandschaften zu steuern. Jetzt hatte er es tatsächlich geschafft, die Abkürzung nach Süden zu finden, die er bei der Hinfahrt verpasst hatte. Den Rauch am Himmel nahm er erst gar nicht wahr. Doch je näher er der Gegend um Bodnegg kam, desto stärker drang der Brandgeruch in sein Auto. Beißender Geruch, der beiden Insassen beinahe den Atem nahm. Sie mussten in nächster Nähe eines sehr großen Feuers sein. Und tatsächlich, als sie um die Kurve fuhren und der kugelförmige Hügel den Blick freigab, entdeckte Steven das ganze Drama: Ein alter Bauernhof brannte lichterloh. Feuerwehrautos reihten sich auf den engen Zufahrtswegen aneinander auf, nahmen sich den Platz. Blaulicht auf Polizeifahrzeugen säumte die Szenerie. Zahlreiche Schaulustige standen bereits in den angrenzenden Viehweiden, inmitten von Kühen und Kuhfladen.

Steven hatte sein Fahrzeug auf einem kleinen Feldweg in einiger Entfernung geparkt und beobachtete unschlüssig die Szenerie. Er wollte sich nicht unnötig einmischen. Doch diese Überlegungen wurden schnell überflüssig, als jemand an seine Autotür klopfte. Erschreckt wandte sich Steven um und blickte in Kerstins Gesicht. Er schnallte ich ab und stieg aus.

»Puh, wo kommst du denn her, Steven? Du hast ja eine Fahne. Pass auf, dass du dem Feuer nicht zu nahe kommst, sonst entzündet sich der Alkohol.«

Entrüstet wandte er sich von ihr ab und zeigte auf das brennende Anwesen. »Ist das der Grund, warum du hier bist?«

Seine Kollegin nickte. »Ja, ein Toter wurde im Feuer entdeckt. Also noch nicht verbrannt, aber mittendrin.«

Auf einen Schlag war Steven hellwach und gefühlt nüchtern. Er schnappte sich die Jacke vom Rücksitz des Autos, nickte Herrn Max zu und schob sich ein Kräuterbonbon in den Mund. Er war einsatzbereit. »Wollen wir zu Fuß rübergehen? Denke, an diesem engen Hofplatz und der kleinen Zufahrtsstraße finden wir mit dem Auto keinen Platz.«

Sie hakte ihn unter und spazierte schon mit ihm los. Steven konnte gerade noch die Tür zuwerfen. »Du bist allein hier? Lass mich raten, Kollege Valmir ist noch nicht dabei, weil er für die heutige Partynacht vorschlafen muss. Richtig?«

Sie lief konzentriert weiter, umrundete dabei gekonnt alle Kuhfladen. »Lass ihn doch, Steven. Du bist ja auch am helllichten Tag nicht mehr ganz nüchtern und fährst dazu noch Auto. Da ist Valmir schon vernünftiger mit seiner Lebensweise.«

Recht mochte sie haben. Aber Steven war trotzig. Dieser Nachmittag war für ihn etwas Besonderes gewesen. Selten genug hatte er solche Momente, in denen er sich unter Freunden fühlen durfte wie an diesem Nachmittag. Und so lief er mehr oder weniger beschwingt an der Hangwiese entlang, in Richtung lichterloh brennendem Bauernhaus.

Feuerwehrkommandanten brüllten in breitem Schwäbisch ihre Kommandos zu ihren Trupps. Ausgerollte Schläuche liefen in verschiedene Richtungen davon. Nach unten zum

Löschteich und zu dem einzigen Hydranten auf dem Hofgelände.

»Wir müssen kontrolliert abbrennen lassen«, hörten sie einen Kommandanten gerade zu seinen Kollegen aus den Nachbargemeinden sagen. »Hier ist nichts mehr zu retten. Das alte Zeug brennt lichterloh.« Das Krachen von berstenden Balken untermauerte seine Feststellung. Beißender Rauch nahm ihnen beinahe den Atem, die Augen brannten, dass man sie schließen und nicht mehr öffnen wollte. Fürchterliches Brüllen von Kühen drang zu ihnen durch. Steven hatte große Mühe, sich in dem Wirrwarr und Lärm zurechtzufinden.

»Jagt die Schaulustigen von hier weg«, brüllte ein Feuerwehrmann einem Polizisten zu. »Was haben die hier zu suchen?« Er zeigte auf Steven und Kerstin.

»Hast du deine Polizeimarke hier?«

Steven kramte nervös in seinen Hosentaschen. Natürlich war da keine. Vielleicht im Auto?

Kerstin suchte mit schnellen Fingern in ihrer Jacke, um in letzter Sekunde dem heranstürmenden Polizisten ihre Legitimation entgegenzustrecken. »Guten Abend, Kollege, was liegt an?«

Professionell wie immer positionierte sie sich dem verdutzten Polizisten direkt gegenüber, Hände in die Hüfte gestemmt. Steven platzierte sich schräg hinter ihr und grüßte mit einem Kopfnicken. Er wollte mit seiner Fahne nicht zu nah heran.

»Ja, Grüß Gott, wie kommt es, dass ihr so schnell hier seid? Wir haben die Leiche doch erst vor ’ner halben Stunde gefunden. Hier lang.« Er führte sie zu einem abseits stehenden Schuppen. »Wir mussten ihn hierherbringen, da das Wohnzimmer, in dem der Mann gelegen hat, ebenfalls brennt. Wir haben aber alles bestmöglich fotografiert und an Utensilien herausgeschafft, was möglich war. Bitte!« Er ließ ihnen den Vortritt, nicht ohne Steven kritisch zu mustern.

Dieser wandte verlegen den Kopf ab und marschierte in Richtung Opfer.

Sie beobachteten den Toten einige Zeit schweigend, gingen mehrfach um ihn herum, beugten sich zu ihm hinunter und forschten nach möglichen Zeichen von Gewalteinwirkung.

»Irgendeine äußerliche Verletzung sichtbar?« Sie blickten den Beamten an, der im Begriff war, beiden Latexhandschuhe zu reichen. »Keine offenen Wunden wie Stiche oder Einschüsse, soweit wir sehen konnten. Aber schauen Sie hier, da sind Würgemale am Hals, links ein geschwollenes Auge und weitere rote Flecken an beiden Handgelenken. Vermutlich wurde er misshandelt, bevor er starb.«

Beide Kriminalbeamte nickten und erwiderten: »Warten wir auf die Fachleute von der KTU, dann wissen wir eventuell bald mehr. Vielen Dank, Herr Kollege.« Noch im Wegdrehen bemerkte Steven das Blitzen in einer der Hände des Toten. Bauer Alfons hielt etwas zwischen seinen Fingern. Vorsichtig öffnete Steven diese, nicht ohne dabei auf seine Balance achten zu müssen. Er zeigte Kerstin den Gegenstand. »Da schau her. Wieder dieser Mann, der ein Kind auf der Schulter trägt.«

Der Beamte schaute ebenfalls drauf. »Das ist der Heilige Christophorus, Schutzpatron für viele. Auch für die Wanderer.« Kerstin wiegte den Kopf: »Steven, ein Zusammenhang ist zwar möglich, aber es ist noch zu früh, Schlüsse zu ziehen. Wie hieß denn der gute Mann?«

Der Polizist benötigte keine Notizen, um das zu beantworten. »Das war der Alfons. Alfons Gressler. Ein Eigenbrötler, den man nicht oft im Dorf angetroffen hat.«

Steven fröstelte in dem kühlen und dunklen Schuppen. Der feste, lehmige Boden unter ihnen strahlte Kälte aus. Er hatte nur sein kurzes, dunkelblaues Hemd unter der Jacke an, das ihm leger aus der Hose hing. Er zitterte am ganzen Körper und begab sich zum hölzernen Tor, wo er die ältere Dame bemerkte. Sie hatte wohl die ganze Zeit gelauscht.

»Was machen Sie hier?« Er fuhr sie etwas schärfer an als gewollt. Doch die in ihre Schürzen eingehüllte Frau mit althergebrachtem Kopftuch kümmerte sich nicht darum.

»Hats ihn jetzt endlich erwischt, den Lump!« Sie kniff die Augen zusammen und setzte ein paar Flüche nach.

Steven zog die Schimpfende vom Eingang der Scheune weg und stellte sich mit ihr neben eines der Feuerwehrautos. Der Hof sackte in der Feuersbrunst in sich zusammen. Der dichte Rauch stieg senkrecht nach oben. Die Hitze da drin mochte enorm sein, mit all dem Holz und Heu. Eine große Kuhherde wurde gerade über die unteren Hangweiden getrieben. Nachbarsbauern halfen den Feuerwehrleuten dabei. Hühner und Hausschweine rannten und flatterten umher. Ein paar Ziegen standen unweit des Hofes unter den Obstbäumen, die noch immer voller Äpfel, Zwetschgen und auch Birnen standen. Ob wenigstens sie Mitleid mit dem Toten hatten? Denn die Alte war wohl nicht allein mit ihrer Meinung, wie er aus einzelnen Gesprächsfetzen umherstehender Schaulustiger und auch Feuerwehrleute zu vernehmen meinte.

»Nun reden Sie, was meinen Sie damit?« Er hatte die Frau noch immer fest am Arm gepackt.

Energisch befreite sie sich von seinem Griff und spuckte auf den Boden. »Na, woher kommst denn du, dass du Lump nicht verstehst? Beschissen hat er immer und überall, wo er nur konnte. Wie soll er es aber auch anders wissen, bei dem Sauhaufen von Familie!«

Steven musste sich anstrengen, um ihren breiten Akzent zu verstehen. Viele Worte kannte er nicht einmal, so ursprünglich war ihr Dialekt. »Über die Boshaftigkeit dieser Familie gibt es sogar schon Spottlieder. Seit Generationen haben sie ihr Unwesen getrieben und den Nachbarn Grenzflächen abgejagt, haben über Nacht Vieh und was auch immer geklaut.

Doch jetzt hat der Fluch sich erfüllt. Der Letzte dieses vermaledeiten Stammes ist weg.«

Kerstin beobachtete die Alte mit zusammengekniffenen Augen. Der tief sitzende Hass der Bäuerin ließ sie frösteln, trotz der Hitze, die das Feuer noch einige Meter entfernt ausstrahlte. »Gute Frau! Ein Mensch ist tot. Jemand hat ihn umgebracht. Stellen Sie sich vor, der Täter weilt unter Ihnen in der Gemeinde: Was ist, wenn er weitermordet?« Steven machte sich erste Notizen, während er die Dame beobachtete. Einige Feuerwehrleute standen in ihrer Nähe, wollten so viel wie möglich erlauschen. »Wollen Sie nicht haben, dass der Schuldige verhaftet wird?«

Zu den Feuerwehrleuten gesellten sich zunehmend die Schaulustigen. Sie bildeten einen Ring um die beiden Kommissare und die Bäuerin. »Lasst die Marta in Ruhe! Was wollt ihr?« Ein stämmiger Mittvierziger trat einen Schritt auf sie zu, die Ärmel seines karierten Hemdes hochgekrempelt. Muskulöse Arme ineinander verschränkt.

»Nun halten Sie mal Abstand, mein Herr. Sonst lasse ich sie alle mit aufs Revier nehmen, verstanden?« Doch Stevens Worte imponierten hier niemandem.

Die Bäuerin – Marta, wie Steven nun wusste – fuhr fort: »Seit er diese Spinner auf sein Land gelassen hat, sind eh alle gegen ihn. Dort hinten, da dürfen diese Esoteriker oder wie man die nennt, immer ihre Zelte aufschlagen, wenn sie mal wieder ihre g'spinnerten Sachen machen. Doch auch mit denen hat er sich wohl zerstritten.«

Die Umstehenden scharrten mit den Füßen, einer um den anderen mischte sich in das Gespräch ein. »Das hat er doch nur gemacht, um uns zu bosseln. Er wollte Unfrieden stiften, wo immer er konnte. Die Fremden waren doch nur ein Teil seiner Boshaftigkeit.«

»Und Gier«, rief ein anderer. »Er hat viel Geld verlangt von denen.«

Der kräftige Mann, der noch immer mit verschränkten Armen vor ihnen stand, brüllte nun beinahe: »Das ist jetzt zum Glück vorbei! Die Vorsehung hat sich bewahrheitet, und Friede kehrt nun endlich in unsere Gemeinde zurück. Jetzt ist es gut damit. Herbert, setz dem Spuk doch endlich ein Ende und jag die feinen Herrschaften zurück in ihre Stadt. Kümmert euch in Ravensburg um eure eigenen Dinge. Wir regeln hier draußen unsere Angelegenheiten selbst!«

Der angesprochene Herbert war jener Polizist, der sie bisher begleitet hatte. Unruhig blickte dieser von einer Gruppe zur anderen. Der Kreis wurde zunehmend enger.

»Vielleicht, Frau Kommissarin, Herr Kommissar, können wir wirklich hier einen Strich ziehen. Der Alfons Gressler kam zu Tode, weil er beim Anblick seines brennenden Hofes einen Herzinfarkt erlitt. Also natürlicher Tod.«

Steven wollte dem gerade etwas entgegensetzen, als er die Blicke der Menge sah. »Verschwindet! Hört ihr nicht, was unser Herbert, der Polizist von hier, sagt? Ein natürlicher Tod. Das war Schicksal, und jetzt verschwindet!«

Der Polizist stellte sich vor Steven und Kerstin, die nun mit dem Rücken zum Feuerwehrauto standen, um ihnen Schutz zu geben. Sie durften nicht hoffen, dass schnelle Hilfe durch die Kollegen eintraf. Schnell schnappte Steven Kerstin bei der Hand und zog sie in den Feuerwehrwagen hinein, dessen Tür zur Mannschaftskabine offen war, und kletterte mit ihr auf der anderen Seite wieder heraus.

»Rückzug«, flüsterte er seiner Kollegin zu und lief über die Wiese in Richtung Wagen. »Dieser Mob ist nicht zu unterschätzen!« Kerstin stolperte bleich neben ihm her.

»Warten Sie!« Eine Stimme seitlich von ihnen ließ sie kurz innehalten, als die Beamten schon einige Hundert Meter vom Hof entfernt waren. »Warten Sie, ich glaube, ich weiß, wer den Hof angezündet hat.« Ein langhaariger, in bunte, weite Kleidung gehüllter Mann lief ihnen von schräg rechts entgegen. Hinter ihm am Waldrand entdeckte Steven mehrere weiße, nach oben spitz zulaufende Zelte, Tipis, wenn er das richtig erkannte.

»Was gibts?« forderte er den Mann auf zu reden. Dieser zeigte auf die Zelte: »Wir lagern dort hinten und konnten sehen, wie der Bernhard Meier wie von Sinnen über die Wiese rannte, kurz bevor der Brand losging. Danach stand auch schon der Hof in Flammen. Die beiden hatten seit Jahren einen Streit. Alfons soll dem Bernhard beim Kartenspiel einen wertvollen Acker weggenommen haben. Alle sagen, er hätte dabei beschissen.«

Steven musterte den Mann aufmerksam. »Wer ist Bernhard Meier?« Schnell notierte er sich den Namen. Die Stirn seines Gegenübers war von einem breiten, dunkelbraunen Stirnband abgedeckt. Die zotteligen, schwarzgrauen Haare wurden dadurch eng an seinen Kopf gepresst, um danach in langen Wellen über dessen Schultern zu fallen. Steven roch trotz des Brandgeruchs den Hauch von Haschisch, der sein Gegenüber wie eine Wolke zu umhüllen schien. »Und wer sind Sie?«, schob er schnell noch hinterher. »Ich bin Johny, Johny Behmüller. Und der Bernhard ist einer der Nachbarn auf der nördlichen Seite des Waldes.« Er zeigte auf ein Waldstück, mit Fichten bewachsen, das sich den oberen Hang hinter dem noch immer brennenden Hof entlang hochzog. »Seine Familie lebt hier schon seit Ewigkeiten. Wie alle hier.« Kerstin zeigte in Richtung der Zelte. »Wie viele Menschen campieren denn bei Ihnen in den Zelten?« Johny drehte sich ebenfalls zu seiner Behausung um, musste sich dabei aber bei Steven abstützen, um nicht aus dem Gleichgewicht zu geraten. »Zehn Erwachsene und sieben Kinder.«

Kerstin zählte die Zelte. »In nur drei Zelten? Ist das nicht etwas eng? Das ganze Jahr über?«

Johny nickte, blickte sie dabei aber fragend an. »Wie meinen Sie das? Da ist viel Platz drin, und Geheimnisse haben wir voreinander nicht. Wir leben in Frieden miteinander.

Und wenn es zu kalt wird, dürfen wir in die Scheune von Alfons, also durften.«

»Mit dem ihr aber wohl am Ende in Streit geraten seid? Was war da los?« Der Waldbewohner stockte ein wenig, wollte zuerst nicht reden. »Nun, er hat unsere Lebensweise ein wenig missverstanden und wollte sich ebenfalls mit einbringen. Zumindest dabei, was unser offenes Verhältnis zu gegenseitiger Liebe betrifft.«

Kerstin blickte ihn irritiert an, doch dann verstand sie. »Sie meinen, er belästigte Ihre Frauen?«

Die Gesichtszüge ihres Gegenübers verhärteten sich. Die Lippen formten sich zu einem kleinen Strich. »Ja, das wollte er. Und als wir ihm Einhalt geboten, setzte er uns unter Druck. Er wollte mehr Geld und drohte, uns zu vertreiben, wenn wir ihm nicht Gegenleistungen bieten würden.«

Ein Schwerenöter also! Steven steckte die Hände in die Hosentaschen in der Hoffnung, dort Wärme zu finden. Die Finger spielten mit dem Medaillon, das sie beim Toten gefunden hatten. »Haben Sie vielen Dank. Bitte bleiben Sie mit Ihren Mitbewohnern die nächsten Tage noch hier. Wir brauchen einige Auskünfte und kommen vorbei.«

Schnell zog er Kerstin mit sich und lief mit ihr die letzten Meter zum Auto. Dort angekommen, erwartete sie ein nicht weniger unglücklicher Herr Max, dem die Kälte ebenfalls nicht gefiel.

»Lass uns zu diesem Meier fahren. Nicht, dass der uns ausbüxt. Scheint ein heißer Kandidat für die Täterschaft zu sein.« Steven warf bereits den Motor an und drehte die Heizung auf Höchststufe. Bei zunehmender Dunkelheit wirkte der glühende Hof eigentümlich wärmend und heimelig.

»Weißt du denn, wie wir fahren müssen, Steven?« Kerstin blickte ihn verständnislos an. Ihr Auto hatte ein Navigationsgerät. Doch Steven warf ihr wortlos die Landkarte auf den Schoß und fuhr schon in die Richtung, in der er vermutete, dass man zum Nachbarshof gelangte.

Herbstnebel

++ Sonntag, 14. Oktober ++

Es war ein nasskalter, nebliger Morgen, der Steven an diesem Sonntag empfing. Nur mühevoll bekam er seine Augen auf. Sie waren regelrecht zugeklebt. Heftiges Niesen befiel ihn, als er versuchte, sich aufzurichten. Kein schöner Tag. Durch das Fenster, das ihm ansonsten immer einen grandiosen, lichtdurchfluteten Blick auf das Tal ermöglichte, drang kein goldener Sonnenstrahl. Es ging stramm auf den Herbst und Winter zu.

Verzweifelt suchte Steven nach Taschentüchern. Er musste sich erkältet haben, gestern, da draußen in den eiszeitlichen Hügeln rund um Amtzell und Bodnegg. Na prima, das passte mal gar nicht. Schwerfällig tapste er mit der Hand auf dem Nachttisch herum, bis er sein Handy fand. Wieder keine Nachricht von Andrea-Domenica. Was sollte das nur? Sie meldete sich nicht. Ob er heute mal per Skype bei ihr anrufen sollte? Doch der Stolz ließ ihn noch etwas warten. Er wollte nicht immer derjenige sein, der nachgab und sich meldete!

»Erst mal Kaffee machen«, brummte er und schälte sich aus dem kuschelig warmen Bett. Am besten mit Kaffee und Keksen gleich wieder zurückkommen. Höflich nickte der Kommissar seinem Mitbewohner Herrn Max zu, der es sich auf der Heizdecke im Vorraum des Schlafzimmers gemütlich gemacht hatte. Dieser schien auf die Geräusche seines Hausgenossen nur gewartet zu haben, denn er bewegte sich rasch auf Steven zu. Er hatte Hunger.

»Na, du alter Vegetarier. Machen wir wieder Arbeitsteilung? Du das Grünzeug mit Obst, ich das Fleisch und die Wurst?« Er streichelte ihm liebevoll über den Kamm. Das Tier drückte genüsslich seinen Kopf nach oben, Stevens Hand entgegen. »Wenigstens wir beide verstehen uns, gell?«

Steven seufzte und kletterte die Treppe zur Wohnküche hinunter. In seinem Kopf hämmerten bereits Tausende Gedanken durch die Gehirnwindungen: der gestrige Tote, die mysteriösen Gewalttaten, Andrea-Domenica, seine Frau, die Kinder und Kerstin.

Die Kaffeemaschine brummte und zischte in vertrauter Weise. Herr Max hatte sich inzwischen zu ihm gesellt und bekam gerade seine Frühstückskost, die der Leguan in einer beinahe rituellen Weise zu sich nahm.

»Ein Gentleman unter den Leguanen«, bemerkte Steven respektvoll.

Schnell schnappte er sich Laptop, Kaffee und Kekse, um wieder ins warme Bett zu fliehen. Am besten gar nicht mehr von dort rauskommen heute. Niemanden sehen, niemanden sprechen. Einfach den Tag mit sich selbst genießen. Das wärs doch. Würde aber nicht klappen. Seine Frau wollte etwas mit ihm besprechen. Um die Mittagszeit. Zeit genug, vorher noch zu genießen.

Bernhard Meier hatten sie vergangenen Abend stockbesoffen auf dessen Hof angetroffen und aufs Revier gebracht. Er hatte sich gewaltig gewehrt. Doch das Gute an der Sache war: Bernhard Meier hatte noch im größten Alkoholrausch gestanden, dass er der Feuerteufel war und dass wegen ihm Alfons Gressler tot war. Schneller konnte man einen Fall nicht aufklären. Sicherlich war er schon auf dem Weg zum Haftrichter. Zeit für Familie und Kinder!

»Ruft Andrea-Domenica an?«, hämmerte es in seinem Kopf. Die Sehnsucht nach der Geliebten verzehrte Steven beinahe. Er machte sich Sorgen und litt. Seine gekränkte Ehre aber ließ ihn auch trotzig werden. Eine alte Freundin aus Jugendtagen war in den vergangenen Wochen wieder aufgetaucht, bezirzte ihn. Steven hatte Schwierigkeiten, dem Reiz nicht zu verfallen, Trost zu suchen. Doch die Tochter rückte ihm in solchen Fällen den Kopf zurecht. Sina! So eine kluge und reife junge Frau. Eine helfende Stütze in diesen emotional so unruhigen Zeiten. Sie gab ihm und seinen Gedanken Ruhe und mahnte ihn zu vertrauen.

Mühevoll rief sich Steven die zwei Treffen mit Andrea-Domenica in Erinnerung: Ihr Flug ging beim ersten Treffen nach Frankfurt, wo er sie abholte und mit ihr nach Süddeutschland fuhr, nachdem sie ein paar ruhige Tage in Heidelberg verbracht hatten. Das zweite Treffen war dieses Jahr an Ostern gewesen. Sie hatten sich in Hamburg getroffen. Eine unfassbar schöne Zeit in dieser wunderbaren Stadt. Das Wetter war für den Norden erstaunlich gut und warm. Perfekt für zwei Liebende, die sich auf einem Seitenarm der Elbe bei Stade ein Hausboot angemietet hatten.

Danach war Andrea-Domenica vollends aus dem Rhythmus geraten. Das Hin und Her tat ihr nicht gut. Sie war zerrissen zwischen den Welten. Sie kannte keinen Ausweg. Deshalb zog sie sich von Steven zurück. Waren sie doch zwei Königskinder, die nie zueinander finden sollten? Seine Gedanken verloren sich in Geschichten und Märchen.

Ein schriller Klingelton zerriss die traute Ruhe. Steven musste nochmals eingedöst sein. Sein Herz flatterte, die Hände zitterten, als er versuchte, das Smartphone unter der Decke zu finden. Der Ton wurde zunehmend lauter und schriller, ganz so, wie er es eingestellt hatte. Doch für ihn schlimmer war der Familien-Klingelton. Er hatte ihn extra seinen Kindern, Dagmar und seinen Eltern zugeordnet.

»Jaaaa, hallo …«, stotterte Steven nur so ins Mikrofon.

»Dad? Bis du das? Wo bist du?«

Na, zu Hause im Bett, wollte er schon rufen. Der Blick auf den Wecker auf dem Nachttisch verriet ihm, dass es schon 12:30 Uhr war. »Na hier, ich warte schon die ganze Zeit auf eure Mutter. Sie wollte hierherkommen und mit mir reden.«

Ein Stöhnen erklang am anderen Ende. »Vater, Mutter ist hier!!! Genauso, wie dein leiblicher Sohn Salva, dein Vater und deine Mutter – wir warten auf dich.«

Steven setzte sich aufrecht hin. Wo mochte das sein? Wo

waren sie denn alle? Er kam nicht drauf. »Ist gut, ist gut. Ich komme. Es kam was dazwischen. Gib mir ’ne halbe Stunde, und ich bin da. Wartet nicht mit dem Essen auf mich. Ist immer noch dieselbe Bedienung dort?« Sein Versuch versagte jedoch jämmerlich.

»Steven, … Paps, wir sind im Bauernhausmuseum Wolfegg. Deine Tochter – das bin ich – Sina genannt, hat heute ihren Geburtstag. Den achtzehnten, um genau zu sein. Wir feiern heute in den Fischerstuben, weil mein Freund derzeit dort kellnert und ich ihn beim Feiern dabeihaben will. Kommst du nun?«

Sina hatte einen Freund? Das wusste er noch gar nicht. »Ja sicher, Sina, Schatz. Das weiß ich doch. Gib mir bitte kurz ein paar Minuten, und dann bin ich in voller Frische bei dir. Ganz ehrlich, ich bin nochmals eingeschlafen.«

Ehrlichkeit bot immer die beste Verteidigung. Er war schon auf der Treppe und stolperte in Richtung Bad. »Bin gleich da. Versprochen. Ich freu mich.«

Sinas Stimme schallte durchs Telefon. »Paps, wenn es eine Sache gibt, die sich nie ändert, dann die, dass du nie wirklich erwachsen wirst und deine Zerstreutheit zunimmt. Komm jetzt, okay?«

Gestern wollte Dagmar mit ihm reden. Das war gestern. Jetzt fiel es ihm wieder ein. Oh weh, das würde eine Tirade an Vorwürfen geben.

***

Hektisch warf sich Steven kurz darauf in sein Fahrzeug und schoss über den Berg. Herr Max musste das Haus hüten, während sein Herrchen in irrer Fahrt die Serpentinen nach Wolfegg hochsauste, immer wieder vor sich hin schimpfend, wie er so trottelig sein konnte, wenn es um Termine mit der Familie ging. Es knackte mächtig, als Steven mit seinem Volvo über die vielen Kastanien rollte, die oberhalb des

Parkplatzes zum Museum von den Bäumen gefallen waren. In Wolfegg war der Herbst eindeutig schon weiter vorangeschritten als andernorts. Ein kleines Kältegebiet, dieser schöne Ort auf der Anhöhe, gleich nach dem Altdorfer Wald.

Sein Atem erzeugte bereits leichte Nebelschwaden, als er ausstieg und über den kleinen Damm zwischen den Fischteichen zum Bauernhaus marschierte. Die Familie hatte das schöne, holzvertäfelte Zimmer im ersten Stock des alten Wirtshauses belegt. Er hörte ihr Lachen und die gute Stimmung schon auf seinem Weg über die knarzende Treppe nach oben. Ihm wurde wohlig ums Herz, als er all die vertrauten Gesichter sah, wie sie fröhlich am Tisch saßen und Geschichten austauschten. Ein kleiner beigefarbener Hundewelpe rannte, kräftig mit dem Schwanz wedelnd, auf ihn zu und begrüßte den neuen Gast als Erster.

»Na, wer bist du denn, kleines Tierchen?« Steven beugte sich zu dem Wollknäuel hinunter und spielte verzückt mit ihm. »Wem gehört der denn?« Er grüßte mit der Hand und blickte in die Runde, erleichtert, dass ihm offenbar niemand einen Vorwurf machte. Selbst Dagmar warf ihm einen neutralen Blick zu.

»Na, meine Große«, feixte er erleichtert, als Sina in voller Größe vor ihm stand. Was war sie nur für eine große Frau geworden! Verlegen zog Steven eine dicke Packung Pralinen und einen Blumenstrauß hervor. Beides kurz zuvor an der Tankstelle in Weingarten gekauft. Den Fünfziger hatte er während der Fahrt zusammengerollt und umständlich hinter die Verpackungsfolie der Schachtel gesteckt.

»Alles Gute zum Geburtstag, meine Beste. Nun bist du wirklich schon eine Große. Unglaublich.« Steven musste tatsächlich eine Träne unterdrücken, als er seine Tochter umarmte. Dieses wunderbare Wesen war doch noch vor nicht allzu langer Zeit so klein und gebrechlich gewesen. Jetzt ein erwachsener Mensch. Und so schön und so wunderbar.

Er wollte sie nicht mehr loslassen. Freude und Schmerz vermischten sich ohne Ende.

»Steven, setz dich zu uns und iss. Wir haben dir einen leckeren Schweinebraten mit Soße und Spätzle bestellt. Doppelte Ration.« Sein Vater klopfte auf den Platz auf der Holzbank neben sich. »Als Einsiedler bekommt man zu Hause nicht immer etwas zu essen, oder?«

Steven ignorierte die Spitze und setzte sich. Er hatte tatsächlich Hunger und ließ es sich gut gehen. Das Fleisch schmeckte köstlich. Die Spätzle schwammen nur so in der leckeren Soße. Er genoss jeden Bissen und lauschte nebenbei den Geschichten, die die Familie miteinander austauschte. Der kleine Welpe gesellte sich zu Stevens Schuhen und knabberte kräftig an ihnen. Die Hälfte der Schnürsenkel war bereits verfuttert. Doch ihn störte das nicht. Er genoss die Gemeinschaft.

»Na, Steven, was ist denn los mit dir? Kein einziger Anruf vom Kommissariat bisher?« Salva blickte ihn auffordernd an. »Keine Neuigkeiten an der Kriminalfront?« Das war typisch für seinen Sohn. Er suchte immer die besondere Geschichte. Steven zwickte ihn in die Schulter. »Du solltest Journalist werden, mein Sohn. Am besten bei dieser bunten Zeitung.« Er schob einen vollen Löffel mit Soße und Spätzle in den Mund. Wortlos reichte ihm Dagmar eine Serviette, damit er sich die Flecken vom Hemd wischen konnte.

»Ich bin froh, dass die Kollegen mich heute in Ruhe lassen und dass kein neuer Bauernhof brennt oder jemand verprügelt wurde.«

Gerade als Salva nachsetzen wollte, unterbrach Sina die Gruppe. »Dad, darf ich auch dir meinen Freund vorstellen? Hendrik. Er arbeitet hier. Macht nebenbei eine Ausbildung zum Grafikdesigner.«

Steven blickte den rothaarigen, freundlich dreinblickenden jungen Mann aufmerksam an. Hochgeschossen und schlank, wie er vor ihm stand, wirkte dieser wie ein drahtiger Stabhochspringer.

»Freut mich. Hallo. Steven, ist mein Name. Hendrik, ähm, ja, nein, freut mich wirklich. Woher kommen Sie, kommst du nochmals? Bis du aus Wolfegg?« Steven stotterte tatsächlich. Der Freund seiner Tochter! Er musste sich erst einmal darauf einstellen.

Bevor der Rothaarige aber antworten konnte, unterbrach Sina schnell. »Keine Verhöre, Paps. Heute nicht. Hendrik hat für uns eine Führung durchs Museum organisiert. Extra für uns. Kommt ihr mit? Der Museumsführer wartet bereits unten.«

Gerne hätte Steven noch einen Apfelstrudel mit Vanillesoße bestellt. Das gehörte sich an einem Festtag so. Apfelstrudel mit Vanillesoße, die Krönung eines solchen Tages. Der Gipfel des Genusses und ein Hohelied auf die schwäbischen Gaumenfreuden. Doch den könne er auch nach der Führung genießen, raunte ihm seine Mutter zu. Also gut. Er nickte.

Sie polterten die Treppen hinunter. Auch Salva hatte ein Mädel an der Hand. Sie wurde ihm noch nicht vorgestellt.

Dagmar erkannte seinen Blick: »Ja, lieber Steven. Die Welt dreht sich schnell weiter. Dinge verändern sich. Deine Kinder werden größer und größer.«

Und wir leben uns mehr und mehr auseinander, schoss es Steven durch den Kopf. »Entschuldige bitte das wegen gestern, Dagmar. In der Gegend hat ein Hof gebrannt. Es gab einen Toten. Ich musste da hin.«

Sie winkte jedoch schnell ab. »Lass es gut sein, Steven. Ich bin schon gar nicht rübergefahren zu dir. Nachdem du vorher nichts mehr zurückgemeldet hattest, war mir das zu unsicher. Also alles gut. Ich habe den Tag in meinem Atelier und mit Freunden hier in Wolfegg genossen.«

Herr Riemers, ein freundlicher Senior in den mittleren Achtzigern, erwartete sie bereits auf dem Vorplatz vor dem langgezogenen Haus, in dem die Fischer ihr Werkzeug aufbewahrten. Erst wollte sich Steven nicht auf die Führung und auf ihn einlassen. Dazu war er einfach nicht in der Stimmung. Was konnte man denn schon in solch einem Museum lernen? Doch plötzlich musste er, ohne zu wissen wie ihm geschah, mit einer Sense in der Hand gegen Herrn Riemers, seinen Sohn und seinen Vater um die Wette sensen. Und tatsächlich gewann der alte Herr. Seine Technik war unschlagbar. Er erklärte ihnen die Geschichten, wie die Menschen in früheren Jahren ohne Motorenhilfe von Hand riesige Felder mähten. Von früh bis spät nichts anderes taten, als in versetzten Reihen mit vielen anderen Menschen die Sensen zu schwingen. Nicht unbedingt erstrebenswert, wie Steven fand.

Die Führung ging weiter, am Bienenstand entlang, rüber zur Zehntscheuer Gessenried, dem ältesten Gebäude auf dem riesigen Museumsareal. Die Treppenstufen knarrten bedrohlich, als die kleine Kolonne ins obere Stockwerk stieg. Später würde der Kommissar noch lange verwundert den Kopf schütteln, wenn er sich an den nun folgenden Moment erinnerte, der ihn so nah an die Lösung seines aktuellen Falles hätte bringen können.

Aufmerksam wanderten die Blicke der Familie durch das obere Stockwerk der erstaunlich geräumigen Scheuer. Es roch nach Alter und Vergangenheit. Das Holz der Wände und Decken strahlte Behaglichkeit aus. Vom ersten Augenblick an zogen die vielen alten Dokumente, Handschriften und Fotos an den Ausstellungswänden und in den Vitrinen Steven in ihren Bann. Herr Riemers folgte seinem Blick: »Das ist aktuell eine parallele Ausstellung historischer Fotos aus unserer Gegend. Vieles ist aus meiner eigenen Familie, was sich hier findet. Die Bilder zeigen meine Eltern und Großeltern. Erzählen ihre Geschichten, die auch die Geschichten vieler Menschen in Wolfegg sind.«

Steven staunte nicht schlecht, als er erfuhr, wie viele Kinder Herr Riemers Mutter auf die Welt gebracht haben sollte. Mehr als ein Dutzend. Er konnte sich das nicht vorstellen. Eine Familienwanderung ins Gasthaus Weißenbrunnen musste einer Völkerwanderung gleichgekommen sein. Zwei Brüder waren im Krieg vermisst, wohl in jungen Jahren gestorben. Der kluge Senior kannte zahlreiche Geschichten aus dem Dorf. Seine Geschwister mussten in den frühen Dreißiger Jahren zu den Bauern, sonst wären sie verhungert. Genauso, wie die Schwabenkinder, denen im Museum Wolfegg eine eigene Ausstellung gewidmet war.

Steven folgte aufmerksam der warmen Stimme ihres heutigen Museumsführers. Sein Blick streifte seine Eltern, wie sie gebannt den Worten Herrn Riemers lauschten. Gastarbeiter in Schwaben, das waren auch sie. Auch sie mussten sich hier erst einfinden, um überleben zu können, als eingewanderte Polen. Die Geschichte der Schwabenkinder aber hatte noch nie jemand von ihnen vernommen. Sie staunten über die Erzählungen zu den Kindermärkten. Konnten es nicht wahrhaben, was kleine Kinder aus den Alpen auf den Höfen der Umgebung erleben mussten.

»Bodnegg«, murmelte Steven leise beim Lesen einer Bildunterschrift. Viele Schwabenkinder waren also auch dort auf den Höfen gewesen. Es waren mitreißende Schicksale, die sie erfahren mussten. Tragische Geschichten. Aber auch Erzählungen von ehemaligen Schwabenkindern, die als Erwachsene in späteren Jahren wieder zurückkamen und blieben. Die Familien gründeten und selbst zu Schwaben wurden. »Ganz wie unsere Familie, als sie aus Polen kam«, flüsterte Sina in Richtung Hendrik.

»Aber auch wir mussten kämpfen, bis wir aufgenommen wurden und einen Platz fanden«, erwiderte ihre Großmutter, als sie ihre Enkeltochter neben sich hörte.

»Alles Vergangenheit. Wir sind hier und gehören dazu. Und unsere Kinder und Enkelkinder müssen sich nicht mehr darum kümmern.« Stevens Vater nahm seine Frau in den Arm und küsste sie. Sie wandten sich wieder ihrem Museumsführer zu.

Eine Gruppe junger Menschen stand etwas abseits von ihnen im Raum und lauschte ebenfalls konzentriert Herrn Riemers Worten. Sie tuschelten miteinander. Steven beobachtete sie aus seinen Augenwinkeln heraus. Die jungen Menschen erregten seine Aufmerksamkeit. Er vernahm einen Akzent in ihren Stimmen, konnte ihn aber nicht zuordnen.

»Das ›Schwabengehen‹ wurde bereits im 16. und 17. Jahrhundert erwähnt. Seinen Höhepunkt erlebte es aber im 19. Jahrhundert. Es wird angenommen, dass in dieser Zeit jährlich fünf- bis sechstausend Kinder auf Höfen in Schwaben als Hütejungen, Mägde oder als Knechte arbeiten mussten.« Herr Riemers spürte das Interesse seiner Zuhörer am Thema und stieg tiefer darin ein.

»Aber warum war das denn so?« Sina blickte auf die Bilder der großen Ausstellung. Man erkannte die Betroffenheit in ihrem Blick. »Hintergrund waren die äußerst geringen Bodenerträge in den alpinen Regionen und die damit verbundene Armut, die die Eltern dazu trieb, eines oder mehrere ihrer zahlreichen Kinder in die Fremde zu schicken. Das war eben die Zeit damals. Sie war eigentlich für niemanden wirklich gut.« Herr Riemers führte seine Gäste zu einer weiteren Vitrine. »Sie müssen sich das mal vorstellen. Die langen Wanderungen, noch zur Zeit des Winters, um rechtzeitig auf den Märkten in Oberschwaben zu sein, damit die Bauern ein Kind aussuchen konnten. Die Wege aus Österreich und der Schweiz waren lang, beschwerlich und gefährlich. Für einen Teil der meist fünf- bis vierzehnjährigen Kinder führte er über Bergpässe wie den Arlberg, die in der Regel im März noch von Schnee bedeckt waren und die viele mit schlechtem Schuhwerk und dürftiger Kleidung zu überwinden hatten.« Stille kehrte ein. Alle lauschten gebannt den Erzählungen noch lebender Schwabenkinder, deren Geschichten gerade aus dem Audioguide ertönten.

»Fünf bis vierzehn Jahre waren sie erst alt! Das ist ja unfassbar.« Dagmar war erschrocken. »Ich habe auch Bauern unter meinen Vorfahren. Haben die denn auch Schwabenkinder beschäftigt?« Ein Stampfen und Fluchen folgte unvermittelt ihrer Äußerung. Irritiert blickte Steven zu der Gruppe der fremden Zuhörer. Doch die Geschichten bewegten ihn, und so schenkte er dem nicht zu viel Beachtung. Diese dokumentierten Schicksale hier rührten etwas in dem Kommissar an. Viele Polen mussten in den vergangenen Jahrzehnten ihre Heimat verlassen, um in der Fremde niedere Dienste zu leisten und Demütigungen ertragen. Steven kannte die gehässigen Witze und Äußerungen, die nicht nur in Deutschland ihre Runde machten. Und plötzlich war man auch wieder ein wenig selbst Pole, auch wenn das eigene Leben durch und durch schwäbisch geprägt war.

Steven las mit zugekniffenen Augen die Notizen auf den Infowänden. Ihm fehlte die Brille. Hütekindermärkte gab es in Ravensburg, Friedrichshafen, Kempten und bei Bedarf in Wangen, Weingarten, Tettnang und Bad Waldsee.

»Die Kindermärkte wurden erst 1915 abgeschafft, doch die letzten Schwabenkinder gab es bei uns noch Anfang der vierziger Jahre im letzten Jahrhundert!« Herr Riemers Stimme zitterte etwas. Hatte er Erinnerungen an seine eigene Familie und deren Geschichte?

Die etwas abseits stehenden jungen Gäste ballten ihre Fäuste. Steven spürte die Stimmung im Raum, doch wiederum wurde seine Aufmerksamkeit von dem Foto abgelenkt, dessen Beschreibung er gerade gelesen hatte. Eine Gruppe von Kindern und Jugendlichen auf einem Schwarz-Weiß-Foto, die vor einer Kapelle standen. Der Winter zog noch übers Land. Alles weiß. Aus dem Bild sprach Kälte. Sie hielten ihre Tücher und Umhänge eng bei sich. Offenbar pausierten sie an der Kapelle, um dort zu beten, auf ihrem Weg nach Oberschwaben. Damals, vor langer Zeit. Die Kamera stand ungewöhnlich nahe bei ihnen. Bei den Vorderen entdeckte Steven ein Medaillon, das sie in ihren Händen hielten. Der Kommissar wollte schon weitergehen, stockte aber abrupt und blinzelte. Er ergriff eine Lupe, die neben der Vitrine an einem Kabel hing. Jetzt wurde erkennbar, was dort abgebildet war. Das Medaillon schien ebenfalls den heiligen Christophorus als Abbild zu tragen. Die Aufmerksamkeit des Kommissars war geweckt. Alle verstummten und beobachteten ihn, wie er recherchierte. Sina sprach ihn an, aber er war gefangen in seiner Tätigkeit. Eifrig wandte sich Steven einer weiteren Vitrine zu. Dort zog ein Foto seine Aufmerksamkeit auf sich, auf dem eine Gruppe Kinder vor einer großen Statue ebendieses Christophorus betete, wie sie auf den Medaillons abgebildet war.

Auch die Gruppe der jungen Gäste verfolgte, was er tat. Johannes war wie hypnotisiert von dem, was er gehört und gesehen hatte. Er fragte sich, wer dieser Mann nur war. Heimlich schoss er mit dem Handy ein Foto von Steven. »Paps, wir sind hier einfach nur in einem Museum. Es ist kein Verbrechen passiert. Du bist an keinem Tatort!« Salva stupste ihn an. »Du musst hier nicht ermitteln. Komm, hör jetzt auf damit.« Alle lachten los, während Steven irritiert in die Runde hinter sich schaute. Doch er grübelte weiter. Sein Murmeln war laut genug, dass alle es hörten: »Das Medaillon, dieses verfluchte Medaillon. Warum ist es hier? Warum hatten es die Opfer, warum der Tote in den Händen?« Er legte nachdenklich die Lupe zur Seite. Warum begegnete ihm dieses Medaillon immer wieder? Hatte nicht auch vorhin einer der jungen Besucher ein solches, das an einer Halskette hing? Sein Blick suchte den Fremden. Doch er war verschwunden. Genau wie seine Begleiter.

»Wo sind die Leute, die hier waren? Wo sind die jungen Leute?«

Irritiert blickte ihn seine Familie an. Schulterzucken bei

allen. Genervt wandte sich Sina von ihm ab. Seine Mutter raunte ihm vorwurfsvoll zu: »Kannst du es denn nicht wenigstens am Geburtstag lassen?«

Sein Blick erfasste den seiner Tochter, die sich abwandte und die Treppen hinuntereilte. Schnell schüttelte Steven jeden Gedanken ab und folgte der Gruppe in Richtung der Kräutergärten. Väterlich legte er die Arme um die Schultern von Sina und Salva, die nebeneinander über den Kiesweg gingen. »Vielen Dank für die Führung, das war sehr bewegend für mich. Und danke, dass es euch gibt, ihr beiden!« Zögerlich erwiderten seine Kinder seine Worte mit einem Lächeln.

Das Medaillon! Dieses läppische Blechgepräge. Was für eine Bedeutung mochte es in diesen Fällen haben? Was verband all die Opfer mit jenem Herrn St. Christophorus?

Karriere

++ *Montag, 15. Oktober* ++

Während Steven am folgenden Morgen müde und träge in Richtung Kommissariat tuckerte, verließ nicht weit von ihm die Gruppe der vier jungen Touristen gerade ihr Hotel. Die nun sich festsetzenden Herbstnebel waberten durchs Schussental. Das Bunt der Bäume verlor sich in der Trübe der nassen Kälte. Aus den Kaminen der umstehenden Häuser stieg bereits der erste Rauch. Waren das nicht genau diejenigen Personen, die am Tag zuvor der Führung von Herrn Riemers im Museum in Wolfegg gelauscht hatten? Steven hätte es beantworten können.

Johannes blickte seine Begleiter an: »Was machen wir nun? Heute läuft wieder ein Ultimatum ab.« Lustlos warf er seine Sporttasche in das silberne Mietfahrzeug. Einen nach dem anderen schaute er an: Ueli, Rico und Johanna. Doch deren Blick war verschlossen, wie auch ihr Mund stumm blieb. Johannes bemerkte, wie sie aus dem Hotel heraus beobachtet wurden. Die Wirtin stand hinter dem Vorhang und interessierte sich sehr für die ungewöhnliche Reisegruppe, die vergangene Nacht noch lange in ihrem Schweizer Dialekt miteinander diskutiert und wohl auch gestritten hatte. Genau hatte sie es nicht verstanden, was da alles in ihrer Wirtsstube gesprochen wurde. Doch diese eigenartige Gruppe weckte ihre Neugierde.

Vielleicht war es doch ein Fehler gewesen, das Appartement in Wangen aufzugeben? »Lasst uns losfahren. Erst mal weg von hier.« Johannes schwang sich auf den Fahrersitz und warf den Motor an. Die anderen konnten gerade noch ins anfahrende Fahrzeug hineinspringen.

»Alter, spinnst du denn?« Ueli rieb sich schmerzvoll seine Stirn, die er sich am Türrahmen angeschlagen hatte.

Unruhig holperte der Kleinwagen über die alten Pflastersteine von Ravensburgs Innenstadt. Rico und Johanna saßen hinten und flüsterten miteinander.

»Was gibt es für Geheimnisse?«, wollte Johannes wissen.

Johanna wandte ihren Kopf nach vorn und antwortete nüchtern und sachlich: »Wir sind der Ansicht, dass es weiterzugehen hat. Wenn nachher von Clara kein Feedback kommt, dass das Geld da ist, dann gibt es eine weitere Bestrafung. Die Schweine sollen leiden.«

Johannes stellte das Fahrzeug auf dem Parkplatz eines Baumarktes ab. Die ersten Handwerker füllten bereits ihre Kleintransporter mit Baumaterial. »Ihr meint, wir sollen das Risiko eingehen? Ihr habt ja gestern selbst gesehen, dass sich die Leute inzwischen für die Sache interessieren. Denkt an den Kerl im Museum!«

Ein Schlag gegen den Beifahrersitz verursachte ein lautes Klatschen. Erschrocken fuhr Ueli hoch und brüllte laut. Doch Rico, der den Schlag getan hatte, durchbrach sein Aufheulen. »Wir müssen das tun! Es ist zu tun. Es ist unsere Pflicht. Und außerdem ist das Geld lächerlich. Es lässt sie nicht genug bluten. Wir müssen sie erziehen! Wir müssen ihnen eine Abreibung erteilen. Allen! Egal, ob sie bezahlen oder nicht. Willst du nun weich werden, Simon?« Verächtlich warf er seinen Kopf nach hinten und blickte zum Fenster hinaus. »Sie haben Verantwortung für das Tun ihrer Vorfahren zu tragen. Basta!« Johannes rang mit sich. Wollte ihm widersprechen. Doch die Freunde hatten recht. Jetzt durfte niemand eine Schwäche zeigen. »Haben wir überhaupt noch einen Überblick, wer alles die Briefe bekommen hat und bei wem die Frist abläuft?« Ueli versuchte, das Gespräch auf eine sachliche Ebene zu lenken. Er blickte in versteinerte Gesichter. Der Motor heulte wieder auf. Johannes legte den Gang ein und fuhr energisch los. »Es interessiert nicht, wann bei wem die Frist abläuft. Sie werden nichts tun. Sie nehmen uns nicht ernst. Sie verstehen nicht, was ihre Vorfahren unseren Familien angetan haben. Sie hatten ihre Chance. Zeigen wir es ihnen. Nur noch wenig Zeit, um bis St. Martin alles zu regeln!« Der Wagen fuhr in ein nahe gelegenes Parkhaus, welches am Untertor der Altstadt stand. Auf dem obersten Parkdeck stellten sie das Fahrzeug in der äußersten Ecke ab, um von dort einen guten Blick auf die Häuserzeile zu erhalten, die in der Goldgasse stand. Nicht weit davon hatten die Ravensburger an einer Hauswand eine Statue zum Gedenken an die Schwabenkinder platziert. Eine lächerliche Geste, wie die Gruppe fand. Rico wusste schon, was er am Tag des Showdowns damit machen wollte: wegsprengen! Nur ausgerechnet Johanna, die eindeutig Radikalste im Team, empfand die Abbildung eines kleinen Jungen, der zwei dicke, fette Erwachsene auf seinen Schultern tragen musste, sehr passend.

»Los gehts!« Rico baute sich hinter dem parkenden Auto in voller Größe auf. »Lasst es uns tun.« Das Signal zum Handeln war gegeben. Sie machten sich am Kofferraum ihres Fahrzeuges zu schaffen, um die notwendigen Utensilien in graue Rucksäcke zu packen. Eine kleine Gruppe Jugendlicher, die den Unterricht schwänzte, beachteten sie nicht. Genauso, wie diese versuchten, sich unsichtbar zu machen und die anderen zu ignorieren. Niemand wollte vom anderen gesehen werden. Scheppernde Musik drang aus deren kleinem Retrorekorder, der auf dem Boden vor ihnen stand.

***

Steven hingegen saß beinahe in Sichtweite zu ihnen genervt auf dem ungemütlichen Stuhl im Büro seiner Chefin. Viel lieber hätte er mit Kerstin über den gestrigen Tag in Wolfegg gesprochen. Doch stattdessen musste er nun schon seit einigen Minuten auf Frau Würstle warten. Das Rumblättern in seinem Smartphone lenkte ihn nur unwesentlich ab.

Der Duft der Zimtkerze erfüllte das Dienstzimmer. Weihnachtsstimmung verbreitete sich. Steven blätterte sich durch die Berichte der Schwäbischen Zeitung. Bilder vom brennenden Hof. Bissige Kommentare eines Zeitungsredakteurs, die in zynischer Weise die Unfähigkeit der Kripo anprangerten. Steven überflog nur oberflächlich die Passagen, konnte sich aber den Vorwürfen nicht ganz entziehen.

»Und, Kollege Plodowski, machen Sie sich gerade ein Bild von der Lage?« Frau Würstle blickte ihm über die Schulter. »Keine schönen Bilder und Berichte mal wieder, was? Gibt es Neuigkeiten bei den Ermittlungen?«

Steven setzte sich aufrecht hin und knipste das Smartphone aus. Er war kurz versucht, mit klassischen Hinhaltesprüchen zu antworten. Doch er entschied sich für die Wahrheit. »Offen gesagt, tappen wir noch im Dunkeln, Chefin. Alles wird immer komplizierter. Immer mehr skurrile Gruppen tauchen dabei auf. Ich bin fast versucht zu behaupten, alles ist rein zufällig zeitgleich passiert. Wenn da nicht dieses Medaillon wäre. Das taucht in einigen Fällen auf. Selbst beim toten Hund neulich fanden wir es im Geldbeutel seines Besitzers.«

Seine Chefin beobachtete Steven aufmerksam. »Es ist immer beeindruckend, mit welcher Leidenschaft Sie in Ihre Fälle eintauchen, Plodowski. Schaffen Sie denn überhaupt noch in Ihrer Freizeit den notwendigen emotionalen Abstand zur Arbeit?« Irritiert blickte der Kommissar seine Chefin an. »Aber natürlich, immer, Chefin.« Verlegen wandte er den Blick ab, um nicht bei seiner Lüge ertappt zu werden. Wie hypnotisiert starrte er auf die Kerze. Was wollte sie denn jetzt von ihm? »Frau Würstle, ich bin ein wenig in Zeitnot. Die Kollegen warten auf mich, wir haben unsere Lagebesprechung. Jetzt gleich.« Ihm war dieses Gespräch unangenehm.

»Lieber Kollege Plodowski, haben Sie denn schon einmal

an Fortbildung gedacht? An ein Voranschreiten Ihrer Karriere? An eine psychologische Weiterbildung, um Führungskraft zu werden und um sich selbst besser kennenzulernen?«
Steven schnappte nach Luft. Was wollte sie mit ihm besprechen? Seine Karriere? Seine psychologische Weiterbildung?
»Frau Würstle, das passt jetzt aber ganz und gar nicht, also, das …«

»… das passt nie wirklich, Herr Plodowski! Immer gibt es etwas. Immer liegt was an, was uns an diesem Gespräch hindern könnte. Deshalb ist es gerade vollkommen egal, wie gelegen das jetzt ist oder nicht. Wir müssen jetzt handeln!« Sie setzte sich auf die Tischkante und blickte ihn nachdenklich an. »Kekse?«

Er schüttelte den Kopf, griff aber dennoch in den angebotenen Teller. Zimtsterne! Seine Chefin wollte es nun wirklich wissen mit der Weihnachtszeit – und mit ihm.

»Plodowski, die Sache ist ganz einfach. Ich habe Sie für ein Führungskräfteseminar in Karlsruhe angemeldet. Ich musste es tun. Die Hausleitung möchte haben, dass endlich mal wieder jemand aus Ravensburg daran teilnimmt. Und Sie sind der geeignete Kandidat.« Jetzt war es raus. Sie schien erleichtert und zog sich auf ihren Sessel zurück.

Steven kaute wortlos auf seinem Keks. Er mochte diese Situation ganz und gar nicht und wusste, was jetzt als Nächstes kommen würde. In etwa: Mein werter Herr Plodowski, das ist die einzigartige Chance. Haben Sie denn keinen beruflichen Ehrgeiz? Wollen Sie nie zum höheren Kriminaldienst wechseln? Was sollte er dann antworten? Sagen, dass er Ravensburg liebte, sein Team, seine Arbeit? Dass er es gar nicht anders haben wollte als so? Das tanzende Flackern der Kerze zog ihn wieder in ihren Bann.

»Ich weiß, was jetzt durch Ihren Kopf geht, Plodowski. Und glauben Sie mal ja nicht, dass es mir Spaß macht, dass meine funktionierenden Teams auseinandergerissen werden und wir einen verdienten Mitarbeiter auf absehbare Zeit zu verlieren drohen. Aber reden wir nicht drum herum. Es ist entschieden, und wir müssen da beide durch! Sie müssen mir Ihre Geschichte nicht erzählen, wie sehr Sie Ihren Beruf lieben und wie sehr das Team. Es ist entschieden und nicht zu diskutieren. Wir zwingen Sie zum Glück. Haben Sie Freude an der Fortbildung und an Karlsruhe. Es wird mit Sicherheit eine tolle Zeit – und glauben Sie mir, was Sie in den Kursen lernen, ist tatsächlich hilfreich, für Sie und für Ihre Arbeit.«

Ins berühmte Schwedenpalais nach Karlsruhe also. In den Olymp für Führungskräfte, beziehungsweise für diejenigen, die es werden wollten. Sicher, bei den Badenern konnte man sich wohlfühlen.

»Wann soll es losgehen?« Er sprach das betont neutral, um keine weiteren Reaktionen hervorzurufen.

»Anfang November, gleich nach Allerheiligen, beginnt der erste Einführungsblock. Wir haben das Zimmer ebenfalls schon für Sie reservieren lassen. Und keine Sorge, wir haben die berufsbegleitende Maßnahme gebucht. Das heißt, sie müssen im Ganzen nur fünfundzwanzig Tage in den kommenden einundzwanzig Monaten vor Ort sein.«

»Einundzwanzig Monate? Fünfundzwanzig Tage?« Steven verschlug es die Stimme. Und Herr Max? Die Familie? Die Heimat? Oberschwaben …

Die Tür öffnete sich, und Kerstin steckte den Kopf durch den Spalt. »Störe ich?« Sie blickte aufmerksam von Steven zur Chefin und zu ihm zurück. Der Anblick des Kollegen, der wie ein kleiner Junge dasaß und gedankenverloren erneut in den Teller mit Keksen griff, amüsierte sie. »Nein, in keinster Weise«, erwiderte die Chefin beinahe erleichtert. »Wir waren gerade fertig. Wer wurde denn jetzt schon wieder verprügelt?« Sie schloss die vor ihr liegende Akte. Offensichtlich die Akte Plodowski, wie Steven vermutete. Neugierig wandte auch er seinen Blick in Richtung Kerstin. »Erzähl, was ist los?«

»Gerade eben. Unten in der Unterstadt. Keine schöne Sache. Sie haben eine ältere Dame misshandelt, ihre Katzen übel zugerichtet und versucht, das Haus in Brand zu setzen. Gerade eben passiert. Die Feuerwehr ist im Einsatz. Lass uns schnell los. Vielleicht sind die Täter nicht weit. Wir haben schon einige Streifenwagen hinbeordert.« Der Überfall hatte sich nicht weit vom Kommissariat ereignet, sodass sie rasch zu Fuß hineilten. Valmir wollte mit dem Wagen folgen. Steven rannte hinter der in leichtem Spurt davoneilenden Kerstin her. Ihm ging beinahe die Luft aus, als er in die Bachstraße einbog und hinter dem klotzigen Betonbau mit seinem Sportgeschäft in die Seitenstraße zu den Altstadthäusern rannte.

Nicht die schickste Gegend, aber alles solide hergerichtet und gut in Schuss, konnte er gerade noch feststellen, während er sich mit beiden Händen an den Wänden abstützte, um wieder zu Atem zu kommen. Der Kommissar ließ seinen Blick schweifen. Das Haus hoch oben auf dem Berg mit dem wunderbaren Ausblick war ihm schon lieber als diese dunklen Gassen. Doch die Enge in den Altstadtvierteln führte weit in das Mittelalter zurück, als es darum ging, im Schutz der Stadtmauern die Vorzüge einer freien Stadt zu genießen. Da war jeder Zentimeter Wohnraum wertvoll. Ein Polizist wies ihnen den Weg ins erste Obergeschoss. Kollegen sperrten bereits den Tatort ab. Sehr zum Protest des Inhabers der kleinen Boutique im Erdgeschoss. Doch sein Lamentieren verhallte schnell beim Anblick des entschlossenen Blickes des Polizisten, der ihm gegenüberstand. Grüßend verließen vier Feuerwehrleute, Feuerlöscher in der Hand, das Haus. »Der Brandherd ist gelöscht und gesichert. Keine größeren Schäden«, sprachen sie knapp und begaben sich zu ihrem Einsatzwagen.

Kerstin und Steven wollten schnell in die Wohnung, denn so frisch waren die Spuren bisher noch nicht gewesen. »Gerade vor wenigen Minuten geschehen. Der Krankenwagen ist eben erst gekommen. Die alte Dame ist nicht ansprechbar, und ich fürchte, wir müssen den Sanitätern und dem Notarzt den Vortritt lassen.« Der Polizist sprach zögerlich. Er fürchtete, beide Kommissare damit zu verärgern. Sie runzelten tatsächlich die Stirn, klopften dem Kollegen aber auf die Schulter. »Schon gut. Wir wollen doch lieber die Lebenden haben als die Toten, oder? Hoffen wir das Beste für die Dame.« Respektvoll zogen sie sich vom Wohnzimmer, in dem die Frau auf einem Sofa lag und von vier eifrig hantierenden Rettungsleuten behandelt wurde, zurück, um die Wohnung in Augenschein zu nehmen.

Alles fein und geschmackvoll eingerichtet, ganz anders, wie man es von älteren Menschen kennt, die an ihren Erinnerungen hängen, dachte sich Steven. Die Dame gab bei der Einrichtung acht auf einen klaren Stil. Alle Gemälde an der Wand und die Dekorationsgegenstände waren entweder im selben Farbton oder im gleichen Stil gehalten. Blau-Weiß dominierte dabei den Raum. Gut gepflegte Pflanzen wuchsen kräftig, trotz der etwas dunklen Atmosphäre im Zimmer. Nur wenige Andenken in Form von Bildern oder Souvenirs waren zu finden. Keine Porträts von Kindern oder Enkelkindern. »Es scheint, als ob sie nichts mit ihrer Vergangenheit zu tun haben möchte. Geht es dir auch so?« Kerstin nickte. »Ja, das kam mir auch in den Sinn. Ich dachte immer, je älter man wird, desto mehr hängt man an seiner Geschichte und dem Erlebten und an der Familie, wenn man eine hat.«

Während sie durch den Raum wanderten, entdeckte Steven durch die offene Tür hindurch auf dem Esstisch einen offenen Brief. Schnell schlich er sich hinein, während Kerstin ein Telefonat annahm, und griff nach ihm. Wieder dieses Abbild des St. Christophorus auf der oberen Seite des Papiers. Aufgeklebt prangte es dort und schien ihm entgegenzuspringen. Ihn regelrecht zu verhöhnen. Siehst du, ich bin überall, und ich bin immer bei dir, schien es ihm entgegenzurufen.

Die knappen Anweisungen, mit denen sich die Sanitäter gegenseitig verständigten, erfüllten den Raum mit ernster Geschäftigkeit. Die Angst des Opfers schien noch immer den Ort zu erfüllen. Steven meinte, sie regelrecht fühlen zu können, wie sie vor wenigen Minuten die arme Frau erfasst hatte, als sie ihren Peinigern gegenüberstand. Er versuchte, die Eindrücke des noch jungen Tatorts aufzusaugen. Wo hatten die Täter etwas zurückgelassen, was ihnen helfen konnte? Waren sie hektisch und nicht aufmerksam genug, als sie aus den Räumen stürmten und flüchteten? Gab es noch mehr, was die Ermittler auf die Fährte bringen konnte? Er drehte sich langsam um die eigene Achse. Den Kopf schief gelegt, alles in seinem Blickfeld scannend.

Kerstin ließ ihn gewähren, solange sie noch telefonierte, zupfte dann aber aufgekratzt an dessen Ärmel und riss ihn aus seinen Gedanken. »Steven, die Kollegen haben eine Gruppe junger Leute abgefangen, als sie gerade aus dem Parkhaus stürmten. Komm schnell, das ist gleich hier um die Ecke.« Sie rannte schon die Treppen hinunter, ohne auf ihn zu warten. Ein Blick zu der älteren Dame verriet, dass sie allmählich wieder zu sich kam. Der Schock aber schien tief zu sitzen. Ihr stierer Blick ging bewegungslos zur Decke. Sie reagierte nicht auf die Ansprache ihrer Helfer.

Steven stopfte das Schreiben rasch in seine innere Jackentasche und rannte hinterher. »Und die toten Tiere der armen Frau? Wo sind die denn?« Keine Antwort. Für ihn war die Arbeit hier noch nicht getan. Wut kochte in ihm hoch. Hilflose Menschen so zuzurichten, das würde er in hundert Jahren noch nicht verkraften können.

Die Helligkeit in der Bachstraße blendete ihn beinahe. »Sind sie das? Sind das die Verdächtigen?« Nur schwerlich schaffte er es, seine Emotionen zurückzuhalten, als er die Gruppe dieser rotzfrechen Teenies sah, die sich gegen die Polizisten wehrten.

»Wenn ihr nicht unverzüglich ruhig werdet, werden wir

euch einsperren! Dann gnade euch Gott, wenn euch eure Eltern abholen müssen!« Steven maulte mächtig. Die erwünschte Ruhe kehrte sofort ein. »Was macht ihr hier? Warum seid ihr nicht in der Schule?« Er zeigte auf das Parkhaus. Die vier Gestalten, zahlreiche Parketagen über ihnen, nahm er zunächst nicht wahr. Die Kälte des herbstlichen Oktobertages kroch in die Knochen der Beteiligten. Johannes zog seine dunkle Mütze noch tiefer ins Gesicht. Der dicke Schal vermummte ihn beinahe. Aus allen Himmelsrichtungen hörte man Polizeisirenen, deren Heulen näherkam. Der Ring zog sich immer enger um den Tatort. Doch die vier Beobachter auf dem Parkdeck konnten sich nicht vom Anblick abwenden. Der Schaden, den sie gerade verursacht hatten, und der enorme Aufwand der Staatsmacht faszinierte sie.

Johannes biss sich zudem am Anblick des Mannes dort unten fest, der auf die Schüler einredete. Ihn kannte er schon. Von diesem Museum, dort oben in diesem Dorf Wolfegg. Gab es wirklich Zufälle? Oder Schicksal? Dieser Mann war offenbar ein Kriminalbeamter. Und schon auf seiner Fährte? Ein Prickeln breitete sich in Johannes aus. Es ging ums Jagen oder gejagt werden! Das Heft des Handelns hatten aber sie in der Hand! Und dort unten tanzten alle nach ihrer Pfeife!

»Ja! Ja!!!« Ricos Kinn schob sich weit nach vorn, als er diese Laute von sich gab. »Wacht ihr jetzt endlich auf?«

Ueli hüpfte unruhig von einem Fuß auf den anderen. »Scheiße, ich glaube, ich habe mich bepisst vor lauter Aufregung.« Mit lautem Signal machte sich der Krankenwagen auf den Weg ins Krankenhaus. »Die haben wir mächtig zugerichtet. Herrje. Fast zu viel, oder?« Ueli tippelte noch immer.

Die Schüler unten in der Straße begannen wild zu gestikulieren, erklärten, begründeten und zeigten dann zu ihnen hoch. Alle Blicke folgten den Fingern – und dann trafen sich ihre Blicke: von Steven und Johannes. Bohrten sich gegenseitig in sich hinein, verhakten sich.

»Los«, brüllte Kerstin vehement und riss ihren Kollegen mit sich. Sie wollte die Täter hier und jetzt dingfest machen. Schon hatten sie die Zufahrt zum Parkhaus erreicht.

»Ihr Idioten, wollt ihr, dass sie uns schnappen? Los jetzt!« Johanna schlug wild auf die Männer ein und zerrte sie mit sich. Ein Wettlauf mit der Zeit begann. Alles dauerte viel zu lange. Die Täter wurden hektisch. Der Schlüssel fand sich nicht sofort, flog vor lauter Aufregung auf den Boden, dann das unkoordinierte Einsteigen in den Wagen. Sie behinderten sich gegenseitig, schlugen ihre Köpfe an und fluchten laut. Johanna steuerte endlich das Auto aus der Parklücke. Gerade noch rechtzeitig, bevor die Verfolger das Oberdeck erreichten. Das Auto stotterte unnötigerweise und blieb stehen. Schon hatte einer der Polizisten die hintere Tür erreicht und zerrte sie auf. Ein heftiger Schlag mit einer massiven Eisenstange zertrümmerte ihm jedoch den Arm. Rico schlug mit aller Kraft zu. Schmerzerfüllt ließ der Beamte ab und krümmte sich. Das Auto sprang wieder an und schoss über die Rampe hinweg in das nächstuntere Parkdeck. Einige Beamte mussten auf die Seite springen. In wilder Fahrt rasten sie von einer Etage zur anderen. Unten schrie Steven einem heranfahrenden Streifenwagen zu, die Ausfahrt zu blockieren. Doch es war zu spät. Die Flüchtenden durchbrachen bereits die Schranke und prallten mit dem vorderen Kotflügel des Polizeiwagens zusammen. Der Knall war mächtig, die Insassen schleuderten nach vorn. Aber durch den Aufprall schob es das Polizeiauto quer in die Straße hinein, und der Weg war frei.

Das Adrenalin raste nur so durch die Adern der vier Gewalttäter. Mit weit aufgerissenen Augen und Mündern schossen sie mit ihrem Fahrzeug über Grünstreifen und Gehwege hinweg. Mehrfach schlug das Mietauto gegen Laternen oder setzte auf dem Randstein auf. Das Schleifen und Krachen war scheußlich. Doch sie schafften es, einige Meter

Luft zwischen sich und die Polizei zu bekommen. Aufgeschreckte Passanten sprangen zur Seite. Sie erschwerten es den Verfolgern, Schritt zu halten.

Dampf stieg aus dem Motorraum auf. »Der Kühler ist kaputt!«, brüllte Ueli von hinten. Doch das war nicht das alleinige Problem. Der Motor stotterte bedrohlich.

Mit einem mächtigen Ruck riss Johanna das Lenkrad herum, tauchte in enge Gassen ein, bog wild nach links, dann nach rechts ab, bis sie in einem Hinterhof zum Stehen kam.

»Schnell raus hier.« Ihr eiskalter Ton schnitt die Stille in Teile. »Flott jetzt!« Das heulen der Martinshörner hallte von den Häusern wider. Die Verfolger mussten in der Nähe sein.

Ziellos rannte die Gruppe in Richtung eines Hauseingangs, bis Johannes die alten Geländemotorräder entdeckte. »Lasst uns die Dinger schnappen. Wer kann fahren?«

»Ich«, rief Ueli und machte sich schon daran, das Schloss aufzuschlagen und das Motorrad kurzzuschließen. »Mit den alten geht das noch!«

Niemand diskutierte lange. Johannes mit Johanna und Ueli mit dem großen Rico auf dem stärkeren Motorrad schossen sie zwischen zwei Häusern hindurch. In wildem Ritt ging es runter zur Schussen, entgegen Einbahnstraßen, durch Fußgängerzonen, über große Industriegelände hinweg. Die Rucksäcke schlugen den Beifahrern ins Gesicht.

Unten am Fluss mussten sie kurz stoppen, um alle unnötigen Utensilien wegzuschmeißen und die Rucksäcke bei den Fahrern an die Brust zu hängen.

»Ich muss pissen«, stöhnte Johanna.

Voller Unmut nickte Johannes. »Dann aber schnell! Sie können uns jeden Augenblick finden!«

Die Herzen pochten, wollten explodieren.

»Heilige Scheiße«, presste Ueli immer wieder hervor. »Heilige Scheiße, ich habe mich wirklich bepisst.«

Schnell hetzte er zu Johanna in die Büsche, um sich vollends zu erleichtern. Rico hob seine schwere Pranke und wies in Richtung Altdorfer Wald. »Wir müssen über Österreich zurück nach Hause, nicht den direkten Weg nehmen. Das ist die Richtung.«

Johannes nickte. »Ja, dieser große Wald bietet Schutz. Wir müssen es jetzt nur noch schaffen, über die offenen Flächen bis dorthin zu kommen. Hoffentlich setzen sie keine Hubschrauber ein. Sag mal, wie lange braucht ihr beiden denn eigentlich noch?« Ungeduldig startete er die Maschine. Johanna schwang sich auf den Beifahrersitz hinter ihm. Ueli humpelte, bekam seinen Hosenladen beinahe nicht geschlossen und übernahm von Rico sein Motorrad. Es war erstaunlich ruhig. Keine Polizeisirene war mehr zu hören. Stellte man ihnen eine Falle?

Sie wollten kein Risiko eingehen und folgten dem sich an der Schussen entlangschlängelnden Kiesweg den Fluss hoch. Die Sträucher und Bäume boten Schutz. Einmal, als sie die B30 unterqueren mussten, schossen drei Polizeifahrzeuge über ihnen hinweg. Energisch gaben die vier Schweizer Gas und fuhren ab der Ortschaft Niederbiegen die Wolfegger Ach entlang, weiter in Richtung des Altdorfer Waldes. Dorthin, wo sie in der riesigen Waldfläche niemand aufspüren konnte und wo Johannes schon bei einem früheren Erkundungsbesuch kleine Versorgungsstützpunkte angelegt hatte. Insgesamt fünf dieser Punkte lagen weiträumig verstreut in der Gegend. Vergrabene Metallkisten mittlerer Größe, in denen Proviant und ein paar andere Gegenstände lagerten, die man im Notfall brauchen konnte.

Im dunklen Wald der Fichten hielten sie dann auch endlich an. Fuchsenloch, konnte Rico auf einem der Wegweiser lesen, bevor er sich in das feuchte Moos fallen ließ. Weit weg von irgendwelchem menschlichen Leben brüllten sie wie die Wilden ihre Aufregung hinaus.

Sie waren aufgeputscht, euphorisiert, erschrocken und doch von einer Allmacht besessen. Das waren sie! Das hatten sie geschafft! Und niemand konnte sie aufhalten.

»JA!!!!!«, brüllte es immer wieder aus ihren schon heiseren Kehlen. Selbst Johanna verlor ihre sonst so perfekt kontrollierte Fassung. Wild schlug sie auf eine mannshohe Fichte ein.

»Schweine«, stöhnte Ueli noch erschöpft, bevor er zu Rico auf den Boden sank und in den trüben Herbsthimmel blickte.

Sie waren nun bereit für den letzten großen Schritt. An St. Martin würden es die Unterdrücker und Ausbeuter tausendfach zurückbekommen. Auf Heller und Pfennig sollten sie ihre Schuld schmerzvoll begleichen müssen. »Es sei denn, sie bezahlen«, wandte Rico noch ein.

»Vergiss es«, zischte Johanna. »Sie werden niemals bezahlen. Niemals! Sie hatten ihre Chance, jetzt ist es zu spät!«

Ueli blickte irritiert seine Freunde an. »Was meint sie damit?« Hatte man ihm einen Teil des Planes verschwiegen? »Was wird an St. Martini sein? Wollten wir da nicht mit dem Geld schon über alle Berge sein?« Rico schlug ihm heftig auf den Hinterkopf. »Lass gut sein, mein Freund, und belaste dich nicht mit unnützen Dingen. Sorge lieber dafür, dass wir schnellstmöglich über Österreich in die Schweiz gelangen. Wir brauchen jetzt dein großes Talent. Sonst gibt es überhaupt keine Pläne mehr. Auf nach Österreich. Aber bitte mit einem Auto. Ich kann auf der Kiste nicht mehr sitzen!«

***

In Ravensburg blieben Steven und seine Kollegen ratlos zurück. Wut kochte in allen hoch. So nah waren sie den Verdächtigen noch nie gewesen. Wie konnten diese bei dem großen Polizeiaufgebot entkommen? Doch zumindest hatten sie nun ein Fluchtauto entdeckt, mit einer Menge an Beweismitteln. Die Kriminaltechniker sicherten alle verfügbaren DNA-Spuren. Zahlreiche Pläne, Papiere mit Handnotizen,

Hotelrechnungen, Taschen mit Kleidern und Schreckschusspistolen wurden in Plastiktüten verpackt. Schweizer Franken fanden sich in Umschlägen.

»Ein Bildband zu den Schwabenkindern und eine Broschüre des Bauernhaus-Museums in Wolfegg, sieh mal.« Valmir hielt Steven das Beweisstück hin.

Der nickte stumm.

»Ob sie als Nächstes dort hinwollen?«, überlegte der Kollege, in der Hoffnung, die Verfolgung aufnehmen zu können. Doch Steven schüttelte den Kopf. »Zu spät, da waren sie schon. Am Wochenende. Gemeinsam mit mir.« Er lachte grimmig ob der Unverfrorenheit dieser Gangster.

Sie begaben sich auf die Rückfahrt ins Revier. Hier auf der Straße nervten die Journalisten mit ihren unbequemen Fragen: »Warum sind sie Ihnen entwischt? Welche Konsequenzen ziehen Sie aus diesem Fiasko?«

Steven konnte es nicht mehr hören.

Der gefundene Brief entpuppte sich als Erpresserbrief, der ihnen eine Richtung gab. Es war jener Brief, den Steven in seiner Jackentasche trug, leider jetzt gespickt mit seinen Fingerabdrücken. Hier erfuhren sie von den Terminen und Fristen. Bis St. Martin sollte die Frau alle Forderungen beglichen haben. Den Anschiss von der Spurensicherung konnte sich Steven in diesem Moment leisten. Die Kollegen der KTU brachten den dazugehörenden Briefumschlag samt Briefmarke und Poststempel mit. Offenbar war dieser in Chur aufgegeben worden.

»Kerstin, bitte ruf die Schweizer Kollegen an und beantrage Amtshilfe. Ich werde selbst dort hinreisen.« Steven legte den Brief auf den Schreibtisch. Aufgekratzt lief er im Zimmer auf und ab. Unentwegt fuhr er sich mit der Hand über die kurzen Haarstoppel. Er las nochmals die relevante Passage im Brief vor: »… Verbrechen verjähren nie! Genauso, wie sie nie bei den Opfern und ihren Nachfahren verjähren, die bis heute darunter leiden. Ihr müsst dafür bezahlen. Euer Reichtum baut sich auf unserer Ausbeutung auf! Wir geben Euch die Gelegenheit, Euch von der Schuld zu befreien! Löst Euch von der Blutschande Eurer Vorfahren! Wir sind die Simoniten, und wir rächen, bis wir Genugtuung erlangen ...« Simoniten! Steven grübelte lange darüber. Wer konnte das sein?

»Warum gerade Schweiz? Wie kommst du auf die Schweiz, Steven? Nur wegen eines Poststempels?« Valmir legte seine Dienstwaffe in die Schublade und kämpfte mit der Schutzweste. Kerstin half ihm, die Bänder zu lösen. »Ich weiß nicht. Ich habe da so eine Ahnung. Die vier sind Schweizer, glaubt mir. Ich habe gehört, wie sie miteinander gesprochen haben, als ich im Museum war. Ich glaube, das war Schweizerdeutsch.« Seine Kollegen schüttelten den Kopf. »Vermutungen reichen nicht, damit die Kollegen aktiv werden. Wo willst du denn überhaupt ansetzen?« Kerstin hatte natürlich recht. Eine Schweizer Briefmarke war noch kein echtes Indiz. Aber: »Es muss was mit Zürich und Chur zu tun haben. Denkt an die zwei Kassenzettel im Auto. Beide von dort! Es ist ein Bauchgefühl! Ich kann nicht hier sitzen ...«

Beide Kollegen unterbrachen ihn zeitgleich: »Steven, wann immer du unerlaubt auf der anderen Seite der Grenze ermittelt hast, endete das im Chaos. Lass es dieses Mal bleiben! Unterdrück dein berühmtes Bauchgefühl! Untersteh dich, ohne Erlaubnis dort hinzureisen. Wenn wir Fakten haben, die es rechtfertigen, dann fragen wir bei den Kollegen an!«

Er blickte nach unten auf seine Schuhspitzen. Sie sollten nicht seinen Blick sehen. Warum konnte sich Steven nie an die ordentlichen Abläufe halten? Weil die Zeit drängte!

Lebensglück

++ *Mittwoch, 17. Oktober* ++

Eigentlich war es Sinn der Sitzung gewesen, Stevens Eignung für den nächsthöheren Dienstgrad und seine Führungskompetenz zu prüfen. Dafür war er mitten in den Ermittlungen nach Stuttgart beordert worden. Steven hatte sich innerlich gewappnet und auf Abwehr geschaltet. Doch der gemütliche Raum, das angenehme Gespräch und die sehr sympathische Art der Polizeipsychologin verleiteten Steven zunehmend dazu, sich zu öffnen.

Das kannte er so gar nicht. Er setzte sich auf seinem Sessel aufrecht hin, Oberkörper nach vorn gerichtet, beide Arme auf der Lehne. »Und dann habe ich immer wieder solche Träume. Träume, in denen ich ermittle, also inmitten von Menschen bin und voll in Aktion, aber meine Augen nicht öffnen kann.« Er begann zu schwitzen. Allein die Erinnerung daran erzeugte Stress. »Ich versuche dann mit aller Gewalt, die Augen zu öffnen, um etwas zu sehen. Doch das will einfach nicht klappen.« Er machte eine kurze Pause, um darüber nachzudenken.

»Verunsichert Sie das dann?« Die Therapeutin blickte ihn verständnisvoll an. Lächelte leicht, als sie Stevens leidenschaftliches Nicken beobachtete.

»Ja natürlich. Sehr sogar. Ich will ja was sehen, will mit den Leuten reden, will erkennen, wo ich gerade hinlaufe. Ich will doch auch Auto fahren und all das. Doch mit geschlossenen Augen geht das dann nicht. Im Traum schwitze ich und bin einfach nur noch verzweifelt.«

Stille kehrte ein. Steven befürchtete, dass diese Schwäche negativ auf sein Reporting wirken könnte. Verlegen blickte er in ihre Richtung und zog sich wieder in seinen Sessel zurück. Das Rascheln im Käfig der zwei Kaninchen in der Praxis lenkte sie beide leicht ab.

»Therapiehasen«, erklärte die Dame nur kurz, um erneut anzusetzen: »Herr Plodowski. Das muss Ihnen jetzt nicht peinlich sein. Sehr vielen Menschen geht es so, die sich selbst keine Ruhe und Regeneration gönnen. Diese Situation, die Sie schildern, höre ich oft von Führungskräften. Sie wollen sogar noch in der Erholungsphase, also im tiefsten Schlaf, aktiv sein und etwas leisten. Immer in Aktion sein, das ist die Devise. Und wohl auch die Ihre. Die geschlossenen Augen deuten an, dass Sie eigentlich entspannen sollten und die Arbeit dort nichts verloren hat! Nehmen Sie sich das zu Herzen, und schalten Sie ernsthaft ab! Schließen Sie konsequent mit der Arbeit ab, wenn Sie heimkommen, damit Ihr Körper und Ihre Psyche den Unterschied erkennen.«

Steven beobachtete die spielenden Hasen. Ja, sie mochte recht haben mit dem, was sie sagte. Doch lass mal einen Toten einen Toten sein und einen Mordfall in der Akte im Büro stecken. Das ging nicht. Diese Dinge verfolgten einen wie ein Gespenst. Und zwar so lange, bis der Fall gelöst war. Meistens sogar noch lange darüber hinaus. Gesichter und Schicksale brannten sich in das eigene Gemüt ein, da konnte man machen, was man wollte. So eine Therapie könnte doch vielleicht was Feines für die Seele sein, kam es Steven zum ersten Mal in seinem Leben in den Sinn.

Die Psychologin unterbrach seine Gedanken und fuhr fort: »Kommen wir zum eigentlichen Inhalt unseres Gespräches, Herr Plodowski: Führung und neue Aufgaben im Beruf. Themen, die neue Pflichten mit sich bringen. Ihre Schilderung ist ja direkter Bestandteil dieses Sachverhaltes. Deshalb meine Frage, fühlen Sie sich weiteren Aufgaben und Verpflichtungen gewachsen?«

Nun, das war ja genau das, was er eigentlich schon am Anfang hatte sagen wollen, bevor es persönlich wurde: Steven hatte gar keine Lust auf all das. Ihm gefiel das Arbeiten im Team mit Kerstin und Valmir. Ihm gefiel es, gemeinsam mit ihnen Fälle zu lösen und böse Jungs und Mädels zu fassen.

Das erfüllte ihn mit Zufriedenheit. Büroarbeit, Verwaltungsakte und langwierige Tagungen und Sitzungen … hm. Ne, das wollte er eigentlich nicht. Und so setzte er an: »Wissen Sie, Frau Sommer, eigentlich wollte meine Chefin, dass ich all das mache. Meins ist das nicht …«

Steven verlor sich in langen Erzählungen. Berichtete von seinem Team, von seiner Begeisterung für Kerstin und Valmir und all die anderen. Von der besonderen Stimmung und von dem enormen Einsatz, den jede und jeder in seinem Team täglich aufbrachte.

Die Therapeutin nickte hin und wieder, begnügte sich ansonsten mit Zuhören und gelegentlichen Notizen. Die Beurteilung der Psychologin bildete die Grundlage für die kommenden Monate an der Akademie in Karlsruhe. Steven war festen Willens, diese Bewertung seiner Person so schwach wie möglich ausfallen zu lassen. Doch am Ende seiner langen Rede nickte die adrette Endvierzigerin einfach nur und schloss die Sitzung. »Besten Dank, Herr Plodowski. Ich freue mich, Sie bald in Karlsruhe im Seminar wiederzusehen. Menschen wie Sie brauchen wir mehr. Führungskräfte, die unverbraucht und ehrlich sind. Menschen, die sich um andere sorgen und für sie da sind. Versuchen Sie aber unbedingt zu lernen, Abstand zu gewinnen. Sie benötigen mehr innere Distanz zu Ihren Aufgaben. Bis bald und gute Heimreise.«

Damit war er entlassen.

***

Tief in Gedanken versunken schlenderte der Kommissar kurz darauf die Königstraße herunter. Zum Bahnhof. Die Reize der Landeshauptstadt lockten ihn heute nicht. Steven wollte schnell nach Hause. Er hatte am Morgen Herrn Max allein im Haus zurücklassen müssen. Sina kam zwar stundenweise vorbei und übernahm das Sitten des Tieres. Doch es gab eine Neuerung in seiner Mensch-Tier-Wohngemeinschaft, und da wollte Steven prüfen, ob alles klappte.

Herr Max hatte sich eine Freundin zugelegt. Eine kleine Katze, die ihnen zugelaufen war, als das Wetter kälter wurde. Sie saß einfach auf dem Türabsatz, als Steven vorgestern nach dem ganzen Schlamassel mit den gewalttätigen Gaunern nach Hause gekommen war. Schnell rannte sie ins Haus, als sich die Tür öffnete, schmiegte sich sofort an Herrn Max und seitdem waren sie unzertrennlich. Der Leguan schien nicht einmal groß irritiert. Vielleicht kannten sie sich ja schon von vorherigen Spaziergängen, die Herr Max gerne im Garten unternahm.

Steven stolperte über die Baustelle des Stuttgarter Hauptbahnhofs. Überall Bagger, Bautrupps, Riesenlöcher, die sich mit Beton füllten. Doch Stevens Gedanken kreisten noch immer um das Gespräch. Ihm wurde klar, dass er sich von dem Fall etwas lösen musste. Das Thema der Schwabenkinder weckte auch bei ihm als Migrantenkind Emotionen. Er geriet in Wechselwirkungen, was seiner Professionalität nicht guttat. Und zudem sollte es auch wieder mehr Privatleben bei Steven Plodowski geben. Was hatte er denn schon? Eine Ehefrau, die getrennt von ihm lebte. Kinder, die aus dem Haus waren, eine Geliebte, die weit weg wohnte und kein einziges Hobby, das ihn ausfüllte. Es durfte aber nicht allein den Fall und dessen Lösung geben. Und danach andere Fälle und danach wieder andere Fälle. Es ging auch darum, dass er nicht auf der Strecke blieb und sich in einem Beruf verlor, bei dem man Gefahr lief, dass das Herz kalt wurde, wenn man nicht achtgab.

Steven suchte Gleis sechzehn. Sein Zug musste bereits warten. Der Regionalzug, der ihn über Ulm nach Ravensburg bringen sollte. Bei seiner konzentrierten Suche nahm er die Frau zunächst nicht wahr, wie sie verloren an der Kopfseite des Bahnhofs stand und nicht wusste, wohin. Sie drehte sich zu ihm hin und wollte ihn um Hilfe bitten, um dann verwundert und laut zu rufen: »Steven, hey STEVEN!«

Er wandte ihr den Kopf zu und erkannte sie, Andrea-Domenica. Der Erschreckte gab einen unkontrollierten Schrei von sich. So laut, dass sich die Menschen umdrehten. Auch die Bahnhofssecurity wurde auf sie aufmerksam und wollte bereits einschreiten, zögerte aber noch. Steven brauchte etwas Zeit, um zu verstehen und zu erfassen. Dann nahm sein Gehirn wieder die Arbeit auf.

Überglücklich ließen sie alles, was sie in der Hand hielten los und fielen sich in die Arme. »Andrea-Domenica, Schatz, hier, du, was ...«

Sie zitterte am ganzen Körper. »Halt mich. Halt mich fest. Steven. Oh, Steven. Wusstest du, dass ich komme? Bist du deshalb hier?«

Er antwortete nicht, sondern schnappte die Reisetaschen und ergriff Andrea-Domenica bei der Hand, zog sie mit sich zurück in die Haupthalle, über die vierspurige Straße hinweg, ohne auf das Hupen der Autos zu achten und betrat mit ihr das Hotel Zeppelin.

»Was hast du denn vor, Steven?« Irritiert blickte sie um sich.

Er setzte sich mit ihr in den gemütlichen Loungebereich des Hotels und lächelte. »Mich davon überzeugen, dass ich keine Fata Morgana erlebe.« Dabei nahm er glücklich strahlend ihre Hand in die seine und küsste sie. »Was machst du hier? Woher kommst du? Oh, Schatz ...« Er stockte, musste ein paar Mal schlucken und Tränen aus den Augen wischen. »Ein Zimmer? Wollen wir eins mieten?« Er hielt sie fest in seinen Armen.

Andrea-Domenica nahm die Idee gerne auf. Sie löste sich aus der Umarmung und küsste ihren so unverhofft wiedergefundenen Geliebten auf die Stirn. »Oh ja, ich bin unsagbar müde. Hast du denn frei?«

Er nickte und schüttelte seinen Kopf in einer Bewegung.

»Nicht wirklich frei, aber irgendwie doch. Sagen wir, ich folge dem Rat meiner Therapeutin und beginne mit dem Leben.« Damit stand er auf und eilte zur Rezeption. Dieses Hotel befand sich zwar jenseits seiner Gehaltsstufe, doch sollte das heute nicht das Thema sein.

Zwei Liebende soll man nicht lange warten lassen, mochte sich die Dame an der Rezeption gedacht haben, als sie ihm unmittelbar die Zimmerkarten in die Hand drückte: »Bezahlen können Sie morgen. Einen schönen Nachmittag. Ihr Zimmer ist im dritten Stock.«

Dankbar nahm Steven alles entgegen und eilte mit Andrea-Domenica zum Aufzug. Stumm blickte er sie an, als sie müde auf dem Bett saß und er sich am schweren Schreibtisch im Hotelzimmer anlehnte. »Du hier. Ich kann es nicht fassen. Das muss eine Wahrnehmungsstörung sein. Liegt es am Gespräch mit der Psychologin?«

Irritiert schaute sie ihn an. Sie hoffte darauf, dass er endlich die Distanz überwinden würde und sich zu ihr setzte. Ihr war kalt in diesem herbstlichen Deutschland. »Komm bitte zu mir. Bitte, halt mich fest, Steven.«

Er kam wieder zu sich und setzte sich neben sie, um seine Geliebte in die Arme zu schließen. Der Duft ihrer Haare betörte ihn. Steven vergrub sein Gesicht darin und versank in wunderbare Erinnerungen, die er mit ihr in der Vergangenheit hatte erleben dürfen.

»Du duftest wie der Frühling, geliebte Frau«, flüsterte Steven. »Schon damals hat mich das in deinen Bann gezogen.« Er streichelte ihr sanft den Rücken und drückte sie behutsam auf das Bett. Schnell waren die Schuhe abgestreift, und Steven zog die Decke über die fröstelnde Schönheit, die ihm noch immer wie eine Erscheinung aus seinen Tagträumen vorkam.

Als Andrea-Domenica später in einen tiefen Schlaf gefallen war, zog er sein Handy heraus und schrieb Kerstin eine

Nachricht, dass er erst wieder am Donnerstag ins Büro kommen würde. Der Fall konnte warten, egal wie prekär er war. Ohnehin war es seit Montag erstaunlich ruhig gewesen. Alle Spuren der Tätergruppe verloren sich inmitten des Altdorfer Waldes. Niemand konnte Auskunft geben oder weiterhelfen. Eine heikle Schlappe, die die Medien vor Ort kräftig ausschlachteten. Ein Tag Auszeit konnte ihm nur guttun.

Stundenlang saß Steven mit dem Rücken zur Wand auf dem Bett und beobachtete die hübsche Kolumbianerin, deren italienisch-deutsche Wurzeln alle Schönheiten der Welt in dieser wunderbaren Person verschmelzen ließen.

Sanft glitten seine Hände durch ihre Haare und streichelten Kopf und Nacken der Schlafenden. »Was bist du nur für ein besonderer Engel«, flüsterte er unentwegt, bis der Liebende mit beginnender Dämmerung selbst in einen langen Schlaf fiel, aus dem er erst aufwachte, als Andrea-Domenica vom Bett aufgestanden und ins Bad gegangen war.

»Wie spät ist es?« Er massierte sein steifes Genick.

»Kurz vor Mitternacht. Mittagszeit bei mir zu Hause«, rief Andrea-Domenica, um das Lüftungsgebläse übertönen zu können.

»Hast du Hunger? Wollen wir nach einem noch offenen Restaurant schauen?«

Ihr Kopf erschien im Türrahmen. Wild tanzten die Locken, als sie freudig nickte.

»Na dann komm, meine wunderbare Fata Morgana, der Tag ist noch jung – zumindest in Bogotá … ich kann es noch immer nicht fassen, dass du hier bist.« Er schnappte sie und zog sie zu sich herunter. »Ich lass dich nie wieder weg.«

***

Sie landeten dank Google in einer Tapas-Bar in der Eberhardstraße. Ein spanisches Gitarrenduo spielte gerade seine letzten Lieder, als sie sich in eine etwas abseits gelegene Nische setzten. Einige Minuten saßen sie schweigend da, hielten sich die Hände und lauschten der Musik. Zahlreiche kleine Tapas-Schälchen sammelten sich vor ihnen auf dem Tisch. Steven pickte eine der schwarzen Oliven mit einem kleinen Holzspieß auf und bot sie ihr an.

»Nun sag schon, wie kommt es, dass du hier bist? Kommst du direkt aus Bogotá?« Wie schon damals in Kolumbien musste er wieder daran denken, dass diese Frau mit den tiefblauen Augen ihrer deutschen Vorfahren charakterlich deutlich reifer wirkte als die dreißig Jahre, die sie inzwischen überschritten hatte. Andrea-Domenica besaß eine souveräne Ausstrahlung, die von ihrer geistigen Reife stammen mochte.

»Nein Steven, ich komme aus Bonn. Ich bin seit einer Woche hier.«

»Was? Eine Woche?« Ihm blieb beinahe die eingelegte Aubergine im Hals hängen.

»Ja, so ist es eben!«

Die Musiker hatten ihre Instrumente zur Seite gelegt. Ruhe kehrte ein, sodass Andrea-Domenica mit leiserer Stimme fortfahren konnte.

»Steven, ich habe alle Brücken hinter mir abgerissen und habe den Sprung hierher geschafft. Das hat viel Mut und viele Monate zum Vorbereiten gebraucht. Offen gesagt, habe ich mir beinahe vor Angst in die Hose gemacht! Und ich wollte nicht einfach nur mit den Koffern in der Hand vor deiner Tür stehen und um Einlass bitten. Du hättest mich schnell als Last empfunden, weil ich nur dich und das Leben mit dir gehabt hätte. Nein, das wollte ich nicht! Die letzten Male waren noch von unserer starken Liebe getragen. Jetzt aber kommt der Alltagstest. Und da bist du mir zu wertvoll, als dass wir durch Blauäugigkeit scheitern.«

Er kaute langsam und nachdenklich vor sich hin. Die Hitze in dem noch immer voll besetzten Restaurant brachte ihn zum Schwitzen. »Ist das der Grund, warum du dich nicht mehr gemeldet hast? Andrea-Domenica, ich habe mich beinahe verzehrt vor lauter Sehnsucht nach dir.«

Sie fasste ihn am Arm und drückte fest zu. »Steven, mein Schatz! Ja, deshalb. Ich wollte mir eine gute und unabhängige Existenz schaffen, sodass wir wie alle anderen Paare in Deutschland auch eine gute Beziehung aufbauen können!«

Steven sann den Worten nach. Wie taten das denn andere Paare in Deutschland? Seine erste Ehe war gescheitert. Somit war dies kein gutes Beispiel.

Andrea-Domenica legte eine bunte Broschüre vor ihn hin, die sie aus ihrer Handtasche gefischt hatte. »Internationales Zentrum für Berufsbildung der Vereinten Nationen, Bonn, UNEVOC«, las der Kommissar ungelenk in der Dunkelheit. Er nahm das Heftchen in die Hand und blätterte unschlüssig darin.

»Die Entscheidung, zur UNESCO zu gehen, fiel im Sommer während einer Konferenz in Bogotá, bei der ich auf Bitten meines Ministeriums assistierte. Der Leiter der Abteilung für Bildung begeisterte mich offen gesagt mit seiner charmanten Art und lud mich ein, nach Bonn zu kommen. Als ich ihm von meiner Beziehung zu dir erzählte und meinem Wunsch, nach Deutschland zu gehen, bot er mir kurz danach den Job an. Es ist eine Schwangerschaftsvertretung, doch mir gefiel das sehr, die Vertreterin des südamerikanischen Kontinents in dieser Einrichtung sein zu dürfen. Tja, und hier bin ich.«

Steven zog seinen Arm unter ihrer Hand heraus. »Aber warum eine Woche? Eine Woche bist du schon in Deutschland, und ich habe es nicht gewusst!« Seine Enttäuschung konnte man ihm im Gesicht ablesen.

»Ja, nimm es jetzt einfach mal so hin, okay? Wir können gerne die nächsten Tage darüber sprechen! Meine Wohnung ist so wunderschön, Steven, du wirst sie lieben. Sie ist in Königswinter am Berg, mit schönster Aussicht.«

Er musste trotz der Enttäuschung unwillkürlich lachen, wie sie Königswinter in ihrem Akzent aussprach.

»Ich wollte dich überraschen. Aber ich hatte auch Angst nach der langen Zeit des Schweigens, wenn ich ehrlich bin. Ich fuhr sogar einmal heimlich zu dir runter, um zu sehen, was du machst. Dann war da diese Frau, die dich am Samstagabend vor dem Kommissariat umarmte ... Wer war sie, was hat sie mit dir zu tun? Weißt du, wenn man verliebt, verunsichert und dann noch plötzlich quasi entwurzelt ist, da macht man schon komische Sachen. Es tut mir leid, wenn ich mich falsch benommen habe. Aber es ist für eine dickköpfige Südamerikanerin nicht ganz einfach, das Richtige zu tun. Weiß du? Ich wusste nicht, ob du mich noch attraktiv findest, ob du mich noch liebst oder ob du vielleicht eine andere hast.« Sie schaute ihn mit ihren großen, tiefblauen Augen an. Das leichte Zucken ihrer Mundwinkel verriet die Aufregung.

Steven konnte nicht anders. Er setzte sich rüber auf ihre Seite und nahm sie fest in den Arm, drückte sie und küsste die Geliebte innig auf den Mund.

»Dein kleines Bäuchlein ist weg, hast du nichts zu essen zu Hause?« Sie zwickte ihn in den Bauch.

Unbewusst zog ihn Steven noch mehr ein und kitzelte sie an den Rippen. »Na, vor Sehnsucht bin ich beinahe an Magersucht gestorben! Während meine vermeintliche Liebe des Lebens sich durch die rheinische Küche gepflügt hat!« Steven spülte alle Ängste und Sorgen mit einem tiefen Schluck Wein hinunter und blickte glückselig zum Wirt, der ihnen ungefragt einen Tequila hinstellte, mit dem Kommentar: »Auf das Leben und seine besonderen Wege, zum Wohl!«

Sie schliefen lange in den Tag hinein, bevor sie um die Mittagszeit den Regionalzug gen Süden nahmen. »Du kennst ja die Strecke schon bestens«, zog Steven seine Geliebte auf. Doch Andrea-Domenica ließ sich davon nicht reizen. Sie hielt fest seine Hand und blickte glückselig zum

Fenster hinaus. Der Neckar verlor sich hinter ihnen, als der Zug in Plochingen nach links ins Filstal einbog und dem kleinen Fluss bis Geislingen folgte. Der Albaufstieg schien den Zug mächtig schnaufen zu lassen. Nur langsam schlängelten sie sich den Berg hoch.

Als die Regionalbahn Ulm erreichte und der höchste Kirchenturm der Welt vor ihnen auftauchte, klingelte das Telefon. Die weibliche Stimme drang bis zu Andrea-Domenica durch: »Steven, wo bist du denn? Ich brauche dich jetzt!«
Andrea-Domenica zog ihre Hand weg.
»Ich bin auf dem Rückweg von Stuttgart, das habe ich dir schon gesagt. Ich bin in Ulm und bald in Ravensburg.« Es knackte mehrfach im Lautsprecher. Die Verbindung schien schlecht.

»Ich bin gerade auf dem Weg nach Bodnegg. Wir fahren die ganzen Bauernhöfe ab. Die Bauern proben den Aufstand.«

Andrea-Domenica lauschte intensiv. Es war nicht der Inhalt des Gesagten, sondern die Art und Weise, wie die Frau sprach.

»Was heißt das genau?«, wollte Steven wissen. Er blickte auf die Uhr. Sicherlich noch eine Stunde bis Ravensburg. Dann eine Stunde mit dem Auto. Und Andrea-Domenica?

»Die Streitereien unter den Bauern eskalieren. Es sind einige mehr von diesen Erpresserbriefen auf Höfen aufgetaucht, und die Bauern glauben, dass jemand aus ihrer Gemeinde dahintersteckt. Sie werden handgreiflich. Die Tipi-Bewohner sind gestern verprügelt und verjagt worden. Und auf dem Hof von Bernhard Meier wollten Bewohner nun selbst nach dem Rechten sehen. Der Staatsanwalt hat den Kerl gestern wieder freigelassen.«

Steven saß aufrecht. »Was hat er? Aber warum entlässt er einen geständigen Mörder?« Der Kommissar verstand die Welt nicht mehr.

»Ganz einfach, weil der sein Geständnis widerrufen hat,

sich auf seinen Rausch beruft und behauptet, sich an nichts mehr erinnern zu können. Nachweisen können wir ihm nur, dass er in der Gegend war. Der Tote selbst ist an Herzversagen gestorben. Die Verletzungen wurden ihm von jemandem beigebracht, der nicht Rechtshänder ist, wie die Gerichtsmediziner schreiben. Und das ist Meier. Somit ist hier wieder alles offen. Steven, wann kannst du denn hier sein? Es brennt. Wir haben zu viele Baustellen. Die Medien zerreißen uns in der Luft. Der Staatsanwalt baut gewaltig Druck auf, und die Menschen beschimpfen die Kollegen wüst, wenn sie ihnen auf der Straße begegnen. Niemand traut uns zu, dass wir die Sicherheit wiederherstellen können. Die Stuttgarter haben bereits angefragt, ob wir Verstärkung brauchen. So eine Unverschämtheit!« Kerstins Stimme zitterte. »Steven, bitte komm. Wir brauchen dich.«

Er nickte unwillkürlich, so, als ob seine Kollegin gegenüber sitzen würde. »Ja, ich komme sofort. Versprochen.« Mit einem tiefen Seufzer drückte er auf den roten Punkt auf seinem Display, um das Gespräch zu beenden. Er suchte den Blick von Andrea-Domenica. Doch diese starrte aus dem Fenster. Das Rattern des Regionalzuges erfüllte die Stille. Steven fühlte sich hilflos beim Versuch, seine Lebenswelten miteinander zu verknüpfen. Das Handy blinkte erneut auf. Kerstin schickte weitere Informationen per WhatsApp an ihn.

»Na, guck schon nach!«, forderte ihn seine Geliebte auf, ohne den Blick vom Fenster abzuwenden. »Schon okay«, ergänzte sie mit einem schwer zu deutenden Lächeln.

Er wollte es aber gerade jetzt nicht tun, nicht mit dem Kopf in den Ermittlungen versinken. Doch die Neugierde siegte. Verlegen entsperrte Steven das Display und begann zu lesen. Wieder hatte der Beruf Steven im Griff. Was hatte die Psychologin gestern noch zu ihm gesagt? Abstand halten. Doch allein der Anruf genügte, ihn zu packen. Er fühlte ein unsagbar schlechtes Gewissen in sich in Richtung seiner Kollegin

Kerstin und gegenüber Valmir. Aber auch Andrea-Domenica gegenüber. Beinahe entschuldigend reichte er ihr eine Tüte Süßigkeiten, in der Hoffnung, sie reagiere darauf.

Andrea-Domenicas Gesicht verriet nicht, dass sie in ähnlichen Gedanken verhaftet war. Sie musste sich immer wieder einreden, dass sie nicht erwarten durfte, alles in seinem Leben richte sich nach ihr aus, sobald sie unerwartet auftauchte. Doch zwischen Sich-etwas-Einreden und Fühlen lagen Welten. Steven hatte noch im Hotel in Stuttgart versprochen, mit ihr eine kurze Auszeit in der Schweiz nehmen zu wollen. Gleich in der kommenden Woche. Das war eine gute Perspektive, auf die man sich freuen durfte. Andrea-Domenica musste erst wieder übernächste Woche in Bonn sein. Versöhnlich ergriff sie seine Hand und streichelte mit der anderen sanft deren Handrücken. In Ravensburg angekommen, ließ sich Andrea-Domenica an Stevens Haus absetzen, damit er schnell zu den Kollegen eilen konnte. Und zu jener Frau.

»Mach dir keine Sorgen, Steven. Ich kann mich beschäftigen. Ich habe etwas Arbeit mitgebracht.«
Und weg war er.

Graue Schatten

++ Freitag, 19. Oktober ++

Sina staunte nicht schlecht, als sie zum Frühstück in die Küche schlenderte. Da saß eine Frau mit ihrem Vater am Tisch, Händchen haltend und sich liebkosend. Sie erkannte Andrea-Domenica nicht sofort und blieb starr im Raum stehen. Herr Max und seine neue Katzen-Freundin blickten aufmerksam vom Fenstersims aus auf diese Szenerie. Sina rieb sich die Augen, um besser sehen zu können. Sie hatte sich in der Nacht spät ins Haus geschlichen, als die Party mit den Freunden länger ging als erwartet. Die junge Frau räusperte sich, um das Liebespärchen zu warnen, dass noch jemand im Raum war.

»Guten Morgen, meine Große. Schon wach?« Steven winkte ihr zu, Platz zu nehmen. »Kaffee ist schon fertig, und Andrea-Domenica hat mit der Bratpfanne wunderbare Dinge mit meinen kläglichen Vorräten gezaubert. War spät heute Nacht, was?«

Er hatte sie also kommen hören. Verlegen setzte sich Sina in Bewegung und umarmte ihren Vater und etwas zögerlich Andrea-Domenica.

»Kennst du mich noch?«, wollte diese mit einem gewinnenden Lächeln wissen.

»Aber klar doch«, log die Angesprochene, um sich langsam zu erinnern. Sie hatte die Freundin des Vaters beim ersten Besuch nur kurz gesehen und damals trug sie eine andere Frisur, meinte sich Sina zu erinnern. Auch schien sie abgenommen zu haben. Im Bademantel wirkte die Kolumbianerin obendrein noch fremder. »Hallo Andrea-Domenica, wann bist du denn angekommen? Vater hat gar nichts gesagt, dass du kommst.« Sie gewann wieder etwas Fassung und setzte sich. Es war ungewöhnlich für sie, im Haus der

Eltern einer anderen Frau als ihrer Mutter zu begegnen. Neugierig begann Sina, die junge Kolumbianerin zu beschnuppern und machte sich gleichzeitig lustig über das verlegene Gesicht des Vaters.

»Ich hatte es ihm nicht erzählt. Steven wusste nichts davon, und wie es das Schicksal will, trafen wir uns zufällig am Stuttgarter Bahnhof. Ich habe jetzt einen Job bei einer Organisation der Vereinten Nationen in Bonn. Deshalb bin ich hier.«

Steven blickte sie unentwegt an. Sein wachsweicher Blick schien ihn in die Angebetete hineinschlüpfen lassen zu wollen. Er war glückselig. Das erkannte Sina, und sie freute sich für ihn. Warum sollte er nicht glücklich sein? Ihre Mutter kümmerte sich ja auch kräftig um ihr eigenes Glücklichsein.

»Oh, das schmeckt ja lecker. Was ist da denn alles drin?« Sina löffelte sich das Frühstück direkt aus der Pfanne in den Mund. »Eine kolumbianische Nationalspeise«, grinste Andrea-Domenica. »Nein, ein Spaß. Einfach nur ein Allerlei von dem, was ich in der Küche gefunden habe. Mit Ausnahme des Tierfutters.« Sina verschluckte sich beinahe bei den letzten Worten. Die drei lachten herzhaft. Das war Humor ganz nach dem Geschmack von Stevens Tochter.

»Worüber habt ihr denn vorhin gesprochen?« Die junge Frau blickte auf das Papier, welches auf dem Tisch lag. Es waren einige Namen darauf notiert.

»Ach, das sind Orte in der Schweiz. Ich möchte gerne mit Andrea-Domenica Mitte kommender Woche dort hinreisen. Und offen gesagt sind das die Namen von drei Orten, von denen Briefe abgeschickt wurden, die wir inzwischen an einigen Tatorten gefunden haben. Wir haben das Fluchtauto intensiv untersucht und einige Spuren entdeckt, die immer wieder nach Chur führen und dann auch nach Graubünden. Andrea-Domenica hat große Lust, mit mir diese Orte zu bereisen. Irgendwie ist sie ja beinahe eine Kriminalpolizistin, wie ich in Bogotá feststellen durfte.« Die Erwähnte klopfte ihm zärtlich auf den Hinterkopf. »Jetzt aber Vorsicht, ja? Du hattest mich in was reingezogen, was mich beinahe das Leben gekostet hätte, mein Liebster. – Aber ja, das war schon eine spannende Geschichte. Ein echtes Abenteuer. Ich liebe so etwas.«

Sina stellte ihren Kaffeebecher ab. »Was wollt ihr denn dort? Ist das nicht saugefährlich? Die Gangster haben hier ja gezeigt, wie brutal sie sind. Jetzt fahrt ihr zu ihnen, direkt in ihren Rückzugsort?«

Steven wurde ernst. »Du redest ja schon wie Kerstin. Habt ihr euch ausgetauscht?« Er schüttelte den Kopf. »Nein, nein. Die Bande ist derzeit verschwunden. Die sind bestimmt irgendwo abgetaucht, wo wir sie nicht erwarten und finden. Vielleicht sogar hier im Landkreis. Und lachen sich ins Fäustchen. In der Schweiz suchen wir lediglich nach Spuren.«

Doch Sina war nicht zu überzeugen. Ihre Stirn lag in Falten. »Vater, bitte, macht keine Dummheiten. Das habt ihr schon mal gemacht. Und das eine Mal war genug!«

Er legte seine Hand auf die ihre. »Mach dir keine Sorgen, mein Schatz. Wir passen auf, und es wird mit Sicherheit ein schöner Urlaubstrip mit tollen Orten. Unser Vorteil ist, dass wir quasi inkognito reisen.« Sein Handy summte. Nachrichten aus dem Büro trafen ein. »Aber wenn du schon mal hier bist, dann kannst du mit Andrea-Domenica einkaufen gehen, solange ich noch mit Kerstin im Büro ein paar Details klären muss«, forderte er seine Tochter mit einem Lächeln auf. Er wusste, wie sehr sie Einkaufsbummel liebte. Sina zu fragen, ob sie sich während ihrer Abwesenheit um Herrn Max und seine Katzen-Freundin kümmern könnte, getraute er sich noch nicht. Hatte ja noch etwas Zeit.

***

Steven fuhr direkt ins Kommissariat, nachdem er Andrea-Domenica und Sina in der Stadt vor deren Wunschboutiquen abgesetzt hatte. Er musste Kerstin einige Dinge erklären. Dazu hatte er in dem Chaos in Bodnegg gestern nicht die Zeit gefunden. Vor allem, warum er sich in den vergangenen Tagen so untypisch verhalten hatte.

Schon im vergangenen Winter hatte sie etwas eigenartig auf das Erscheinen von Andrea-Domenica reagiert, da wollte er dieses Mal behutsam vorgehen. Und dann noch die Aufgabe, sich mehr Distanz zum Beruf zu verschaffen und gelegentlich etwas Auszeit zu nehmen, das musste er seinen Kollegen irgendwie beibringen. Schließlich waren alle in diese Umstellung involviert.

So weit der Plan, der leider schnell durchkreuzt wurde, genauer gesagt in dem Moment, als er die Dienststelle betrat. Aufgebrachte Menschen standen im Eingang und brüllten auf Polizisten ein, die sie am Weiterkommen hinderten. Steven musste nicht extra hinhören, was gebrüllt wurde. Ihm war klar, dass die Menschen wütend auf sie waren. Auf die Gesetzeshüter, die es nicht schafften, die Bürger zu schützen.

»Schon wieder etwas passiert, Valmir?« Steven fasste seinen Kollegen von hinten auf die Schulter, mit dem Erfolg, dass dieser erschreckt herumfuhr und losschimpfte.

»Alles gut, ich bins, Kollege. Nicht zuschlagen«, frotzelte Steven. »Erzähl, gab es schon wieder Ärger?«

Valmir nickte und zog ihn in einen Seitenkorridor, der sie zu einer Hintertreppe führte. Der Lärm der protestierenden Menschen verfolgte sie. Der Geruch von Schweiß und Stress drang in Stevens Nase. Ein Signal ertönte, als Valmir seine Zugangskarte durchs Lesegerät zog. Die Türverriegelung summte und sprang auf. Schnell huschten sie hindurch und stapften die Treppen hoch.

»Alles geht drunter und drüber, Steven. Trittbrettfahrer springen auf und verprügeln von sich aus Mitbürger, vom zunehmenden Vandalismus ganz zu schweigen. So zumindest deuten wir gerade die ganzen Schlägereien und Verletzten in den letzten Tagen. Hier und dort sind es sicherlich alte Nachbarschaftsstreitereien, die sich gerade ein Ventil suchen, um Druck abzulassen. Da ist die aufgeheizte Stimmung gut geeignet. Nur so meine Vermutung.«

Steven hörte aufmerksam zu. Das hatte er ja tags zuvor selbst mitbekommen: Draußen in Bodnegg spielten die Bewohner Lynchjustiz. Den bedrohten Bauern, Herrn Meier, konnten sie gerade noch vor deren Strafmaßnahmen retten. Die aufgebrachte Menge wollte ihn windelweich prügeln und vom Hof jagen! Weniger wegen des Toten, aber einen Bauernhof fackelte man einfach nicht ab. Allein schon wegen des ganzen Viehs. Dann die neuen Erpresserbriefe, von denen die Bewohner Bodneggs glaubten, dass jemand alte Fehden austragen wollte.

Valmir berichtete im Stakkato weiter: »Und zu allem Überfluss tauchten auch in Ravensburg wieder neue Drohbriefe auf. Eine Paketbombe war heute Morgen sogar dabei! Glücklicherweise ging sie nicht hoch! Steven, ich sags dir, die flippen hier alle aus! Ach ja, gegen die Flüchtlinge ist schon eine Bürgerwehr losgezogen. Gestern Nacht! Die Feiglinge. Haben Frauen und Kinder zu Tode verängstigt. Dummerweise haben wir beim Einsatz dort in der Wohnanlage zwei Kleindealer erwischt. Für den Mob natürlich ein gefundenes Fressen. Das geht irgendwie alles durcheinander.«

Die beiden Beamten hatten inzwischen ihre Büros erreicht. Kerstin saß am Schreibtisch, den Kopf in die Hände gelegt. Sie stöhnte, als die Kollegen den Raum betraten. So hatte Steven sie noch nicht oft gesehen.

»Alles gut bei dir?« Er legte freundschaftlich seine Hand auf ihre Schulter. »Nein, ganz und gar nicht! Ganz und gar nicht, Steven.« Sie schüttelte mit dem Kopf. »Wo warst du denn überhaupt – ganze zwei Tage diese Woche? Was stimmt denn mit dir nicht? Müssen wir uns auch um dich Sorgen machen? Hat dich die Psychologin irgendwie durcheinandergewirbelt?«

Irritiert blickte er sie an. Er war doch am Tag zuvor extra zu ihnen geeilt. Was wollte sie denn? Er beschloss, ihre Kommentare zu ignorieren und ging direkt auf die Ermittlungswand zu. »Die Tafel füllt sich ganz schön. Ein echtes Durcheinander, ehrlich gesagt. Sind das alles Fälle die zusammengehören? Oder wie habt ihr das jetzt sortiert?« Niemand antwortete ihm. Trotzige Stille füllte den Raum.

Steven wanderte an der Wand auf und ab. Ganz links waren die Fälle auf dem Land, rund um Bodnegg, vermerkt. In der Mitte befanden sich viele Ravensburger Fälle, die miteinander durch Striche verknüpft waren. Auf der rechten Seite befanden sich einzelne Kreise und Fallbeschreibungen. »Die Trittbrettfahrer und Folgeaktionen? Kommt schon, erzählt!« Er drehte sich zu seinen Kollegen um. »Ja, so zumindest unsere Vermutung. Viel wichtiger aber ist die Tatsache, dass von oben nach unten auf der Tafel die Fälle immer brutaler werden. Jetzt auch noch Paketbomben. Das eskaliert.« Kerstin stellte sich neben ihn. »Gehts besser?«, wollte Steven wissen. Doch ihr zusammengekniffenes Gesicht verriet, dass dem nicht so war.

Valmir hatte sich auf die Schreibtischplatte gesetzt. Nachdenklich rieb er seinen Nacken. »Diese Verrückten vom Parkdeck neulich sind ganz schön dreist. Beinahe wären sie uns ins Netz gegangen. Verdammt. Sie müssen eigentlich damit rechnen, dass eine internationale Kommission nach ihnen fahndet – und doch machen sie unverhohlen diesen Scheiß weiter. Wie kaltblütig kann man nur sein?«

Da war was Wahres dran. Diese Tätergruppe war abgezockt. »Was wissen wir denn wirklich von den Tätern und ihren Motiven?« Zum ersten Mal fragte sich Steven, warum eigentlich echte, gedruckte Briefe von den Tätern verwendet worden waren? Warum schrieben sie keine E-Mails, wie

man es heute üblicherweise tat? Hatte das eine Bedeutung?
»Was sagen unsere Profiler dazu?«

Die Arbeit hatte Steven wieder voll absorbiert. Mit schräg gestelltem Kopf stand er vor den Bildern und Hinweisen. Er musste sich anstrengen, um in dem düsteren Raum etwas erkennen zu können. Nachdenklich strich er sich mit der Hand über seine Stoppelhaare.

Valmir schaltete das Licht an. »Nicht viel. Die Kollegen zweifeln, im Gegensatz zu dir, dass die Gruppe, die wir am Montag beinahe am Wickel hatten, wirklich die Haupttätergruppe ist. Sie glauben eher, dass sie Handlanger sind.« Aber: Handlanger von wem?

»Was hat der Besuch im Krankenhaus bei diesem Herrn Rommel, dem Bankangestellten mit dem Dobermann, gebracht? War er vernehmungsfähig?« Steven fiel auf, dass er noch keinen Bericht dazu hatte. »Und was gibt es zu der alten Dame unten in der Bachstraße?« Auch hier gab es keine Aktennotiz. Kerstin zog die Schultern hoch. »Nun, bei der Dame kann ich dir berichten, sie war alleinstehend. Hat auch Verbindungen nach Bodnegg, wollte sich aber davon distanzieren. Ihr eigenes Leben leben. Sie verbrachte ihre Jugend in Norddeutschland. War dann mit einem Hamburger verheiratet. Deshalb die Farben Blau und Weiß in ihrer Wohnung, vermute ich. Der Mann und die zwei Kinder starben jedoch bei einem Segelunglück. Das war vor ungefähr dreißig Jahren. Sie hat dann nicht mehr geheiratet. Vor zehn Jahren, als sie in Rente ging, ist sie dann wieder nach Ravensburg zurückgezogen. In die Wohnung, die wir kennen. Im Brief, den wir bei ihr gefunden haben, wird auch auf Bodnegg Bezug genommen. Beim Opfer namens Andreas Rommel führt die Spur über Friedrichshafen ebenfalls zu Vorfahren nach Bodnegg. Mehr konnten wir noch nicht herausbringen. Er ist noch immer nicht vernehmungsfähig.«

Bodnegg. Der Name fiel in den letzten Tagen immer häufiger. Was hatte es mit dieser idyllischen Gemeinde in den

Hügeln Oberschwabens auf sich? Hatten einzelne Kollegen doch recht damit, dass dort die Lösung zu finden war? Steven klopfte unentwegt mit der Handfläche auf einen Tacker, dessen Klammern sich klackend auf dem alten Schreibtisch verteilten. Seine Gedanken rannten hin und her.

»Warum machen die das?« Kerstin schnappte sich ein im Plastikbeutel geschütztes Papier vom Schreibtisch und gesellte sich zu ihnen. Sie wedelte damit herum. »Ob diese Erpresserschreiben uns etwas mehr verraten können? Mir selbst, offen gesagt, nicht. Nur wirres Zeug und eigentümliche Andeutungen zu irgendwelchen historischen Geschichten stecken da drin.« Steven nahm das Dokument entgegen und blickte zu Valmir, der es sich wieder auf dem Schreibtisch gemütlich gemacht hatte. »Ich frage mich immer noch, was es mit den Medaillons auf sich hat«, sagte er mit zusammengezogenen Augen, während er auf den Briefkopf blickte. »Ich habe mal ein wenig recherchiert. Der heilige Christophorus war der Schutzpatron der Wanderer. Auch der Schwabenkinder. In den Briefen schreiben sie immer von Rache und Wiedergutmachung. Ist in jenen früheren Zeiten etwas passiert, was wir noch nicht kennen?« Steven holte sich sein Notizbuch hervor und vermerkte, dass es dringend einer Recherche der Geschichte der Schwabenkinder bedurfte.

»Wenn ihr mich fragt, dann sind das einfach nur Irre. Mehr nicht! Irre, die uns an der Nase herumführen.« Valmir zog beim Reden ein Deospray aus der obersten Schublade seines Schreibtisches und sprühte sich ein. Der aufdringliche Duft verbreitete sich schnell im Raum.

Steven schluckte eine satte Duftwolke, als er gerade zu sprechen beginnen wollte. Hustenreiz hielt ihn kurz auf. Er glaubte, seine Kollegen nun an einem Punkt zu haben, an den er mit ihnen gelangen wollte und zwang sich zu reden. »Die Spuren im Brief und auch aus dem Fahrzeug weisen uns in die Schweiz, korrekt?« Sie nickten.

»Meint ihr nicht, dass wir uns da mal umsehen sollten? Gibt es nähere Hinweise, die uns einen Anhaltspunkt geben? Wir müssen unbedingt mehr über die sogenannten Schwabenkinder und ihre Geschichte dazu erfahren.« Er blickte die Kollegen an. »Ach nee! So geht das also hier ab.« Kerstin baute sich direkt vor ihm auf. Sie ahnte, worauf er hinauswollte. Doch ehe die vertraute Kollegin ihm widersprechen konnte, hob er besänftigend die Hand.

»Keine Sorge, ihr beiden. Ich reise vollkommen privat dorthin. Zumindest offiziell. Ich werde zwei Tage Auszeit nehmen. Ab Dienstag oder Mittwoch. Muss mich eh mal etwas erholen.«

Beide Kollegen bekamen den Mund nicht mehr zu.

»Du …?«

»Ja, ich. Urlaub, Auszeit. Versteht ihr? Habe ich schon ewig nicht mehr gemacht. Muss ich wieder lernen. Und wenn ich das mit etwas Nützlichem verbinden kann, umso besser.« Er versuchte sich an einem Lächeln. »Auf, habt euch nicht so. Die Psychologin verlangt das von mir. Work-Life-Balance, das ist das Wort der Stunde.«

Valmir drückte geistesabwesend immerzu auf den Sprühknopf seines Deosprays, bis Kerstin ihm die Dose aus der Hand riss. »Willst du uns vergiften?« Verärgert schmiss sie das Beutestück in die Schublade zurück. »Work-Life-Balance also?« Sie kehrte Steven den Rücken zu und blickte aus dem Fenster, als sie das fragte.

»Jawohl, sicher«, stotterte Steven. Ungelenk lehnte er sich an die Wand, Halt suchend. Die Kollegen mussten nicht unbedingt jetzt erfahren, dass Andrea-Domenica in Ravensburg war und er mit ihr verreisen wollte.

»Na denn«, kommentierte Kerstin knapp, um sich der Arbeit zuzuwenden. »Dann soll es so sein. Hier, Kollege Plodowski, das sind die Akten zu den Flüchtigen vom Parkhaus. Vielleicht hilft es ja im Urlaub.«

Stumm nahm er die Stapel entgegen und setzte sich an seinen Platz. Gerade jetzt, wo es darauf ankam, funktionierte das Team nicht perfekt. Ärgerlich. Es knirschte im Getriebe des sonst so erfolgreichen Trios. Die Nerven lagen blank in der gesamten Abteilung. Das konnte jeder Besucher schon beim Betreten des Stockwerkes im Kommissariat spüren. Stevens ungewöhnliches Verhalten war dabei nicht wirklich hilfreich.

***

Spät am Nachmittag erst verließ Plodowski das Kommissariat. Er bemerkte den Schatten nicht, der ihm mit etwas Abstand folgte. Steven ließ das Auto stehen und schlenderte in Richtung Innenstadt. Vermutlich warteten die zwei Frauen schon beim Italiener auf ihn. Doch weit gefehlt. Beide schickten ein freches Bild aus der Umkleidekabine eines Modehauses. »Wir brauchen noch etwas«, so der Kommentar.

Auch recht. Steven grüßte den Wirt und setzte sich an einen der freien Tische am Fenster. Unverzüglich zog er den Packen Papier aus seiner Tasche, den er im Büro eingesammelt hatte. Futter fürs Wochenende. Allesamt Dokumente und Unterlagen, die von der neuen Praktikantin zusammengesucht worden waren.

Sein unsichtbarer Begleiter erhaschte einen kurzen Blick auf die Papiere, als er an ihm vorbeiging, um in der hinteren Ecke des Restaurants an einem kleinen Tisch Platz zu nehmen. Das Wort »Schwabenkinder« prangte groß auf der obersten Seite von Stevens Dokumentenstapel. Die Mütze und Jacke behielt Johannes an. Den Kragen weit hochgestellt. Sein Blick fixierte Steven. Dieser Mann dort interessierte ihn.

Es hatte etwas Aufwand gekostet, im Internet die Person zu identifizieren, die ihm schon zweimal begegnet war. Dass der Gesuchte ein Polizist war, war spätestens bei der letzten Verfolgung klar gewesen. Und mithilfe von Ueli und Johanna sowie dem übermächtigen Google konnte Johannes schnell den Weg zu Stevens Facebook-Account finden. Inzwischen wusste er alles, was im Web über den Herrn namens Steven Plodowski verfügbar war.

Warum Johannes die Gefahr auf sich genommen hatte, nochmals nach Deutschland und Ravensburg zurückzureisen, das wusste er selbst nicht so genau. Aber dieser Mensch zog ihn an. Es war das Verhalten des Kommissars an jenem Sonntag im Bauernhausmuseum in Wolfegg, das Johannes interessierte. Plodowski hatte sich betroffen gezeigt, was die Leidensgeschichten der Schwabenkinder betraf. Johannes hatte im Museum aufmerksam den Erzählungen zu Stevens eigener Einwanderergeschichte gelauscht. Dieser für ihn unbekannte Umgang der Familie untereinander imponierte ihm, der nie eine Beziehung zu seinen Eltern hatte aufbauen können. Dabei wusste er aber auch, dass dieser Mann die größte Gefahr für ihn und ihre Mission bedeuten konnte. Ihn musste er im Notfall besiegen, wollte er mit seinen Mitstreitern erfolgreich sein und Vergeltung für das Leid seiner Vorfahren üben. War es vielleicht gerade diese Mischung aus Vaterfigur und unerbittlicher Gegnerschaft, die ihn faszinierte und in fataler Weise anzog?

Das Feuer im tönernen Pizzaofen wärmte den Raum und verschaffte ihm eine behagliche Atmosphäre. Lichter tanzten an den gegenüberliegenden Wänden. Johannes folgte dem Schattenspiel und lächelte dem Ober, der sich mühte, einen kurzen Kerzenstummel auf seinem Tisch anzuzünden, höflich zu. Ihm wurde unweigerlich heiß. Schweiß perlte ihm von der Stirn. Doch die Jacke und die Mütze auszuziehen traute er sich nicht. Er wusste nicht, ob Steven ihn dann vielleicht erkennen würde.

Der Kellner blickte den jungen Gast auffordernd an und wartete auf dessen Order. Ohne in die Speisekarte zu schauen, die wahrscheinlich eh wie bei jedem Italiener der Welt gleich aussehen würde, bestellte der junge Schweizer eine gemischte Vorspeise, guten italienischen Wein und eine Pizza, genauso, wie Steven das gerade eben getan hatte.

Während die warmen Brötchen auf dem Tisch abgestellt wurden und ein Tellerchen Olivenöl sowie Salz und Pfeffer bereitstanden, beobachtete Johannes aufmerksam jede Bewegung von Steven. Wie dieser seinen Kopf schrägstellte und sich regelmäßig mit der flachen Hand über die Stoppelhaare seines Kopfes strich … Ließ so etwas Rückschlüsse auf Charaktereigenschaften eines Menschen zu? Seine Therapeutin wüsste das. Doch sie konnte er gerade nicht fragen. Schon lange gab es kein Treffen mehr mit ihr. Johannes hatte die Therapie im Spätsommer abgebrochen. Er hatte nun einen besseren Weg für seine Heilung gefunden.

Es raschelte am Tisch seiner observierten Person. Steven blätterte scheinbar ziellos im Stapel herum. Sein Beobachter meinte, aus der Distanz Kopien alter Zeitungsberichte zu erkennen, die in der Hand des Kommissars lagen. Offenbar gehörten sie zu seinen Ermittlungsunterlagen. Der junge Verschwörer hatte sich die letzten Tage immer wieder gefragt, was sie alles an belastbaren Materialien im Auto zurückgelassen hatten. Er ärgerte sich extrem, dass sie so nachlässig gewesen waren, als sie flüchteten. Wenigstens die Papiere und Pläne hätten sie einpacken sollen.

Die Bilder jenes Tages tauchten wieder vor seinen Augen auf. Auch für Johannes war dieser Adrenalinkick etwas vollkommen Neues und Verstörendes gewesen. Es veränderte einen Menschen schlagartig, hatte er nach der Flucht festgestellt. Man verlor sich in einem Strudel undefinierbarer Gefühle, die einen unwillkürlich mit sich wegtrugen. Das traf auf ihn genauso zu wie auf die anderen seiner Verschwörergruppe.

Johannes nahm einen kräftigen Schluck aus seinem Weinglas, während er den Bildern in seinem Kopfkino weiter folgte: Arschkalt war es gewesen, als sie mit ihren Motorrädern nach Wolfegg rasten und von dort aus über Isny in den Bregenzer Wald. Noch in Fuchsenloch hatten sie einer Gruppe Mofafahrern, die das dortige Tiergehege besuchten, ihre Helme geklaut. Die Kälte war durch die Klamotten gedrungen. Alle mussten dringend aufs Klo. Doch niemand wollte halten. Nur so schnell wie möglich weg. Das Hubschraubergeräusch, das mal näher, mal ferner über ihnen dröhnte, ging ihnen durch Mark und Bein. Erst auf Höhe von Egg im Bregenzer Wald, als ihnen der Sprit ausging, ließen sie die Motorräder stehen und knackten auf dem Parkplatz des kleinen Supermarktes ein Auto, um über Bludenz und Feldkirch nach Valbella zu fahren. Dort befand sich ihr Rückzugsbereich. Eine alte Berghütte, Ricos Erbstück, diente jetzt als Geheimbasis. Sie brauchten die Tage dort in der Einsamkeit der Bergwelt, um ihren Adrenalinspiegel wieder senken zu können. Keiner von ihnen hatte jemals zuvor solche Dinge erlebt, hatte sich in dieser brachialen Weise mit dem Gesetz angelegt – und zugleich so viel Macht gespürt. Macht darüber, alles zu dirigieren, den Weg zu bestimmen, um die Täter ihrer gerechten Strafe zuzuführen. Einzig Ueli wurde panisch, erlitt einen Nervenzusammenbruch und lag die letzten beiden Tage mit Schüttelfrost im Bett.

Geräusche an der Tür ließen Johannes aus seinen Gedanken aufschrecken. Einige Gäste kamen in Gruppen ins Restaurant, das sich bis auf den letzten Platz füllte. Steven scherzte mit der Bedienung. Sie mussten sich schon länger kennen, so vertraut, wie sie miteinander sprachen.

Die Hitze im Raum war beinahe unerträglich. Johannes musste schließlich kapitulieren und zog Jacke und Mütze aus. Er schmolz sonst in der heißen Pizzeria dahin. Hoffentlich nahmen ihm die Mitverschwörer nicht übel, dass er einfach verschwunden war. Sie wussten nicht, wo er sich befand. Nur, dass er eine wichtige Sache erledigen musste.

Er beobachtete aufmerksam, wie sich zwei Damen an den Tisch des Observierten gesellten. Sein gutes Gesichtsgedächtnis half ihm, sodass er die jüngere der Frauen, die voll bepackt mit Einkaufstaschen am Tisch stand, vom Museum in Wolfegg kannte. Die Ältere küsste Steven auf die Stirn und strubbelte kräftig seine Stoppelhaare. Der junge Schweizer registrierte alles. Er brauchte sich keine Notizen zu machen. Alles, was er sah, brannte sich in sein Gedächtnis ein. Die beiden Damen blickten sich kurz im Restaurant um und sprachen fröhlich durcheinander. Er duckte sich schnell weg, aus Sorge, entdeckt zu werden. Doch dies war unbegründet, die drei am anderen Ende des Raums waren voll und ganz mit sich selbst beschäftigt.

Ein Gefühl der Einsamkeit machte sich urplötzlich bei dem jungen Schweizer breit, als er dem Lachen und fröhlichen Miteinander lauschte. Missgunst stieg in ihm hoch. Johannes hasste die drei für deren Fröhlichkeit. Ihre Stimmen drangen über das Grundgeräusch im Restaurant hinweg zu ihm hinüber.

»Steven, Ravensburg ist eindeutig eine außergewöhnliche Einkaufsstadt. So viele schöne Boutiquen und Modegeschäfte. Wunderbar. Aber der Hammer sind die Schuhgeschäfte. Ich konnte gar nicht genug bekommen. Schau nur hier.« Andrea-Domenica öffnete eine Einkaufstasche nach der anderen. Sina schmunzelte. »Dad, deine Angebetete hat es geschafft zu handeln, wo wir uns seit Jahren die Zähne ausbeißen. Sie hat es echt drauf. Wenn du eine Finanzmanagerin brauchst, dann hast du sie gleich hier.« Sie zeigte mit ausladender Handbewegung auf ihre Begleiterin. »Na, da ist nicht viel zu verwalten, mit solchen Kindern und einer bevorstehenden Scheidung.« Steven räumte die Unterlagen auf die Seite, ohne bei seinen Worten das Zucken im Gesicht von Andrea-Domenica zu bemerken.

»Warst du am Arbeiten, Vater? Sind das Unterlagen von dem aktuellen Fall?« Sina versuchte abzulenken. Er nickte.

»Von den Fällen. Es sind nunmehr beinahe dreißig Delikte, um die wir uns kümmern müssen. Und bei denen wir versuchen, Verbindungen herzustellen.«

Die beiden Frauen setzten sich und bestellten aus der Tagesempfehlung Fisch und zahlreiche kleinere Zutaten. Der gute Rotwein wärmte und lockerte die Zunge.

Johannes hörte sie lachen, sah sie sich zuprosten und einen vergnüglichen Abend genießen. Hass stieg in ihm auf. Wut ließ ihn den Kaffeelöffel seines Espressos in der Faust verbiegen. Sie hatten kein Recht, fröhlich zu sein! Denn ihre Fröhlichkeit konnte nur sein, weil seine Vorfahren als Sklaven und Knechte die Grundlage für den Wohlstand in dieser Gegend geschaffen hatten. Johannes steigerte sich mit jedem Lacher, der zu ihm herüberdrang, in seine dunkle Stimmung hinein. Er spürte das Verlangen zu verletzen und zu zerstören in sich aufsteigen.

Jetzt nicht die Kontrolle verlieren. Jetzt nicht! Zu gefährlich. Doch der Drang, nach vorn zu schießen und den Lachenden ihre Speisen in den Rachen zu stopfen, war übermächtig. Schnell zog er einige Geldnoten aus der Tasche, warf sie auf den Tisch und schleppte sich gegen alle Widerstände nach draußen. Er musste sich wieder in den Griff bekommen.

Wie ein unkontrolliert abgefeuertes Geschoss hastete Johannes durch die Gassen. Die Jacke hielt er in der Hand, er musste auskühlen. In einem Hinterhof zog er sich zurück und schlug wie ein Wilder auf die braunen Biotonnen ein, dass ihm die Hände aufplatzten, als das harte Plastik brach. Zurück im Restaurant blieb eine fröhliche, immer entspannter werdende Gesellschaft. Steven ahnte nichts von alldem, was sich in seiner unmittelbaren Nähe abgespielt hatte. Die beiden für ihn so wichtigen Damen absorbierten vollkommen seine Aufmerksamkeit. Voller Freude stellte er fest, dass Sina mit Andrea-Domenica Freundschaft geschlossen hatte und sie sich gut verstanden.

Darauf mussten einige Grappas getrunken werden.
Das Auto ließen sie in der Nacht auf dem Parkplatz des Kommissariats stehen und schwankten laut lachend durch die Straßen der Innenstadt. Die Tüten waren schwer, doch das störte sie nicht. Sie hatten Spaß. Andrea-Domenica stimmte fröhliche kolumbianische Volkslieder an, während Sina versuchte, bei ihrem Vater huckepack zu reiten, da dieser ihrer Meinung nach ohnehin wie ein Packesel aussah. »Oh du armer, alter Esel, packst du das nicht mehr? Soll ich dich tragen?«, frotzelte sie und beugte sich nach vorn, um ihn auf die Schultern zu nehmen. Mit einem herzhaften Klaps auf ihren Hintern wehrte Steven ab. Gekonnt schrie Sina auf, dass es durch die Gassen hallte. Sie näherten sich nur sehr langsam der Oberstadt und dem mittelalterlichen Burgtor, durch das sie mussten, um nach Hause zu gelangen. Die Muskeln taten ihnen weh vom Lachen und Singen.

Nicht allen in den Häusern mochte das fröhliche Lärmen gefallen. Auch dem dunklen Schatten nicht, der sich wieder an sie geheftet hatte. Johannes ballte die Fäuste, dass es schmerzte und folgte ihnen durchs Obertor auf die Anhöhe hoch über der Stadt. Von dort beobachtete er, wie sie alle in einem alten Fachwerkhaus verschwanden. Krachend fiel die Tür ins Schloss. Stille kehrte in die oberschwäbische Stadt ein.

Johannes schlich sich zum Haus. Die Vorhänge waren zugezogen. Dumpf drangen Stimmen zu ihm nach außen in die Kälte der Nacht, um gleich darauf zu verstummen. Es wurde dunkel im Gebäude. Noch einige Zeit versteckte er sich im Garten hinter einem Holzstapel und lauschte in die Dunkelheit. Das Lachen klang in seinem Kopf nach. Diese Fröhlichkeit und Unbeschwertheit würde auch ihm in Bälde zuteilwerden. Ihm und seinen Verbündeten. Sie mussten nur noch ihre Pflicht erfüllen. Er war in seinem tiefsten Inneren davon überzeugt. Der Fluch musste gebrochen werden. Der Fluch, den die Schwabenbauern vor langer Zeit über seine

Familie gebracht hatten.

Ein ihm fremder Schrei eines Tieres durchbrach klagend die Stille der Nacht. Spätheimkehrer aus der Nachbarschaft stolperten die Straße hinunter. Ausgerechnet vor der Hofeinfahrt des Kommissars blieben sie stehen und redeten laut über die Erlebnisse des Abends, um nur langsam weiterzugehen. Johannes fluchte und drückte sich tiefer in die Dunkelheit seines Versteckes. Er verharrte noch einige Augenblicke, um sich über die dämlichen Gespräche der sichtlich angetrunkenen Nachtschwärmer zu ärgern. Dann aber trieb ihn die Kälte der nasskalten Oktobernacht zu seinem kleinen Kombi, den er auf einem abgelegenen Parkplatz abgestellt hatte, um dort in seinen warmen Schlafsack zu schlüpfen.

***

»Steven, ist das wirklich fair?«

»Was denn, mein Schatz?« Der Angesprochene drehte sich zu seiner Freundin hin. Er hatte es sich gerade mit einem Kaffee am Fenster gemütlich gemacht, das Alpenmagazin in der Hand.

Andrea-Domenica stampfte erbost zur Tür herein. »Dass hier alle so auf ihr Recht pochen!«

Steven schmunzelte. »Grundsätzlich ja. Was ist denn passiert?« Er wurde neugierig.

Sina folgte der Kolumbianerin ins Haus und schloss die Tür.

»Da war dieses ausländische Auto, ein …«

»… französischer Fahrer«, ergänzte Sina.

»Ja, der hatte sich verfahren und landete mitten in der Fußgängerzone. Was haben die Menschen geschimpft.«

»Anstatt ihm zu helfen«, assistierte Sina erneut.

»Der arme Mann ist vollkommen verunsichert und eingeschüchtert gewesen. Einer hat sogar aufs Autodach gehämmert. Da bin ich natürlich hin!« Andrea-Domenica hatte sich auf den Schoß von Steven gesetzt und küsste ihn beim Sprechen auf die Stirn. Sina stellte den Sonntagskuchen auf den Tisch. Die Großeltern und Salva mit neuer Flamme wollten vorbeikommen und den Gast begrüßen. »Und dann haben sie mich beschimpft. Ich als Ausländerin hätte hier nichts zu melden. Ich solle meinen Mund halten!« Steven hob aufmerksam den Kopf, die Stirn legte sich in leichte Falten. Wenn jemand seine Liebsten attackierte, dann wurde er schnell zum Kämpfer.

Sina kam hinterm Küchentresen hervor. »Nun ja, du hast ja auch geschimpft wie ein Rohrspatz.« Sie wollte lächeln, aber das gelang ihr nicht so recht.

»Zu Recht!« Andrea-Domenica beharrte darauf und suchte Stevens Zustimmung.

Er streichelte ihr beschwichtigend den Rücken und nickte, »Was ist denn dann aus dem guten Mann geworden?«

Seine Freundin zeigte auf Sina. »Deine gut erzogene Tochter hat ihm dann den Weg gezeigt. Er verstand kein Deutsch. Die Rüpel aber habe ich noch kräftig zusammengestaucht.“« Stolz sprach aus ihrem Blick.

Sina selbst war sich da nicht so sicher, ob das eine gute Aktion gewesen war.

Die Stimmung, die die beiden Damen mit sich brachten, war nicht unbedingt die, die Steven für sich gerade suchte. Seufzend legte er das Magazin aus der Hand und nickte in Richtung Kaffeemaschine. »Wollt ihr auch einen frisch Gebrühten? Setzt euch doch zu mir ans Fenster. Hier ist es warm und gemütlich. Und die beiden wollen auch Gesellschaft haben.« Er nickte zu Herrn Max und seiner Katzen-Freundin hinüber. »Wie nennen wir eigentlich das Kätzchen? Es scheint ja bei uns bleiben zu wollen.«

Wie zur Zustimmung bewegte Herr Max seinen Kopf gemütlich auf und ab.

»Findling. Nennen wir ihn doch Findling«, sprach Andrea-

Domenica ohne Zögern. »Das Tierchen ist wie ich. Euch zugelaufen.« Sie grinste amüsiert.

»Das passt. Dann hast du kleiner Knirps jetzt einen Namen«, stimmte Steven zu und erhob sich, um zur Kaffeemaschine zu schlurfen. Nur unter Protest gab Andrea-Domenica ihre Position auf seinem Schoß auf.

»Krieg ich schon einen Kuchen?«, wollte Steven hungrig wissen. Doch da hatte er kein Glück.

»Nix da. Der ist für unseren Besuch am Nachmittag.« Sina schlug ihm auf die Finger, als er versuchte, etwas von der Sahne auf den Torten zu ergattern. »Gedulde dich, wie wir alle auch. Ich bin gleich wieder zurück.« Sie verabschiedete sich, um bis zum Nachmittag Freunde zu treffen.

Steven drückte auf den Knopf der Kaffeemaschine und stahl sich, während der Duft des gemahlenen Kaffees den Raum erfüllte, doch etwas vom Kuchen. »Schlingel«, grinste Andrea-Domenica in ihrem kolumbianisch-deutschen Akzent und küsste ihn, als er ihr die Kaffeetasse reichte. Das Pärchen machte es sich auf der Coach gemütlich und genoss es, dem Spiel von Katze und Leguan zuzuschauen.

»Wirst du es mit der Schweizreise schaffen können, Steven?« Aufmerksam blickte Andrea-Domenica zu ihm hoch. Ihre blauen Augen wirkten an diesem Morgen noch intensiver auf ihn. »Aber sicher. Ich bin schon kräftig am Planen. Schau hier.« Er holte das Magazin vom Tisch und legte es in ihren Schoß. »Schau rein. Alles wunderschöne Ziele, die wir bereisen können. Wir müssen etwas mit dem Schnee aufpassen. Soll ja deutlich kälter werden. Aber sonst alles gut.« Er blickte auf die Wetter-App seines Handys, scrollte ein wenig darin herum und legte es auf die Seite. »Sag mal, wie ist es dir denn unabhängig von deinem Erlebnis heute bisher in Deutschland ergangen? Kommst du mit den Leuten zurecht?«

Andrea-Domenica führte doch die eine oder andere Diskussion mit Menschen auf der Straße oder in Cafés. Ihr lebendiges Gemüt ließ sie dabei schnell sehr leidenschaftlich werden. Aber auch ein Oberschwabe konnte da selbst sehr südländisch, also leidenschaftlich, werden und den verbalen Kampf aufnehmen.

Sie ließ sich einige Atemzüge Zeit, um darüber nachzudenken, die Antwort selbst fiel kurz und knapp aus: »Weißt du, Steven, jede Kultur ist anders. Ich werde das schon schaffen. Aber, ja – ich bin gerne hier.« Sie blickte etwas abwesend zum Fenster hinaus. Das Knistern des Holzfeuers im Kamin lullte beide etwas ein.

»Nein, ich meine es im Ernst. Wo kann ich dir behilflich sein?« Er kraulte sie sanft am Nacken. »Es ist halt diese Distanz, die man in Deutschland hat. Ich meine, ihr genießt es, euren Freiraum und eure Individualität zu haben. Für mich fühlt sich das etwas kalt an. So viele Menschen in den Straßen sind allein und wirken auf mich einsam. Das kannte ich bisher so nicht. Aber dieses Recht-haben-Wollen, das macht mich fertig. Es muss doch möglich sein, zu akzeptieren, dass andere Menschen eben anders sind. Oder dass man ihnen helfen muss, wenn sie sich verirren oder Fehler machen.« Traurigkeit sprach aus ihrer Stimme.

Steven bekam zum ersten Mal die Furcht in sich zu spüren, dass sie womöglich Heimweh bekommen könnte. Er versteifte sich etwas in seinen Kraulbewegungen. Hoffentlich konnte sie in der internationalen Kollegengemeinschaft in Bonn ein Refugium finden, in dem sie sich wohler fühlte und das ihr half, in Deutschland anzukommen. Doch Bonn … Steven spürte den nächsten Stich in der Brust beim Gedanken, dass sie ja bald wieder im fernen Bonn sein würde. Bonn ist nicht Bogotá – und doch – irgendwie weit weg.

Beide verloren sich in ihren Gedanken. Andrea-Domenica offenbar darüber nachdenkend, was Deutschland für sie bedeutete und was sie in Kolumbien zurückgelassen hatte. Steven in Gedanken, was er tun konnte, um eine Wiederholung der Fehler zu vermeiden, die zum Scheitern seiner ersten Ehe geführt hatten. Das durfte auf keinen Fall geschehen. Der Job durfte nicht auch diese wunderbare Beziehung gefährden. Dafür wollte sich Steven mit aller Kraft einsetzen.

Andrea-Domenica blickte auf den großen Stapel an Akten, die auf dem Boden neben dem Sofa lagen. »Sind das deine Ermittlungsakten?«

Steven seufzte. Er wollte doch verhindern, dass sich alles miteinander verwob. Vielleicht war das aber genau das Richtige? Die Partnerin mit einbeziehen, damit sie Verständnis aufbrachte?

»Ja, das sind Unterlagen zu den Schwabenkindern. Ich möchte das besser verstehen.« Er streckte sich, um an die oberste Mappe zu gelangen. Seine Freundin beobachtete aufmerksam, wie er den Kartondeckel öffnete und zahlreiche Schwarz-Weiße Bilder zum Vorschein kamen wie auch Zeitschriftenartikel und Aktennotizen. Er reichte ihr eines der Dokumente. »Schau mal, Schatz, 1892 schrieb die Zeitschrift für Kinderschutz und Jugendfürsorge: ›Es ist für das Land Württemberg beschämend zu sehen, wie wohlhabende Bauern in ihrem Geiz, bloß um einen Knecht oder eine Magd zu sparen, die Kinder von armen Eltern schinden und plagen.‹ Schläge und Hunger waren an der Tagesordnung, wie man überall lesen kann.«

Andrea-Domenica nahm ihm die Papiere ganz aus der Hand und las selbst. »Schrecklich«, murmelte sie. »Aber das war nicht immer so, oder?« Ihre Frage klang beinahe ängstlich.

»Nein, zum Glück nicht. Es gab genügend andere Fälle, in denen die jungen Menschen gut behandelt wurden und immer wieder zu den gleichen Bauern zurückkehrten. Manches Mal selbst als Erwachsene. Aber jedes einzelne Leid ist ein Leid zu viel. Und auch wenn sie gut behandelt wurden, war das eine sehr grausame Sache. Kinderarbeit, der beschwerliche Weg, die Trennung von der Familie … offen gesagt, kommen mir beinahe die Tränen bei all den Schicksalen, durch die ich mich bereits gearbeitet habe.« Er reichte ihr weitere Akten, die sie stumm durchblätterte.

»Was hat das mit eurem Fall zu tun?«

Er zog die Schultern hoch. »Genau kann ich das noch nicht sagen. Es führen aber immer mehr Spuren in diese Richtung. Das Medaillon, von dem ich dir erzählt habe, die Drohschreiben und die bei den Tätern im Auto beschlagnahmten Beweise. Entweder will uns jemand in die Irre führen und den Verdacht auf andere lenken, oder an den Erpressungen ist wirklich was dran. Wir haben aber noch genügend andere Verdächtige, die wir überprüfen müssen. Den Kollegen ist die Verbindung mit den Schwabenkindern zu weit weg. In ihren Augen ist das eine viel zu weit hergeholte Geschichte, die kräftig konstruiert wirken würde. Offen gesagt, ich kanns dir nicht sagen.«

Es klingelte. Waren tatsächlich schon so viele Stunden vergangen? Steven schreckte hoch, und warf dabei beinahe seine Liebste vom Sofa. Er war noch immer im Schlafanzug. Doch die Gäste warteten, und so musste er auf sein Sonntagshäs, wie man so schön sagte, verzichten und den Gästen die Tür öffnen. Seine Eltern schmunzelten, als sie ihn so sahen. Salva war nicht gerade amüsiert, wollte er doch seiner neuen Freundin den Vater vorstellen.

»Kommt rein, ihr Lieben. Andrea-Domenica wird sich um euch kümmern, solange ich mich fein mache.« Bei aller Hektik vergaß er, seine Geliebte vorzustellen und rannte die Treppe hoch. Für Steven war dieses Treffen etwas eigenartig. Die Familie kannte Dagmar, seine ehemalige Frau. Diese Dame hier war deutlich jünger als er, kam aus Kolumbien und sollte nun Teil der Familie werden.

Es schien gerade der Mutter und Salva nicht leicht zu fallen, sich auf Andrea-Domenica einzustellen. Sie bemühten sich zwar höflich zu sein, viele Fragen zu stellen und sie miteinzubeziehen, doch am Ende blieb diese feine Trennung im

Raum, die weder er noch Sina überbrücken konnten.

Als Stevens Vater sich davonmachen wollte, um heimlich eine Zigarette zu rauchen, schnappte sich dieser das neue Familienmitglied, um mit ihr ein wenig durch den Garten zu schlendern. Umgarnt vom Charme des Seniors nahm Andrea-Domenica das Angebot gerne an, hakte sich bei ihm unter und griff beim Hinausgehen ihre Jacke.

»Jetzt wird er wieder heimlich rauchen«, murrte die Mutter. Das gefiel ihr absolut nicht. Und dann noch mit einer Verbündeten. »Raucht deine neue Partnerin denn auch, Steven?«

Doch der schüttelte umgehend den Kopf. »Nein, Mutter. Sie lebt sehr gesund und macht viel Sport. Eine echte Energiebombe, diese Frau.«

Salva lachte keck auf. »Dann pass mal auf, dass sie dir nicht die Puste nimmt, in deinem A…«

Sina stieß ihm umgehend den Ellbogen in die Rippen. Ließ ihm keine Chance, seinen Satz zu Ende zu führen. »Sie hat einen tollen Charakter. Voller Lebensfreude und Ideen. Wusstet ihr, dass sie bei den Vereinten Nationen in Bonn arbeitet?« Das schindete mächtig Eindruck, und die Gespräche liefen in eine angenehmere Richtung. Als die beiden Ausreißer wieder wohlgelaunt von ihrem Ausflug in den Garten zurückkamen, waren die Weichen für einen kurzweiligen und unterhaltsamen Abend gestellt.

Salvas neue Flamme wurde ebenfalls feierlich in den Familienkreis aufgenommen. Steven blickte weinselig in die Runde und freute sich einmal mehr: meine Familie.

Die Harmonie des Abends täuschte aber nicht darüber hinweg, dass Andrea-Domenica und er bis zum Tag der Abreise die eine oder andere Situation zu meistern hatten. Kleine Kieselsteinchen lagen auf ihrem gemeinsamen Weg, die sie stolpern ließen. Das galt es irgendwann zu besprechen, und die Tage in den Bergen sollten sie beide vom Alltag ablenken und ihnen genau die Gelegenheit geben, sich miteinander zu beschäftigen, wie sie es endlich einmal brauchten.

Dass alles dramatisch anders kommen sollte, konnte an diesem Wochenende jedoch noch niemand ahnen.

Richtung Abgrund

++ Mittwoch, 24. Oktober ++

Drei Tage später staunte Kerstin nicht schlecht, als Steven in Begleitung im Kommissariat auftauchte.

»Andrea-Domenica?« Sie blickte ungläubig von ihr zu Steven.

»Ja, das ist sie.«

Jetzt verstand Kerstin auch, warum Steven seit einigen Tagen im Homeoffice arbeitete. Etwas, was er bisher noch nie beansprucht hatte.

Steven nestelte nervös mit den Händen an seiner Jacke herum. Er hatte vorhin allen Mut zusammennehmen müssen, als er Andrea-Domenica bat, mit ihm hochzukommen. Das Zusammentreffen mit Kerstin würde irgendwann eh passieren. Warum also nicht heute?

»Grüße dich, Kerstin, alles gut?« Andrea-Domenica nahm sie in den Arm und küsste sie auf beide Wangen. Auch Valmir bekam eine Umarmung und einen freundschaftlichen Kuss auf beide Wangen. Die beiden hatten sich bei ihrem letzten Besuch vom ersten Augenblick an gut verstanden.

Steven ignorierte den vorwurfsvollen Blick seiner Kollegin, die ihn heftig in die Rippe stieß und ihm zuraunte: »Warum hast du mich nicht informiert? Feigling!«

Steven drückte freundschaftlich ihren Arm. Gerne hätte er gesagt: Weil ich dich nicht verletzen wollte, doch er könnte sich lächerlich machen, wenn er sich ja vielleicht alles nur einbildete, was sie beide betraf.

Der Kommissar blickte auf seinen inzwischen vollbepackten Schreibtisch. Über die letzten Tage hatte sich doch einiges angesammelt. Sofort überkam ihn ein schlechtes Gewissen. Da konnte er machen, was er wollte. Durfte er die Kollegen wirklich in dieser schwierigen Zeit alleinlassen?

»Herr Plodowski, es ist immer eine schwierige Zeit, wenn

Sie so wollen. Aber glauben Sie mir, die Sonne wird danach weiterhin aufgehen, ob Sie sich eine Auszeit nehmen oder nicht.« Die Stimme der Psychologin klang in ihm nach.

Steven ignorierte die Ausschnitte aus den Zeitungen und wandte sich den Kollegen zu: »Gibt es zum Amtshilfeersuchen aus der Schweiz schon Nachricht?«

Kerstin schüttelte den Kopf, während Andrea-Domenica dezent den Raum verließ. Valmir zeigte ihr die kleine Cafeteria.

Kaum, dass sie allein waren, polterte Kerstin los: »Was soll das, Steven? Entweder du fährst mit deiner Freundin für ein paar Tage in den Urlaub und bist danach wieder voll und ganz im Dienst, oder du ermittelst jetzt! Aber das Vermischen von Arbeit und Privatem ist einfach nur dumm. Zieh Andrea-Domenica da nicht mit rein! Das kann böse ausgehen!«

Getroffen blickte der Gescholtene auf den Boden. Das Gluckern der alten Heizung erfüllte den Raum. Man hatte es im Sommer wieder nicht geschafft, sie zu erneuern. Längst überfällig war das. Aber Wärme gab sie, das musste man schon sagen. Tat gut in diesen schlagartig kälter werdenden Tagen.

»Versprochen«, flüsterte er leise.

Damit gab sich Kerstin aber nicht zufrieden. »Die Schwierigkeit ist, Steven, dass du nirgends wirklich Regie führst. Du hoffst, dass sich die Dinge von selbst regeln. Das tun sie aber nicht immer – und das verschärft den Ärger um dich herum. Kümmer dich, und übernimm Verantwortung für das, was du tust!«

Irritiert blickte er sie an. Meinte sie das im Allgemeinen? Oder im Speziellen, sie beide betreffend? Unbehaglich strich er mit der Hand an der Kante des Schreibtisches entlang. Ziellos wanderte sein Blick über dessen Oberfläche hinweg, Halt suchend. Er konnte jetzt nicht in ein Grundsatzgespräch einsteigen. Sein Blick streifte einige der Dokumente und Akten.

»Gibt es was Neues?« Er nahm die Kopie eines Schreibens in die Hand. Sie glichen sich in Form und Layout. Auch dieses Zeichen im oberen Bereich des Briefes war wieder zu finden: der heilige Christophorus, der das Kind auf seiner Schulter trug. So hätte es wohl damals sein sollen, der Große schützte die Kleinen und trug sie. Damals bei den Schwabenkindern war das aber anders gewesen. Da trugen die Kleinen die ganze Last. So wie bei dieser Skulptur in der Bachstraße, bei der die Schwabenkinder dicke Bauern und den Klerus auf ihren Schultern trugen.

Kerstin schwieg auf seine Fragen hin. Stumm verfolgte sie seine Hände, wie sie hilflos über das Papier glitten. Der würzige Duft ihres Kräutertees breitete sich im Raum aus. Sie zog die Jacke trotz der Wärme im Zimmer enger um sich zusammen. »Die Schreiben werden konkreter«, sprach sie tonlos. »Das Ultimatum ist nun final: St. Martin. Das ist der elfte November. Da wollen die Erpresser ihr Geld haben. Es geht um sehr viel Geld, wie die Opfer nun endlich berichten.« Sie schüttelte den Kopf. »Versteh einer, warum sie alle schweigen. Aus Scham? Warum?« Sie nahm ihm die Schreiben aus der Hand. Steven zeigte auf die entwendeten Briefe: »Und was wollen sie dann machen? Wenn man nicht zahlt? Steht das da?«

»Sie schreiben nur, dass alles, was wir bisher erlebt haben, Streicheleinheiten wären gegenüber dem, was kommen wird. Niemand würde dann die Früchte der Sklavenarbeit der Schwabenkinder nutzen können, nach diesem Tag.« Er warf seiner Kollegin einen ersten, etwas unsicheren Blick zu. Wollten sie Häuser anzünden, Konten plündern, oder was? »Nun gut, umso wichtiger, dass wir endlich an den Ursprung von all dem Übel gelangen. Wir müssen raus aus dieser Passivität! Hier können wir nur reagieren. In der Schweiz können wir sie vielleicht überraschen.« Steven schob sich mit dem Stuhl rückwärts vom Schreibtisch weg, erhob sich und packte seinen Mantel. »Seid mir nicht böse, aber ich warte auf keine Erlaubnis aus der Schweiz. Es muss ja niemand wissen, dass ich dort bin. Kann ich mich auf euch verlassen?« Valmir, der gerade wieder in der Tür erschien, nickte umgehend.

Doch Kerstin schüttelte den Kopf. »Wie oft und wie lange willst du das noch machen, Steven? Es wird dich eines Tages deine Karriere kosten. Gerade jetzt, wo du zur Akademie sollst!« Sie drehte sich von ihm weg und blickte aus dem Fenster. »Vielleicht will er das ja gar nicht – die Karriere«, warf Valmir nachdenklich ein.

Irritiert blickte Steven von Kerstin zu Valmir. Was redeten die alle? Andrea-Domenica betrat ebenfalls den Raum. Sie blickte zu Steven. »Bei euch alles gut?«

»Ja, sicher. Wir sind fertig. Wollen wir gehen? Die Schweiz wartet.« Lächelnd nahm er sie bei der Hand und verließ den Raum. Noch während er in der Tür stand wandte er sich um und flüsterte beinahe: »Es wäre das Schlimmste für mich, euch zu verlieren. Ihr seid Teil meines Lebens. Freunde. Lasst uns sprechen, wenn wir das hinter uns haben. Einverstanden?« Doch Kerstin drehte sich nicht um. Ihr Blick erfasste die Altstadt Ravensburgs, schien durch die historischen Gebäude hindurchzuschauen. Valmir hielt stumm den Daumen hoch. »Kommt heil zurück. Wenn da wirklich eine größere Gruppierung dahinterstecken sollte, dann kann es gefährlich werden!«

Dankbar nickte ihm Steven zu. »Und ihr verfolgt bitte die Hinweise mit den Bauern in Bodnegg. Prüft Ihr bitte, was es mit den ganzen Hinweisen auf sich hat, dass jemand dort draußen alte Rechnungen begleichen will? Wer weiß, vielleicht plant jemand in Bodnegg große Projekte, braucht die Ländereien und nutzt alte Streitereien der Menschen dort aus. Nicht dass wir einem Ablenkungsmanöver aufsitzen, und es eigentlich um etwas ganz anderes geht.«

Er hörte nicht mehr den Nachsatz, den ihm Valmir hinterherrief: »Und vergiss nicht den Aberglauben, der auf dem Land herrscht.« Steven war bereits mit Andrea-Domenica im Treppenhaus angelangt.

***

Der alte Volvo schob sich durch den Verkehr Ravensburgs, Zielrichtung Süden. Steven wollte die Fähre Friedrichshafen-Romanshorn nehmen, um sich und seine Begleitung auf ihre Reise einzustimmen. »Wäre es denn nicht besser, ich fahre wieder zurück nach Bonn?«

Steven wäre beinahe vor Schreck ganz stehen geblieben. Wütendes Hupen ertönte hinter ihm. Schnell fuhr er sein schweres Fahrzeug wieder an. »Wie kommst du denn gerade jetzt darauf?« Er blickte sie irritiert an.

Andrea-Domenica schwieg zunächst, ließ es aber zu, dass er nach ihrer Hand griff und sie festhielt. »Nun ja, ich merke doch, dass ich hier störe. Es ist dein Leben. Du bist mitten in den Ermittlungen, und überall habe ich das Gefühl, nicht dazuzugehören – mit Ausnahme von Sina. Sie ist wirklich sehr freundschaftlich.«

Angestrengt dachte Steven über ihre Worte nach. Er brauchte einige Momente, um sich zu sortieren, und sie hatten bereits Meckenbeuren erreicht, als ihm endlich die richtigen Worte in den Sinn kommen wollten: »Schatz, es wäre, als ob mir mein Herz herausgerissen werden würde, solltest du gehen. Es ist so schön, dich hier zu haben. Und ich will alles tun, damit du auch ankommen kannst und dich wohlfühlst. Gib uns einfach noch etwas Zeit. Einverstanden?«

Sie lächelte glücklich, umfasste mit der anderen Hand die seine und streichelte ihn sanft. »Ja, das will ich. Ja, unbedingt. Ich hab dich einfach lieb, du alter Schwabe.«

»Und ich erst dich – immer einmal mehr.« Er zeigte auf

die Silhouette von Friedrichshafen, die vor ihnen auftauchte. »Hast du deinen Pass dabei? Manchmal wollen sie ihn an der Grenze sehen.« Die Frage war eigentlich überflüssig. Andrea-Domenica hatte am Morgen ihren und seinen eingepackt. Er selbst hätte ihn beinahe vergessen.

Die Sonne stahl sich wie zur Begrüßung kurzfristig durch die herbstlichen Wolkenberge, sandte ihre Strahlen einem Laserstrahl gleich auf das grünlich schimmernde Wasser des Bodensees. Andrea-Domenica war sofort hingerissen von diesem Naturschauspiel. Begeistert blieb sie am Ufer stehen, als er sein Auto in der Nähe des Fähranlegers zum Halten brachte und blickte mit offenem Mund aufs Wasser. »Schön«, flüsterte sie nur. »Dein Schwäbisches Meer – ein Traum.«

Die Wolken hingen tief, schimmerten in einem diamantenen Blau-Grau. Von den Schweizer Bergen war nicht viel zu sehen. Dennoch nahm die Kulisse beiden beinahe den Atem. »Willkommen in meinem Paradies.«

Auf dem Lande

»Bist du traurig?« Valmir meinte, eine Träne in Kerstins Augenwinkel zu entdecken. Er zog den Sicherheitsgurt auf dem Beifahrersitz fest. Seine Kollegin drückte kräftig aufs Gaspedal, sodass der Dienstwagen einen mächtigen Satz nach vorn machte.

»Nein, eher sauer«, erwiderte sie wortkarg.

Die Kommissarin fuhr deutlich zu schnell. Doch das kümmerte niemanden. Ihre Hand bewegte sich schräg nach hinten auf den Rücksitz. Kräftig zerrte sie an der Tasche, bis endlich die Akte zum Vorschein kam, die sie wollte. Den Stapel warf sie sodann auf Valmirs Schoß, der erschrocken aufstöhnte.

»Lies das mal durch, damit wir die Namen der Leute und ihren Hintergrund besser kennen, wenn wir gleich in Bodnegg sind.«

Doch der junge Kollege wollte sich nicht so schnell ablenken lassen. »Kerstin, ich bin doch auch ein toller Kollege, oder?« Keck blickte er sie an. Es sollte nur eine Spielerei sein. Doch Kerstins Blick verriet schnell, dass es anders ankam. »Spinnst du?« Sie hupte kräftig, als das vorausfahrende Fahrzeug abrupt nach links abbog, ohne Blinker zu setzen. »Du bist mir zu jung, mein Freund – und zu ausschweifend in deiner Lebensweise.« Entschieden boxte sie ihn in den Schenkel. Valmir jaulte auf, spielte den Gekränkten.

Sie fuhren raus aus Ravensburg, die Wangener Straße hoch. Beide ließen sie die Landschaft an sich vorbeigleiten, genossen die Ruhe im Fahrzeug. Zumindest Valmir versuchte dies. »Ganz schön Verkehr heute, was ist denn los?«, beschwerte sich Kerstin. Sie tuckerte mittlerweile gemeinsam mit zahlreichen anderen Fahrzeugen hinter einem Getreidetransporter her. »Wenn du dort vorn gleich rechts abbiegst, in Richtung Grünkraut, dann hast du freie Fahrt.« Er blickte sie wieder von der Seite an und wollte gerade zum

Reden ansetzen. Doch sie kam ihm zuvor: »Lass es gut sein, Valmir. Mit mir ist alles in Ordnung. Ja, ich mag Steven sehr. Mehr aber auch nicht. Er benimmt sich nur wie ein kleiner, pubertierender Junge. Das macht mich einfach wahnsinnig.« Also keine verletzten Gefühle, schlussfolgerte Valmir und lehnte sich erleichtert zurück.

Der Herbstnebel hatte sich an diesem Nachmittag bereits verzogen. Doch die trübe Stimmung wollte sich bei den beiden Beamten nicht unbedingt lösen. Sie hatten noch einige Kilometer bis zum Treffen mit den Kollegen der Polizeistation Vogt, die für Bodnegg zuständig waren, zu fahren. »Die Straftaten in Bodnegg haben innerhalb kürzester Zeit extrem zugenommen. Vor allem die schweren Körperverletzungen und Sachbeschädigungen. Nicht aber die Diebstähle. Ist schon eigenartig, oder?« Valmir las aus den Unterlagen, die ausgebreitet auf seinen Schenkeln ruhten. »Viele Anzeigen der Bevölkerung wurden gegen Nachbarn und Dorfbewohner in nächster Nähe gestellt. Den Anzeigen sind Kopien alter Amtsunterlagen beigefügt, die viele Jahrzehnte, vielleicht sogar mehr als hundert Jahre alt sein mögen. Da hat jemand intensiv in Archiven recherchiert, wie mir scheint. Hat alte Streitfälle rausgezogen und sie den streitenden Parteien zugeschickt.« Kerstin musste abrupt stoppen. Eine Herde Schafe überquerte die Straße. »Und ein altes Dokument aus einem verstaubten Archiv soll zu den ganzen Streitereien und Straftaten geführt haben?« Valmir schüttelte den Kopf. »Wird hier nicht geschrieben. Aber vergiss die Drohbriefe nicht, die auch noch verschickt wurden. Dann ist da der arme Alfons Gressler, der das Zeitige gesegnet hat. Jemand hat Gerüchte gestreut, dass es mit dem Sterben weitergehen würde. Es ist nur eine Frage der Zeit, bis der nächste Hof brennt und es noch mehr Tote gibt.«

Kerstin winkte unnützerweise den Schafen zu, die hin und wieder auf der Straße stehen blieben und gemütlich den Kopf zu ihnen wandten. Teilnahmslos stolzierte der Schäfer durch die Kulisse. Das hektische Umherrennen überließ er seinem schwarzen Hütehund.

»Weißt du, Valmir, was mich am meisten mitnimmt? Die zahlreichen überfallenen älteren Menschen. Die Täter scheinen keinerlei Rücksicht auf ihren körperlichen Zustand zu nehmen. Und die Spätfolgen der Übergriffe, die die Menschen bis zum Rest ihres Lebens mit sich herumtragen müssen, scheren sie einen Dreck. Das ist 'ne Riesensauerei!« Ein Auto hinter ihnen hupte. Die Herde war schon längst in der Wiese nebenan angelangt und bereits am Grasen. Schnell drückte die Beamtin aufs Gas und kutschierte sie durch die Serpentinen des kleinen und engen Weges, der eine Abkürzung sein sollte.

Valmir versuchte, sich mehr schlecht als recht Notizen zu machen. Ihm wurde schnell übel. »Vielleicht wollen die Täter ja genau das. Zerstören! Kaputtmachen und andauernde Schäden verursachen. Je mehr ich mir das alles anschaue, desto mehr komme ich zu diesem Schluss: Die Erpressungen und Geldforderungen sind nicht wirklich ihr Hauptziel.« Kerstin mühte sich zu schnäuzen. Ihr lief die Nase. Das Navigationsgerät meldete sich mit geduldiger Stimme: »Wenn möglich, bitte wenden und die erste links abbiegen.« Sie hatten sich verfahren. Es wurde später und später. Hoffentlich warteten die Kollegen im Wirtshaus in Bodnegg auf sie. Die einzige Chance zu wenden war in der Wiese nebenan. Dreck spritzte hoch, als sie versuchte, durch Schlammpfützen zu fahren. Die Reifen drehten durch und ließen Fontänen aus Matsch in die Höhe schießen. Das Auto bekam mehr und mehr dunkle Spritzflecken.

»Valmir, du musst wohl schieben!« Kerstin war es sichtlich unangenehm.

»Versuchs noch mal, ich habe meine guten Schuhe an. Die sind ruiniert, wenn ich da rausgehe.«

Ein Traktor fuhr vorbei. Der Bauer schüttelte nur den Kopf und fuhr weiter. »Danke für die Hilfe«, schimpfte Kerstin.

Der Dienstwagen grub sich tiefer im Boden hinein. »So schaffen wir es nie. Schieben, Valmir!«
»Nochmals versuchen, Kerstin!«, konterte er. Und tatsächlich, sie schaffte es mit Müh und Not, das Fahrzeug mit rauchenden Reifen aus der Wiese herauszubekommen und Fahrt aufzunehmen. »Prima! Jetzt können wir mit der Tarnung am Fahrzeug beim Herbstmanöver teilnehmen«, stichelte Valmir. Doch Kerstin kehrte unvermittelt zum Fall zurück. »Weißt du, Valmir, was komisch ist? Unser Verhalten. Wir packen seit Wochen alles in einen Topf, was immer hier auch geschieht. Warum tun wir das? Verzweifelt versuchen wir, alle Straftaten unter den Fall ›Medaillon‹ zu packen. Was aber, wenn das falsch ist?«

Angestrengt steckte sich Valmir ein Lakritz in den Mund, in der Hoffnung, dass die Übelkeit nachließ. »Du meinst, hier spielen Trittbrettfahrer mit?« Sie nickte. »Ja, unter anderem. Es kann doch nicht sein, dass nur eine Tätergruppe solch eine Welle der Gewalt über unser schönes Oberschwaben schwappen lässt. Das ist ja beinahe ein Tsunami, wenn man alle Vorkommnisse zusammennimmt.«

Endlich tauchte die Barockkirche von Bodnegg, jener gerade einmal 3.200 Einwohner zählenden Gemeinde vor ihnen auf. Ein weithin sichtbares Wahrzeichen.

Mit gut einer halben Stunde Verspätung kam das beinahe nicht mehr als Polizeiauto erkennbare, dreckbeschmutzte Fahrzeug auf dem Parkplatz eines rustikalen Gasthofes zum Stehen. Kerstin parkte den Wagen zwischen zwei alten Traktoren, sehr zur Freude Valmirs, der sich nicht ganz ernsthaft darum sorgte, dass die Bauern ihre Ackergeräte versehentlich am Polizeifahrzeug anhängen würden.

Sie fanden ihre Kollegen bei den Kegelbahnen, mitten im Spiel. Kerstin musste lachen, als sie die drei Uniformierten mit den schweren Kugeln in der Hand auf der Bahn stehen sah und wie diese ihre eigenen Würfe kommentierten. »Na, Kollegen, am helllichten Tag und ohne Treibstoff kegeln, geht das?«, neckte sie zur Begrüßung.

Und prompt kam auch schon die Bedienung mit drei Humpen Bier in den Raum. »Alles gut«, winkte Valmir ab, als eine der Kolleginnen die Bestellung rückgängig machen wollte. »Irgendwo auf dieser Welt geht gerade die Sonne unter und somit ist das alles erlaubt. Hier sieht uns ja niemand, den es stören könnte. Kerstin, auch ein Schaumgetränk?« Sie schüttelte den Kopf: »Nein! Gluten. Aber gerne ein Viertele Wein.« Erleichtert setzten sich die Kollegen an einen alten Holztisch neben der Kegelbahn und hoben die Gläser.

»Wer ist am Gewinnen?«, wollte Valmir wissen.

»Na, wie immer, unsere talentierte Kollegin hier.« Die zwei Männer nickten in Richtung der jungen Polizistin. »Es sei denn, bei euch ist ein verborgenes Talent mit dabei.« Das reizte Valmir natürlich sofort. »Na, hier in voller Lebensgröße«, zeigte er provokant auf sich.

Die Kollegen nahmen den Ball schnell und gerne auf. »Wunderbar! Dann müssen wir doch mal unser Können unter Beweis stellen.« Kerstin wollte gerade abwinken, als Valmir beim Ausziehen seiner Jacke nachsetzte: »Habe ich schon erzählt, dass ich in der Ausbildung Kegelmeister war? Da konnte rollen, was wollte. Ich habe sie alle abgeräumt.« Er schob gekonnt mit einer Handbewegung seine Haarpracht aus dem Gesicht. »Nicht nur die Kegel, mein Freund, sicherlich nicht nur die Kegel«, griff Kerstin die Angeberei des Kollegen sofort auf.

Das Bier und der Wein auf nüchternem Magen lockerten die Stimmung. Man unterhielt sich über dieses und jenes, ließ die Kugeln einige Runden rollen und lachte vor allem Valmir aus, der so gar nichts zustande brachte. Doch das störte nicht. Siegerin war tatsächlich die junge Polizistin, deren unbeschwertes Lachen sofort Valmirs Aufmerksamkeit erregte. Nikola riefen sie die Kollegen. »Schöner Name«, flüsterte der Kripo-Beamte ihr ins Ohr. »Jetzt lasst uns aber mal zur Sache kommen, Kollegen«, unterbrach Kerstin im

Verlauf des Nachmittags die fröhliche Runde. »Wie ist eure Einschätzung der Sachlage hier draußen? Glaubt ihr, dass hier draußen jemand die Gunst der Stunde für seine Zwecke nutzen will?« Niemand wusste so recht, wer als Erster darauf antworten sollte, bis sich der Ältere der Kollegen, namens Bruno, räusperte. »Räuberbanden gab es in unserer Gegend in allen Jahrhunderten. Berühmt geworden ist ja der *Schwarze Veri.* Doch es trieben auch zahlreiche andere ihr Unwesen, bis heute. Wir sind uns nicht sicher, ob das jetzt nicht auch der Fall ist.« Valmir kniff die Augen zusammen: »Ihr redet von Räuberbanden? Wie in früheren Jahrhunderten?« Ihm war das ganze Geschichtsgedöns langsam suspekt. Erst die Schwabenkinder und jetzt die Räuberbanden. Der zweite Kollege aus der Polizeistation Vogt setzte nach: »Ja, genau. Bruno hat schon recht. Gauner und Halunken gibt es immer und überall.«

Valmir hatte gerade eine Runde Kaffee bestellt, um die Sinne aller am Tisch wieder zu schärfen. »Ihr Kollegen aus Vogt glaubt also eher daran, dass man die Fälle auf dem Land von den Ravensburger Geschehnissen trennen muss, richtig?« Sie nickten. »Hier draußen verlangen sie von den Bauern Geld, das auf ein Konto irgendeiner Bank in Übersee zu überweisen ist. Körperliche Gewalt nimmt zwar zu, ist aber im Verhältnis zu euren brutalen Übergriffen in der Stadt noch nachgeordnet. Lässt man mal die üblichen Rangeleien und blutigen Nasen weg.« Sie legten ein Blatt mit der Auflistung der bisherigen Fälle, die dokumentiert waren, auf den Tisch. Alfons Gresslers Name stand auf einem extra Blatt. Diesen wollten sie somit ebenfalls getrennt ermitteln?

Der zweite Polizist, mit Namen Anton, dementierte: »Am Ende ein tragisches Unglück. Herztod und ein Besoffener, der wahrscheinlich den Hof ansteckte, es aber vor lauter Suff nicht mehr weiß und dem es nicht nachgewiesen werden kann. Vielleicht haben sie sich vorher noch gestritten.«

Valmir stellte seinen Kaffee ab. Wer hatte der Bedienung

nur gesagt, einen Schnaps da reinzuschütten? Er verzog den Mund, bevor er reagieren konnte. »Wie weit seid ihr hier mit euren Befragungen?«

Am benachbarten Tisch spitzten einige Herren die Ohren. Es interessierte sie, was die Beamten von sich gaben, auch wenn sie wie abwesend auf ihre Bierkrüge starrten.

Die Kollegen stöhnten beinahe gleichzeitig. »Es ist, als ob wir die Dose der Pandora geöffnet haben. Jedes Gespräch, das wir mit unseren Landsleuten hier führen, lässt wieder einen über Generationen schwelenden Konflikt aufbrechen. Wir kommen ja selbst von hier und wissen, was das heißt. Von einer Generation zur anderen wirds erzählt. Eigentlich bräuchte man die alten Dokumente aus den Amtsarchiven gar nicht. Der Zunder kann auch so schnell in Brand geraten.«

Kollegin Nikola nickte. Ihr Bubikopf passte hervorragend zu ihrer Ausstrahlung und ihrer kleinen, fast zarten Figur. »Ja, das stimmt. In einer der letzten Vernehmungen erfuhren wir beispielsweise, dass in der Mitte des 19. Jahrhunderts der älteste Sohn einer wohlhabenden Familie im Dorf einem Freund das Mädel ausspannte, obwohl sie schon lange einander versprochen waren. Nachdem er sie geschwängert hatte, ließ er sie fallen. Das arme Mädel zog den Jungen allein auf. Bis heute sind sich die Familien spinnefeind. Unglaublich, oder?«

Bruno setzte nach: »Ist übrigens Verwandtschaft von mir! Wir können aber noch einige andere Geschichten dazupacken. Jetzt plötzlich erfahren wir von Viehdiebstählen, die über Jahrzehnte zurückliegen, von heimlichen Grenzverschiebungen, dem Stehlen von frischem Grasschnitt und einigem mehr. Und aufgrund dieser Geschichten wissen alle sehr genau, warum derzeit was passiert und wer hinter den Untaten steckt.«

Valmir musste zugeben, dass ihm das neue Bier, das von

den Kollegen inzwischen bestellt worden war, gewaltig zusetzte. Den geleerten Kaffee-Schnaps hatte die Bedienung schon abgeräumt. Das konnte ja noch was werden! Mühsam versuchte er, seine Worte zu formulieren: »Das klingt ja so, als ob hier die ganze Gemeinschaft im Krieg miteinander liegt.« Murren am Nachbartisch lenkte sie ab. Doch die Herren des Seniorenclubs verharrten in ihrer meditativ-zuhörenden Haltung. Der Kommissar legte seinen Notizblock auf die Seite. Nikola beobachtete aufmerksam seine Bewegungen. Auf den anderen zwei Kegelbahnen kam Leben auf. Erste Gruppen bereiteten sich auf ihre Spiele vor.

»Nein, das klingt jetzt nur so. Es sind ein paar der Bauern-Clans, wenn man das überhaupt so sagen darf, die darin verwickelt sind«, erwiderte Anton. »Wir kommen, wie gesagt, vom Land, und wir lieben unser Leben hier. Das Einzige ist, dass die Menschen ungern vergessen und wirklich verzeihen. Und manche Dinge kommen von Zeit zu Zeit wie eine Eruption an die Oberfläche, dann knallt es mächtig, aber danach ist wieder alles bereinigt, und es kehrt Ruhe ein.« Der Lärm in der Kegelanlage stieg mächtig an. »Darf man hier denn rauchen?«, fragte Kerstin irritiert, der schon die Augen brannten. »Schaut mal, die Polizei macht sich einen Faulen, anstatt sich um die Überfälle zu kümmern«, brüllte ein Gast über die Bahnen hinweg zu den anderen Keglern. Eine Mischung aus Gelächter und Beschimpfung erscholl.

Valmir hob grüßend seinen Krug und wollte etwas erwidern, doch Kerstin legte ihre Hand auf seinen Arm und artikulierte ein »Pscht …«. Es war besser für die Beamten, stumm die Gläser zu schnappen und oben im Gastraum Platz zu nehmen. Doch auch dort verstummten abrupt die Gespräche der Gäste, die ihr Feierabendbier genießen wollten. Alle blickten die Polizisten und ihre Begleiter in Zivil misstrauisch an. Einer warf den Kopf in den Nacken, als er brummte: »Hier regeln wir unsere Probleme selbst! Wir brauchen keine Landjäger. Und auch keine Großkopferten aus der

Großstadt.« Als Landjäger wurden auf dem Land die Polizisten bezeichnet. Die zweite genannte Gruppe bezog sich wohl auf Kerstin und Valmir, wie sie vermuteten. Kerstin erkannte in einem der Gäste einen der Feuerwehrleute, die draußen bei Alfons Gressler den Brand bekämpft hatten. Schon damals hatten sie die Feindseligkeit der Menschen zu spüren bekommen. »Na, Herbert, mal wieder am Tanken? Pass auf, dass dich heute auf der Heimfahrt nicht schon wieder eine Polizeikontrolle erwischt.« Anton blickte ihn streng an. Sein an den Mundwinkeln lang herunterhängender Schnauzbart zitterte gefährlich, als er sich in voller Größe vor dem Stammtisch aufbaute. »Willst du Streit? Oder wollen wir alle ein gemütliches Feierabendbier trinken?« Der Angesprochene sprang auf. Sein Stuhl knallte auf den Boden und verursachte einen kräftigen Schlag. Auswärtige Gäste blickten verängstigt von ihren Vorspeisen auf. »Aber nicht mit ungebetenen Besuchern in Uniform. Das erzeugt bei mir immer inneren Stress! Da bekomme ich merkwürdige Reflexe!« Die beiden standen sich bedrohlich nah gegenüber. Schnell zog ein Tischnachbar besagten Herbert an seinem ausgeleierten Strickpullover zu sich herunter. »Lass gut sein, Herbert. Setz dich. Wir sind doch froh, wenn endlich wieder Ruhe einkehrt. Alle misstrauen sich, alle streiten sich. Wie wollen wir denn da für Weihnachten alles ordentlich vorbereiten?« Und zu den Beamten gewandt: »Vergesst das einfach, okay? Es sind die Nerven. Wir haben das Gefühl, ein Hof nach dem anderen wird angezündet oder verwüstet beziehungsweise bedroht – und nichts scheint sich zu tun. Setzt euch doch zu uns, und lasst uns dazu sprechen. Einverstanden?«

Kerstin und Valmir erfuhren, dass er der Vorstand eines hiesigen Alpenvereins war. Einladend wies er auf freie Stühle am großen runden Tisch. »In Burnegg spricht man einfach Klartext und nennt die Dinge beim Namen. Aber das wisst ihr ja.« Valmir setzte sich als Erster, die anderen folgten. »Burnegg? Wo liegt das denn?« Gelächter folgte am Tisch. »Na, da erkennt man wieder, dass du nicht von hier bist, gell! So heißt unser Ort hier. Nur Reingeschmeckte sagen Bodnegg.« Das käme aus dem Keltischen, so eine Version der Geschichte dieses Ortes. »Wenn man der einen Quelle glauben darf, dann könnte dies auf den germanischen Gott Wodan zurückgehen. Ihm könnten auf der Bergkuppe des heutigen Kirchbergs Opfer dargebracht worden sein.« Besagter Herbert stichelte dazu. »Vielleicht sollten wir das wieder einführen.« Eine Hand klatschte ihm auf den Mund, sodass er auf seinem Stuhl erschrocken einen Satz machte.

»Lass das«, maulte er beleidigt seinen Nachbarn an und hielt sich an seinem Krug fest. Von da an war er still und frönte seinem Bierkonsum. Die anderen Mitglieder des Stammtisches gewöhnten sich langsam an ihre ungewöhnlichen Gäste, nachdem Valmir in kluger Voraussicht eine Runde Bier und Obstler bestellt hatte. Kerstin und er würden ohnehin ein Zimmer nehmen müssen, so geladen, wie sie schon am frühen Abend waren. »Es gibt natürlich noch genügend andere Deutungen für den Namen Bodnegg. Aber die Esoteriker und Spinner hängen stark an der mystischen Version.« Kerstin erinnerte sich an die Hippies bei Bauer Alfons. »Ach, deshalb auch die spirituellen Gruppen, die sich bei euch niederlassen?«

Alle nickten. »Ja, die Spinner. Sie kommen aus allen Ecken der Erde. Selbst aus England, diesem Stonehenge, sind schon welche hierhergekommen, nachdem ein Tourist die Geschichte ins Englische übersetzt und dort auf einem Flyer verteilt hat. Die suchen ja weltweit solche ›Kraftorte‹, wie man so sagt.«

Ein kleinwüchsiger, aber recht stämmiger Gast am Tisch, hob das Glas an. »Also mein Kraftort ist hier in dieser Wirtschaft. Zum Wohl dem Spender!« Er prostete Valmir zu und leerte das Glas auf einen Schlag bis zur Hälfte. Alle anderen taten es ihm gleich. Valmir sah mehr und mehr Nebel vor seinen Augen. Mühsam tippte er in sein Handy eine Nachricht an Kerstin: »Zimmer?«

Schnell zückte sie das ihrige, als es piepste, nickte und stand auf, um zu buchen. Er war ihr dankbar. Denn das Gehen wäre ihm sicherlich schwergefallen.

»Wir haben uns überlegt, ob wir daraus ein touristisches Konzept machen wollen. Denken noch immer, dass das 'ne gute Einnahmequelle ist. Die Ideen sind unerschöpflich. Von der ›germanischen Gülle in Fläschchen‹ bis hin zu Druidenstäben ist an alles gedacht.« Die Runde lachte. Man glaubte, den Esoterikern wohl alles andrehen zu können. Selbst magische Kräutermischungen, die nichts anderes waren als getrocknetes und gehaktes Wiesenheu.

Die beiden Beamten aus Ravensburg prusteten vor Vergnügen, als sie das hörten.

»Dumm nur, dass einige in der Bevölkerung bis heute selbst abergläubisch sind. Gewaltig abergläubisch sogar! Die Reste der heidnischen Kulturen dringen bis in die Gegenwart vor.« Bruno, der Polizeikollege aus Vogt, lehnte sich zu Valmir rüber und flüsterte ihm ins Ohr: »Und wenn lokaler Aberglaube mit globaler Esoterik konfrontiert wird, dann kann das hin und wieder mal explodieren. Das machen sich wohl gerade irgendwelche Strippenzieher im Hintergrund zunutze. Das meinten wir vorhin mit Räuberbanden. Sind moderne Banden, mit modernen Taktiken.«

Die Gespräche glitten ab ins Alberne, fanden dann aber doch immer wieder zurück zu den Ermittlungen. »Am Schlimmsten ist die Viererbande. Sie taucht wie aus dem Nichts auf und verschwindet wieder. Wir nennen sie die Feuergeister! Denn wo die Vier gesehen werden, gibt es Feuer und Verwüstung.«

Schnell wurden die Sinne wieder schärfer. »Welche Viererbande? Was wisst ihr von denen?« Der Duft von überhitztem Frittierfett waberte aus der Küche heraus und drang unangenehm in die Nase. Kerstin fühlte sich zunehmend unwohl. »Nichts, das ist es ja gerade. Niemand sieht sie kommen, niemand sieht sie verschwinden. Sie sind plötzlich da und dann wieder weg. Aber von hier sind sie nicht, so viel steht fest. Neulich haben sie ein Bild des heiligen Christophorus aufgestellt und Blumen dazu gepackt. Dazu der Text ›Rache und Sühne‹.« Erstaunt blickten auch die Polizisten aus Vogt auf. »Warum habt ihr das nie gesagt? Das hören wir zum ersten Mal jetzt.«

Einer der Männer am Tisch – der Arbeitskleidung nach ein Schreiner – klopfte mit der flachen Hand auf den Tisch. »Weil ihr nie zuhört. Weil ihr nicht mehr Teil von uns seid.« Das traf die drei Polizisten sehr. Sie waren vom Land und ihre Vorfahren ebenfalls. Sie gehörten dazu. Doch das sahen wohl nicht alle so.

»Die Viererbande«, notierte sich Valmir schwerfällig in sein Buch. »Sie sind Geister. Sie kommen, zerstören und verschwinden. Sie sind Rächer Wotans. Wotan will Genugtuung …« Sein Stift glitt ab, und er schlief an Ort und Stelle ein, den Kopf auf dem Stammtisch aufgelegt.

***

Wer ihn in der Nacht aufs Zimmer brachte, auszog und die Bettdecke über ihm ausbreitete, konnte er am nächsten Morgen nicht mehr sagen. Ein schriller Ton aus seinem Handy riss ihn aus dem Schlaf. Die Kollegen aus Ravensburg meldeten sich. Das Fahrzeug war nicht mehr in die Fahrbereitschaft zurückgebracht worden. Man machte sich Sorgen. »Alles gut, Kollegen. Vielen Dank für die Fürsorge. Die Ermittlungen liefen bis spät in die Nacht. Wir sind wohlauf. Bis später. Ach ja, wir müssen noch vorher in die Waschstraße, dann sind wir da.«

Sein Kopf dröhnte. Mit einem tiefgründigen Stöhnen

drehte sich Valmir um und schlug mit dem Ellbogen gegen Kerstins Kopf, die ihn empört wegschob. Groß waren ihre Augen, als sie Valmir entdeckte. Beide blickten sich irritiert an, dann ging der Blick am eigenen Körper hinunter, was dort noch an Kleidung dran war, um dann wieder zum Gegenüber zu schauen. Niemand traute sich zu fragen, wie der Abend wohl geendet und die Nacht verlaufen war. Valmir versuchte ein zaghaftes Lächeln: »Nun, wenn wir schon mal hier sind, dann organisiere ich uns einen Kaffee fürs Bett. Nicht weglaufen«.

Fünf Minuten später stand er mit einem Tablett in der Hand in der Tür und lächelte, Hosenladen offen, Hemd aus der Hose hängend. »Die Wirtin hat schon alles bereitgestellt. Wir müssen heute Nacht nicht den besten Eindruck gemacht haben, als wir hochgeschwankt sind.« Er stellte das Tablett neben sie auf den Nachttisch und goss Kaffee in zwei große Tassen.

»Wie spät ist es?« Kerstin klang recht schmerzvoll.

»Gegen elf. Ich habe im Büro schon Bescheid gegeben, dass wir hiergeblieben sind.« Er bewunderte die wallenden, blonden Haare seiner Kollegin, die sich gerade versuchte, im Bett aufzusetzen. Ihre sonst so glänzenden, braunen Augen brauchten wohl noch etwas, um wach zu werden. »Sag mal«, stotterte Valmir, als er sich ebenfalls mühevoll auf seine Seite setzte. »Haben wir heute Nacht irgendetwas ...« - »Absolut nicht«, konterte sie ihm schnell, »wir haben uns gegenseitig stützen müssen, um überhaupt hier hochzukommen. Und dann war ich offen gesagt zu faul, mein eigenes Zimmer zu suchen. Du hast geschlummert wie ein Baby.« Sie schmunzelte. »Weißt du, dass du den Daumen lutschst, wenn du schläfst? So süß.« Er wurde rot und blickte sie unschlüssig an. »Ach ja? Dafür, dafür ...«

»Was denn?«

»Ach nichts. Ich habe überhaupt nicht gewusst, dass du im

Bett bist.« Beide lachten. Sie schlürften ihren Kaffee und kamen langsam wieder zu sich. Genüsslich tunkten sie gleichzeitig die Butterhörnchen in den Kaffee und lachten beherzt auf, als ihnen das auffiel. »Schlechte Gewohnheit – aber lecker«, scherzte Kerstin.

»Und du und Steven? War da mal …?«

»Nein, Valmir! Wie kommst du denn immer auf so dumme Gedanken? Steven und ich sind gute Kollegen, die sich menschlich sehr mögen und immer füreinander da waren. Das zeichnet ihn aus. Er ist immer zuvorkommend und nett zu mir gewesen. Hat mich nie angemacht. Überhaupt seid ihr beide ungewöhnliche Männer. Mit euch ist es einfach ungezwungen und zum Knuddeln schön.« Valmir fuhr sich verlegen durch seine zerzausten Haare. Kerstin fuhr fort: »Du zielst bestimmt darauf ab, warum ich die vergangenen Tage so emotional reagiert habe. Richtig?« Er nickte stumm und kletterte träge über sie hinweg, um ans Frühstückstablett zu gelangen. »Ganz einfach, Valmir. Ihr bedeutet für mich so viel. Mehr als nur Kollegen. Ihr seid für mich ein wichtiger sozialer Rahmen, den ich nicht verlieren möchte. Doch die vergangenen Wochen haben einige Dinge hervorgebracht, die das zu verändern drohen.« Er blickte sie aus nächster Nähe an. »Du meinst, weil Andrea-Domenica aufgetaucht ist?« Sonnenstrahlen stahlen sich durchs Fenster und tauchten Kerstins Locken in einen goldenen Glanz. Er wollte seinen Blick nicht mehr von ihr wenden. Kerstin wirkte auf ihn schöner denn je. »Das mag ein kleiner Teil sein. Sie verunsichert mich. Beide sind eigentlich so unterschiedlich. Aber es geht mir um was anderes. Die Information, dass Steven ein Führungskräfteseminar besuchen soll, wirft mich, ehrlich gesagt, in eine kleine Krise. Plötzlich stelle ich mir die Frage: Was ist mit mir selbst? Was will ich denn noch erreichen? Familie oder Karriere? Eigentlich habe ich gar keine Lust darüber nachzudenken oder das im Moment zu entscheiden, auch wenn ich schon fünfunddreißig bin. Die Neuordnung des kollegialen Gefüges verwirrt mich, und ich frage mich, ob ich den Ehrgeiz haben soll, ähnlich dem Kollegen Valmir, um die eventuell frei werdende Position zu kämpfen. Ich habe aber in Wirklichkeit keine Lust dazu.« Verdutzt schaute sie der Genannte an. Beinahe hätte er sich verschluckt: »Du glaubst, ich will seine Position? Wie kommst du denn darauf?« Er versuchte, empört zu sein, was aber nicht wirklich gelang. »Ach, Valmir. Ich war jetzt sehr offen und ehrlich zu dir. Sei du es bitte auch zu mir. Meinst du denn, ich bin blind?«

Er räusperte sich und nahm noch einen Schluck Kaffee. »Also gut. Ja, ich habe darüber nachgedacht. Aber, was ist falsch daran? Es soll doch immer wieder etwas weitergehen. Warum nicht jetzt? Steven hat sich doch auch entschieden, auf der Karriereleiter herumzuklettern. Ich will ihn ja nicht verdrängen. Das würde ich nie und nimmer wollen. Aber wenn die Stelle frei wird und die Möglichkeit besteht, dann will ich sie wahrnehmen. Ich hoffe ja, dass Steven auch danach mit uns in Kontakt bleibt.«

Sie legte ihm die Hand auf seinen Arm. »Steven war nicht derjenige, der das wollte. Die Chefin hat ihn förmlich genötigt, das zu tun. Er hängt so sehr an uns und würde alles im Leben tun, um uns zu schützen und uns zu helfen.«

Valmir nickte. »Das weiß ich! Und unser Team würde ich nie aufs Spiel setzen wollen!« Sie nickte. Beide prosteten sich mit den Kaffeetassen zu.

»Hier, eine Aspirin, wenn du möchtest. Habe ich immer in meiner Notfalltasche mit dabei.« Valmir reichte ihr ein langes Röhrchen, in dem das Wundermittel gegen Kater in Pulverform lagerte.

Es klopfte an der Tür, und das Zimmermädchen trat ein. Sie wollte sauber machen. Doch der Anblick der beiden Gäste auf dem Bett ließ sie schnell die Tür zuziehen und im Gang verschwinden. »Du kannst zuerst ins Bad. Ich mache mich noch an die Notizen von gestern Abend«, sprach Valmir und drehte seinen Notizblock hin und her. Es war wohl besser, sich wieder nüchternen Dingen zuzuwenden. Das wurde ihm hier echt zu heiß.

Als Kerstin nach gut zehn Minuten mit einem weißen Badehandtuch um den Körper gewickelt aus dem Bad erschien, war der Block jedoch noch so weiß wie zuvor.

Valmir bewunderte ihren makellosen, durchtrainierten Körper. »Wow«, entfuhr es ihm unwillkürlich. »Danke schön«, lachte sie ihm neckisch zu. »Dann darfst du mir jetzt auch den Rücken eincremen.«

Während er die kleine Flasche öffnete und begann, mit kreisenden Bewegungen die Lotion auf ihrem Rücken zu verteilen, tauschten sie sich über den gestrigen Abend aus. »Auf den ersten Blick kam nicht viel Neues raus. Aber wenn man mal die Aussagen aller zusammenfasst, dann ist das hier ein echter Schlamassel. Sie bekriegen sich heute, weil vor einhundert Jahren und länger irgendetwas passiert ist. Unglaublich, oder?«

Sie genoss es sehr, sanft massiert zu werden. Valmir machte das mit einer besonderen Hingabe. Kerstin war sich gar nicht bewusst, dass ihr Handtuch nach unten rutschte. Sie legte ihren Kopf auf die Brust, als er mit beiden Händen um ihren Nacken fasste und sanft massierte. »Denk an Alfons Gressler! Jemand, mit dem er in Streit geriet, wegen einem seit Generationen schwelenden Grenzstreit von Wiesen und Äckern soll den Hof angezündet haben. Gresslers Familie wird nachgesagt, dass sie sich seit Generationen durch Tricks Vorteile verschafft hätte. Selbst von Bestechung und Urkundenfälschung vor mehr als hundert Jahren ist die Rede. Wer lebt denn eigentlich noch von diesem Clan?«

Valmir schüttelte unnötigerweise den Kopf. Kerstin konnte das mit geschlossenen Augen nicht sehen. Sie genoss. Seine Hände glitten auf beiden Seiten den Rücken hinunter, fuhren die Taille entlang und strichen sanft über den oberen Poansatz. Die letzten Tropfen der Creme glitten in seine Hand, um dann über der samtenen Haut verstrichen zu werden. Kerstin atmete tief und entspannt.

Verträumt und in Gedanken massierte Valmir weiter, vollführte perfekte, kreisende Bewegungen, ihrer Körperform folgend. Er schwieg, lauschte ihrem langen und tiefen Atmen. Seine Hände umfingen ihren festen, runden Po, glitten sanft über ihn hinweg, massierten in kleinen Bewegungen Zentimeter um Zentimeter. Wohlig rekelte sich Kerstin und gab sich dem warmen Schauer hin, der sie durchströmte. Ihre Nackenhaare stellten sich steil auf. Der Rhythmus ihres Atems und ihrer Bewegungen glich sich an. Die Zeit schien sich zu verlieren …

Doch da klopfte es erneut. Die Wirtin stand vor der Tür. »Die Polizei aus Vogt ist da. Die Nachbarn sagen, es gibt schon wieder ein Opfer. Oben auf dem Kirchberg.«

Ein tiefer Seufzer durchfuhr Kerstin. Sie hob den Kopf. Ihr Gesicht wirkte, als ob jemand einen Eimer kalten Wassers über ihr ausgegossen hätte. Schnell griff sie nach dem Handtuch auf dem Boden und suchte mit unvermittelt auftauchendem Pochen im Kopf ihre Kleidung zusammen.

»Dann muss es eben ohne Dusche gehen. Ich hoffe, du kannst damit leben.« Valmir holte ein Parfum aus seiner Tasche und sprühte sich voll. Kerstin zog ihn zu sich hin, küsste Valmir auf die Stirn und hauchte ein zartes »Danke«.

***

Die Kollegen grüßten sie freundlich, aber offenbar selbst stark angeschlagen nach der langen Nacht. »Grüß Gott, wie gehts euch denn?« Valmir gab jedem der Kollegen die Hand. Ihr »Na, so einigermaßen« sprach Bände. Kerstin und Valmir wollten nicht nachfragen, ob sie in der Nacht noch Auto gefahren waren. »Wir können zu Fuß hochgehen. Ist nicht weit. Kaugummi?« Nikola, die junge Polizistin, reichte ein

Päckchen mit Zimtkaugummi in der Runde herum. »Damit die Kollegen der KTU nichts riechen. Gute Idee«, schmunzelte Kerstin.
Sie schwankten alle etwas unsicher den Berg hoch.

»Wer ist der Tote? Warum liegt er hier? Weiß man schon was?« Valmir musste kräftig schnaufen, um gleichzeitig gehen und reden zu können. Dabei ging es nicht wirklich steil bergauf. »Wir wissen noch nichts zu den Hintergründen. Man hat ihn vorn an der Säule des Kriegerdenkmals festgebunden.« Sie durchschritten den Friedhof, um zu den zahlreichen Menschen zu gelangen, die wie eine Traube um den Tatort standen. »Endlich mal was los in Bodnegg, was?« Kerstin ärgerte sich über die Nachlässigkeit der anwesenden Kollegen, den Ort nicht großräumig abzusperren. Jetzt waren womöglich alle Spuren dahin. »Könnt ihr bitte die Leute vom Tatort wegholen? Wir brauchen Platz«, bat sie ihre Kollegen aus Vogt.

Das Opfer, ein hagerer, älterer Herr in sportlich-legerer Kleidung, lag auf einer Bahre. Sanitäter betreuten ihn.
»Ach, noch nicht tot?«, platzte es aus Valmir versehentlich heraus. Die Zuschauer blickten ihn erbost an. »Das ist unser Chorleiter. Die Terroristen haben ihn gefoltert«, schimpfte eine Dame mit Einkaufstasche in der Hand.

»Eher geopfert«, ergänzte einer der Polizisten mit vielsagendem Blick zu den Beamten aus der Stadt. »Die Täter müssen ihn beim morgendlichen Sport abgefangen und hierhergebracht haben. Wer weiß, was passiert wäre, wenn nicht die ersten Friedhofsbesucher die Saukerle überrascht hätten.« Kerstin schaute sich den Boden um die Säule herum an. Unter Stöhnen beugte sie sich herunter, um einzelne Gegenstände zu überprüfen. »Kollegen, könnt ihr bitte hiervon Bilder machen? Wir brauchen von jedem Zigarettenstummel, von jedem Papierchen eine Aufnahme.« Solche unnützen Anweisungen liebten die Kriminaltechniker.

Sie schwiegen dennoch und machten routiniert und bedächtig ihre Arbeit.

»Hat er was mit der Familie von Alfons Gressler zu tun? Oder mit einer anderen Familie im Dorf?« Sie wandte sich wieder an ihre Kollegen vom Polizeirevier in Vogt.

»Wir wissen es noch nicht genau. Gekannt haben sie sich natürlich. Auch über die Musikkapelle. Der Chor und die Musiker machen jährlich ein Gemeinschaftskonzert. Max Beckmann, so heißt der Arme hier, ist vor vielen Jahren hierhergezogen. Ich glaube, aus Wangen. Aber wir prüfen das in jedem Fall«, antwortete der ältere Polizist. Sein stolzer, langgezogener Schnauzbart litt an diesem Morgen noch etwas unter der Schwerkraft.

»Er hat kürzlich eine Musik-CD herausgebracht, mit Volksliedern aus dem vergangenen Jahrhundert aus Schwaben und der Schweiz«, mischte sich eine ältere Dame ein. »Er hat sie mir geschenkt. Nicht wirklich schöne Lieder, finde ich. Aber ihm haben sie scheinbar gefallen. Max Beckmann hat dazu ein kleines Büchle geschrieben. Über das Leben mit den Schweizern in Deutschland. Ich kann Ihnen die CD gerne mal zum Hören geben.« Kerstin nahm Valmir beim Arm und zog ihn auf die Seite. »Valmir, hast du ein Medaillon gesehen? Irgendein Abbild des Christophorus? Ich nicht!« Der vom Kater Gepeinigte schüttelte vorsichtig den Kopf. »Nein, bisher nicht. Aber vielleicht waren sie mit ihrem Werk auch nicht fertig geworden.« Kerstin wusste nicht, ob es Valmir war, der so stöhnte oder das Opfer, das noch immer auf der Bahre lag und behandelt wurde. Ein Kriminaltechniker überreichte ihnen just in dem Moment einen kleinen Beutel, in dem tatsächlich ein Medaillon lag. Das Abbild darauf zeigte jedoch die Jungfrau Maria.

Kerstin gab einen unzufriedenen Laut von sich. »Fehlalarm!« Valmir nickte. »Das habe ich mir auch schon gedacht. Langsam haben hier doch alle einen an der Waffel.« Man sah ihm an, dass er jetzt lieber zu Hause im Bett wäre.

Kerstin fuhr in ihren Überlegungen fort: »Dafür ist er oder sie unter den Deckmantel der Medaillon-Bande geschlüpft, um als Trittbrettfahrer unerkannt seine Rache nehmen zu können!«

Anton unterbrach ihr Gespräch und winkte sie zu sich rüber. Rasch eilten sie zu ihm und folgten seiner ausgestreckten Hand, die auf eine Wiese unter ihnen zeigte. »Schaut mal da, da sieht man Schritte im aufgeweichten Boden.« Seine ausgestreckte Hand zeigte weiter den Hang hinunter. »Und dort liegt was, eine Tasche?« Sie sprangen über das kleine Mäuerchen, um im regendurchtränkten Wiesenboden hinunterzustapfen. Da lag tatsächlich ein kleiner Stoffbeutel, wie man ihn in jedem Lebensmittelladen bekam, auf der Wiese. Vorsichtig nahm der Kollege Anton ihn mit seinen Latexhandschuhen hoch und blickte hinein. »Zusammengetackerte Blätter«, sagte er nur und zog das Bündel heraus. »Manifest der Befreiung«, las Valmir laut vor. »Ein Pamphlet offenbar. Einige Seiten dicht beschrieben mit Erklärungen.« Er blätterte sie durch. »Jemand hat sich ganz schön Arbeit gemacht. Kerstin, schau, unter ›Rache der Schwabenkinder‹ steht hier ein ganzer Aufsatz. Hier sind Namen und Adressen. Sind das die Bauern aus der Region? Anton, schau mal …« Nicht weit entfernt heulte ein Auto auf. Irritiert blickten sie auf den kleinen Weg unter ihnen, auf dem gerade ein alter Range Rover gestartet wurde.

»Das Auto von Alfons Gressler«, brüllte Anton in den Lärm hinein. »Das war nach dem Brand verschwunden.« Irritiert starrte Valmir auf die zwei Insassen. Eine Frau und ein Mann. Ein Hüne von Mann, wie die Polizisten registrierten. »He ihr, was macht ihr da? Raus aus dem Wagen.« Schon wollte er auf sie losstürmen. Doch der Wagen setzte sich mit einem Quietschen der Reifen in Gang und schoss davon. Valmir konnte noch sehen, wie der große Kerl im Auto mit geballter Faust in ihre Richtung drohte. »Offenbar ist ihnen das Christophorus-Medaillon ausgegangen«, brummte Valmir trocken und steckte sein Handy wieder in die Tasche, mit dem er Bilder von den Flüchtenden gemacht hatte. »Schreiben wir sie zur Fahndung aus. Schnell.« Schon wieder waren ihnen Täter entwischt. Warum waren sie auch zu Fuß hier hochgelaufen?

»Es waren nur zwei, nicht vier«, murmelte Kerstin etwas resigniert. »Haben sie zwei ihrer Kumpane verloren, oder sind es inzwischen mehrere Gruppen, die uns terrorisieren?« An eine eigene Verfolgung wollten sie im Moment in ihrem Zustand nicht denken.

Beide blickten in das herbstlich-frühwinterliche Land, das sich in Richtung Süden vor ihnen ausbreitete. Irgendwo am Horizont musste der Bodensee liegen.

»Schwabenkinder, die Schweiz, Rache, Wahnsinnige, die eine ganze Region terrorisieren, um an Geld zu kommen. Das scheint der Schlüssel zur Lösung!« Valmir schlug mit der Faust der einen Hand in die offene Handfläche der anderen. Sein Gesicht wandte sich Kerstin zu. »Wir müssen Steven informieren. Hoffentlich reist er nicht mitten in sein Verderben!«

Abgründe

++ Ein Tag zuvor ++

Steven klebte die runde Plakette etwas umständlich an die Windschutzscheibe seines geliebten Schweden-Panzers. Er hatte die Nase voll von der Juckelei über die Landstraßen, nur um die Kosten für die Vignette zu sparen. Die Rheintalautobahn sollte sie nun zügig nach Chur bringen. Steven hatte diesen Ort aus gutem Grund gewählt.

Andrea-Domenica nahm wieder den Gesprächsfaden von vorhin auf. »Und du willst jetzt alle sechstausend Namen, die in der Datenbank zu diesen Schwabenkindern gespeichert sind, überprüfen, die noch Lebenden besuchen und sonst die Angehörigen befragen?« Sie zweifelte an der realistischen Umsetzung dieser Idee. Und wenn man bedachte, dass nicht nur die sechstausend Namen, sondern eine unendlich scheinende Vielzahl an Nachfahren zur Gruppe der potenziellen Verdächtigen zählte, die aktuell die Verbrechen begingen, dann war das ein Ding der Unmöglichkeit. Über mehr als vierhundert Jahre gab es dieses Schwabengehen. Die Zahl der Nachkommen musste gigantisch groß sein.

Doch Steven folgte seinem Impuls. Er wollte jetzt etwas tun. Musste was tun! Und das begann damit, dass er einen Einstieg in diese Welt der Schwabenkinder finden wollte, um eine Fährte zu finden. Denn »wer das Glück nicht zu nutzen weiß, wird nicht erfolgreich sein«, sprach er seinen Leitspruch aus.

»Na, beim Aufkleben von Plaketten gelingt das ja schon mal nicht«, konterte Andrea-Domenica scherzhaft.

Wohl wahr, er hatte beim Abziehen der filigranen Vignette einige dünne Streifen abgerissen und versuchte sie nun per Hand richtig zu platzieren. »Wenn das mal von den Autobahnscannern anerkannt wird«, schüttelte sie skeptisch den

Kopf. Doch Steven lenkte bereits das Fahrzeug auf die Autobahnauffahrt zu. »No risk, no fun, meine Liebe«, schmunzelte er und legte seine Hand wieder in die ihre.

»Steven, wie würdest du denn aussehen, wenn du deine Haare wieder wachsen lassen würdest?« Neugierig studierte Andrea-Domenica ihren Freund von der Seite. Ihr gefiel, wie er sich kleidete. Es musste immer ein schönes Jackett sein. Das gehörte zu ihm, ebenso wie die blaue Jeans, die irgendwo ein nettes Beiwerk hatte, wie farbige Nähte, besondere Hosenköpfe oder sonstige Designer-Elemente. Die Hemden waren klassisch, aber einwandfrei gebügelt und in bester Verfassung. Sie legten sich eng an den tatsächlich nicht mehr so kugeligen Bauch wie damals in Bogotá, als sie sich kennenlernten.

Andrea-Domenica war von Beginn an von seinen dunkelbraunen Augen und dem umwerfenden Lächeln dieses Mannes begeistert gewesen. Er strahlte im richtigen Moment eine ungezwungene Autorität, Zuverlässigkeit und dennoch Leichtigkeit aus, wie sie es selten erlebt hatte. Wenn Steven den Raum betrat, wusste sie es schon, bevor sie sich umdrehte, um nachzuschauen, wer es war.

»Nun, also, früher, da hatte ich wallendes, lockiges Haar. Lang und füllig. Ob das wieder zurückkommt, wage ich zu bezweifeln. Aber es wäre mal einen Versuch wert, oder?« Er fuhr sich in der ihm typischen Art mit der flachen Hand über den Schädel. »Alles gut, mein Schatz. Alles gut.« Sie streichelte liebevoll seine Hand, die sie wieder zu sich hingezogen hatte. »Schließlich ist ja bald dein vierundvierzigster Geburtstag. Dann darf man das ja so haben. Samstag, oder?« Erschrocken blickte er sie an. »Schon vierundvierzig? Oh, wie verrückt. Dann bin ich ja wieder ein Jahr mehr von dir entfernt.«

Die Berge Liechtensteins tauchten in rascher Fahrt auf der linken Seite auf. Vaduz erregte Andrea-Domenicas Aufmerksamkeit. Sie wollte alles über das Fürstentum erfahren.

Steven kam mit den Antworten beinahe nicht mehr hinterher. »Warum interessiert dich das denn so?« Steven war beeindruckt von ihrer Neugierde. »Na, ganz einfach, weil eine gute Freundin in Bonn aus Liechtenstein kommt. Die will ich kommende Woche beeindrucken, wenn ich wieder zurück bin.«

»Das kostet aber ab jetzt Gebühren, du Info-Saugerin!«, versuchte sich Steven zu empören. Er wollte sie kitzeln, indem er mit dem Finger in ihre Kniekehle vordrang.
Sie quiekte vor Freude auf. »Nicht, Steven, nicht. Ich mach mir in die Hose«, flehte sie. Doch er kannte kein Erbarmen. »Informationsräuber müssen schwer bezahlen, meine Dame. In Deutschland und in Liechtenstein, das ist Einerlei!«

Ein Polizeiauto passierte ihr Fahrzeug. Aufmerksam blickten die Gendarmen herüber. Schnell ließ Steven von seiner Geliebten ab, packte mit beiden Händen das Lenkrad und nickte höflich rüber. »Schleimer«, raunte ihm seine Nachbarin ins Ohr. »Kuck lieber auf den Tacho.« Und in der Tat. Er fuhr gut hundertvierzig Stundenkilometer. Zwanzig zu viel! Die Hitze stieg Steven sofort ins Gesicht, ließ es puterrot werden. Nur jetzt nicht schon zu Beginn seiner Mission Probleme mit den Schweizer oder Liechtensteiner Kollegen bekommen. Er hatte noch gar nicht richtig nachgeschaut, was er alles im Auto mit sich führte. Vermutlich lag die Pistole wieder einmal irgendwo auf dem Rücksitz unter einer Decke! Er wusste es gerade nicht. Konzentriert fuhr Steven auf seiner Spur weiter. Das Polizeiauto blieb auf gleicher Höhe. Noch immer blickten sie ins Auto und beobachteten die beiden Insassen. Forsch stierte Andrea-Domenica zurück. »Lass das«, zischte Steven durch die Zähne. »Provozier sie nicht.«

Doch ihr war das egal. Und prompt zog das Fahrzeug mit einem Mal an ihnen vorbei. Der ermahnende, in die Höhe gehaltene Finger des einen Polizisten blieb Steven noch lange in Erinnerung. Offenbar hatten sie per Funk sein Auto überprüfen lassen. Es war bekannt, vor allem bei den Kollegen in der Bodenseeregion.

Erleichtert nahm das Paar nach wenigen Minuten die Ausfahrt nach Chur. Sein alter Volvo stotterte. Doch er konnte sich auf ihn verlassen. Da war sich Steven sicher. Oft genug war er den Gehrenberg hochgeschnauft. Dann schaffte es sein treuer Begleiter auch in die Graubündener Berge. »Warum eigentlich Chur? Was glaubst du, dort zu finden?« Andrea-Domenica war noch immer im Fragemodus. »Weil ich dir in der ältesten Stadt der Schweiz eine Freude machen möchte.« Er kam nicht mehr zum Weitersprechen. Ihre Faust bohrte sich in seine Rippen.

»Steven, auf den Arm nehmen kann ich mich selbst. Dass du nicht wegen romantischer Stunden hierhergefahren bist, sondern weil der Fall dich magisch anzieht, das ist mir schon lange klar. Doch dafür liebe ich dich auch. Für deine Hartnäckigkeit und deinen Gerechtigkeitssinn. Also, raus mit der Sprache!«

Während sie auf der Suche nach dem Romantikhotel *Stern* die Masanserstraße herunterfuhren, setzte wieder starker Herbstregen ein, der heftig gegen die Fensterscheibe prasselte. »Hoffentlich haben die eine Tiefgarage, sonst steige ich nicht aus«, meckerte Steven. Die Scheibenwischer hatten alle Mühe, eine freie Sicht zu verschaffen. »Gib mir Antwort, mein Freund, sonst foltere ich dich«, blieb Andrea-Domenica beharrlich.

»Du bist einfach zu intelligent für mich, mein Schatz! Aber du hast recht. Die Spuren führen immer wieder in diese Gegend. Die Täter haben beinahe alle Drohbriefe aus Chur und Umgebung verschickt. Sie legen keinen Wert darauf, das zu verbergen. Wir haben zudem im Fluchtauto, das wir sicherstellten, einige Gegenstände gefunden, die nach Chur führen. Beispielsweise befand sich in einer zurückgelassenen Tasche ein kleiner Schlüsselbund mit zwei Schlüsseln.«

Sie blickte ihn erstaunt an. »Du willst jetzt aber nicht unbedingt von einem Haus zum anderen gehen, und die Schlüssel ausprobieren, oder? Das würde den Bewohnern gar nicht gefallen!«

Er lachte herzlich auf. »Nein, da wären wir schneller auf der Polizeiwache, als uns lieb ist. Ich hab da so 'ne Idee. Schau'n wir mal.« In Wahrheit befand sich in der Tasche auch eine Adresse. Es stellte sich nur die Frage, ob Adresse und Schlüssel zusammengehörten.

Nach der letzten Kurve tauchte das Hotel vor ihnen auf. Der Regen hatte nicht nachgelassen, sehr zum Ärger des Fahrers. Eine Einfahrt zu einer Tiefgarage konnte er nicht ausmachen. Aber Steven wusste, es musste irgendwo kostenlose Parkplätze geben. Frech parkte er seinen Volvo vor dem Eingang des Hotels. Umparken konnte er später noch. Schnell flüchteten sie durch den Regen ins Hotel.

Während Steven den Meldeschein ausfüllte, schnappte sich Andrea-Domenica einen Prospekt aus dem Regal neben der Rezeption. »Schau mal, Steven, klingt das nicht toll? ›Bahnsinnige Schweiz‹. Da kann man mit der kleinen Roten ins Engadin fahren. Ist die, wie heißt das noch mal, Rhätische Bahn. Eine lustige Bezeichnung. Sieht aber schön aus.«

Steven nickte abwesend. Er suchte gerade in seinen Jackentaschen nach den Ausweisen. Andrea-Domenica reichte ihm diese mit einem Lächeln. »Wenn Sie möchten, Madame, dann buchen wir für Sie die Bahnfahrt. Ein Tag hin, mit Übernachtung in einer traditionellen Hütte oben in den Bergen und dann am nächsten Tag zurück. Wollen Sie das?« Andrea-Domenica nickte. Sie strahlte. »Ja, sicher. Ja, gerne. Das ist Abenteuer. Auf in die Berge, mein Göttergatte.« Sie umfasste Steven und drückte sich fest an den irritiert vom Meldeschein Aufblickenden. »Das wird schön! Weit weg sein von der Menschheit. Nur mit dir.« Sie blickte verträumt umher. Das Hotel hier war aber auch nicht schlecht! Traditi-

onell in der Grundstruktur, mit viel Holz an Wänden und Decken sowie der obligatorischen Schweizer Fahne vor der Tür. Und mit schönen, modernen und stilvollen Akzenten versehen.
»Honeymoon«, flüsterte Andrea-Domenica glücklich.
»Oh, Sie sind auf Hochzeitsreise? Dann haben wir natürlich ein Upgrade für Sie.« Die Rezeptionistin freute sich sichtlich für beide, und bevor Steven einen Einwand erheben konnte, nickte seine Begleiterin zur Bestätigung und küsste Steven auf die Wange. »Ist diese Dame nicht wunderbar, Schatz?«

Freudig packten sie ihre Taschen und suchten nach der Honeymoon-Suite. Am Freitagmorgen wollten sie in die Berge aufbrechen. Wunderschöne Aussichten für das Liebespaar.

***

Besser hätte es für Johannes am nächsten Morgen nicht laufen können. Die ganzen Tage über hatte er immer wieder an Steven denken müssen. Diesen Kommissar aus Deutschland mit seinem durchdringenden Blick, den tiefgründigen Augen und der nach außen gezeigten Willensstärke. Aber im Inneren schien dies ein sensibler und empfindsamer Mensch zu sein, der sich für die Schicksale anderer interessierte. Da war sich Johannes sicher. Irgendetwas verband die beiden. Doch was? Würde seine Psychotherapeutin nun sagen: »Vaterprojektion, mehr ist das nicht!«? Absoluter Quatsch! Johannes brauchte keine Vaterfigur. Er war selbst erwachsen! Hatte seine eigenen Prinzipien, für die er ohne Wenn und Aber einstand. Genauso wie dieser Ermittler. Eigentlich standen sie für dieselbe Sache ein – für Gerechtigkeit und für das Sühnen einer ungerechten Tat. Doch sie hatten unterschiedliche Wege gewählt, diese Ziele zu erreichen. Und das würde sie beide am Ende zu bitteren Gegnern machen.
Aber Johannes würde immer einen Schritt voraus sein. Voraus sein müssen! So wie jetzt! Und er würde dafür sorgen,

dass dieser Kommissar auf keinen Fall seine Pläne kreuzen würde.

Er wäre beinahe in ihn und die junge Frau, die er vor wenigen Tagen im Restaurant in Ravensburg schon gesehen hatte, hineingerannt, als er vorhin durch den Torbogen über den Hinterhof zur Schreinerei gehen wollte. Schnell hatte sich der junge Schweizer hinter dem kleinen Lieferwagen des Nachbarn versteckt.

Er sah gerade, dass Steven einen gelben Zettel in der Hand hielt, sich nochmals zu versichern schien und dann einen Schlüssel in das alte Schloss steckte. Hatte nicht Ueli immer solch kleine gelbe Zettel für seine Notizen bei sich gehabt?

Das Schloss drehte sich und machte mit einem Klack den Verschluss frei. Der Kommissar blickte nochmals beiläufig um sich, nicht ohne ein triumphierendes Lächeln. Die Frau spähte durch die Glasfenster der Schreinerei. Alles schien ihnen ruhig und sicher. Sie schlichen durch die Tür ins Innere. Johannes wartete. Die Erregung stieg in ihm hoch. Oder war es doch Panik? Dieser deutsche Ermittler war ihnen auf den Fersen! Ein wichtiger Rückzugsort war entdeckt worden. Was wusste der Deutsche sonst noch?

Johannes musste unbedingt mehr darüber erfahren. Er musste den Vorteil ausnutzen, dass sie sich auf seinem Terrain befanden. Heimvorteil! Er musste einen Plan schmieden. Einen, der half, den Ermittler aufzuhalten.

Die Nässe und Kälte an diesem Donnerstagmorgen machten ihm nichts aus. Er war vollauf fokussiert auf das, was gerade geschah. Ob der Kommissar die Kriminalpolizei von Chur informiert hatte? Johannes konnte niemanden und nichts erkennen. Auch auf den Straßen vor dem Hof war kein Mensch zu sehen. Der Deutsche ermittelte offenbar auf eigene Faust. Prima. Dieser Donnerstag war ein Glückstag für den jungen Schweizer und sein Team.

Er folgte dem Paar, als diese nach wenigen Minuten wieder das Haus verließen und zu Fuß durch die Straßen und

Gassen der Stadt schlenderten. Immer wieder blickte Steven auf seinen Zettel und blieb vor Geschäften, der Poststelle, dem Busbahnhof und dann auch zum Erschrecken von Johannes vor dem Haus seiner Großmutter stehen.

Steven blickte umher, nach oben, auf die Haustür, die Türklingel und in die Umgebung. Beinahe hätte er Johannes ertappt, weil dieser sich fast zu spät hinter einer Häuserecke verstecken konnte. Der Deutsche zückte das Handy und machte möglichst unbemerkt Bilder. Der Name auf der Türklingel würde ihn nicht weiterbringen. Die Großmutter trug einen anderen Namen. Er würde nicht zu Johannes führen. Steven fotografierte weiter, darauf bedacht, nicht aufzufallen. Doch das war unbegründet. Keiner der Anwohner hätte daran etwas Ungewöhnliches gefunden. Einzelne Touristen war man gewohnt. Die waren immer eigenartig in ihrem Tun. Warum nicht Haustüren fotografieren?

Die Wanderung ging noch einige Zeit weiter. Schließlich sah der junge Schweizer das Paar ins Hotel *Stern* eintreten. Er wartete in der Nähe des Eingangs. Doch sie kamen auch nach gut einer Stunde nicht mehr heraus. Ihre Unterkunft also. Schnell tippte Johannes die Nummer von Ueli ein und bestellte ihn umgehend hierher. Er sollte Wache stehen, bis die beiden wieder das Haus verließen.

Sein getreuer Gefolgsmann erschien auch schon nach gut einer halben Stunde, warm verpackt, aber dennoch mürrisch. Ueli hatte seine Gefühle für Johanna entdeckt und wollte gerade für sie ein paar schöne Sachen einkaufen. Sein Plan sah vor, nach dem Einkauf und den Besorgungen in der Stadt wieder in die Berge hochzufahren, in ihr Versteck zu Johanna. Doch daraus wurde nun nichts. Ueli musste den gesamten Nachmittag und die folgende Nacht aushalten. Johannes löste ihn lediglich für kurze Pinkelpausen ab.

Beiden war nicht bewusst, dass die zurückgebliebenen Verbündeten – Johanna und Rico – in ihrer Abwesenheit einen eigenen Ausflug nach Deutschland unternommen hatten, um ihren Gewaltrausch zu befriedigen. Sie hatten seit mehr als vierundzwanzig Stunden keinen Kontakt mehr miteinander gehabt.

Ueli jammerte ungeduldig herum, wollte in die Berge. Doch sein Anführer kannte kein Erbarmen. »Selbst schuld, wenn man seine Notizzettel im Auto liegen lässt!« Johannes schlug Ueli auf den Hinterkopf. »Überhaupt, wer hat dir erlaubt, Notizen zu machen?«

Doch in diesem Fall hatte das sogar was Positives. Uelis Dummheit lockte den Ermittler hierher, weg von den Tatorten. Johannes musste dringend nachdenken und aufgrund der neuen Situation planen. Diese Chance sollte genutzt werden.

++ Freitag, 26. Oktober ++

Steven packte am folgenden Morgen das Schreiben zu den weiteren Akten in die Tasche. Der 11. November und damit der Tag des Ultimatums rückte schneller heran, als allen lieb war. Er gab seiner Lebensgefährtin einen sanften Kuss auf die Wange und trat mit ihr auf die Straße.

»Wenn Engel reisen«, jauchzte Andrea-Domenica und steckte ihren Regenschirm weg. Sie bemerkten nicht, wie gegenüber Hektik ausbrach und ein junger Mann vor lauter Schreck sein Handy auf den Boden fallen ließ. Er musste seinem Boss berichten.

»Es wird ein sonniger und trockener Tag, wie die Wetter-App meldet. Hast du deine Wanderschuhe aus dem Auto geholt?« Steven nickte und deutete auf seinen Rucksack. »Alles drin. Auch Handschellen, um freche Mädels in der Hütte anzuketten, damit sie keinem einheimischen Kerl hinterherrennen.« Er hakte seine Gefährtin unter, um mit ihr in Richtung Bahnhof zu marschieren. Die ersten Sonnenstrahlen tauchten die Berge Churs in goldenes Licht. »Wie zu Hause, oh. Schau mal, Steven, es könnte beinahe Bogotá sein.«

»Na, nur nicht ganz so groß und so laut. Aber sonst ja.« Steven registrierte aus der Ferne den etwas nervös wirkenden jungen Mann, der von einem Bein auf das andere tänzelte, als ob er gleich müsste. Was der wohl um diese Uhrzeit wollte? Doch Andrea-Domenica lenkte ihn mit großen Schritten weiter die Gassen hinunter, und schon war der seltsame Kerl aus ihrem Blickwinkel verschwunden. Die wolkenlose Nacht hatte die Erde kräftig auskühlen lassen. Jeder Atemzug verursachte kräftige Nebelschwaden. Sie drückten ihre Hände noch tiefer in die warmen Daunenjacken. »Haben wir eine oder zwei Nächte gebucht?« Steven hatte etwas Sorge, ob es ihnen in der Hütte trotz des sich andeutenden Sonnenwetters nicht zu kalt werden konnte. »Zwei. Mit der Option auf drei Nächte, wenn wir wollen. Hast du Angst, dass wir erfrieren? Keine Sorge, ich habe gegoogelt. Das ist nur vom Namen her eine Hütte. In Wirklichkeit haben sie uns ein kleines Ferienhaus am oberen Rand des Dorfes vermietet. Mit Zentralheizung, Whirlpool und kleiner Infrarotsauna, und …«

»Und?«

»… romantischem Kaminfeuer.«

Das machte glücklich! Schnell sprangen sie in den Zug, der abfahrbereit am Gleis stand. »Mach dich jetzt für eine spektakuläre Fahrt bereit, meine Liebe. Jetzt geht es über Viadukte, tiefe Täler und an steilen Berghängen entlang … ich frage mich, wo gerade die Schneegrenze liegt. Vermutlich werden wir im Schnee ankommen.« Und schon hatte die Kolumbianerin ihr Handy gezückt, um das zu recherchieren.

Johannes schaffte es gerade noch in letzter Sekunde, in den Zug zu springen. Ueli durfte sich erst einmal von der Nacht erholen. Von der Richtung her würden sie mit dem Zug in die Nähe ihres Versteckes fahren. Er versuchte ungelenk, mit einem Deospray unter die Achseln zu gelangen. Er hatte keine Zeit zum Duschen gehabt. Der Schaffner blickte ihm dabei erstaunt zu, um dann nach der Fahrkarte zu fragen, die Johannes prompt vergessen hatte zu kaufen. Das wurde teuer. Doch er durfte kein Aufsehen erregen und zahlte mürrisch die höhere Gebühr. Sein Blick ließ dabei nicht von den beiden Turteltauben ab, die die Nasen an die Scheiben pressten und die vorbeiziehende Kulisse betrachteten. Fieberhaft arbeitete Johannes an seinem Plan, den er sich die letzten Stunden zurechtgelegt hatte. Es konnte nur ein grober Plan sein, aber ein paar Dinge hatte er dafür bereits vorbereiten können.

Filisur lag auf einer Höhe von etwas mehr als eintausend Metern. Die Schneegrenze befand sich tatsächlich nur unwesentlich höher, sodass sich ein feiner weißer Trennstrich oberhalb der Siedlung an den Bergen entlangzog.

»Perfekt! Jetzt können wir immer wählen, ob wir eine

Schneewanderung oder einen gemütlichen Spaziergang machen wollen. Auf, meine Liebste, das Bergparadies wartet.« Steven ließ ihr den Vortritt, als sie aus dem Zug stiegen und den Bahnhof betraten, der nach der atemberaubenden Überquerung des Landwasserviaduktes vor ihnen auftauchte. »Ach, hier war ich ja schon einmal als Kind«, rief Steven erstaunt aus, als sie vom Bahnhof ins Dorf wanderten. Johannes lauschte aufmerksam und folgte in kurzem Abstand. Er hatte sich eine dicke Wollmütze aufgezogen, seine Sonnenbrille deckte die Augen ab.

Das Pärchen folgte einer kleinen Dorfstraße, die sie im Bogen an den Rand des Dorfes führte. Vor einem rustikalen, alten Haus blieben sie stehen und klingelten. Eine Dame in den Mittfünfzigern öffnete ihnen. Ihre Bleibe also für die Nacht. Johannes wusste genug. Seine Freunde müssten eigentlich schon mit dem alten Bulli angekommen sein. Hoffentlich hatte seine Nachricht Johanna und Rico erreicht. Er schlich zurück ins Dorfzentrum, um sie zu suchen.

***

Andrea-Domenica und Steven warfen ihre Rucksäcke ins geräumige Schlafzimmer und machten es sich auf dem Sofa gemütlich. Der Kamin brannte bereits. Die Vermieter hatten alles getan, damit sie ihre kleine »Hochzeitsreise« genussvoll beginnen konnten. Der Prosecco perlte in den schlanken Sektgläsern. Eine kleine Kerze leuchtete auf der Kommode links von ihnen. »Der Blick zum Fenster hinaus ist ja malerisch. So, wie das Dorf vor uns liegt und die Berghänge sich nach oben ziehen … traumhaft, Liebster.« Andrea-Domenica küsste Steven auf die Nasenspitze. »Schön, dass wir hier sind. Vielen Dank, Schatz.« Steven lächelte und nahm sie fest in den Arm. »Wir werden einfach nie mehr von hier weggehen. Was meinst du? Niemand weiß bei uns zu Hause, wo wir sind. Niemand wird uns finden. Dann werden wir einfache Bergbauern und tauchen unter diesen Menschen unter.«

Beide lachten und fingen an, ihre Bilder und Fantasien dazu zu entwickeln. Ein Spiel, das sie bis zum späten Nachmittag weitertrieben, unterbrochen von Kuscheln, Liebkosen und kleinen Nickerchen.

In Etappen stellte sich die Entspannung bei ihnen ein. Steven bereitete mit beginnender Nacht ein typisches Schweizer-Käse-Raclette vor, während Andrea-Domenica die kleine Sauna anschaltete und den Whirlpool aktivierte. Mehr musste an diesem Abend nicht mehr getan werden, während draußen die plötzlich einsetzenden Herbstwinde durch das Tal zogen und an den nicht winterfest gemachten Fensterläden rüttelten. Ein urtümliches Konzert, welches die Liebenden in behaglicher Wärme noch enger aneinanderkuscheln ließ. Die Nacht gehörte ihnen, und da durfte niemand und nichts stören.

Auch nicht der ungebetene Gast vor der Tür, der stoisch in der Kälte ausharrte und das Haus fixierte.

***

Der folgende Tag war bereits gut fortgeschritten, als sie auf der Daunendecke direkt vor dem Kamin aufwachten. »Schöner als jedes Himmelbett, oder?« Steven kuschelte sich nochmals fest an seine Liebste. »Ich will nicht raus. Lass uns hierbleiben.« Doch Andrea-Domenica schlängelte sich geschickt aus seiner Umklammerung und wandte sich ihm zu. Genüsslich wanderten ihre Hände von seiner Hüfte an der Seite die Rippen hoch in Richtung Achseln. Sie wusste, dass er dort kitzlig war. Und schon zuckte er zusammen. »Aufhören«, protestierte er. Doch sie trieb ihre Folter weiter voran. »Nichts da. Aufstehen, du Faulpelz. Jetzt gehen wir auf Spurensuche deiner Kindheit. Warst du wirklich mit deinen Eltern mal hier?«

Er nickte. »Ja, wir gingen immer einmal im Jahr im Spätsommer für drei bis vier Tage wandern. Das war Familientradition. Ich erinnere mich, dass es hier einige Abbaugruben gibt. Irgendwas wurde hier in früheren Jahrhunderten gefördert oder verarbeitet. Erz vielleicht? Ich weiß es nicht mehr genau. Aber es war immer etwas Abenteuer mit dabei.« Er trottete in Richtung Küche, um Kaffee zu machen. »Willst du Rührei zum Frühstück oder Quark oder Müsli …?«

»Alles auf einmal und dann vernasche ich dich – aber erst, wenn wir wieder von unserer Wanderung zurück sind.« Sie setzte sich aufrecht hin und lehnte sich mit dem Rücken ans Sofa. Steven konnte den Blick von der halbnackten Schönheit nicht mehr abwenden, wie sie da vor ihm saß. Ihre glänzenden, dunklen Haare fielen über die Schulter, bedeckten ihre braune Haut. »Wie damals in Bogotá, du Traum von einer Schönheit! Damals wie heute verzauberst du mich täglich. Ach was, sekündlich! Ich liebe dich, Andrea-Domenica!«

Sie lachte und zog Steven mitsamt Kaffee und Keksdose zu sich herunter. »Spinner! Du süßer, verträumter Spinner. Wie kann so ein feinfühliger Mann Kriminalbeamter werden, mit all dem Leid, das euch begegnet? Das frage ich mich immer wieder.« Er hob die Hände in die Luft. »Ich weiß, Liebste. Nur, wenn ein Verbrechen aufgeklärt ist und die Bösen verhaftet, dann fühlt sich das verdammt gut an. Menschen ihr Recht zurückzugeben ist schon was Besonderes. Da braucht es Spinner wie mich, gell.«

Sie umfasste mit beiden Händen seinen Kopf und küsste ihn auf Stirn, Nase und Mund. »Herzlichen Glückwunsch, mein Süßer! Hab einen wunderbaren Geburtstag.«

Er lächelte verlegen und wisperte: »Dankeschön. Du bist mein größtes Geschenk.«

***

Eine Stunde später standen sie mit festen Wanderschuhen, dicken Winterjacken, Wollmützen, Handschuhen und jeweils einem kleinen Rucksack auf dem Rücken vor dem Haus. Steven packte sich einer Gewohnheit folgend sein kleines Überlebens- und Verbandspäckchen in die Jackentasche.
»Wohin denn jetzt?«, wollte Andrea-Domenica wissen.
»Na, immer der Nase nach.«
»Der Nase nach?«

Steven stupste sie sanft auf die Nase. »Na, dem Riechorgan nach. Kennst du das nicht? Immer dort, wo die Nase hinzeigt, läuft man hin. Das haben wir als Kinder stundenlang gespielt und so viel Spannendes erlebt. Lass es uns tun! Einverstanden?«

Sie nickte und blickte unwillkürlich den Berg hoch. »Da lang. Deine Nase zeigt da hoch. Auf gehts.«

Hand in Hand schlenderten sie los, unterhielten sich angeregt und genossen den dunkel bewölkten, aber noch trockenen Tag. Immer der Nase nach. Der Weg wurde zu einem kleinen Pfad und führte sie beständig in Schleifen einen steilen Hang hoch, in einen dunklen Nadelwald hinein und wieder hinaus. Sie überquerten die letzten Straßen, auf denen Fahrzeuge unterwegs waren und ließen die Zivilisation allmählich hinter sich zurück. An kleinen Wegkreuzungen spielten sie lachend das Spiel der »Nase nach«, um die Schneegrenze zu überschreiten, jedoch ohne zunächst auf das Wetter zu achten. Als aber der Himmel von Stunde zu Stunde dunkler wurde und sich aus leichtem Nieselregen ein heftiger Schneesturm entwickelte, begannen sie, etwas unruhig um sich zu schauen.

Den heimlichen Verfolger hinter ihnen hatten sie die ganze Zeit nicht bemerkt, so beschäftigt waren sie mit sich selbst. Jetzt war er voll und ganz im Schneegestöber verborgen. Johannes zog seine Mütze tiefer ins Gesicht. Seine Skibrille half ihm, den Blick einigermaßen frei zu haben. Wo sie wohl hingehen wollten? Wenn Steven und seine Begleiterin umdrehen würden, käme es unweigerlich zur Begegnung, denn er konnte auf dem schmalen Pfad am steilen Berghang nicht ausweichen. Die Sorge aber war unbegründet: Steven bewegte sich zielstrebig weiter voran, seine Begleitung hielt er fest an der Hand.

»Wir können jetzt nicht mehr zurück. Es ist zu gefährlich bei dieser Sicht. Wir könnten ausrutschen und abstürzen. Meine Karte sagt, dass da vorn irgendwo eine Schutzhütte sein soll. Lass sie uns finden und dort abwarten, bis es besser wird.« Er zitterte bereits vor Kälte. Genauso wie seine Begleiterin. Sie hatten vor lauter Rumalbern den Weg und das Wetter unterschätzt. »Könnten wir jemanden rufen, der uns abholt?« Andrea-Domenica zeigte auf Stevens Handy, das in einer durchsichtigen Schutzhülle steckte. »Leider nicht. Wir haben keinen Empfang, und ich glaube auch nicht, dass ein Fahrzeug hier hochkäme. Zumindest nicht bei dem Wetter. Schau, da ist eine Hütte. Ich denke, das ist unsere.« Und tatsächlich tauchte einer Fata Morgana gleich ein größeres Gebäude auf, welches sich als Alpe herausstellte, ein Haus also, in dem zur Sommerzeit der Senn und seine Kühe weilten. Ein Anbau trug das Zeichen einer Schutzhütte. Die Tür war mit einem festen Riegel fixiert, aber unverschlossen.

Schnell huschten sie hinein, warfen die alte Holztür wieder zu und legten den Riegel in die Halterung. Der Schneesturm rüttelte bereits an Türen und Fensterläden. Es war düster im Raum, doch Steven fand schnell die Kiste mit entsprechenden Utensilien wie Petroleumlampe, Feuerzeug und Grillanzünder. Holz befand sich an der Wand neben der offenen Feuerstelle. Sie konnten somit auch heizen. »Ich werde später etwas Geld hier lassen, als Entschädigung für das Material«, erklärte Steven, als er versuchte, mit dem Grillanzünder und kleinen Holzspänen eine erste Flamme zu entfachen, auf die er dann das Holz legen wollte.

Der Schneesturm nahm an Stärke zu. Schneemassen wurden gegen das Haus gedrückt und schoben sich an der Mauer hoch. Ein Absteigen ins Tal wurde stündlich gefährlicher, zumal sie in die Dunkelheit hineinzugeraten drohten. Steven tippte eine SMS an die Vermieter in sein Handy, auch wenn noch immer keine Balken im Display zu sehen waren. Er machte sich ehrlich gesagt Vorwürfe. So unvernünftig war er noch nie zu einer Bergtour aufgebrochen. Und jetzt ausgerechnet mit Andrea-Domenica strandeten sie in einer Nothütte.

Es klopfte an der Tür. Erschrocken stieß Andrea-Domenica einen Schrei aus. Ein zweites Klopfen folgte. Steven erhob sich vom Feuer und ging zur Tür. »Wer ist da?« Er hob den Riegel und öffnete.

»Entschuldigen Sie, ich bin in den Schneesturm geraten. Kann ich reinkommen? Ich sehe keine Möglichkeit, woanders unterzukommen. Entschuldigen Sie bitte die Störung.«

Steven musterte den jungen Mann. Das Gesicht kam ihm vertraut vor. Der schweizerische Akzent verriet den Einheimischen. »Aber sicher, kommen Sie herein. Wir sind auch gerade erst hier gestrandet und bereiten das Feuer vor. Haben Sie Durst? Wir haben ein wenig Tee in unseren Thermoskannen.« Steven schenkte bereits den Becher, den er im Regal gefunden hatte, halb voll. Dankbar nahm Johannes diesen entgegen, während Andrea-Domenica misstrauisch den Fremden beobachtete. Er stellte einen Eindringling in ihrer Zweisamkeit dar. Doch nicht nur das störte sie. Etwas tief in ihr ließ sie in eine Abwehrhaltung gehen. »Was ist mit Ihren Augen, warum tragen Sie eine Sonnenbrille bei dieser Dunkelheit?« Sie verschränkte ihre Arme. Johannes hob unschuldig die Hände. »Wegen meiner Dummheit. Ich bin Bergführer in dieser Gegend und habe in den vergangenen Tagen eine leichte Form von Schneeblindheit erlitten. Und das mir als Einheimischen.« Er schüttelte den Kopf aus Verwunderung über sich selbst. Die tief ins Gesicht gezogene

Mütze behielt er ebenfalls auf, wie Andrea-Domenica missbilligend registrierte.

Steven war damit beschäftigt, die Tür so zu verbarrikadieren, dass der Wind nicht durch die Ritzen gelangen konnte und fachte nebenbei das Feuer an. Andrea-Domenica öffnete den zweiten Rucksack und legte das Essen, das sie für ein Picknick mitgenommen hatten, auf die Ablage neben dem Spültisch. Johannes setzte sich auf die alte Holzbank, die an der Seite des Raumes an die Wand anstieß. Aufmerksam beobachtete er die beiden. Vor allem Steven schien ihm inzwischen schon so vertraut geworden, dass er ihn am liebsten mit Vornamen angesprochen hätte. »Was machen Sie denn hier oben?«, wollte er wissen. Steven drehte sich in der Hocke um und blickte zu ihm rüber. »Wandern. Wir haben uns zwei Tage Auszeit genommen. Dann hat uns der Schnee überrascht.«

Johannes setzte seine Tasse ab. »Ich bin übrigens der Simon. Der Schnee war doch schon gestern angekündigt. Habt ihr keinen Wetterdienst angeschaut, als ihr gestartet seid?« Beinahe hätte er sich verraten! Er selbst hätte als vermeintlicher Bergführer schließlich auch die Vorhersage prüfen müssen. Etwas verlegen setzte sich Steven gegenüber auf die Kante der Holzbank. »Die junge Dame ist Andrea-Domenica, und ich bin Steven. « Er nickte Johannes zu. »Jetzt denk bitte nicht, das sind mal wieder die Touris aus Deutschland, die sich nicht in den Bergen auskennen …« Er rutschte auf seinem Hintern hin und her. »Wir waren einfach abgelenkt. Waren ziemlich beschäftigt mit …« Er kam nicht mehr dazu zu sagen »mit unseren Liebeleien«, als Andrea-Domenica schnell einwarf: »… mit unseren journalistischen Recherchen zu den Schwabenkindern.« Sie wollte dem Fremden nicht zu viel Persönliches preisgeben. Erstaunt blickte Johannes auf: »Mit was? Den Schwabenkindern?« Steven nickte schnell, auch wenn er ein ebenso großes Erstaunen im Blick hatte. »Ja, richtig. Sie hat recht. Die armen Kinder, die über so viele Jahrhunderte von hier aus nach Norden mussten, um im Alpenvorland ihr Brot zu verdienen.«

Johannes kämpfte um Fassung. Er hatte geplant, bei dieser Begegnung Regie zu führen. Jetzt stand der Begriff »Schwabenkinder« im Raum. Inzwischen ein Codewort, das unwillkürlich Reflexe in ihm in Gang setzte.

»Ja, eine traurige Geschichte. Ich wusste gar nicht, dass euch Deutsche diese Schicksale kümmern. Ihr habt ja davon profitiert.«

Andrea-Domenica setzte sich zu Steven auf die Bank. »Was wissen Sie, Entschuldigung, was weißt du denn selbst davon? Sind die Geschichten hier bekannt?«

Johannes' Stirn legte sich in Falten. Eine tiefe Kerbe tauchte zwischen den Augenbrauen auf. Sollte er weiter mit dem Feuer spielen? Hatte ihn der Kommissar denn erkannt, und beide wollten ihn in die Falle locken? Er sah den Blick von Steven. Erkannte darin, dass dieser krampfhaft zu erinnern versuchte. Vielleicht zu erinnern, wo sie sich schon begegnet waren? Das könnte ich dir genau sagen, mein Freund, sprach Johannes in Gedanken. Wir sind uns schon häufiger begegnet. Es ist, als ob wir schon lange gute Freunde sind.

Dankbar nahm er ein paar Wursträdchen und etwas Käse, welche Andrea-Domenica auf zwei hölzernen Vesperbrettchen auf dem Tisch platziert hatte. Der rauchige Duft des Feuers erfüllte den Raum. »Nun, ich komme aus Zürich. Ich bin auch nur für die Sommersaison zum Arbeiten hier. Aber gehört habe ich schon mal davon. Man redet nicht oft über solche Themen. Was wisst ihr denn davon? Was redet man in Deutschland darüber?«

Steven schnappte sich drei Wolldecken von den Stockbetten im Nebenraum und überreichte Johannes eine, während er Andrea-Domenica und sich mit den anderen einwickelte. »Nun, wenn ich ehrlich bin, dann wird darüber nicht viel gesprochen. Selbst bei uns in Schwaben nicht«, antwortete Steven. »Ist auch klar, ihr habt ja guten Nutzen davon gehabt und konntet Wohlstand durch diese Kindersklaven anhäufen. Da vergisst man gerne, wie das zustande kam.« Johannes drückte seinen Rücken durch, beide Arme auf den Tisch gestützt, die Hände zu Fäusten geballt. Zögerlich nickte Steven. »Ja, das mag stimmen. Ich habe kürzlich in einem Museum eine sehr bewegende Ausstellung gesehen. Es muss all die Jahrhunderte sehr viel Leid unter den armen Kindern aus den Bergen gegeben haben. Mich hat das als Gastarbeiterkind selbst stark bewegt.« Johannes blickte ihn erstaunt an: »Gastarbeiter? Woher kommst du ursprünglich? Ist das der Grund, warum ihr als Journalisten recherchiert?« Beide nickten unmittelbar. »Ja ... ja, das ist richtig. Journalisten. Wir wollen darüber schreiben.« Steven nahm das gerne auf. »Wir sind beide nicht ursprünglich Deutsche. Meine Freundin selbst besitzt zwar deutsche Wurzeln, kommt aber aus Kolumbien. Ich habe polnische Vorfahren, fühle mich jedoch durch und durch als Schwabe. Ein eigenartiges Team, oder?« Er versuchte zu lächeln.

Johannes fühlte Ärger in sich hochsteigen. Sie wollten ihm den Bären mit dem Journalismus ernsthaft verkaufen! Dann diese Immigrantengeschichten. Sie prosteten ihm mit dem Teebecher zu. Nun gut, es könnte zumindest bei der Frau wahr sein. Der junge Schweizer rutschte unschlüssig auf der Holzbank umher. In diesem Moment riss eine Sturmböe die Fensterläden an der Vorderfront los. Alle sprangen sie auf und kümmerten sich um den wild um sich schlagenden Fensterladen. Der Wind schleuderte die Schneeflocken einem Sandstrahlgerät gleich in ihre Gesichter. Man konnte beinahe nichts sehen. »Ich glaube, das wird definitiv nichts mehr mit einer Heimkehr heute Nacht«, sprach Johannes aus, was alle bereits wussten. Gut. Das gab ihm mehr Zeit. Sie setzten sich wieder und hielten sich an den warmen Teetassen fest. »Wartet«, stoppte sie der vermeintliche Bergführer. »Ich hab da noch was, das von innen heraus wärmt.«

Er zog eine ordentlich große Schnapsflasche aus seinem Umhängebeutel und öffnete sie. »Medizin aus der Schweiz. Ein spezieller Brand, den man gut in Tee schütten kann. Schmeckt hervorragend und ist sehr hilfreich.« Höflich ließen Andrea-Domenica und Steven zu, dass er einen kräftigen Schuss in ihre Becher kippte. Sie bemerkten nicht, dass er nur vortäuschte, sich selbst einzuschenken. Der Alkohol schlug sofort an. Steven spürte, wie leichter Nebel in seinem Kopf aufzog. Dennoch trank er gerne einen weiteren Schluck und nahm den Gesprächsfaden mit den Schwabenkindern wieder auf. »Simon, meinst du nicht, dass es schon immer und auf der ganzen Welt so war, dass es Ungleichheit unter den Menschen gab und der eine kämpfen musste, um zu überleben, während die anderen ein leichtes Dasein hatten?« Abrupt stampfte Johannes auf dem Holzboden auf. »Was hat das mit der Ausbeutung von Kleinkindern zu tun, die sich nicht wehren konnten? Sie waren den Halunken hilflos ausgeliefert. Über Jahrhunderte. Jahr für Jahr wiederholte sich das. Und niemand stand den Kindern bei – selbst die eigenen Eltern nicht!«

Aufmerksam beobachtete Steven die Reaktionen seines Gegenübers. Zaghaft begann er nachzubohren: »Gab es denn eine Alternative? Wer hätte denn etwas tun können?« Johannes riss die Brille von seinen Augen. Das Blitzen in dessen Blick entging Steven nicht, als dieser lautstark antwortete: »Ganz einfach: Die Bonzen in Schwaben hätten den Wohlstand teilen können, den sie über Jahrhunderte durch diese Sklavenarbeit anhäuften. Sie hätten die Menschen in den kargen Bergdörfern unterstützen und ihnen helfen können. Aber nein! Sie haben das Sklavenhaltersystem sogar noch ausgebaut!« Er wurde wütend. Beruhig dich, beruhig dich, sprach eine innere Stimme immer wieder zu Johannes. Wenn er jetzt die Kontrolle verlieren würde, dann wäre das fatal.

Steven goss weiteren Tee in die Becher. Er wollte Zeit gewinnen. Andrea-Domenicas Blick war noch immer nicht entspannt. Sie mochte den jungen Gast nicht. Das erkannte er. »Trinkt noch einen guten Schluck, damit es nicht so kalt ist heute Nacht.« Johannes goss schnell weiteren Schnaps nach. »Trinkst du selbst keinen Alkohol?«, wollte Andrea-Domenica von ihm wissen. »Doch, doch«, antwortete dieser schnell und goss sich nun ebenfalls ein. Den Becher aber ließ er ab sofort unberührt.

Steven konnte nicht anders. Er musste weiter nachbohren. In ihm war der Kommissar aktiv geworden, auch wenn es im Kopf zunehmend nebliger wurde. Er lallte beinahe schon. »Dann ist es gerechtfertigt, dass man heute alles auf einmal zurückfordern könnte?« Sein Unterbewusstsein schien ihm das einzugeben. Etwas in ihm weckte sein Misstrauen. Johannes verzog wütend den Mund. »Warum nicht? Wäre doch eine hübsche Summe, oder? Jedes Jahr. Über viele Jahrhunderte. Da kommt viel zusammen. Und wenn man noch die Zinsen nimmt … wäre nur gerechtfertigt. Oder? Eigentlich sollte man den Ausbeutern die Höfe abfackeln!« Seine beiden Gegenüber blickten sich unvermittelt an. Was war das hier?

»Wer bist du, Kerl? Was sagst du da? Hast du etwa was zu tun mit den Vork…?« Steven fühlte die Lähmung in den Händen, in den Füßen. Spürte, wie sie sich im Körper ausdehnte. »Ja, mein Freund. Das haben wir. Ich bin der Anführer! Wir wollen Rache und Vergeltung. Jetzt ist Zahltag!«

Andrea-Domenica hatte ihren Kopf bereits auf dem Tisch abgelegt. Steven versuchte aufzubegehren, um das Unheil abzuwehren. Mit aller Kraft kämpfte er gegen die drohende Bewusstlosigkeit. Das Toben des Schneesturms geriet in immer weitere Ferne. Das Reden seines Widersachers verlor sich in einem langen, langen Tunnel, der Steven in sich hineinzog. Die Nacht umfing ihn.

Dunkelheit

++ Sonntag, 28. Oktober ++

Als Andrea-Domenica erwachte, zitterte sie am ganzen Körper. Das Feuer war erloschen. Sie fand sich mutterseelenallein in der eiskalten Hütte wieder. Angestrengt horchte sie in die Stille hinein. Der Schneesturm musste nachgelassen haben. Tageslicht drang durch die Tür- und Fensterschlitze. Wie lange die Kolumbianerin ohnmächtig gewesen war, konnte sie nicht sagen. »Steven?« Sie blickte im Raum umher, wankte in den Nebenraum. »Steven? Wo bist du? Sag doch was!« Doch sie erhielt keine Antwort. Die Stille in den Bergen war bedrückend. Ihr Kopf dröhnte, wollte beinahe platzen. Schmerzerfüllt rieb sie sich die Schläfen. Wo mochte er nur sein? Andrea-Domenica öffnete schwerfällig die Tür. Der Sturm hatte den Schnee kniehoch herangeworfen. Die junge Kolumbianerin konnte keinen Pfad mehr entdecken. »Steven?« Ihre Stimme klang panisch, überschlug sich mehrfach, als sie immer und immer wieder seinen Namen rief. Vergebens. Ihr Lebensgefährte war verschwunden. Und mit ihm jener Kerl, dem sie schon von der ersten Minute an misstraut hatte.

Das Getränk! Hatte er sie betäubt? Andrea-Domenica sackte erschöpft in der Tür zusammen und blickte in die weiße Winterwelt. »Warum haben wir das nur getan?«, wisperte sie. »Steven wollte doch in der Wohnung bleiben. Warum habe ich nicht auf ihn gehört?« Sie schluchzte. Hatte der Verbrecher Steven getötet? Würde er dort hinten im Schnee irgendwo tot liegen? Sie entdeckte Ansätze von Fußstapfen. Stark verweht, aber man konnte erkennen, dass dort jemand entlanggegangen war. Die Vertiefungen im Schnee neben den Fußabdrücken könnten Schleifspuren sein. Was war nur passiert? Andrea-Domenica verharrte gut eine Stunde in dieser Position, bis sie Stimmen hörte.

Am Horizont tauchten drei Gestalten auf. Sie kamen näher und winkten, als sie die am Boden sitzende Frau entdeckten. Es waren die Helfer der Bergwacht, die von den Vermietern gerufen worden waren, wie sich herausstellte. Stevens SMS war wohl doch noch mit einem schwachen Signal versendet worden. Das war am Vortag gewesen. »Wo ist Ihr Mann? Sie waren doch zu zweit, oder?« Einer der Bergretter half Andrea-Domenica auf und führte sie in die Hütte.

»Weg, verschwunden. Ich weiß nicht, wo er ist. Auch der Kerl ist weg. Er hat uns vergiftet. Mit dem Schnaps dort.« Sie zeigte auf den Tisch, aber dort stand keine Flasche. Auch nicht auf der Anrichte. Ihr Herz begann zu flattern, und sie taumelte. »Steven, wo bist du? Oh, Gott. Das ist alles meine Schuld.« Die zwei Bergretter versuchten, sie zu beruhigen und setzten sie an den Tisch. Einer von ihnen begann, ihren Puls zu fühlen und untersuchte ihre Augen. Die Pupillen waren weit geöffnet. Hatte sie eventuell Drogen genommen?

Andrea-Domenica berichtete hastig und schnell, ohne auf die Reihenfolge zu achten, was am gestrigen Tag passiert war. Die Retter schauten die erschöpfte Frau besorgt an. Ihre Geschichte klang verwirrend. Doch sie gaben per Funk eine Vermisstenanzeige auf. Hier oben aber konnte nichts mehr getan werden. Die hilfsbedürftige Frau musste ins Tal und ärztlich untersucht werden, um auszuschließen, dass mit dem Schnaps keine giftige Substanz mit bleibenden Schäden verabreicht worden war. Oder dass doch Drogen im Spiel waren.

»Können Sie zu Fuß gehen?«

»Ja, es müsste gehen. Aber, bitte helfen Sie mir, meinen Mann zu finden. Oh Gott, was ist, wenn er ihn getötet und in eine Schlucht geschmissen hat?«

Tröstend legte einer der Männer seinen Arm um sie. »Wir werden ihn finden. Glauben Sie mir.« Er bat seine Kollegen, nochmals genauer im Haus und in der näheren Umgebung nachzuschauen. »Vielleicht finden wir ihn da irgendwo.«

Tränen schossen Andrea-Domenica aus den Augen. »Mi Dios«, flüsterte sie unentwegt: »Steven, mi Dios ...«

Als die Kollegen, die Haus und Grundstück untersucht hatten, mit einem Kopfschütteln wieder eintraten, sagte der Bergretter, der noch immer die Hand von Andrea-Domenica hielt: »Erinnerst du dich, Peter? Auf dem Weg hier hoch haben wir auf dem letzten Drittel der Strecke Trittspuren entdeckt. Da ist also jemand gelaufen. Dann war doch weiter unten im Tal auf der kleinen Landstraße ein junger Mann unterwegs. Wir haben uns noch gewundert, wo der wohl herkam.« Der Angesprochene nickte. Vielleicht war ja an der Geschichte doch was Wahres dran. »Ja, das könnte was zu bedeuten haben. Wir müssen der Polizei sagen, dass sie den Spuren folgt, falls die noch zu sehen sind. Vielleicht finden wir dann ja beide. Wissen Sie, warum er das getan hat und warum gerade Ihr Mann das Opfer war?« Andrea-Domenica schüttelte den Kopf. »Nein. Absolut nicht. Dieser Kerl redete viel wirres Zeug über die Schwabenkinder. Die ganze Zeit über.« Sie schluchzte. Die Bergretter warfen sich Blicke zu. Das sagte ihnen etwas. »Dann sind das die Spinner, von denen unten in den Dörfern gesprochen wird. Es geht um die Schwabengänger! Die Spinner wollen, dass wir alle zusammen Wiedergutmachung fordern.« Zu Andrea-Domenica gewandt: »Aber warum ausgerechnet Ihren Mann? Was hat er damit zu tun?« Beinahe hätte sie sich versprochen, konnte aber noch rechtzeitig den Mund schließen und die Schultern hochziehen. »Keine Ahnung. Er war einfach nur neugierig. Vielleicht zu neugierig? Vielleicht wegen seiner polnischen Eltern und ähnlicher Erlebnisse als Einwandererkind? Ich weiß es nicht.«

Behutsam halfen ihr die Retter auf und machten sich abmarschbereit. Das Wetter war günstig.

***

Gut eine dreiviertel Wegstunde von ihnen entfernt drang ein schweres Stöhnen durch die undurchdringliche Dunkelheit.

Steven lag kraftlos auf einem hölzernen Podest inmitten dieses nasskalten Ortes. Irgendwo tropfte Wasser von der Decke und schien einige Meter tiefer auf einen harten Boden aufzuschlagen. Wollene Decken befanden sich sowohl unter als auch über ihm. Diejenigen, die ihn hier abgelegt hatten, schienen sich bemüht zu haben, dass er in der Dunkelheit nicht erfror.

Eine schmerzhafte dicke Beule am Hinterkopf machte es ihm unmöglich, sich umzudrehen. Vorsichtig fuhr seine Hand an die Stelle an seinem Kopf. Sie war klebrig und verkrustet. Hatte er eine Platzwunde erlitten?

Langsam setzte sich der Gepeinigte auf und suchte mit den Füßen den Boden. Die hölzerne Plattform, auf der er lag, war nur knapp einen halben Meter hoch. Sie hielt die Feuchtigkeit des Felsbodens von ihm ab. Trotz der Decken fröstelte er. Langsam kam die Erinnerung zurück, zumindest in Bruchstücken. Steven war ohnmächtig gewesen. Die letzten Bilder in der Hütte tauchten vor ihm auf. Der Anblick seiner Liebsten, wie sie mit dem Kopf auf dem Tisch zusammengesackt war. Was mochte der Kerl mit ihr gemacht haben? Die Sorge um sie fraß ihn beinahe auf. Schon wieder hatte er seine Gefährtin in Lebensgefahr gebracht. Damals in Bogotá und jetzt schon wieder. Steven flehte sehnlichst vor sich hin: »Bitte, lasst sie leben. Bitte. Sie ist mein Herzstück und vollkommen unschuldig. Bitte tut ihr nichts.« Doch niemand hörte ihn.

Er erinnerte sich, dass er in dem wilden Schneetreiben wach geworden war. Jemand hatte ihn auf einem Gestell festgebunden und durch den Schnee gezogen. Ein Schlitten. Er hatte mit aller Kraft gebrüllt, voller Hilflosigkeit. Wollte sie zum Stoppen bringen. Das taten sie dann auch. Es waren zwei. Einer hob seinen Kopf an und schlug unvermittelt mit aller Kraft zu. Ein harter Gegenstand traf ihn. Ein Stein womöglich. Steven hatte sofort wieder das Bewusstsein verloren. Wann das gewesen sein mochte?

Er grübelte intensiv nach, ob ihm noch irgendetwas einfallen könnte. Doch nichts kam ihm mehr in den Sinn. Der Drang, aufs Klo zu gehen, wurde übermächtig. Steven bemerkte, dass er nicht angekettet war und bewegte sich vorsichtig über den glitschigen unebenen Steinboden, der mit jedem Schritt abschüssiger wurde. Beinahe wäre er in der Dunkelheit abgerutscht und womöglich in die Tiefe gestürzt. Er konnte sich gerade noch niederwerfen und mit einem Griff um einen hervorstehenden Fels das Abrutschen verhindern. Verzweifelt suchten seine Augen irgendeinen Lichtschein. Irgendeine Möglichkeit, sich zu orientieren. Bisher keine Chance. Und so bewegte er sich behutsam rückwärts, bis das Holzgestell in seinem Rücken wieder zu spüren war. Wo befand er sich nur? Was war das direkt vor Steven? Ein Abgrund? Trotzig öffnete er einer Idee folgend seinen Hosenladen und pinkelte in diese Richtung. Das Auftreffen des Urinstrahls tief unter ihm verhieß nichts Gutes. Es musste steil und weit nach unten gehen.

Steven setzte sich vor Erschöpfung wieder rückwärts auf das Holzgestell. Sein Kreislauf war vollkommen am Boden, der Schmerz am Hinterkopf beinahe unerträglich. Was mochte Andrea-Domenica zugestoßen sein? War sie verletzt? Steven rief ihren Namen. Doch es kam keine Antwort. Mit der Hand tastete der Gefangene die gesamte Bettstätte ab. Es war niemand anderes zu finden. Dafür aber fand Steven seine dicke Winterjacke. Sie mussten sie ihm ausgezogen haben, als sie ihn auf das Bett warfen. Schnell zog er sie an und jauchzte vor Glück auf, als er sein Handy, Taschenmesser und auch das kleine Outdoor-Päckchen entdeckte. Darin befand sich ein Sturmfeuerzeug und kleinere Zündstäbchen. Sie waren eine Mischung aus Streichholz und Minifackel. Die kleinen Dinger brannten erfreulich lange. Vor

Aufregung versuchte Steven, alles gleichzeitig aus der Tasche zu holen und vor sich aufs Bettlager zu legen. Das Handy leuchtete durch die Berührung kurz auf, um dann aus seiner Hand zu gleiten und mit lautem Schlag in die Tiefe zu stürzen. Steven wollte reflexartig hinterherhechten. Doch das noch immer zu hörende Klacken des auf dem Fels aufschlagenden Telefons verriet ihm, dass das seinen Tod bedeuten würde. Das Loch schien abgrundtief. Kein Handy konnte das überleben. Ein Mensch ebenfalls nicht.

Mit zittrigen Händen machte sich Steven an Streichhölzern und Minifackel zu schaffen. Der gelblich-rote Schein des aufflammenden Leuchtstabes erhellte unvermittelt einen kleinen Felsdom. Sein Schatten tanzte an den Wänden entlang. Bedächtig drehte sich Steven auf seinem Lager einmal im Kreis. Zu der einen Seite fiel der Höhlengang tatsächlich weit in die Tiefe ab. Das hätte wirklich schief gehen können. Zur anderen Seite verliefen zwei Gänge in unterschiedliche Richtungen in die Dunkelheit. Einer davon war breiter und stieg leicht nach oben an. Womöglich der Weg aus der Höhle heraus? Steven erinnerte sich an Erzählungen zu diesen alten Bergwerkstollen, denn in so einem musste er hier sein. Nur warum? Mühsam versuchte er, sich an Einzelheiten des Abends zu erinnern. Worüber hatten sie sich unterhalten? Er konnte sich nicht mehr erinnern.

Träge robbte Steven über das Bett hinüber zur anderen Seite. Der Brennstab leuchtete noch recht gut. Er wollte die Gelegenheit nutzen, um einen der beiden Gänge zu erkunden. Und tatsächlich gelangte er mit schwankenden Schritten nach gut fünfzehn Metern an einen Bretterverschlag, der ihm massiv und fest gebaut, das Weiterkommen versperrte. Frischluft drang durch die Ritzen nach innen. Licht konnte er nicht erkennen. Vielleicht war es ja gerade Nacht und auch draußen dunkel? Gut möglich. Steven hatte sein Zeitgefühl verloren.

Er rüttelte an dem Gatter, schob, zerrte, doch es gab keinen

Zentimeter nach. Er hämmerte dagegen, schrie um Hilfe. Rief nach Andrea-Domenica. Schrie Simons Namen. Doch niemand kam. Niemand reagierte.

Steven riss sich an Nägeln, die aus dem Holz ragten, die Hände auf. Panik stellte sich ein. Würde er hier sterben müssen? Wollten sie ihn verrotten lassen? Erschöpft sank er nieder. Wollten die Kerle ihn aus dem Weg haben?

»Simon, aber ja doch. Du bist der Kerl, der die Verbrecher anführt. Das hast du doch selbst gesagt. Ich erinnere mich.« Sein Kopf wurde zunehmend klarer. Stand nicht bald das Ultimatum aus den Drohbriefen an? Wollten sie ihn aus dem Weg haben, um ungestört ihren Plan umsetzen zu können?

Eilig ging Steven zurück zu seiner Lagerstätte, bevor ihm das Licht ausging. Mit der letzten Flamme konnte er gerade noch die schwere Kiste entdecken, in der ein Neunerpack Wasser, Fleischdosen, verpacktes Brot und einige Süßigkeiten lagerten. Selbst eine kleine Flasche Alkohol befand sich darin. Dann war es wieder dunkel. Nein, sie wollten ihn einfach für eine gewisse Zeit aus dem Weg haben. Umbringen stand nicht auf dem Plan. Doch verdammt: Warum ausgerechnet in dieser Dunkelheit und in dieser Höhle? Wussten sie nicht, dass er in solchen Räumen Panikattacken hatte? Nein, natürlich nicht.

Je mehr Steven sich seiner Lage bewusst wurde, desto mehr schnürte sich ihm die Brust zusammen. Er begann zu hyperventilieren. Schneller und schneller raste sein Atem und wurde zunehmend flacher. Steven musste sich auf sein Lager werfen. Die Übung, tief zu atmen, fiel ihm sehr schwer. Er konnte sich nicht konzentrieren.

Donnert's im November gar …

… folgt ihm ein gesegnet Jahr.

++ Dienstag, 30. Oktober ++

Er hatte großen Gefallen daran gefunden, jeden neuen Monat die Bauernsprüche zu lesen. Irgendwie spendeten sie die Gewissheit, dass die Dinge doch vorherbestimmt waren.

»Dann lassen wir es donnern im November für ein gesegnetes kommendes Jahr«, flüsterte der junge Schweizer und schaltete seine App aus, die speziell für diese Bauernsprüche gedacht war. Sein Gesicht war aschfahl und eingefallen. Er wirkte um Jahre gealtert in den letzten Tagen.

»Simon, wir wissen nicht, was in dich gefahren ist! Was soll der Unsinn mit der Geiselnahme? Was sollen wir mit dem Kommissar hier oben?« Rico und Johanna schnaubten. Sie hielten es nicht mehr auf der Sitzbank aus, die mitten im Raum stand. Unentwegt gingen sie in der Wohnstube auf und ab, lehnten sich gegen die Holzwand und wanderten dann wieder weiter. Der Esstisch war voller Flaschen, Essensresten und Zigarettenkippen.

Johannes setzte sich auf seiner Bank zurück und stierte auf die Unordnung vor ihm. Mit einem Hirschfänger spießte er ein Stück Salami auf und führte es zu seinem Mund. »Zweifelt ihr etwa meinen Plan an? Zweifelt ihr unsere Mission an? Was soll das?« Er rammte das spitze Messer in den Holztisch. »Wenn ich sage, dass das wichtig und absolut notwendig war, dann ist das auch so. Verstanden?« Seine Augen funkelten. Der Schweiß rann ihm die Stirn herunter. »Und außerdem: Was sollte die idiotische Nummer mit dem Mann in Bodnegg? Habt ihr jeglichen Verstand verloren? Das war von mir nicht autorisiert! Und jetzt gibt es auch schon Bilder von euch beiden im Netz! Unvorsichtige Idioten!«

Ueli zupfte unbehaglich an seinem dicken Pullover, um ihn endlich mit ungelenken Bewegungen auszuziehen. Das Holzfeuer im Bollerofen knackte und knisterte. Es war deutlich zu feucht.

Etwas ruhiger fuhr Johannes fort: »Er ist brandgefährlich. Ein Schweißhund! Wenn wir ihn hätten weiter frei laufen lassen, wäre er uns schneller auf die Schliche gekommen, als uns guttut. Nein! Lasst ihn dort oben schmoren. Man wird ihn erst finden, wenn wir längst über alle Berge sind. Keine Sorge, er wird schon nicht verrotten. Der ist zäh.«

Johanna stierte ihn an. Johannes machte sich abwehrbereit. Sie konnte wie eine Katze über den Tisch springen und sich an seiner Gurgel verbeißen. Er traute ihr das zu. Diese Frau war eiskalt. Das hatte er in den vergangenen Wochen erfahren müssen. Keine Gefühlsregung, keine Skrupel bei den Einsätzen, nichts! Auch Ueli konnte ein Lied davon singen. Warum musste sich dieser Dummkopf auch gerade in diese Frau verlieben?

Ohne jegliches Mienenspiel bewegte sie die Lippen. Ihre Worte schnitten die Luft entzwei. »Warum bist du nur so dumm, Kerl. Ich verliere jeden Glauben und Respekt! Was denkst du denn, was jetzt passiert? Sie werden in Horden hier eintreffen, um ihn zu suchen. Ein Polizist! Ein Bulle! Hundertschaften werden alles auf den Kopf stellen. Dummkopf. Du bist verrückt!«

Da war es wieder, dieses Dunkel vor seinen Augen. Johannes konnte nichts mehr sehen, nichts mehr hören. Mit einem lauten Knall krachte der schwere Esstisch auf den Boden. Flaschen zersplitterten, Teller zerbrachen. Er sprang wie ein Puma über ihn hinweg und schmetterte Johanna mit brachialer Gewalt gegen die Wand. Es knackte bedrohlich in ihrem Körper. Stöhnend sank sie in sich zusammen. Doch der Angreifer tobte noch immer blind vor Wut. Heftig trat er mit seinen Wanderschuhen nach ihr. »Verrückt, wer ist verrückt? Hä?« Geifer trat ihm aus dem Mund.

»Sag das nie wieder! Nie wieder!« Rico schaffte es endlich, sich aus seiner Starre zu befreien. Mit stählernem Griff umfasste er Johannes von hinten fest um die Brust und drückte zu. Dann hob er ihn in die Höhe. Johannes strampelte, schlug um sich, doch Rico ließ nicht locker, zog den Griff noch enger um ihn zusammen, bis dem Gefangenen Sterne vor den Augen tanzten. Er sackte bewusstlos zusammen. Rico ließ ihn recht unsanft auf den Boden fallen. Da lagen nun beide Kontrahenten reglos vor ihm. Rico stierte sie an. »Drehen wir jetzt alle durch?« Ueli rannte aufgeregt zu Johanna, kniete sich zu ihr nieder und legte deren Kopf vorsichtig in seinen Schoß. Sie stöhnte auf. »Ich vermute, es ist eine Rippe angebrochen, so, wie es geknackt hat. Bringen wir sie auf ihre Zimmer.«

Es dauerte, bis sie die Verletzten in ihre Kammern gebracht hatten und das Wohnzimmer einigermaßen wieder in den alten Zustand versetzt worden war.

»Mann, oh Mann, jetzt gehen wir uns schon selbst an die Gurgel.« Ueli schenkte ihnen ein großes Glas Grappa ein. »Und verkleinern unsere Gruppe. Sie sah nicht gut aus.« Rico nahm das Glas und prostete ihm zu. »Danke, mein Freund, dass du immer so ruhig und ausgleichend bist.« Ueli freute sich über das Lob. »Kann ich nur zurückgeben. Ihr seid meine Familie. Ich habe nichts anderes mehr. Doch jetzt – irgendwie ist gerade alles so zerbrechlich.«

Sie tranken noch ein weiteres Glas, verzogen dabei das Gesicht. Rico klopfte seinem Gegenüber mit der Pranke auf die Schulter. »Mach dir nicht zu viele Gedanken. So etwas braucht es einfach mal. Da hat sich viel Druck aufgebaut. Doch wir sind schon sehr weit gekommen und werden das auch zusammen fertig bringen! Es wird mit Sicherheit ein großer Erfolg, und wir haben damit unsere Rache genommen. Gerechtigkeit ist alles, was ich will!«

Ueli nickte. Ihm setzte der Alkohol schon wieder kräftig zu. »Ich vertrage einfach nichts mehr! Aber du hast recht.

Wann wollen wir denn wieder los und zu den Deutschen fahren?« Rico versuchte, in seinem Kopf die Tage zu sortieren. »Heute ist Dienstag. Morgen Nacht ist Totennacht. Da sollten wir zu Hause bleiben. Aber danach sicherlich.«

Erstaunt blickte Ueli ihn an. »Bist du abergläubisch, Rico? Hast du wirklich Angst, dass die Geister der Toten uns in der Nacht vor Allerheiligen heimsuchen wollen?«

Doch Rico ließ daran keinen Zweifel. »Solange ich nichts anderes weiß, glaube ich daran. Ganz von ungefähr kann es nicht kommen. Ja, ich glaube daran!« Aus den Schlafzimmern ertönte Stöhnen. Ueli erhob sich und ging zu Johanna. Sie schien große Schmerzen zu haben. Vorsichtig hob er ihren Pullover, um sich die Rippen anzuschauen. Es gab einige Schwellungen und Körperstellen, die zunehmend blau anliefen. Johanna stieß beinahe tierische Laute aus, als er diese abtastete. Rico erschien in der Tür und gab ihm ein Glas mit einer trüben Mischung darin. »Gib ihr das. Ist ein Schmerzmittel für unsere Rinder und Pferde. Wirkt aber auch bei Menschen. Wenn sie das trinkt, wird sie schlafen können.« Im Gehen fügte er noch hinzu: »Gib Simon am besten auch etwas. Dann kann er sich bis morgen erholen, und wir sehen alle etwas klarer.«

Vermisst

++ Donnerstag, 1. November ++

Seit dem vergangenen Montag herrschte panische Hektik im Kommissariat in Ravensburg. Die Nachricht von Stevens Verschwinden schlug ein wie eine Bombe.

»Das fehlt uns gerade noch«, wütete Kerstin in ungewohnter Härte, während sie durchs Büro stürmte. »Seit Tagen keine Spur von ihm. Nichts. Dieser Depp!« Sie tobte schon den vierten Tag. Weder sie noch Valmir hatten nach Hause gefunden und schliefen hinten im kleinen Fitnessraum. Ihnen war egal, was die Kollegen dachten. Doch Steven zu finden war oberste Priorität. »Wann dürfen wir denn offiziell in die Schweiz reisen? Wann erlauben sie es uns endlich?«

Valmir stand vom Schreibtisch auf, stoppte ihren Rundgang und nahm sie in den Arm. Unvermittelt schossen Tränen in ihre Augen. Sie schluchzte. »Ich will doch nur, dass er wieder zurückkommt. Einfach nur, dass er wieder bei uns ist.« Valmir streichelte ihr sanft über den Kopf. »Wir finden ihn. Glaub mir. Ich spüre das. Steven ist nicht tot. Er wird bald wieder bei uns sein. Die Schweizer Kollegen sind nur schlechter Laune, weil sie glauben, wir hätten mal wieder ohne ihre Zustimmung ermittelt. Ich arbeite aber daran, dass sie unserer Version glauben. Andrea-Domenica hilft hier ein wenig.«

Andrea-Domenica. Wo war sie eigentlich? Kerstin beruhigte sich etwas und setzte sich auf den Schreibtisch, ließ dabei Valmirs Hände nicht los. »Ist sie noch immer in der Schweiz?« Valmir nickte. »Ja, die bekommst du von dort nicht weg. Sie ist täglich oben in den Bergen und begleitet die Suchtrupps. Dumm nur, dass die Schweizer Kollegen im Hotel in Chur jede Menge unserer Ermittlungsakten gefunden haben.«

Alle paar Minuten tauchten Kollegen im Büro auf und brachten Material rein. Der aufgestockte Ermittlungstrupp hatte sich in ihren Büros eingerichtet. Sie hatten alle Hände voll zu tun. »Der Termin des Ultimatums rückt näher, Kerstin. Das dürfen wir bei aller Sorge um Steven nicht aus den Augen verlieren. Elf läppische Tage liegen noch vor uns.« Ein Kollege blickte zu ihnen rüber. »Von welcher Gruppe kam denn nun dieses Ultimatum? Von den Bauern? Von den esoterischen Spinnern oder von den Schweizer Terroristen?« Valmir blickte in die Runde. Dorthin, wo die einzelnen beauftragten Teams für jede Zielgruppe arbeiteten. Schweigen folgte seiner Frage.

»Ich tippe auf die Schweizer Version. Auf die Geschichte mit den Schwabenkindern«, setzte Valmir seine Analysen laut fort. Kerstin, die in Gedanken bereits bei Herrn Max und der kleinen Katze war, die dringend gefüttert und versorgt werden sollten, zerrte sich selbst in die Gegenwart zurück und widersprach ihm: »Nein, Valmir! Du hast selbst die Auswertungen der Computersimulationen gesehen, die die Beziehungen der Opfer und der Tatorte ausgewertet haben. Alle Varianten, die das Programm ausspuckt, sprechen eine klare Sprache: Die Bauern haben alle eine eigene Verbindung zu den Opfern in der Stadt und auf dem Land. Sie sind räumlich oder verwandtschaftlich miteinander verwoben. Erinnere dich doch! Das ist eine gigantische Clan-Verschwörung. Und das passiert jetzt! Jetzt ist die Zeit der Abrechnung. Die Kettenreaktion ist in Gang gesetzt!« Ein Kollege meldete sich mit einem Handzeichen: »Was meinst du mit ›Clan‹? So was, wie die kriminellen Familiengruppen, die gerade in Deutschland ausgehoben werden?« Kerstin nickte: »Ja, so ähnlich! Auch wenn das hier bei uns in Schwaben nicht so offensichtlich ist und keine organisierte Kriminalität dahintersteckt, so ist das doch vergleichbar. Diese Familien sind über Jahrhunderte zu beachtlichen Gruppen angewachsen, sind enorm sesshaft und konnten sich somit über die gesamte Region ausbreiten. Frag doch die Menschen da draußen. Sie können dir ganz genau sagen, wer mit wem über welche Grade verwandt ist. Vor allem wissen sie sehr gut, welcher Clan ihnen vor wie vielen Jahren was angetan hat. Die haben ein kollektives Gedächtnis, da ist ein Computer ein Dreck dagegen!« Verhaltenes Gelächter erfüllte den Raum. Doch Kerstin sprach unmittelbar weiter: »Diese Schweizer sind Handlanger von irgendjemanden. Sie sind geldgierig. Mehr nicht. Dass die Briefe in Chur eingeworfen wurden ist eine Trickgeschichte. Dass man sich einfach auf die Geschichte der Schwabenkinder konzentriert, ist ein primitiver Ablenkungsversuch.« Energisch sprang sie vom Tisch auf und zeigte von einer Ermittlungstafel zur anderen. »Macht die Augen auf! Lasst euch nicht von dumpfen Ablenkungsmanövern täuschen! Steven ist der Geschichte schon auf den Leim gegangen. Uns darf es nicht auch noch erwischen!« Nervös zog sie eine zerknitterte Zigarettenschachtel aus ihrem Schreibtischfach und verließ das Zimmer.

Valmir folgte ihr auf den kleinen Dachbalkon, der in den Hinterhof führte. Trotz der Kälte standen sie ohne ihre Jacken im Freien. Der Winter würde früh einsetzen in diesem Jahr. Valmir setzte gerade zu sprechen an, um die Kollegin darauf aufmerksam zu machen, dass sie nach dem letzten Ereignis in Bodnegg doch beide von der Rache der Schwabenkinder ausgegangen waren. Was hatte den plötzlichen Sinneswandel von Kerstin verursacht? Doch er besann sich eines Besseren und versuchte einen anderen Ansatz. »Kerstin, unabhängig davon, wer der Bösewicht ist: Es gibt eine bedrohte Zielgruppe. Und um die wird es am 11. November gehen. Sie haben wir zu schützen. Verstehst du? Lass uns Verstärkung aus Stuttgart anfordern.«

»Göppingen, meinst du!«

»Woher auch immer. Aber wir brauchen die Kollegen von der Bereitschaft und zwar massenhaft Leute, die schon jetzt die Höfe und Häuser bewachen. Dann kommen wir denen schon auf die Spur.« Kerstin nickte. »Du hast recht. Wir treffen alle am 11. November bei den Opfern aufeinander. Aber dann kann es schon zu spät sein. Wir müssen noch mehr tun, Valmir. Jetzt! Und dazu brauchen wir unseren besten Kollegen, sonst wird das nichts.« Mit diesen Worten eilte sie zurück ins Haus, Valmir ihr hektisch hinterher. »Was ist das denn jetzt schon wieder? Wo willst du hin? Drehen jetzt alle durch?«

Doch Kerstin hatte bereits ihre Jacke und Tasche geschnappt und stand in der Tür. »Ich gehe jetzt zu den Tieren zum Füttern und packe ein paar Sachen für Andrea-Domenica zusammen. Dann fahre ich rüber. Kümmer du dich um die Ermittlungen und die anderen Verdächtigen. Hol deine zweitausend SEKler, wenn du willst. Mach, was du für richtig hältst. Ich bin jetzt weg.«

Valmir warf einen leeren Plastikbecher auf den Boden. »Jetzt drehen wir alle durch. Komplett! Und plötzlich sind die Damen auch noch Freundinnen. Na klar.« Mit seinen letzten Worten erschien seine Chefin. »Bericht, Kollege. Wo stehen wir? Kommen Sie mit zu mir ins Büro.«

Resigniert drehte Valmir bei und folgte seiner Chefin in ihr Zimmer.

++ Samstag, 3. November ++

»Möchten Sie nicht mal Pause machen?« Besorgt blickte der Leiter der Suchtrupps der jungen Frau ins Gesicht. Sie wirkte vollkommen übermüdet und erschöpft. Nun war schon der siebte Tag angebrochen, seit Steven verschwunden war. Und noch immer keinerlei Lebenszeichen. Seit gestern erschwerte leichter Schneefall die Suche. Doch auch in den Tagen davor gab es keine Spur von dem Vermissten.

Der Suchbereich war bereits auf mehrere Kilometer ausgeweitet worden. Ein schier unmöglich zu durchkämmendes Gebiet mit den wenigen Dutzend Helfern, die sie hatten. Es war, als ob Steven und seine Entführer vom Erdboden verschluckt worden waren. Selbst unterhalb der Berghänge fand man keine Absturzopfer.

Andrea-Domenica lächelte ihn tapfer an und schüttelte den Kopf. »Alles gut, danke. Wissen Sie, er ist noch am Leben, glauben Sie mir. Ich weiß es. Wir müssen deshalb so lange suchen, bis wir ihn haben. Ich habe danach Zeit zum Erholen.« Dankend nahm sie aber den angebotenen Tee entgegen. »Vielleicht müssen wir unsere Strategie ändern, was meinen Sie?« Interessiert blickte der hochgeschossene, durchtrainierte Rettungsleiter zu ihr herüber. Er war offen für alle Ideen. »Sprechen Sie«, forderte er die tapfere Frau auf und schob seine Wollmütze etwas hoch.

Andrea-Domenica streckte ihre Hand aus und zeigte in Richtung der Almhütte, die sie in jener Nacht hatten aufsuchen müssen: »Nun, wir haben immer angenommen, dass der Entführer oder die Entführer Steven so weit wie möglich von der Alm weggebracht oder eventuell zu einer Straße geschleppt haben. Weiterhin haben wir angenommen, dass die Spuren, die wir verfolgten, authentisch sind. Was, wenn die Kerle eine falsche Fährte legten? Was, wenn mein Mann in unmittelbarer Nähe ist?« Sie schwenkte ihren Arm über die

Fläche in Richtung Almhütte. »Irgendwie hier oder dort. Irgendwo in einer Höhle.« Sie nahm einen kräftigen Schluck des Tees. Der Rettungsleiter massierte nachdenklich sein bärtiges Kinn. »Frau Plodowski. Sicher, wir haben das natürlich schon in Erwägung gezogen. Doch wo soll er dann versteckt sein? So schlimm sich das anhört, aber dann, denke ich, liegt er irgendwo unter den Schneemassen vergraben. Eventuell in einer zugeschneiten Senke.«

Der Angesprochenen zog sich bei diesen Äußerungen das Herz zusammen. Doch sie schüttelte den Kopf. »Glauben Sie mir, wir suchen noch immer einen Lebenden! Mein Mann hat mir selbst erzählt, dass in dieser Gegend seit dem Mittelalter in großem Stil Bergbau betrieben wurde. Viele Stollen sind in Vergessenheit geraten. Beim Bau der Eisenbahn sind sogar solche vergessenen Stollen angebohrt worden. Ich bin überzeugt, wir müssen ihn in einem der Stollen suchen.« Sie blickte in zweifelnde Augen. »Überlegen Sie doch«, versuchte sie es erneut. Verzweiflung mischte sich ihrer Stimme bei. »Nach seinem Verschwinden wurden sofort Straßenkontrollen eingeführt. Die Schweizer Polizei hat verdächtige Häuser durchsucht, mögliche Unterschlupfe ausgemacht. Kein Erfolg. Ich glaube nicht, dass man eine Geisel, die eventuell körperlich angeschlagen ist, über einen Gebirgspass schleppen kann.« Erschöpft wandte sie ihren Blick ab. Einige Umstehende begannen langsam zu nicken. »Es könnte ja was dran sein, Herr Einsatzleiter. Hier gibt es tatsächlich einige Löcher und Stollen. Wir haben an diese Möglichkeit nicht konsequent gedacht.« Der aus Bern stammende Mann hob erstaunt die Hände. »Und warum hat mir das bisher noch niemand gesagt? Vor allem, was meint ihr mit ›konsequent‹?« Verlegenes Schulterzucken war die Antwort. Ein älterer Herr setzte nach. »Damit meinen die Kollegen wahrscheinlich, dass wir nur in den öffentlich zugänglichen Stollen gesucht haben. Es gibt aber weitaus mehr davon.« Der Einsatzleiter hakte energisch einen Karabiner, mit

dem er herumhantiert hatte, in den Haltegurt, der ihm über die Schultern lief. »Aber, das würde ja bedeuten, dass wir die Nadel im Heuhaufen suchen. Wollen wir unter jedem Fels und Stein nach einem verborgenen Eingang suchen? Jetzt auch noch mit dem Schnee, der fällt?«
Niemand antwortete. Stille breitete sich aus.

Mit stechendem Blick scannte er seine Umgebung. »Wunderbar, wenigstens wissen wir jetzt, dass wir eine Nadel im Heuhaufen suchen müssen. Verbunden mit der geringen Wahrscheinlichkeit, dass er noch lebt.« Alle nickten. Müde, aber dennoch willens, diese Suche zu einem möglichst glücklichen Ende zu bringen. Erleichtert dankte Andrea-Domenica allen Umstehenden für ihre große Ausdauer.

»Wir müssen kundige Leute holen, die sich mit der Geschichte des Bergbaus in dieser Gegend auskennen. Vielleicht gibt es im Internet erste Hinweise? Lasst uns zu unseren Einsatzzelten zurückgehen, Pause machen und erst einmal das zusammen recherchieren.« Sie marschierten rüber zu ihrem Einsatzlager. »Max und Franz, ihr beide haltet bitte Verbindung zur Gendarmarie unten im Tal. Was gibt es dort Neues?« Die Angesprochenen traten vor und öffneten ihre Tablets. »Wir haben vorhin mit der Leitstelle gesprochen. Sie haben ein Nest ausgehoben. Die Einwohner haben berichtet, dass in Valbella eine Gruppe junger Spinner haust. Sie haben eine Hütte bewohnt, die einem Handwerker Namens Rico Mattern gehört. Die Bewohner erzählen, dass diese Leute versucht haben, Gefolgsleute für ihre verrückten Ideen zu finden.« Der Einsatzleiter unterbrach sie. »Lasst mich raten: Sie wollten die Menschen davon überzeugen, eine Reparation für die Zeit der Schwabenkinder zu fordern, richtig?« Die beiden nickten. »Ja, das stimmt. Die müssen ziemlich fanatisch sein, was man so hört. Das Einsatzkommando hat die Hütte schon am Donnerstag gestürmt, nachdem ein anonymer Hinweis eingegangen war. Es war niemand mehr da. Alle ausgeflogen. Sie sollen zu viert mit einem kleinen Geländewagen abgefahren sein. Niemand hat eine fünfte Person gesehen. Die Nachbarn beobachteten alles genau, als sich die Bande davongemacht hat.«

Andrea-Domenica stellte sich hinter sie und las den internen Polizeibericht. »Sie hausten dort schon länger, wie hier steht. Einige Bewohner in Valbella hatten in den Befragungen zugegeben, dass sie wussten, dass radikale Spinner dort wohnten. Doch niemand hat das ernst genommen, bis jetzt Stevens Verschwinden und die Berichte über die Straftaten in Deutschland bekannt wurden.« Die Verdächtigen waren entwischt. Wieder einmal hätte Andrea-Domenica weinen können. Sie musste sich auch mit dem Vorwurf auseinandersetzen, dass sie die Ermittlungen verzögert hatte, weil sie Stevens wahre Identität nicht von Anfang an verraten hatte.

»Ich hab was«, ertönte es von einer der hinteren Bierbänke im Zelt herüber. »Hier, ich habe eine Karte der alten Bergwerke gefunden, die bis heute bekannt sind oder wiederentdeckt wurden. Einige sind wirklich in unserer Nähe.«

»Und ich habe einige Namen von Experten ausfindig gemacht, die sich mit der Erforschung der alten Bergwerke befassen«, rief ein ihm gegenüber sitzender Helfer.

***

Während die Suchtrupps immer und immer wieder über ihn hinwegmarschierten, vegetierte Steven einige Dutzend Meter unter ihnen in seinem Verließ vor sich hin. Die Kälte raubte ihm alle Kräfte. Sie kroch zusammen mit der Feuchtigkeit in dem nassen Stollen durch Wolldecken und Kleidung. Steven versuchte deshalb, so wenig wie möglich aus seiner Bettstatt aufzustehen. Er wollte die Wärme seines Körpers darin bewahren. Jedes Aufstehen hätte einen Verlust bedeutet. Die Leuchtmittel waren längst bis auf zwei Stäbe verbraucht. Auch beim Essen gab es nicht mehr viel an Reserve. Ein paar Dosen, etwas Wasser und das war es auch schon. Steven portionierte alles, so gut es ging. Ein kleiner Schluck am Morgen, ein Stück Wurst, Käse oder Marsriegel und das war es schon. Wann immer Steven aufs Klo musste, positionierte er leere Flaschen so, dass von der Decke tropfendes Wasser in ihnen aufgefangen werden konnte. Zum Glück hatten die Panikattacken der ersten Tage nachgelassen. Tage? Steven konnte nur vermuten, dass es Tage waren. Für jeden gefühlten Tag legte er einen kleinen Stein an eine bestimmte Stelle, die er immer wieder ertasten konnte. Routine und feste Rituale, so lernte er schnell, halfen ihm, die Panik zu vermindern. Doch die Stunden dazwischen waren düster und angefüllt mit morbiden Gedanken. Die Ungewissheit, ob er hier verrotten würde, war zerstörerisch. Würde er doch wenigstens ein kleines Lebenszeichen von irgendwoher bekommen. Irgendein Signal, dass man ihn suchte und finden würde.

Das war aber utopisch. Steven hatte bei seinen Besuchen am Gatter gelernt, dass der Stollen hinter der unüberwindbaren Barrikade noch um die Ecke verlief, bevor er wohl ins Freie führte. Dass es der Ausgang sein musste, ließ ein Luftzug vermuten, der immer wieder von dort zu ihm heruntergetragen wurde. Den zweiten Gang, den er noch bei Licht gesehen hatte, verfolgte Steven anfangs eine lange Strecke. Doch dieser schien unendlich zu sein. Aufgrund der Kälte und Finsternis wollte er nicht bis zum Ende gehen. Es hätte schnell seinen Tod bedeuten können, hätte er sich im Dunkeln einen Fehltritt erlaubt. Zu dumm, dass Steven keine Leuchtmittel mehr hatte. Sie gingen für die Wassergewinnung und andere dringende Aufgaben drauf, die man so machen musste. Unter anderem ein Klo einrichten, das möglichst weit weg lag und dennoch bei Dunkelheit gut erreichbar war.

Die Einsamkeit war unerträglich. Seine Fantasie ließ in der

Dunkelheit Bilder vor ihm auftauchen, von denen er bald nicht mehr wusste, ob sie real oder in seinem Kopf existierten. »Man wird verrückt, man wird wirklich verrückt«, stammelte er immer wieder vor sich hin, wenn diese Bilder zu Filmen mutierten und ihn mehr und mehr in ihren Bann zogen. Sie entwickelten sich zu seiner Realität. Oft wusste Steven nicht, ob er schlief oder nur auf seiner Liege lag und vor sich hin starrte. Fühlten sich Drogenabhängige so? Ein Horror! In anderen Momenten tauchten Szenen aus seinem Leben, von seiner Familie, seinem Beruf, seiner Kindheit und Jugend auf. Sie vermischten sich zu allen möglichen wilden Geschichten. Es war, als ob sein Unterbewusstsein die Chance nutzte, den ganzen Müll seines Lebens nach oben zu spülen. Und da kam unglaublich viel davon zutage. Die Schmerzen emotionaler Verletzungen in allen Phasen seines Lebens traten in den Vordergrund. Seine eigene Gefühlswelt ließ ihn all das spüren, was er damals hätte spüren sollen, aber immer unterdrückt hatte. Überdeckt mit mehr und mehr Arbeit oder anderen Ablenkungen.

»Hättest du dich nur damals intensiv damit auseinandergesetzt, dann wäre das jetzt nicht so schmerzvoll und vor allem so geballt«, wollte ihm sein Gehirn einbläuen.

Doch da war aber auch dieser eigenartige Simon, der regelmäßig in seinen Träumen auftauchte. Steven sah nun sehr klar, wo ihm dieser Mensch überall begegnet war. In Ravensburg, in Wolfegg, in dem Restaurant, in Chur, auf der Hütte. Und selbst an die Szene, als Steven bewusstlos auf dieser Trage lag und entführt wurde, hatte er plötzlich Erinnerungen. Steven hörte aufmerksam zu, wie dieser Simon auf der ganzen Route der Entführung unentwegt auf ihn einsprach. Er erinnerte sich an jedes einzelne Wort dieses Kerls.

»Wir sind Brüder, Steven. Zwillinge im Geiste. Den Schmerz, den du spürst, ist derselbe, den ich spüre. Dieses Ausgeschlossensein. Dieses Erleben der Ausbeutung, des

Missbrauchs. Sie haben es schon immer und mit jedem gemacht. Sie sind Blutsauger. Glaub mir, du und ich sind uns ähnlicher, als du denkst. Verfolg mich nicht! Folge mir! Schaffe mit mir zusammen eine Welt, in der Gerechtigkeit herrscht!« War das nicht Stevens höchster Wille gewesen? Schon immer? Gerechtigkeit zu schaffen. Wurde er nicht auch deshalb Polizist, weil er Gerechtigkeit schaffen wollte, die seiner Familie nicht zuteilwurde?

Bilder seines Vaters tauchten vor ihm auf. Steven wollte ihn danach fragen. Doch wann immer er es versuchte, verschwand dessen Antlitz und stattdessen tauchte dieser Simon auf. »Folge mir, Steven! Folge mir …«, sprach diese Stimme. Sie drang tiefer und tiefer in ihn ein. »Wir schaffen Gerechtigkeit.« Steven spürte in sich eine unergründliche Wut und Ohnmacht aufsteigen. Woher kam die nur? Er musste mit aller Gewalt dagegen ankämpfen, die Wechselwirkung mit Simon in Zaum zu halten und nicht in Sympathien mit dessen Vorhaben zu verfallen.

In diesen Momenten begann der Gefangene laut mit sich zu reden. Sang Lieder in einer Lautstärke, dass seine Stimme von den Wänden zurückgeschmettert wurde und ihm eine eigene Realität schuf, die ihm half, wieder etwas zu sich zu kommen. Gedanken an Herrn Max schenkten ihm ein Lächeln. Was dieser getreue Freund in dieser Situation wohl raten würde? Wie lange würde er wohl noch durchhalten können?

Radikal

++ Montag, 5. November ++

»Auge um Auge, Zahn um Zahn, das gilt jetzt! Wir müssen handeln, ihr Getreuen! Sie nehmen uns nicht ernst. Jetzt haben wir zu kämpfen.« Johannes blickte den Redner an. Rico schien radikaler geworden zu sein, als jeder andere in der Gruppe. Zögerlich erwiderte Clara: »Aber, es sind doch schon einige Gelder eingegangen, müssen wir denn dann noch weiter so brutal sein?« Sie blickte flehend zu Johannes. Sie hoffte, dass er ihr beisprang. Doch der beobachtete lediglich die Dynamik in der Gruppe. Clara war wieder zu ihnen gestoßen, nachdem sie vergangenen Donnerstag in der Nacht vor ihrer kleinen Dachwohnung standen. Johanna hatte sich wortlos davongemacht, als sie die Stadtgrenze Zürichs überschritten hatten. Nur mühsam konnte sie die Tasche aus dem Auto ziehen und sich zur Straßenbahn schleppen. »Ob sie wiederkommt?« Ueli war sich dessen nicht sicher. Am liebsten wäre er ihr hinterhergelaufen. »Sie wird«, war sich Johannes sicher. Aber am Ende war es ihm egal. Sie hatte ihm die ganzen Monate über Angst gemacht. Oft genug hatte er sich nachts vorgestellt, wie sie mit dem Messer in der Hand an seinem Bett auftauchen würde.

»Wollen wir jetzt einknicken, nur weil ein paar Beträge da sind? Die Buße ist noch lange nicht getan! Die vielen Zehntausende von Schicksalen müssen bis zum kleinsten Schmerz gesühnt werden. Sonst werden wir keine Erlösung erfahren! Ein Naturgesetz kann man nicht einfach aushebeln.« Ein Naturgesetz – schau an! Was Rico da alles von sich gab. Johannes fand das bemerkenswert. Dieser Kerl hatte aber recht! Rico überraschte mehr und mehr. Dieser einfache Handwerker aus Graubünden entfachte hier ein Feuerwerk an Umsicht und Weltsicht. Was mochte sein wahrer Hintergrund sein? Was trieb diesen Kerl wirklich an?

Johannes wollte lediglich diesen unbändigen Schmerz in seiner Brust loswerden. Dieses Leiden, das ihn beinahe in den Wahnsinn trieb. Das ihn zu einer Horror-Achterbahnfahrt trieb, die er weder zu steuern noch zu kontrollieren vermochte. Aber dieser Kerl hier, der hatte eine ganz eigene Agenda.

Rico hatte am vergangenen Samstag zwei neue Mitglieder in die Gruppe gebracht. Johannes war erst stinksauer, da dies ohne Absprache erfolgt war. Doch er konnte nichts dagegen tun. Das war klar. Die Leitung hatte sich schon seit der Zeit in den Bergen auf zwei Schultern verteilt. Ricos und seiner. Ersterer führte die Neuen als zwei enge Freunde ein, die laut seiner Aussage auch »die Zwillinge« genannt wurden. Sie kamen ebenfalls aus den Bergen, wie sie sagten. Aus Liechtenstein. Johannes entdeckte schnell die Idealisten in ihnen.

»Sie wollen uns helfen. Sind zwar blutjung, aber bekannt für ihren Mut«, erklärte Rico.

»Die Zeitungen sind voll von euch und euren Heldentaten«, eiferten die beiden. »Alle Welt spricht von euch! Spricht von den Schwabenkindern, auf die ihr euch beruft. Ihr kämpft für eine gute Sache, und da wollen wir dabei sein.« Nach einigem Zögern war es letztendlich für Johannes in Ordnung. Mit etwas Geschick konnte er sie – hoffentlich – genauso wie die anderen in seinem Sinne radikalisieren. Auch die Tatsache, dass Clara die beiden Jungs offensichtlich beeindruckte, kam ihm zupass. »Ihr habt recht, wir sollten den 11. November weiterhin als Ultimatum aufrechterhalten. Sie sollen spüren, dass man mit uns nicht einfach so umspringen kann.« Johannes ging in die Küche und holte sich einen weiteren Teller Chili con Carne. Er hatte mächtig Hunger. »Wir müssen nur vorsichtig sein. Sonst schnappen sie uns, und alles ist vorüber, bevor wir die Früchte unserer Mühen genießen können.« Die Mitstreiter bemerkten nicht den Hauch eines Lächelns, das unmerklich seinen Mund umspielte. Sein Blick traf sich mit dem von Clara.

Alle waren damit beschäftigt, seinem Gedanken nachzugehen und überlegten sich, wie der 11. November aussehen könnte. Was könnte man machen? Höfe anzünden? Tiere vergiften? Menschen als Geiseln nehmen? Was würde am meisten wirken?

»Ich würde am liebsten die Milch und alle Lebensmittel der Bauern vergiften, damit sie keine Abnehmer mehr haben«, sprach prompt einer der Zwillinge. »Ja, wir vergiften alles. Das ist gut«, folgte der Zweite. »Und dann vergiftet ihr Tausende von Unschuldigen, die in den Läden die Milch kaufen?« Clara war entsetzt. Doch Rico zuckte mit den Schultern. »Ist das unsere Schuld? Sie hatten ihre Chance. Ab jetzt müssen sie die Verantwortung übernehmen, für ihr Tun und Nichtstun!«

»Und der Kommissar?«, warf Ueli unvermittelt ein. »Was ist mit dem?« Johannes stopfte sich einen Löffel Chili in den Mund. »Was soll mit dem sein?«, sprach er, begleitet von schmatzenden Geräuschen. »Er hatte auch seine Chance. Ich hab sie ihm an dem Abend in der Hütte gegeben. Wenn ihn die Suchtrupps nicht finden, dann ist es eben Schicksal. Kollateralschäden gibt es immer und überall. Gerade bei einer großen Sache wie dieser. Zu gefährlich, ihn freizulassen. Zu gefährlich.« Meinte er das ehrlich? Clara hatte ihre Zweifel. Sie kannte den blonden Anführer schon etwas besser. Aber auch ihr war aufgefallen, dass Johannes nervlich immer angeschlagener wirkte. Er verlor zunehmend die Kontrolle. Seine Mitstreiter wussten nicht, dass er Medikamente zu nehmen hatte, welche er aber schon länger nicht mehr schluckte. Das war ihr Geheimnis geblieben. Stattdessen nahm er heimlich irgendwelche Pillen. Drogen oder Aufputschmittel? Clara war sich da nicht sicher. Sie hatte ihn nur immer wieder in den letzten Tagen beobachtet, wie er die Dinger heimlich zu sich nahm.

Es klingelte an der Tür. Clara blickte irritiert zu den anderen. Johannes nickte ihr auffordernd zu. Nur langsam ging sie zum Eingang und öffnete. Johanna! Clara blickte sie irritiert an. »Du hier? Wie wusstest du, dass wir bei mir sind?«

Stumm trat sie ein und setzte sich mit einem Nicken neben Rico an den Tisch. Mit eisernem Blick verfolgte sie Johannes, wie dieser seinen Teller leerte und nervös auf den Nebentisch stellte. »Du bist also zurück«, bemerkte er nur.

Sie bewegte sich nicht. Kein Muskel in ihrem Gesicht verzog sich, als sie tonlos sprach. «Nicht wegen dir, sondern wegen der anderen. Wegen der Sache. Ich stehe zu meiner Pflicht.« Rico klopfte auf den Tisch. »Bravo, super!«

Ueli strahlte vor Glück. Am liebsten wäre er ihr um den Hals gefallen. Doch das traute er sich nicht. Dieses eine Mal vor einiger Zeit hatte ihm einen harten Schlag gegen den Kehlkopf beschert. Sie könnte ihm die Knochen brechen, so, wie sie schaute. Besorgt blickte er auf den dicken Abdruck über ihren Rippen. Es musste ein Verband sein, wie er mutmaßte. Johannes schluckte die Schmach hinunter, ballte die Faust unterm Tisch fest zusammen. Die Knochen schmerzten. Doch das war ihm gerade recht. Das lenkte ihn ab. In seinem Kopf hämmerte es unentwegt. Wartet, wer am Ende triumphiert. Das werde ich sein und nicht ihr! Die Pillen putschten ihn auf und vernebelten gleichzeitig seine Sinne.

Die beiden Neuen in der Runde blickten neugierig zu dieser stoisch dasitzenden Kämpferin. Sie schien ihnen einer Kriegerin aus ihren Onlinegames gleich. Rico stellte die Zwillinge kurz vor.

»Was haben wir als Ergebnis der letzten Tage?« Auffordernd blickte Johannes zu Clara, neben Ueli seine einzige Getreue. Sie verwaltete auch die Konten, die sie für die Erpressungen eingerichtet hatten. »Geld eingegangen?«

Eifrig nickte die Mitstreiterin. »Und ob. In den letzten Tagen kam einiges zusammen. Viele kleinere Zahlungen, aber in der Summe ist da kräftig was zusammengekommen.« Stolz hielt sie einige Kontoauszüge in die Luft. »Was heißt

›kräftig was zusammengekommen‹? Wie viel ist es wirklich?« Rico riss ihr die Blätter aus der Hand. Anerkennend pfiff er durch die Zähne. »So viel hab ich mein Lebtag nicht gesehen! Sind das wirklich mehr als siebzigtausend Euro? Wirklich?« Er konnte es nicht glauben.

Anerkennend jauchzten auch die Zwillinge. »Coole Sache. Wir sollten uns schnellstmöglich absetzen. Das reicht für einige Zeit.« Sie malten sich wohl in Gedanken schon die Sonne aus, unter der sie ihren Cocktail schlürften und nach südländischen Rhythmen tanzten.

Johanna unterbrach jäh ihre süßen Träumereien. »Das ist ein Judaslohn! Mehr nicht. Verdammt noch mal.« Sie wurde wütend. »Rico, wenn du schon solche Idioten mitbringst, dann halt sie auch eng an der Leine!« Zufrieden nickte Johannes. Sie war wieder zurück. War in ihrem Element!

»Ich will wissen, wer das Geld überwiesen hat! Ich bin überzeugt, das sind immer nur winzige Summen von dem, was uns eigentlich zusteht – was den Nachfahren der Schwabenkinder zusteht!« Behutsam legte sie ihre Hand auf ihre Rippen und atmete langsam ein und aus. Ungefragt schob Johannes eine seiner Tabletten zu ihr hinüber. »Nimm, das hilft.« Ihm war jetzt egal, was die anderen darüber dachten. Nur noch wenige Tage, dann war das ohnehin alles vorbei!

Freiheit

++ Dienstag, 6. November ++

Ein Rascheln oder eher ein sehr leises Schleifen von Kieseln auf dem steinigen Untergrund ließ ihn erwachen. Angestrengt blickte Steven in Richtung des Geräusches. Schon wieder! Etwas war im Raum.

»Hallo?«, stammelte er zögerlich. »Hallo …« Kam der Entführer zurück? Steven richtete sich mühsam auf. Er fühlte seine Glieder nicht mehr. Wie viele Tage er schon so herumlag, war ihm nicht mehr bewusst. Seine Kieselsteinsammlung auf seinem Lager war auf bald ein Dutzend angewachsen. Das gab zumindest einen ungefähren Anhalt, musste aber nicht zwingend stimmen. Irgendein Datum zwischen 2. und 8. November vermutete er.

Vorsichtig umfasste Steven einen faustgroßen Stein, den er sich schon vor Tagen zu seinem Schutz bereitgelegt hatte. Das Rascheln und Schleifen setzte sich zögerlich fort. Stevens Sinne hatten sich in den vergangenen Tagen in der Dunkelheit enorm gesteigert. Er konnte gut verfolgen, wie das Geräusch hin und her wanderte. Was wollte der Eindringling? So vorsichtig wie möglich ließ Steven die freie Hand in die Jackentasche gleiten. Er umfasste das kantige, beinahe leere Feuerzeug. Sollte er seine letzte Lichtquelle opfern? Sein Instinkt sagte ihm, er sollte es tun. Der Verstand wollte ihn aber daran hindern. Was wäre danach? Ewige Nacht, weil er nichts mehr zum Anzünden hatte?

Das Geräusch kam näher, langsam, aber kontinuierlich. Stevens Sinne schärften sich. Das Adrenalin weckte alle noch vorhandene Kraft in ihm. Die eine Hand legte den Stein auf die Seite, ergriff das Feuerzeug und legte den Daumen auf das kleine Rädchen. Das Rascheln wurde zu einem Schnüffeln. Dann leuchteten Funken auf, zündeten das Gas des Feuerzeuges und erleuchteten den Raum.

Steven war kurzfristig geblendet und hob die Flamme in die Höhe. Funkelnde Augen blitzten im Licht auf. Gerade mal einen Meter vor seinem Gesicht. Sein Schrei vermischte sich mit dem erstaunten Geheul des Tieres, das plötzlich einen Satz zur Seite machte. War das ein Hund, ein Wolf? Steven pochte das Herz, der Puls schlug wild bis in die Halsadern. Er zog sich rasch in die hintere Ecke seiner Liege zurück. Das bisschen, was noch an Essen herumlag, fiel herunter. Der Behälter mit dem Tropfwasser kippte auf den Boden und lief aus. Das Tier begann zu knurren. Steven sah helle Zahnreihen aufblitzen. Er zitterte, umfasste wieder fest den Stein und brüllte, was er nur konnte.

»Verschwinde, du Sauvieh. Hau ab!« Er schrie, fummelte am erloschenen Feuerzeug, um es wieder zum Leuchten zu bringen. »Mein Platz! Meine Höhle! Hau ab!« Der Lärm seiner Stimme war selbst für ihn ohrenbetäubend, wie sie von den kahlen Wänden der Höhle widerhallte. Das Fletschen des Tieres bot ihm aber Kontra. Es wollte nicht so schnell klein beigeben. Steven schoss unvermittelt nach vorn, das Feuerzeug hielt er wie einen Dolch vor sich. Mit der anderen Hand ergriff er den Stein und schleuderte ihn aus kurzer Distanz auf das Tier. Mit Genugtuung vernahm er den dumpfen Aufschlag. Sein Wurf musste das Tier getroffen haben. Ein Wimmern hallte durch den Raum. Schnell ergriff Steven einen weiteren Stein von seinem kleinen Verteidigungsarsenal und schoss einen nach dem anderen in Richtung des Tieres. Er versuchte, das Feuerzeug zu aktivieren, was nach vielen Versuchen endlich gelang. Einige Steine mussten ihr Ziel gut getroffen haben. Denn mit einem Mal wandte sich das Tier um und sprang mit einem großen Satz nach hinten, um in der Wand zu verschwinden. Es war weg.

Erschöpft sackte Steven in sich zusammen. Er brauchte einige Momente, um sich von diesem Schock zu erholen. Plötzlich war er sich nicht mehr sicher, ob das gerade wirklich geschehen war. Halluzinierte er? Wo war das Tier denn hin? Es konnte doch nicht einfach in der Wand verschwinden oder durch diese hindurchrennen.

Er hing kurz seinen Gedanken nach. Wurde er verrückt? Doch plötzlich erinnerte sich Steven an seine Erkundung am ersten Tag. Da war doch noch ein zweiter Gang gewesen! Er hatte ihn vollkommen vergessen. War das Tier von dort hergekommen? Wenn es dieses wirklich gegeben haben sollte? Noch schien etwas Gas im Feuerzeug zu sein. Wie lange noch? Egal.

Steven mühte sich aus dem Wirrwarr an Decken und versuchte, auf die Beine zu kommen. Es klappte mit Müh und Not. Er konnte zumindest vorsichtig einen Fuß vor den anderen setzen. Mit der freien Hand riss er einen Holzstecken vom Lager und nutzte diesen als Krückstock. Steven schwankte bedenklich. Er durfte nicht das Gleichgewicht verlieren und in die Tiefe stürzen. Jetzt nicht. Wieder leuchtete die Flamme des Feuerzeugs auf, gab einen kleinen Lichtschein ab. Das Tier schien nicht mehr zurückzukommen. Er stolperte los. Langsam näherte sich das dunkle Loch in der Wand, durch das der Eindringling verschwunden war. Was, wenn das Tier dort auf ihn wartete? Steven war das egal. Lieber zerfleischt werden, als in der Höhle zu verhungern und zu verrotten. Die Hoffnung, dass ihn jemand hier rausholte, hatte er schon längst aufgegeben.

Mutig ging der Gefangene weiter. Das Gehen wurde zunehmend leichter. Zwar verursachte das in die Beine schießende Blut starke Schmerzen, doch das spürte Steven nicht. Sein Adrenalin zirkulierte noch immer in großen Mengen in seinen Adern.

Steven hatte schon etliche Meter hinter sich gebracht, als das Feuerzeug erlosch. Wild drehte er am Zündrad, fluchte, weil der Mechanismus brennendheiß geworden war. Doch es flammte kein Licht mehr auf. »Scheiße«, stieß er heraus. Was sollte er nun tun? Zurück aufs sichere Lager? Doch das wäre auch sein sicherer Tod, er wusste das. Es gab nur einen

Weg – und der zeigte nach vorn. Ihm waren die möglichen Abgründe mittlerweile egal. Dann sollte es so sein! »Lieber jetzt sterben, anstatt dort zu verrecken.«

Er tastete sich vorsichtig voran. Einen Fuß setzte er behutsam vor den anderen. Der Gang verlief in einem leichten Linksbogen. Steven behielt seine linke Hand an der Wand und versuchte mit der Rechten, den Stock zu führen. So bewegte er sich eine gefühlte Unendlichkeit voran. Der Stollen verlief unregelmäßig mal nach links, mal nach rechts. Doch es gab auch etwas Gutes, denn er führte unentwegt nach oben. War dies eventuell ein alter Erkundungsstollen, der später durch den anderen Gang ersetzt wurde? Steven schien einen leichten Luftzug zu spüren. Von seinem Feind war kein Lebenszeichen zu vernehmen. Offenbar hatte das Tier das Weite gesucht.

Steven musste sich durch enge Passagen hindurchkämpfen, die durch heruntergestürzte Gesteinsbrocken gebildet worden waren. Und plötzlich: Dämmriges Licht drang unvermittelt zu ihm. Steven konnte es nicht fassen. Immer schneller robbte er auf allen Vieren dem Licht entgegen. Beinahe wäre er an der letzten engen Stelle hängengeblieben. Der Ausgang! Freiheit! Er musste kräftig zerren und strampeln, bis seine Jacke zerriss. Alles an seinem Körper schmerzte, die Anstrengung war unerträglich. Doch Steven erhaschte nun einen ersten Blick auf schneebedeckte Berghänge, das gab ihm etwas Kraft. Beinahe verlor er das Bewusstsein, aber er ließ nicht locker, bis ihn der Engpass des Ganges mit einem letzten hässlichen Reißen der Jacke frei ließ und er einen Steilhang hinunterstürzte.

Steven schrie entsetzt auf, fand keinen Halt und stürzte immer weiter in die Tiefe. Er hatte nicht die Kraft, gegen den Sturz anzukämpfen. Äste kleiner Sträucher schlugen ihm ins Gesicht, spitze Felsen bohrten sich in seinen Körper. Steven stöhnte vor Schmerzen, konnte sich nicht schützen. Erst nach gut dreißig Metern wurde er gegen einen größeren

Stein geschmettert, der seinen Sturz abrupt stoppte. Eine blutige Platzwunde klaffte auf der Stirn des Gepeinigten – und wieder umfing ihn Dunkelheit.

***

In der Dämmerung des beginnenden Tages waren nur noch wenige Rettungskräfte am Hang unterwegs. Unter ihnen Andrea-Domenica. Sie war jeden Morgen zur Stelle und suchte mit. Alle anderen Kräfte waren bereits abgezogen worden. Man vermutete Steven nicht mehr in der Gegend, nachdem es Zeugenaussagen gegeben hatte, die nun doch behaupteten, man hätte gesehen, wie die Gruppe junger Menschen ein schweres Paket in ein Auto gepackt hätten und damit verschwanden.

Andrea-Domenica schien in den vergangenen gut zwölf Tagen um Jahre gealtert zu sein. Doch ihr Wille war ungebrochen und auch ihr Glaube daran, Steven in dieser Gegend noch lebend zu finden. Traurig blickte sie den Berghang hoch. Sie vermisste ihn unsäglich.

Es dauerte gut eine Stunde, bis einer der Suchhunde anschlug. Sie waren gerade auf dem Weg zu einem weiteren Bergwerk, wie schon so häufig in den vergangenen Tagen. Der Hund zog in eine andere Richtung, als sie eigentlich gehen wollten. »Da sind Wolfsspuren im Schnee. Sicherlich will der Hund denen folgen.« Der Historiker, der sie auf ihrer Suche begleitete, zeigte in die Richtung »Die nächste Höhle ist da vorn. Da unten ist nichts verzeichnet. Würde, glaube ich, auch keinen Sinn machen. Niemand hat jemals berichtet, dass da unten eine Ader wäre.« Er schüttelte den Kopf und wollte wieder weitergehen. Doch der Hund gab keine Ruhe. Auch der Hundeführer stoppte. »Wenn der Hund Signal gibt, dann hat das auch was zu bedeuten«, knurrte er in seinem Graubündener Dialekt. »Wir sollten tun, was er von uns will, und ihm folgen.«

Doch der Einsatzleiter zögerte, als er das Terrain in Augenschein nahm. »Das ist eine ziemlich steile und gefährliche Gegend. Da sind viele Einsturztrichter.« Er musterte aufmerksam die Gegend. »Wir gehen weiter, können ja dann später zurückkommen.« Er setzte seinen Marsch fort, und die anderen folgten ihm bereits. »Dann lass mich mit dem Hund da runter, wir wissen schon, was wir tun«, rief der Hundeführer ihm nach. Er empfand die Einwände als Beleidigung der Fähigkeiten seines Tieres, schien es Andrea-Domenica. »Nein!«, schimpfte der Einsatzleiter mit Bestimmtheit zurück. »Es gilt, was ich sage!« Er blickte seine Begleiter ernst an. »Das hier ist kein Sonntagsspaziergang. Verstanden?« Stille setzte ein. Niemand wollte dem Einsatzleiter widersprechen. Der Historiker und Fachmann für Bergbau nickte zufrieden. Doch Andrea-Domenica gesellte sich zum Hundeführer. »Gebt ihm doch die Möglichkeit zu beweisen, dass sein Hund was aufgespürt hat. Wir können um jeden Hinweis dankbar sein. Undenkbar, wenn wir jetzt irgendwas übersehen«, sprach sie beschwichtigend. Und zum Hundeführer gewandt: »Nimmst du mich mit? Ich bin in Kolumbien viel in den Bergen unterwegs gewesen. Ich kenne mich aus.« Er nickte sofort. Die Frau hatte allen in den vergangenen Tagen ihre Tapferkeit und Ausdauer bewiesen.

»Dann tut, was ihr nicht lassen könnt. Ihr findet uns nachher da oben beim Eingang des Stollens. Zwei von uns warten hier auf euch.« Und so stapften sie gemeinsam durch den inzwischen durch einen Föneinbruch matschig und schwer gewordenen Schnee. Schmelzwasser schoss in tiefen Rinnen den Hang hinunter, um an einzelnen Stellen im Gestein zu versickern. »Die Höhlen und Gänge können sich mit dem Tauwasser schnell füllen. Unterirdische Bäche können da zu reißenden Strömen werden. Hoffen wir, dass er in keiner der betreffenden Höhlen ist.« Andrea-Domenica fiel es bei diesen Worten schwer zu atmen. Immer wenn sie sich ausmalte, wie lange Steven schon weg war und wie gering die Chancen auf sein Überleben inzwischen waren, ergriff sie eine unbändige Panik. Der Hang wurde rutschiger und matschiger. Sie mussten schwer kämpfen, um Tritt zu fassen und nicht abzustürzen. Hätte der Schäferhund nicht Laut gegeben, wären sie vor Anstrengung und Konzentration an dem Häuflein Elend vorbeigelaufen, das in einigen Metern Abstand von ihnen vor einem Felsen lag. Dreckverschmiert und beinahe nicht als Lebewesen zu erkennen. Doch der Hund war sich sicher, und je näher sie kamen, desto klarer wurde die Silhouette des leblosen Körpers. Ein Mensch. Das war sicher. Aber lebend oder tot?

Andrea-Domenica schrie laut auf, als sie die dicke Winterjacke erkannte, die trotz des Schmutzes auszumachen war. Es war Stevens Jacke! Mit einem tiefen Schluchzer rannte sie zu ihm hin. »Steven! Steven!«, schrie sie. Doch der leblose Körper bewegte sich nicht.

Ein lauter Signalton hallte durch die Berge. Sie hatten den Gesuchten endlich gefunden.

Drohender Sturm

++ *Mittwoch, 7. November* ++

Die Nachricht von Stevens Rettung füllte die Nachrichtenblätter und Online-Plattformen der Schweiz und Deutschlands. Schon wenige Stunden später tauchten erste Bilder im Netz auf, die den Geretteten leblos in einem Rettungsschlitten zeigten, mit dem er zu Tal gebracht wurde. Andrea-Domenica konnte sich gar nicht mehr erinnern, dass irgendwelche Personen dagewesen waren, als Steven unten im Tal in einen Krankenwagen gebracht wurde. Sie sah nur diesen gebrechlichen Menschen, der ihr so am Herzen lag.

Steven hatte kurz die Augen geöffnet, als er in den Akia gelegt wurde. Beim Anblick seiner Liebsten erschien ein leichtes Lächeln auf seinem Gesicht. Dann versank er wieder in einen tiefen Schlummer, aus dem er auch einen Tag später noch nicht aufgewacht war.

»Er ist stark erschöpft und hat durch die Unterkühlung etwas gelitten. Aber ansonsten scheint ihr Partner stabil zu sein. Wir päppeln ihn jetzt erst einmal auf, und dann wird er schnell wieder.« Der Arzt legte ihr beruhigend die Hand auf die Schulter. Ein »Hoffentlich« konnte er sich im Nachsatz dann aber doch nicht verwehren.

»Hoffentlich«, wiederholte Andrea-Domenica und umfasste fest Stevens Hand. Frisch gewaschen sah er wieder menschlich aus. Den langen Bart hatte sie ihm nicht gestutzt. Stand ihm irgendwie, fand sie.

»Ihr Mann ist eine echte Berühmtheit. Kein Blatt heute, das nicht von diesem Fall berichtet. Aber auch von den ganzen Gräueltaten, die offenbar eine Schweizer Gruppe in Deutschland begeht. Schrecklich. Hoffentlich fasst man die Bande!« Diesen Wunsch des Arztes hegte Andrea-Domenica auch. Was diese Verbrecher ihrem Liebsten angetan hatten, war unmenschlich.

Ihr Handy piepste kurz. Eine Nachricht ihrer Kollegen in Bonn kam rein, mit den besten Wünschen für Steven und sie. Gerührt legte sie das Handy wieder zur Seite. So schön, schon nach so kurzer Zeit bei der UNEVOC solch tolle Kolleginnen und Kollegen zu haben. Sie hielten ihr auch die ganzen Tage den Rücken frei, seit dieser Schlamassel in Graubünden seinen Lauf genommen hatte.

Es war ein wunderbarer Luxus für die erschöpfte und doch glückliche Frau, im Zimmer mit Steven schlafen zu können. So konnte sie Tag und Nacht bei ihm sein. Sie rekelte sich in ihrem Sessel, den man ihr hingestellt hatte. Der Blick aus dem Kantonsspital Chur bot eine wunderbare Kulisse. Für Andrea-Domenica war es wie Heimat. Wie Bogotá, in den Bergen der Kordilleren.

Erste Genesungsgrüße trafen ein. Blumen zierten Beistelltisch, den kleinen Esstisch und die Fenstersimse. Sie war sehr berührt davon, wie die Menschen Anteil an Stevens Leiden nahmen. Selbst vom Präsidenten des Kantons Graubünden kamen Blumengrüße für den tapferen Beamten. Die deutsche Botschaft hatte sich für den morgigen Vormittag angekündigt. Vor der Tür erklangen Stimmen. Wortwechsel waren zu hören. Sicherlich mühten sich die Polizisten ab, aufdringliche Besucher und Journalisten abzuwimmeln. Das Interesse an dem Fall war groß.

Steven wimmerte leicht im Schlaf. Seine Herzfrequenz war jedoch befriedigend. Wie in Trance beobachtete sie die regelmäßigen Zacken auf den Computerbildschirmen. Der Blutdruck war etwas niedrig, aber würde sicher bald wieder werden. Abgemagert war er, ihr Steven. Ein ganz anderer Charakter schien aus seinem Gesicht zu sprechen. Was mochte er wohl in der Dunkelheit erlitten haben? Schrecklich die Vorstellung, jemanden so lange in einen solchen Kerker zu sperren. Dieses Monster von Simon! Wut kochte in ihr hoch. Sein Blick aus dem Phantombild in der Zeitung schien sie die ganze Zeit zu fixieren. Andrea-Domenica blätterte schnell weiter, um ihn nicht mehr sehen zu müssen. Ihr Augenmerk fiel dagegen auf eine ganze Seite Berichterstattung über die Schwabenkinder. Bilder füllten große Teile der Doppelseite aus. Alte Geschichten wurden aus dem Moder der Vergangenheit gezogen. Selbst die historischen, ihr aus Stevens Ermittlungsakten bekannten, Zeitungsberichte der kaiserlichen Zeit wurden wieder abgedruckt. Von Sklaverei und Ausbeutung war die Rede.

»Wir müssen uns wohl nochmals intensiver mit unserer Vergangenheit auseinandersetzen«, wurden Politiker nicht nur auf Kantonsebene zitiert. »Vielleicht haben wir die vergangenen Jahrzehnte die Augen zugemacht, um eine gute Nachbarschaft zu erhalten. Aber offenbar haben wir den tiefen Schmerz unserer Bevölkerung dabei missachtet.«

An anderer Stelle merkte ein Kommentator an: »Deutschland muss zu seiner Verantwortung stehen. Eine jahrhundertelange Ausbeutung gilt es aufzuarbeiten und zu sühnen. Dann können wir uns wieder frei in die Augen schauen. Doch nördlich des Bodensees scheint man die Ohren auf Durchzug zu stellen!«

Es folgten Auflistungen von Stellungnahmen und Zitaten, die offenbar deutsche Stellen in Baden-Württemberg und gar Berlin von sich gegeben hatten. Andrea-Domenica langweilten diese politischen Geplänkel. Kapierte denn da draußen niemand, dass schlimme Gewalttäter noch frei herumliefen und ein Ultimatum bevorstand? Es war bereits Mittwoch, der 7. November! Nur noch vier Tage bis zu St. Martin! Was für ein Horror! Was mochten diese Verrückten wohl dann tun, wenn sie schon jetzt diese Brutalität an den Tag legten? Andrea-Domenica kannte nicht die ganze Geschichte der Forderungen. Es ging wohl um viel Geld, was sie von all den Nachfahren haben wollten. Doch war es nur das?

Es klopfte an der Tür. Ein Polizist tauchte darin auf und

hinter ihm eine Krankenschwester. »Frau Plodowski, wir haben Ihnen Mittagessen gebracht. Haben Sie Hunger?«
Und ob! Die junge Kolumbianerin hatte immer und gerne Appetit. Dankbar nickte sie der Frau zu. »Ist bei Ihnen alles soweit okay?«, fragte sie den Polizisten. »Bekommen Sie denn da draußen auch Essen?« Er freute sich über ihre Fürsorge. »Ja, das tun wir. Lieben Dank für Ihre Nachfrage. Die vielen Menschen, die zu Ihnen wollen, vor allem die Journalisten, die halten uns ein wenig vom Dinieren ab. Aber wir kriegen das schon hin.« Er zog sich wieder auf seinen gepolsterten Stuhl, der im Gang neben der Tür platziert war, zurück. Die Krankenschwester fixierte Stevens Infusion und stellte die Tropfenmenge ein, die herauskommen sollte. Andrea-Domenica beobachtete aufmerksam ihre routinierte Arbeit. »Lassen Sie es sich schmecken.« Mit diesen Worten verließ dann auch sie den Raum.

Andrea-Domenica nickte nochmals dankbar hinterher und setzte sich an den kleinen Esstisch. Doch sie spürte instinktiv, dass im Raum etwas nicht stimmte. Da war jemand hinter ihr! Mit einem Griff schnappte sie sich die Gabel vom Tablett und drehte sich ruckartig um, bereit zuzustechen.

Vor ihr stand eine blasse, junge Frau und starrte sie stumm an. Verblüfft ließ die Kolumbianerin ihre Hand sinken und beobachtete die engelsgleiche Erscheinung, wie sie in einem langen Kleid und dunklem Wollmantel vor ihr stand.

»Sie sind also die beiden Menschen, die mein Bruder so schrecklich misshandelt hat!«, stellte die junge Frau mit ruhiger Stimme fest. Andrea-Domenica war noch immer wie versteinert. »Wie kommen Sie denn hier herein?« Der Eindringling wies auf den Terrasseneingang. »Na, die Tür war offen«, sprach sie wie selbstverständlich, um dann zu erklären: »Wissen Sie, ich lebe in solch einer Einrichtung. Man weiß, wie es geht.« Sie bewegte sich auf das Bett zu.

Andrea-Domenica hob wieder die Gabel und stellte sich ihr in den Weg. »Sagen Sie mir jetzt sofort, wer Sie sind und was Sie wollen!« Sie wirkte bedrohlich. Doch das kümmerte die junge Frau nicht. »Ist das der Mann, über den gerade alle schreiben? Wird er meinen Bruder verfolgen? Wird er ihm wehtun?« Irritiert antwortete Andrea-Domenica: »Ich denke nicht, dass er das im Moment kann. Aber ja, ich hoffe sehr, dass er seinen Entführer zur Strecke bringt.« Hatte das Mädchen eben gesagt, der Täter wäre ihr Bruder? Die eigenartige Erscheinung nickte stumm. »Sie müssen schnell zurück in die Stadt der Schande. Hören Sie? Er will sie auslöschen. Diese Stadt der Schande.«

Andrea-Domenica schnappte die junge Frau an der Schulter und dirigierte sie zum zweiten Stuhl am Tisch. »Setzen Sie sich.« Sie ließ ihr keine andere Möglichkeit, als dem Folge zu leisten. »Was meinen Sie mit Stadt der Schande? Welche Stadt soll das sein? Wie ist eigentlich Ihr Name?« Die Fragen sprudelten nur so aus ihr heraus. Doch das brachte die junge Frau ihr gegenüber nicht aus der Ruhe.

»Ich bin Mila. Er will Rache, sagt er. Ich glaub das aber nicht. Er will Erlösung von seiner tiefen Wut. Er glaubt, dass dies nur so geschehen kann. Johannes hat eine große, unbändige Wut. Bitte, retten sie ihn! Er stürzt sich in großes Unglück und mit ihm viele andere Menschen!« Sie schluchzte. »Er ist doch mein Bruder, ich liebe ihn so. Ich habe nur noch ihn.« Andrea-Domenica lehnte sich zurück und verschränkte die Arme. Intensiv musterte sie das Mädchen.

»Sie glauben mir nicht. Das sehe ich. Aber, bitte, tun Sie etwas, bevor es zu spät ist.« Mila zog einen Packen zerknittertes Papier aus ihrer Jackentasche. »Hier, das habe ich in der Wohnung unserer Großmutter entdeckt. Dort wohnt er immer, wenn er hier ist.« Andrea-Domenica lehnte sich wieder nach vorn und nahm das Papier entgegen. »Die Stadt der Schande, ist das also Ravensburg? Meint er damit Ravensburg?« Sie studierte die Markierungen auf der Landkarte, die Oberschwaben zu zeigen schien.

»Ich weiß es nicht. Ich war noch nie dort oben. Aber wenn

der Plan damit was zu tun hat, dann sicher. Sie sagen, dort wurden die Schweizer Kinder auf Sklavenmärkten an die Bauern verteilt. Johannes ist verschwunden. Ich fürchte, er hat Schlimmes vor.« Mila wischte sich die Tränen aus dem Gesicht. »Es tut mir wirklich sehr leid, was mit Ihrem Mann geschehen ist.«

Andrea-Domenica schüttelte den Kopf. »Hast du denn irgendein Foto von Johannes? Ist er dein Bruder?« Sie zeigte auf Steven, der etwas unruhig den Kopf hin und her bewegte. »Es war ein Simon, der uns das hier antat. Ist dein Bruder eventuell mit ihm befreundet?« Sie zeigte der jungen Frau das Phantombild aus der Zeitung. »Er sieht ihm ähnlich. Auch wenn dort Simon steht. Ich bin sicher, es geht um Johannes. Er benutzt wohl gelegentlich den Namen Simon.«

An der Tür klopfte es schon wieder. Zaghaft öffnete sie sich, während Andrea-Domenica schnell aufsprang, um den Eintretenden aufzuhalten. »Madame, alles in Ordnung bei Ihnen? Ich hörte Stimmen«, fragte der Polizist verlegen nach und versuchte, vorsichtig über ihre Schulter zu schauen.

Doch Andrea-Domenica schaffte es, ihm den Weg zu versperren, indem sie die Tür nur einen Spalt aufgehen ließ. »Ja sicher, alles gut. Ich erzähle meinem Mann Geschichten, um ihn zu unterhalten. Ich habe gehofft, es hilft ihm.«

Der Polizist nickte erleichtert und setzte sich zurück auf seinen Stuhl. Als Andrea-Domenica die Tür wieder geschlossen hatte, war die Besucherin verschwunden. Die Glastür zur Dachterrasse stand offen. Nachdenklich schloss sie diese und versuchte, von der Enteilenden einen letzten Blick zu erhaschen.

Hinter der Kolumbianerin regte sich Leben. Im Bett raschelte es schwach. Schnell drehte sie sich vom Fenster weg, um in leicht geöffnete Augen zu blicken. »Steven, du bist wach. Oh, Steven.« Tränen der Freude schossen ihr in die Augen. Er versuchte ein Lächeln. »Wenn ich deine Stimme höre, immer, mein Schatz«, flüsterte er. »Ich habe Hunger.

Und du?« Laut lachte sie auf, nahm ihn behutsam in ihre Arme und achtete darauf, die vielen Schürf- und Fleischwunden nicht zu berühren.

***

In Zürich wurden die Nachrichten über die Rettung des Kommissars aufmerksam in den Medien verfolgt. »Jetzt haben wir die Aufmerksamkeit, die wir wollten«, frohlockte Ueli. »Da schaut, überall wird diskutiert. Die Regierung legt sich sogar mit den Deutschen an.« Er zeigte auf den Bildschirm seines Tablets.

»Na, die Bockigkeit der Deutschen hilft auch wunderbar, dass man sich gegenseitig hochschaukeln kann«, brummte Rico verächtlich und wenig beeindruckt.

Zufrieden blickte auch Johannes auf die Neuigkeiten, die sich vor ihnen im Browser zeigten. »Dann war das mit dem Kommissar gar nicht schlecht«, kommentierte er, um Anerkennung in seinem Team heischend. »Das mag sein, mein Freund. Aber jetzt ist dein persönlicher Schweißhund noch wilder drauf aus, dich zu fassen. Du hast dir einen persönlichen Feind geschaffen, wirst schon sehen. Wenn das mal nicht dein Untergang wird.« Konnte Johannes ein höhnisches Lächeln in Ricos Gesicht ausmachen? Er machte eine wegwerfende Handbewegung. »Bis der wieder auf den Beinen ist, sind wir längst über alle Berge. Lasst uns weiter an den Vorbereitungen arbeiten. Wie weit sind die Reisepläne der beiden Teams? Sind die Waffen besorgt?«

Sie stürzten sich wieder in ihr konzentriertes Schaffen. Selbst Johanna zeigte Eifer und beteiligte sich mit knappen, aber klaren Worten an der Ausarbeitung der einzelnen Details. Die große Show stand unmittelbar bevor.

Auf Leben und Tod

++ Freitag, 9. November ++

Unwillig blickte Kerstin vom Schreibtisch auf, als sich die Tür öffnete. »Verdammt noch mal, habe ich nicht gesagt, wir wollen nicht gestört werden?« Sie stampfte mit den Füßen auf den Linoleumboden. Auch Valmir klopfte mit beiden Fäusten auf den Schreibtisch. »Herrgott noch mal! Lasst uns unsere Arbeit tun!« Die ganze Zeit kamen irgendwelche Idioten ins Zimmer. Was konnten sie dafür, dass der 11.11., 11:11 Uhr auf einen Sonntag fiel? Warum die Kollegen ausgerechnet heute, zwei Tage vorher, den Faschingsbeginn feiern wollten, verstand keine Sau.

»Raus hier«, brüllten beide synchron.

Doch der ungebetene Gast ließ sich nicht abwimmeln.

»Ich habe gehört, hier wird Verstärkung gewünscht. Ist das nicht mehr aktuell?«

Die Stimme ließ beide rasch aufhorchen. Das war doch ...

»STEEEVEEEEN ...!« Kerstin brüllte wie eine Wilde. Schneller als Valmir überhaupt denken konnte, eilte sie zur Tür und schmiss sich dem Eintretenden entgegen.

Der dürre, leicht schwankende, fremd wirkende Mann drohte, dem Ansturm nicht standhalten zu können. Heftig schlug es ihn nach hinten, und hätte Andrea-Domenica ihn nicht aufgefangen, wäre er umgestürzt.

»Gemach, gemach, meine Beste«, stieß er mit schwacher Stimme hervor. »Lass mich am Leben, sonst habe ich umsonst durchgehalten.« Er lächelte überglücklich beim Anblick der Kollegen und nahm beide, so fest er konnte, in den Arm. Valmir fand als Erster wieder Worte. »Tut das gut, euch beide wiederzusehen. Steven, Andrea-Domenica! Willkommen! Willkommen zurück! Was müsst ihr nur durchgemacht haben.«

Sie zogen die beiden Gäste mit zu sich ins Zimmer, während draußen im Gang die Fasnet-Narren durch die Gänge johlten. »Na ja, Steven musste Schlimmes erleiden. Nicht ich!« Andrea-Domenica lächelte gequält. Doch Kerstin sah sofort die Falten im Gesicht der jungen Kolumbianerin. »Ich denke, für dich war das dieselbe Hölle wie für Steven.« Sie wusste von beinahe allen Vorkommnissen. Kerstin hatte die Berichte der Schweizer Kollegen aufgesogen, kaum dass sie per Mail ankamen. Ihr Besuch in der Schweiz vergangene Woche dauerte nur kurz, nachdem die Schweizer Polizei zu verstehen gab, dass ihre Anwesenheit nicht unbedingt erwünscht wäre.

»So gut, euch zu sehen. Was für eine schreckliche Geschichte. Haben sie die Entführer?« Sie versuchte zu verbergen, wie sehr sie der Anblick des mit Schürfwunden und Pflastern wie auch Verbänden übersäten Mannes schockierte. Kopfschütteln der beiden. »Nein, aber ich glaube auch nicht, dass das so schnell passiert. Die Täter werden wir hier in Deutschland fassen, sobald der Schwabenkinder-Fall geklärt ist.« Steven setzte sich erschöpft auf Valmirs Stuhl. »Wie geht es euch denn, Freunde? Wie ist der Stand der Dinge?« Steven blickte aufmerksam auf die beiden Schreibtische der Kollegen. Mit der Hand blätterte er lose durchs Material, das in Stapeln auf den Tischplatten lag.

Etwas zögerlich zog Valmir die Unterlagen zur Seite. »Steven, erhol dich doch erst einmal, und werde wieder fit. Wir machen das schon.« Sein Chef blickte erstaunt auf. »Willst du mich in den Krankenstand schicken? Spinnst du?« Sein Widerstand regte sich unvermittelt.

Doch auch Kerstin blockte sofort. »Steven, wir sind mitten in einem Großeinsatz. Die ersten Trupps sind in Marsch gesetzt. Sie haben in Ravensburg, Wangen und Bad Waldsee bereits ihre Unterkünfte bezogen. Der Einsatz rollt. Wir schaffen das schon, glaub mir. Erhol dich wirklich erst einmal! Wir brauchen dich danach wieder mit voller Power.

Jetzt aber wäre das zu gefährlich. Du musst topfit sein!«

Doch Steven ließ keinen Zweifel daran, was er zu tun gedachte. »Macht euch keine Mühe. Ihr werdet mich nicht hindern können, meinen Peiniger zu fassen. Das schuldet ihr mir. Und glaubt mir, ich bin fit. Und ich werde am Sonntag noch deutlich fitter sein. Stimmt es, Andrea-Domenica?«

Stumm zuckte die Angesprochene mit ihren Schultern. Sie hatte es wohl selbst schon versucht, ihn von der Arbeit fernzuhalten. »Ich denke, es ist das Beste für Steven, wenn er wirklich mit dabei ist. Er weiß inzwischen so viel über den Fall und kennt wie ich einen der Täter.«

Schweigen setzte ein. Die Fasnets-Karawane im Gang war in die oberen Etagen weitergezogen. »Wenn es diese Täter sind! Wir sind davon noch nicht restlos überzeugt.« Kerstin blickte ihn ernst an. »Steven, in deiner Abwesenheit haben sich viele Erkenntnisse ergeben. Um es kurz zu machen: Zahlreiche Indizien deuten darauf hin, dass es sich bei den Anschlägen und Übergriffen auf dem Land um Clan-Auseinandersetzungen handelt. Über so viele Generationen haben sich die Dinge aufgestaut und jetzt ist alles übergekocht. Einfach explodiert.«

Er lehnte sich in seinem Stuhl zurück. Der Ermittler in ihm erwachte zum Leben. »Ach ja? So einfach ist das?«

»Ja, so einfach ist es – rückblickend. Wir mussten dafür aber sehr lange kämpfen und recherchieren, bis alle Teile zusammenpassten. Den Funken ins Pulverfass warfen die esoterischen Spinner, die wohl vor Ort irgendwelchen heidnischen Nostalgie-Riten nachgehen wollten. Das passte einigen Bewohnern aus verschiedenen Gründen nicht.«

Valmir legte ihm die passenden Akten dazu auf den Tisch.

»Andere haben wohl das große Geld gewittert. Ein Schwäbisches Stonehenge quasi in Bodnegg. Und da vermischten sich plötzlich kultische Handlungen, Geldgier und dörfliche Traditionen, verstehst du? Dann explodierte alles.«

»Hast du vorhin schon gesagt«, wandte Steven mit schwacher Stimme ein. Er studierte intensiv die Akten. Andrea-Domenica beobachtete ihn dabei aufmerksam. Die Ärzte in der Schweiz hatten nur unter der strengen Vorgabe, dass er zwingend Ruhe einhielt, einer Entlassung zugestimmt. »Sonst kann es sein, dass er quasi posttraumatisch kollabiert. Das ist kein Spaß, Frau Plodowski. Man kann daran sterben!« Die Worte der Ärzte klangen immer wieder in ihren Ohren nach. »Steven, du musst dich schonen, bitte. Denk daran, was die Ärzte gesagt haben.«

Sie hatte recht. Steven wollte nicht den Helden spielen. Doch das hier beschäftigte ihn. »Und die Schweizer? Wie passen die hier rein?« Er hatte große Mühe, sich zu konzentrieren. Erschöpft nahm er einen Schluck aus dem Kaffeebecher, den ihm Valmir gereicht hatte. Alles wie früher. Die vertraute Stimmung unter den Kollegen, das Gluckern der alten Heizung und der schöne Blick aus dem Fenster über die Altstadt Ravensburgs gaben ihm Halt.

»Sie sind Trittbrettfahrer. Sie nutzten die Gunst der Stunde und setzten sich auf die Unruhewelle drauf. Sie sind geldgierig.« Kerstin war sich ziemlich sicher.

Auch Valmir stieß ins gleiche Horn. »Eine Gruppe idealistischer Spinner, gepaart mit finanziellen Interessen. Sie wollen ihre Vorfahren rächen. Alles junge, gescheiterte Existenzen, soweit wir das ausfindig machen konnten, die irgendwann die Kontrolle über sich und ihre Taten verloren haben. Wir kennen diese Radikalisierung in abgeschotteten Gruppen zur Genüge.«

Das war neu für Steven. »Ihr habt ihre Identitäten?«

Kerstin schob ihm weitere Akten über den Tisch zu. »Ja, die Schweizer Kollegen haben einige gute Hinweise gefunden. Nur dieser Simon, den finden wir nirgends. Mein Verdacht ist, dass dies nicht sein echter Name ist.«

»Er heißt Johannes und nicht Simon«, warf Andrea-Domenica ein, um kurz ihr Erlebnis im Krankenhaus zu schildern.

»Also eine groß angelegte Clan-Geschichte, richtig?« Stevens Stirn legte sich in Falten. Angestrengt rieb er sich mit den Daumen die Schläfen. Valmir räusperte sich beim Anblick des ungläubigen Gesichts seines Gegenübers und setzte nach. »Egal wie und egal wer! Sicher, sie können es auch möglicherweise sein. Doch jetzt gilt es, alle Aufmerksamkeit auf die bedrohten Höfe zu legen und die Region flächendeckend zu überwachen. Wir wissen inzwischen recht gut, wem die Verbrecher alles Briefe geschickt haben. Die Täter sind nicht zimperlich und schrecken vor nichts zurück, wie wir alle wissen. Wir müssen gewappnet sein.«

Der Kommissar entspannte sich etwas und lehnte sich erleichtert zurück. »Und dann haben wir hoffentlich auch den oder die Täter geschnappt«, setzte Kerstin schnell nach.

»Ich muss wieder nach Hause, mich hinlegen. Darf ich ab morgen mitarbeiten?« Steven wollte im Moment keine Diskussion zum Fall, aber mit dabei sein, wenn es darauf ankam. Kerstin und Valmir zögerten. Doch die Stimme in der Tür entschied schnell und spontan. »Aber sicher. Plodowski, willkommen zurück.« Steven erhob sich erfreut. »Hallo – und vielen Dank, Frau Würstle, ich werde Sie nicht enttäuschen!« Er schüttelte ihre Hand.

Valmir und Kerstin konnten nichts mehr einwenden. »Willkommen zurück im Team.« Beide nickten ihm zu.

Steven entspannte sich und lächelte. »Und nochmals Danke, Kerstin, dass du auf Herrn Max samt seiner Freundin aufgepasst hast. Sina meinte, du hättest dich rührend um beide gekümmert.« Die Kollegin winkte ab. »Kaum der Rede wert, Steven. Sie haben mir geholfen mich abzulenken.«

Beim Rausgehen zog Kerstin Steven nochmals an der Schulter zurück. »Ich weiß, dass du noch immer nicht sicher bist, ob wir in die richtige Richtung ermitteln, Steven. Aber lass uns das am Sonntag zusammen durchziehen. Egal, welche Tätergruppe. Sie alle haben das gleiche Zielgebiet im

Visier.« Er nickte und fühlte sich ertappt. Müde nahm der Kommissar seine Lebensgefährtin bei der Hand und schritt den Flur hinunter. »Vielen Dank, ihr Lieben. Es tut so gut, wieder hier zu sein. Kommen Sie, Frau Plodowski, die Bettruhe wartet.« Lachend verschwanden sie durch den Gang.

»Frau Plodowski? Haben wir da was verpasst?« Erstaunt blickten sich beide Kollegen an, eilten aber wieder schleunigst in ihre Einsatzzentrale. Sie mussten die Einsatzbesprechung mit den Kollegen aus Göppingen und Stuttgart vorbereiten.

***

Es dämmerte bereits, als Steven wach wurde. Wohlige Ruhe lag über der Wohnung. Und doch wollte unvermittelt Panik in ihm aufsteigen. Die Dunkelheit, die große Stille, die Einsamkeit der Höhle drangen in sein Bewusstsein zurück. Steven begann unwillkürlich zu zittern. Sein Atem beschleunigte sich. Wo war er? Unruhig versuchte er, sich aufzurichten.

»Schatz, alles gut bei dir?« Leben regte sich neben ihm auf dem ausgezogenen Sofa. Andrea-Domenica versuchte, sich umzudrehen. Doch das gelang ihr nur schwer. Herr Max lag quer über ihr und wollte sich nicht schnell bewegen. Sie stöhnte. »Hilf mir bitte, dieses Monster loszuwerden.«

Vorsichtig hob sie die Vorderpfoten des Leguans an. Doch das verstand dessen Freundin Findling als Aufforderung zum Spiel. Mit einem wilden Satz fiel das kleine Wollknäuel Andrea-Domenicas Hand an und verkrallte sich. »Au, du kleines Biest«, lachte sie nicht ohne Schmerzen auf. »So hilf mir doch, mein edler Ritter, ich werde überfallen.« Sie kämpfte mit dem kleinen Kätzchen. Herr Max beobachtete die Szene mit stoischer Ruhe. Die Stimmung entkrampfte sich etwas. Schnell schnappte sich Steven die kleine Katze und kämpfte mit ihr weiter.

»Warte, du Wegelagerer. Wer meine Prinzessin angreift, bekommt es mit mir zu tun.«

Die Panik verflog, erst zögerlich, dann aber mit einem Rutsch. Sie lachten miteinander und alberten auf dem Sofa herum. Selbst Herr Max zeigte plötzlich Reaktionen, indem er in gewohnter Weise mit dem Kopf nickte. Steven wischte sich den Schweiß von der Stirn. Schwerfällig richtete er sich vollends auf. »Was zu trinken?« Sie nickte. »Oh ja. Und hast du was zu knabbern? Ich habe Hunger. Aber warte, ich mach das. Du wartest hier!«

Minuten später war das Sofa zu einer Picknickfläche umfunktioniert. Frisches schwäbisches Schwarzbrot, würziger Käse und kräftiger Rotwein in steinernen Bechern lagerten auf großen Holzbrettern vor ihnen. Dazu Oliven, Peperoni, Avocado-Creme und manch andere Leckereien. Genüsslich kaute das Paar vor sich hin. Auch die beiden Tiere genossen an ihrer Futterstelle ihr Abendessen. Dabei versuchte die kleine Katze unentwegt, ihrem Gefährten dessen vegetarische Kost zu rauben. Andrea-Domenica beobachtete erheitert die Szene, um sich dann ihrem Liebsten zuzuwenden. »Ich muss mir immer wieder bewusst machen, dass du wirklich vor mir sitzt. Steven, du bist wirklich wieder da. So schön. Und – erstaunlich, was dein Magen schon jetzt verkraftet. Wird dir nicht schlecht davon?« Steven lächelte und schüttelte den Kopf. »Nein, alles gut. Davon habe ich viele Tage geträumt. Von Spätzle mit Soße, von Schnitzel und von dieser Art von Essen. Das müssen wir jetzt eins ums andere abfuttern. Gut, dass mein langer Bart weg ist, sonst würde sich alles darin verfangen.« Er fuhr sich übers glatt rasierte Kinn. Die Tiere schmatzten gut hörbar, als ob sie damit kundtun wollten, bei allen kulinarischen Schandtaten dabei sein zu wollen. Der Schein der zahlreichen Kerzen tanzte fröhlich an den Wänden. Steven fühlte sich geborgen inmitten dieser Gruppe. Die Wärme tat ihm gut, linderte ein wenig die Schmerzen. Leichte Herbstwinde tanzten ums Haus, verstärkten das Gefühl der Nestwärme. Steven rekelte sich genüsslich.

»Erstaunlich, wie schnell du dich erholst. Entschuldige, wenn ich nochmals damit anfange, aber ich kann es gar nicht fassen, dass dieses Häuflein Elend, das wir in den Bergen entdeckten, du warst.« Sie lächelte und streichelte ihm liebevoll über den Kopf. »Wie ein Schmetterling, der sich aus einer hässlichen Raupe herausschält.« Empört streckte er seinen Kopf in die Höhe. »Jetzt hör mal«, protestierte er, »ich war davor ein bunter Schmetterling und bin es jetzt ebenfalls. Wo, bitte schön, siehst du die Raupe?«

Sie wurden unterbrochen. Das Handy vibrierte. »Willst du nicht rangehen?« Andrea-Domenica blickte auf das Gerät.

»Nein, ist sicherlich wieder ein Journalist. Ich möchte einfach nicht mehr. Das war zu viel in den letzten Tagen. Sie sollen mich einfach in Ruhe lassen. Das nervt.« Er lehnte sich zurück und wartete, bis das Vibrieren aufhörte.

Bereits als sie gestern das Krankenhaus in der Schweiz verlassen hatten, wartete eine ordentliche Anzahl an Journalisten auf ihn. So viele Fragen, so viele Stimmen. Er wollte nicht unhöflich sein, aber ihm schwirrte schnell der Kopf. Und als sie zu Hause ankamen, warteten bereits auch dort neugierige Medienvertreter auf sie. Als ob sie sich über die Grenzen hinweg abgestimmt hätten. Andrea-Domenica übernahm dankenswerterweise die Gespräche mit den Neugierigen, sodass er nur kurz antworten musste und schnell im Haus verschwinden konnte, ohne unhöflich zu sein.

Andrea-Domenica bettete ihren Wuschelkopf in seinem Schoß. Steven begann automatisch, ihn zu kraulen. Gedankenverloren ließ er die dunklen Locken durch seine Finger gleiten. »Weißt du, Schatz, als ich dort in der Höhle vor mich hinvegetierte, da hatte ich eines Tages einen eigenartigen Traum. Ich bin darin gestorben. Mehr noch, ich habe jede einzelne Phase des Sterbens erlebt.« Erschreckt blickte Andrea-Domenica zu ihm hoch. »Was redest du da für dummes Zeug? Spinnst du? Meinst du, wir hätten dich tagelang gesucht und gerettet, damit du jetzt von solchen Geschichten faselst?« Sie schlug ihm kraftvoll mit der Faust in den Schenkel, haarscharf an einer der dicken Schrammen vorbei.

Er jaulte kurz auf und drückte die Aufbegehrende sanft aufs Sofa zurück. »Keine Sorge, Süße. So schnell wirst du mich nicht los. Keine Angst. Ich vermute, es war einfach die schlimme Situation und das Ungewisse. Und dennoch: Die Erfahrung hat mich irgendwie geprägt.« Er blickte rüber zu Herrn Max, der inzwischen unter seiner Wärmelampe auf der Fensterbank saß und sie beide beobachtete. Der grüne Leguan hatte Andrea-Domenica inzwischen als neues Hausmitglied anerkannt. Sie fütterte ihn gut und kraulte wunderbar seinen Nackenkamm.

»Die Psychologen sagen, dass solch ein Traum unter anderem signalisiert, dass man dabei ist, sich zu verändern. Dass man mit diesem Prozess in eine neue Lebensphase einsteigt«, sinnierte Steven weiter. »Und, tust du es?« Sie schnurrte vor sich hin. Beinahe wäre sie wieder eingeschlafen. Er nickte. »Ja, ich glaube schon. Einiges ist seither anders. Ja, ich glaube schon.« Der Wind verwandelte sich zunehmend in einen Herbststurm, sodass das mittelalterliche Gebälk des Hauses über ihnen kräftig knarrte und schnaufte. Sie hörten das Rascheln des Laubes, wie es vor dem Haus über den Kies wirbelte.

Steven tippte auf die Fernbedienung der Musikanlage. Klaviermusik von Yiruma erklang sanft aus den Lautsprecherboxen. Behaglichkeit machte sich breit. Abende, die nie mehr enden durften. Steven drückte seine Heldin fest an sich, so gut er konnte. Ohne sie würde er nicht mehr leben. »Morgen kommen deine Eltern und deine Kinder. Sie wollen dich unbedingt sehen.« Steven stöhnte. »Morgen? Oh.

Offen gesagt ist mir das zu früh. Kann man das nicht verschieben?« Doch ihr Kopfschütteln war Antwort genug. »Aber nicht nur die wollen kommen. Deine Frau auch.«

»Dagmar?« Wieder stieg Panik in ihm hoch. Doch die war anderer Natur. Die beiden Frauen würden aufeinandertreffen. Ausgerechnet jetzt? Steven ergriff den tönernen Becher mit dem Rotwein und nahm einen tiefen Schluck. Er musste sich anstrengen, damit nichts aus seinen herunterhängenden Mundwinkeln herauslief. »Das finde ich nicht gut. Nein, ich will nicht!«

Sie lächelte verständnisvoll und strich sanft über seinen Schenkel. »Wird schon gut werden. Wir können aber auch zu ihr fahren, dann können wir wieder schneller fliehen, wenn wir wollen. Vielleicht zeigt uns Dagmar ihre neue Ausstellung in Wolfegg, und wir können im Café am Schlossplatz gemütlich Kaffee trinken«, versuchte sie ihn zu trösten. Steven beugte sich zu ihr hinunter und küsste seine Angebetete auf die Stirn. »Noch ein Grund mehr, dass dieser Abend niemals enden darf. Lass uns den morgigen Tag einfach überspringen, okay?«

Hat Martini einen weißen Bart …

… dann wird der Winter lang und hart

++ *Sonntag, 11. November* ++

Der Nachrichtensprecher im Fernsehen lächelte, als er an diesem Sonntagmorgen das Wetter anmoderierte. »In einigen Regionen Deutschlands kann das mit dem weißen Bart heute zu St. Martin zutreffen, meine Damen und Herren.«

Und tatsächlich, Ravensburg und Oberschwaben trugen ein samten-weißes Kleid. Die Winde der vergangenen zwei Tage hatten grauweiße Schneewolken in tiefem Flug vor sich hergetrieben. Sie mussten ihre schwere Fracht loswerden, bevor es in Richtung hügeligem Allgäu weiterging.

Steven zog die Decke noch enger um seine Schultern. Die Kaffeetasse in seiner Hand wackelte gefährlich. Eigentlich müsste man sich heute um die Zubereitung der Martinsgans kümmern und nicht gleich in die Klamotten springen, um zum Einsatz zu fahren. Sicherlich waren die Kollegen bereits draußen in ihrer mobilen Einsatzzentrale. Steven würde nachher zu ihnen stoßen. Ihm ging es tatsächlich noch nicht so gut und irgendwie ließ ihn etwas zögern loszufahren. War es die Angst vor einer möglichen Begegnung mit seinen Peinigern? Er fröstelte leicht, als ihm sanfte Lippen einen Kuss in den Nacken hauchten. »Guten Morgen, Nachteule. Hast du denn überhaupt geschlafen? Das Sofa wird so langsam zu deinem Floß inmitten dieser Wohnung. Wann kommst du denn mal wieder davon runter?« Andrea-Domenica lachte.

Aber es stimmte. Steven bewegte sich tatsächlich beinahe nicht mehr von seiner Wohlfühlinsel weg. Als ob er sich noch immer auf der Bettstatt in der Höhle befand, einigermaßen behütet, eingewickelt in die Decken, umgeben von Nässe, Kälte und düsterer Nacht.

Das Rascheln von Herrn Max ließ ihn sich an das Tier erinnern, das plötzlich in seine Höhle eingedrungen war. Ob es wirklich ein Wolf gewesen war? Findling, die kleine Katze, miaute klagend und hungrig, als sie Andrea-Domenica erblickte. Das Telefon klingelte.

»Steven, kommst du? Wir sind alle in Stellung.«

Er nickte in der ihm eigenen überflüssigen Weise. »Ja, Kerstin, bin schon auf dem Weg, gedanklich zumindest. Komme sofort.« Sie lachte auf. »Ganz der Alte wieder. Tut das gut, Steven. Bis gleich.« Er nickte wieder ins Telefon hinein und mühte sich vom Sofa runter. »Wow, kalt isses. Da muss ich aber ein langes Skiunterhöschen anziehen.« Er wollte das als kleinen aufmunternden Witz sagen. Aber es konnte ja tatsächlich nicht schaden. Kerstin hatte Steven per WhatsApp eine Landkarte der Region zwischen Ravensburg, Biberach, Wangen und Lindau zugesandt, sodass er erkennen konnte, wo die einzelnen Einsatzkräfte überall verteilt waren. Auf der Karte blinkten Dutzende von roten Punkten. Allesamt Bauernhöfe, die Drohungen in schriftlicher Form und auch durch anonyme Anrufe erhalten hatten. Dann grüne Punkte für die schnellen Eingreifgruppen, die rasch von einem Ort zum anderen eilen konnten, sollte die Notwendigkeit zum Zugriff bestehen.

Alles war bereit. Ein riesiges Aufgebot überzog die gesamte Region. Das Sondereinsatzkommando aus Göppingen hatte in Bad Waldsee und Vogt sowie in Lindau Stellung bezogen. An strategisch wichtigen Punkten führten Einsatzkräfte der Polizei Kontrollen durch. Getarnt als Alkohol- und Fahrzeugkontrollen. Das war nicht ungewöhnlich für einen frühen Sonntagmorgen. Auf Stevens Bitte hin wurden auch die Grenzübergänge zu Österreich und der Schweiz stärker überwacht. Oberschwaben war zur Festung mutiert.

Der 11. November dieses Jahres würde in die Geschichtsbücher Oberschwabens eingehen. Da war sich Steven sicher.

Warum die beiden Kollegen die mobile Einsatzzentrale im

Gewerbegebiet Rotheidlen nahe Bodnegg einrichteten, entzog sich zunächst seiner Kenntnis. Es war für ihn auch nicht einfach, die Fahrzeuge auf der Rückseite des Getränkefachmarktes zu entdecken. Steven musste zweimal den Kreisverkehr durchfahren, um sie zu finden. Die Polizisten aus Ravensburg erkannten aber sofort den alten Volvo. Sie winkten Steven mit einem freundlichen Nicken durch und wiesen ihm einen Parkplatz an. Alle waren so übertrieben freundlich. Vermutlich kannte jeder Beamte in Ravensburg und Umgebung seine Geschichte. So was mochte er ja gar nicht. Doch das war zweitrangig! Heute war der große Tag.

Kälte umfing Steven, als er etwas umständlich aus dem Wagen stieg. Die Schmerzen waren erträglich. Wind trieb die Wolkenberge übers Land. Leichtes Schneegestöber verlieh dieser welligen Landschaft etwas Winterlich-Weihnachtliches. Immer wieder versuchte die Sonne, einzelne Strahlen durch kleine Wolkenfenster zu schicken. Doch das wollte ihr nicht wirklich gelingen.

Die Tür des Einsatzcontainers knarrte mächtig, als er sie öffnete. Steven musste kräftig daran ziehen, um sie überhaupt einen Spalt aufzubekommen. Oft war dieser in den vergangenen Jahren nicht eingesetzt worden, das war erkennbar. Die gut zehn Personen im Raum nickten ihm stumm zu, als er eintrat. Kerstin und Valmir gaben Zeichen, zu ihnen in den hinteren Bereich zu kommen. »Komm her, hier spielt die Musik.« Er spürte sein Herz schneller schlagen beim Anblick der ganzen Szenerie. Eine Kollegin reichte dem Neuzugang ungefragt eine Tasse frisch gebrühten Kaffees. »Kann man brauchen an so einem kalten Morgen«, erklärte sie mit einem Lächeln.

Steven bedankte sich freundlich und wärmte sofort die Hände an der heißen Tasse. Der Duft des braunen Getränks ließ seine Magensäfte einschießen. Stumm standen sie beieinander und beobachteten die zahlreichen Bildschirme, die sich an der Längsseite des Containers aufreihten. »Alle Achtung, das sind ja mehr als fünfundzwanzig Einsatzorte«, kommentierte Steven beeindruckt, als er mit dem Zählen durch war. Kerstin nickte. »Ja, wir haben alle bedrohten Höfe gesichert. Überall haben wir Kameras. Kollegen stehen dort in alten Bauwagen, Holzhütten oder im Wald in Bereitschaft.« Sie zeigte auf einzelne Bilder, die gerade zu sehen waren. »Hier zum Beispiel, in diesem schönen Waldarbeiter-Holzwagen.« Verwundert drehte sich Steven zu ihnen. »Warum sind sie nicht einfach in den Häusern? Da könnten sie doch besser den Zugriff machen, wenn was passieren sollte.« Valmir zeigte auf einen Stapel Akten. »Weil das zu gefährlich ist. Niemand befindet sich aktuell in den Häusern. Wir wissen nicht, was die Verrückten vorhaben. Alles ist möglich, selbst Brandanschläge oder Angriffe mit explosivem Gerät ...« Steven setzte seine Tasse ab. »Explosives Gerät? Was heißt das?« Wollten die Clans jetzt etwa mit selbst gebastelten Bomben ...?

»Wir haben gestern erfahren, dass in zwei Kasernen im Süden eingebrochen wurde! Es fehlen Panzerabwehrwaffen. Du weißt schon, die Dinger, die man auf die Schulter packen und losballern kann.« Steven ließ sich vor Erstaunen auf einen Stuhl fallen, ohne zu kapieren, dass dort schon ein Kollege saß. Schnell entschuldigte er sich, sprang mühevoll wieder auf und wollte lossprechen. Doch Kerstin kam ihm zuvor. »Es fehlen auch gut ein Dutzend Handgranaten und Sprengsätze – aus der Fernspäherkaserne.« Das kam unerwartet. »Ich dachte, es geht hier um Clans, Amateure und irgendwelche Rüpel, die gerade über die Stränge schlagen. Und jetzt das hier! Kann man denn einfach so mir nichts dir nichts in der heutigen Zeit in Kasernen reinmarschieren? Am besten noch mit Einkaufswagen und sich bedienen? Das ist ja unfassbar!« Die Anwesenden im Raum nickten. Einige bissige Sprüche über die Bundeswehr folgten.

»Die Kollegen vom Militär und eine Sondereinheit aus

Karlsruhe sind da dran. Sobald es neue Erkenntnisse gibt, erfahren wir das. Uns hat nur zu interessieren, dass sich die Gefahrenlage dadurch dramatisch verändert hat.«

Steven nahm wieder die Tasse in die Hand und schluckte schwer am kalt werdenden Kaffee. Die kleinen Radiatoren verbreiteten eine staubig-trockene Wärme im Container. Schweißgeruch zu vieler Menschen in dem schmalen, langen Raum waberte durch die Luft. Ihm schnürte es die Brust ab. Ganz schön eng hier in dieser Einsatzhöhle … Immer wieder wollten sich dunkle Bilder der vergangenen Tage in sein Bewusstsein schleichen. Er musste mit aller Kraft dagegen ankämpfen.

»Wie ist der Plan? Wie ist die Strategie?« Steven blickte erneut auf die zahlreichen Bildschirme. »Ich meine, wenn das mit dem Einbruch unsere Verdächtigen waren …, da kann ja jeder Gangster von einem der vielen Hügel oder aus den Wäldern seine Waffen abschießen oder Granaten werfen. Die sind schneller weg, als wir uns umschauen können.«

Betretenes Schweigen stellte sich ein. Steven hatte recht, und das wussten alle. Erst jetzt vernahm man im Raum die leisen Töne von Weihnachtsliedern. Jemand hatte sein Handy als Player eingerichtet. Das war grotesk. »Mach das aus«, herrschte Valmir den Kollegen an, dem das Handy gehörte.

Steven wandte sich an seine beiden Vertrauten. »Kann es sein, dass wir doch wieder an die Südländer, also die Schweizer, denken sollten?« Mit rauer Stimme gab ihm Valmir Antwort: »Ja und nein, Steven! Gut möglich. Aber das zählt jetzt nicht. Wir müssen Gefahren abwehren, das ist oberstes Ziel. Ganz Oberschwaben ist hermetisch abgeriegelt. Schwere Einsatzkräfte sind in der Gegend stationiert. Helikopter kreuzen. Zeppeline fliegen Patrouille. Wir haben sämtliche Funkfrequenzen für heute beschlagnahmt. Die Menschen werden abkotzen, wenn sie nur eingeschränkt telefonieren können. Aber wir brauchen die Datenbreite für die Kameras und Überwachung. Unsere Strategie ist, in jeden Winkel hineinschauen zu können. Es darf sich keine Maus auch nur einen Zentimeter bewegen, ohne dass wir das sehen. Mehr können wir im Moment nicht tun.«

Doch Steven bohrte nach. Das war ihm zu wenig. »Was ist mit der Bevölkerung? Was sagen die Menschen beispielsweise hier in Bodnegg?« Er wischte sich den Schweiß von der Stirn. Sein Blick wanderte zur Tür, durch die er schnellstmöglich wieder ins Freie gelangen wollte.

»Die mauern! Aber so was von! Die sind wie eine Betonwand, durch die nichts dringt. Die Menschen wollen das unter sich ausmachen, wie die Wirtsleute in Bodnegg zu uns gesagt haben. Die Obrigkeiten würden kommen und gehen. Sie aber als Großfamilien würden noch in ferner Zukunft hier sein und ihr Land bestellen. Sie müssten selbst alles klären, wenn es was zu klären gäbe. Nur gut, dass wir wenigstens die bedrohten Bewohner der Höfe überzeugen konnten zu kooperieren, nachdem wir mühevoll herausbekommen haben, bei wem das alles der Fall war. Frag nicht, wie. Das ist eine lange Geschichte.« Einer der Polizisten im Raum ergänzte. »Selbst wir vom Polizeiposten in Vogt kommen da nicht immer an die Menschen ran.«

Es ratterte in Stevens Hirn. Er verfolgte aufmerksam die ankommenden Meldungen von verschiedenen Kontroll- und Überwachungspunkten. Einige betrunkene Partyheimkehrer waren bereits ertappt worden. In Bodnegg, Tettnang und Amtzell, Grünkraut und Vogt wurden einzelne Prügeleien gemeldet. Zumeist während des Frühschoppens, aber auch direkt nach der Sonntagsmesse auf dem Kirchplatz. »Die Nerven liegen auch in der Bevölkerung blank. Die Familien misstrauen sich seit Wochen mehr und mehr. Die eine Familie bezichtigt die andere, diesen Unfug mit den Bedrohungen begonnen zu haben. Es geht inzwischen um die Ehre. Wir schicken zur Sicherheit Streifen vorbei, wollen aber nicht noch mehr Zwist durch unsere Anwesenheit erzeugen.«

Stevens Blick bohrte sich in die Bildschirme hinein. Seine Handfläche streichelte sanft über die kurzen Haarstoppel, hinunter in den Nacken. Was würden die Schweizer Verschwörer tun? Er versuchte, sich in sie hineinzuversetzen. Würden sie regulär über die Grenze kommen? In gleicher dreister Art wie bisher auch? Was würde er in ihrem Fall tun, wenn er ein Ultimatum gestellt hätte? Sein Kopf schmerzte vom angestrengten Nachdenken. Er fand keinen schlüssigen Plan. Das mit den Waffen war eine harte Nummer. Gedankenverloren beobachtete er, wie Kamerateams, die aus Richtung Bad Waldsee und Ravensburg kamen, von den Kontrolleuren aufgehalten wurden. »Woher erfahren die das immer so schnell?« Steven schüttelte den Kopf. Es war unglaublich mit der Presse. Einer der Beamten mit langgezogenem Schnauzer, Kollege Bruno, wie Steven erfuhr, zeigte auf die Tür. »Auch hier waren heute schon einige Fotografen und Schreiberlinge. Es scheint, als ob sie jemand direkt informiert hat.«

Die Spannung stieg, je mehr die Mittagszeit nahte. Niemand hatte die Uhrzeit für den wahrscheinlichen Tatzeitpunkt ermitteln können. Und doch konzentrierten sich alle auf zwölf Uhr. »High noon«, flüsterte Steven, während er die Zigarettenschachtel eines Kollegen in die Hand nahm. Dieser nickte. »Du rauchst, Steven?« Kerstin war erstaunt und schockiert zugleich. »Ja, seit heute wieder. Ich brauch das jetzt. Kommst du mit raus?«

Die frische Luft tat gut. Kerstin zog den wattierten Mantel enger um sich zusammen. Sie lehnte das Angebot ab, auch eine Zigarette zu nehmen und beobachtete, wie Steven sich umständlich die seine anzündete. Der Wind hatte nachgelassen, nur vereinzelt verlor sich eine Schneeflocke am Himmel. »Eigenartiges Wetter, oder?« Steven zeigte in Richtung der Wolkenstapel dicht über ihnen. »Eigenartige Stimmung überhaupt«, erwiderte Kerstin. »Ich habe in meiner ganzen Laufbahn noch keinen solch eigenartigen Fall erlebt.

Seit Monaten tappen wir wie die Blöden in der Gegend rum. Lassen uns von denen an der Nase herumführen und müssen uns von den Medien und der Öffentlichkeit alle möglichen unschönen Bemerkungen gefallen lassen. Ich vermisse die normalen Abläufe, Steven! Erst die Tat, dann die Ermittlungen und zu guter Letzt die Verhaftungen mitsamt Verurteilung.« Sie schnalzte mit der Zunge und schüttelte mit dem Kopf. »In diesem Fall haben wir es mit einer Unzahl von Fällen zu tun, und immer wieder kommt etwas Neues hinzu. Tätergruppen, Verdächtige, Opfer. Was soll das nur werden? Das hier ist doch Oberschwaben! Hier gibt es sonst doch nur kleinere Prügeleien und Gaunergeschichten.«

Steven lachte herzhaft heraus ob dieser Analyse. Doch ganz unrecht hatte die Kollegin nicht. Es war kein Fall wie gewöhnlich. »Dazu kommt, dass ein Kommissar auf einer kurzen Urlaubsreise beinahe umgekommen wäre«, ergänzte er. Ungelenk blies Steven den Rauch in die Luft. Er musste kämpfen, um nicht zu husten. Rauchen war gar nicht so einfach nach so vielen Jahren der Abstinenz.

»Sag mal, Steven, eure Reise, waren das eventuell Flitterwochen? Ich meine, wegen ›Frau Plodowski‹ vorgestern auf dem Revier.« Kerstin drehte sich bei der Frage ein wenig von ihm weg, damit er ihren Blick nicht sah. War eventuell die Scheidung offiziell bestätigt, und Steven wollte gleich Tatsachen schaffen? Gerade, als er antworten wollte, öffnete sich die Tür. Valmir erschien. »Kommt schnell rein, es tut sich was.« Hektisch stürmten beide in den Container. Steven vergaß vor lauter Aufregung, seine Zigarette auszumachen und wegzuschmeißen. Verlegen schmiss er sie im Container in den Becher mit dem kalten Kaffee. »Was gibts?«

Die Kollegen zeigten alle unisono auf zwei Bildschirme, die nebeneinanderstanden: »Hier in Markdorf. Siehst du? Die Einsatzkräfte haben zwei junge Männer erwischt, bei denen drei Handgranaten und einige andere Gegenstände gefunden wurden. Auch eine Landkarte mit Markierungen lag im Auto.« Sie beobachteten live, was sich gerade im sonst so idyllischen Markdorf zutrug.

»Zwei blutjunge Kerle«, dachte sich Steven. Er wusste nicht, dass Johannes vor ein paar Tagen Gleiches dachte, als er ihnen zum ersten Mal begegnet war. Sie lagen mit auf dem Rücken zusammengebundenen Händen auf dem Boden. Einsatzkräfte in voller Schutzmontur umstellten sie mit entsicherten Waffen. Auch Militär erkannte Steven.

»Was gibt es an Informationen?«, fragte er knapp.

»Sie wollten gerade von der Bundesstraße abbiegen und in Richtung Tettnang weiterfahren. Als sie die Einsatzfahrzeuge sahen, drückten die Verdächtigen innerhalb der Ortschaft das Gas durch und schossen davon. Nur aus diesem Grund wurden die Kollegen auf sie aufmerksam. Sie hatten Schreckschusspistolen bei sich, mit denen sie sich der Verhaftung entziehen wollten.« Schreckschusspistolen und Handgranaten. Das passte für Steven nicht zusammen.

»Höchste Alarmbereitschaft für alle Einheiten. Nicht dass das hier eine Ablenkung ist und die Täter an anderer Stelle eindringen wollen!« Valmir klopfte dem für die Kommunikation Zuständigen kurz auf die Schulter und wandte sich den anderen Bildschirmen zu. Der Kommissar bat den Kameramann über ein Mikro, näher an die Gesichter der beiden Verhafteten heranzugehen. »Arme Kerle«, flüsterte Steven, um mit lauterer Stimme fortzufahren: »Sie sind geopfert worden, aber wofür? Sie sind nicht die wahren Täter! Die beiden hier sind keine abgebrühten Profis. Schaut sie euch an. Sie haben schon bei der ersten Begegnung die Nerven verloren.« Nachdenklich fasste er sich ans Kinn. »Irgendwelche anderen Vorkommnisse?« Kopfschütteln an allen Beobachtungsstationen im Raum. »Nein, nichts. Selbst die Streithähne sind ruhig geworden. Wahrscheinlich sind sie jetzt beim Mittagessen zu Hause oder schlafen schon den kleinen Rausch vom Frühschoppen aus.«

Die beiden Festgenommenen wurden nicht gerade sanft

auf die Beine gehoben und abgeführt. Ein Sicherheitstrupp der Bundeswehr sicherte die Munition. »Bringt die beiden Täter aufs Revier, wir müssen sie umgehend verhören«, bat Steven die Kollegen vor Ort über Funk. Doch er bekam ein klares »Geht nicht!« zur Antwort. »Die Militärpolizei hat sie mitgenommen. Sie behaupten, dies wäre ihr Zuständigkeitsbereich«, wurde er von der Streife informiert.

»Verdammt«, fluchte Steven. Jetzt auch noch Kompetenzstreitereien. »Dann sagt ihnen, dass ich zum Verhör dazukommen muss. Wir brauchen Informationen. Schnellstmöglich! Und informiert die Würstle, die soll sich dahinterklemmen.« Während Kerstin in der Einsatzzentrale blieb und die Einsätze mit den Kollegen koordinierte, starteten Steven und Valmir den Volvo, um nach Weingarten in die Kaserne zu fahren. »Ich bin mir nicht sicher, ob sie viel wissen, aber wir müssen es versuchen. Vielleicht haben sie ja einen Hinweis, der uns hilft«, begann Steven das Gespräch. Doch Valmir war mit seinem kleinen Tablet beschäftigt, das er mit der Leitzentrale verbunden hatte.

Steven sollte recht behalten. Der Abend nahte und die jungen Verdächtigen verrieten auch nach Stunden nur wenig von ihrem wenigen Wissen. Ein gewisser Simon hätte sie losgeschickt. Sie sollten die Granaten am Waldrand von Tettnang in die Luft gehen lassen. Gerne könnten sie dabei eine Hütte oder sonst was in die Luft jagen, wenn es sich anböte. Mehr nicht. Danach hätten sie wieder über die Grenze nach Liechtenstein abhauen sollen.

Valmir rieb sich müde die Augen, nachdem sie die Kaserne wieder verlassen hatten. Die Anspannung des Tages hinterließ ihre Spuren. »Müssen wir noch rausfahren zu Kerstin?«, wollte er dann auch wissen. »Ich denke nicht«, erwiderte Steven. »Es hat sich nichts mehr getan. Alles ruhig bis auf einzelne Drohnenflüge, die an verschiedenen Orten bei den Höfen auszumachen waren. Alles nur Spinner, die uns ärgern wollten. Die Einsatzkräfte haben ihre Kontrollen zurückgefahren. Kerstin hat noch darum gebeten, dass die Bereitschaftskräfte bis morgen früh hierbleiben. Danach werden aber auch sie wieder abgezogen.« In Gedanken rechnete er sich die enormen Kosten aus, die allein für den heutigen Einsatz entstanden waren. Was war das denn nun wirklich gewesen? Alles eine Fata Morgana? »Kerstin bleibt heute Nacht in Bodnegg, falls noch was ist. Wir sollen lediglich erreichbar sein.« Die Dämmerung hatte bereits eingesetzt. Und mit ihr erneuter Schneefall. Alles so ruhig und friedlich in dieser Puderzuckerlandschaft, dachte sich Steven. Hatten die massiven Präsenzen der Einsatzkräfte, die nicht vollkommen verheimlicht werden konnten, die wahren Täter abgeschreckt, ihren Plan umzusetzen? Das war gut möglich. Und wo war Simon?

Kleine tanzende Lichter kamen ihnen auf den Gehwegen entgegen. Kinder an den Händen ihrer Eltern trugen bunte Laternen. Alle strebten auf die Innenstädte zu, wo in Kürze die Martinsumzüge starteten. Steven lächelte beim Anblick der aufgeregten Kindergesichter, wurde aber schnell nachdenklich. Valmir schien seine Gedanken zu erraten. »Wir haben für erhöhte Polizeipräsenz gesorgt. Sie werden einen sicheren Abend erleben.« Beruhigt lehnte sich Steven zurück und lenkte das Fahrzeug in Richtung Ravensburg. »Dann lass uns kurz aufs Kommissariat fahren, einen Überblick verschaffen und dann ist Feierabend. Es war ein langer Einsatz.« Valmir nickte. Er hatte Mühe, die Augen aufzuhalten. »Ich denke, die durchgeknallten Täter haben ihren Schwanz eingezogen und erkannt, was ihnen blüht, wenn sie nicht mit ihrem Unfug aufhören.«

Das war zu hoffen. Doch Steven rieb sich angestrengt die Stirn. »Glaub ja nicht, der Fall ist jetzt vorüber, Valmir! Wir müssen die Schuldigen ihrer Strafe zuführen!« Steven fühlte sich zwar erleichtert, aber nicht entspannt. »Wir haben zwar zwei arme Kerle, die wir als böse Täter der Öffentlichkeit zum Fraß vorwerfen können, mehr aber nicht.«

Sie bewegten sich nur langsam im Schritttempo über die verschneiten Straßen. Die Besucher des Martinsumzugs überquerten in Horden die Wege, die leuchtenden Laternen tanzten in den Händen der Kinder. Steven blickte ihnen eine Zeit lang nach, während Valmir genervt auf die Kolonne vor ihnen stierte. »Die Verhaftungen verschaffen uns etwas Luft gegenüber unserer Obrigkeit. Lass es uns nutzen und die Täter schnappen.«

Beide schwiegen für den Rest der Fahrt. Das Rauschen des warmen Gebläses im Auto lullte sie ein. Selbst Steven kämpfte mit seiner Müdigkeit. Die restlichen Kilometer bis zum Kommissariat durchzustehen, strengte ihn an.

Mit einem lauten Knall, verursacht durch eine Fehlzündung, würgte Steven den Volvo auf dem Parkplatz ab. Er musste gleich noch Andrea-Domenica schreiben, dass alles gut gelaufen war. Eigentlich wollte er sie nach dem anstrengenden Familientag gestern nicht so lange allein lassen. Die Begegnung mit Dagmar war nicht unbedingt einfach verlaufen. »Ich hab einen Slibowitz im Büro, trinkst du einen mit, Steven? Ich brauch jetzt was.« Dieser nickte und folgte ihm nach oben. Die Nachricht, dass zwei weitere Verdächtigte verhaftet wurden, erwartete sie in der Einsatzzentrale. Müde winkte Valmir ab: »Erzählt es uns gleich, jetzt brauchen wir erst eine Stärkung.« Er holte die Flasche und ein Tablett mit kleinen Gläschen aus seinem Versteck, schenkte den Anwesenden im Raum, Steven und sich einen Schnaps ein und verteilte die hochprozentige Substanz. Eine Ablehnung akzeptierte er nicht und prostete mit einem »Danke, Kollegen« in die Runde, um sein Glas mit einem Schluck zu leeren. Alle hatten sie diese Unruhe in sich, dass noch nicht alles im Reinen war mit diesem Fall.

Todesmut

++ Montag, 12. November ++

Zufrieden klappte Johannes sein Laptop zu. Die Nachrichten, die er zu lesen bekam, waren perfekt. Viele Medien im In- und Ausland berichteten von den Ereignissen am 11. November. Unwichtig, dass das Ultimatum verstrichen war. Unwichtig auch, dass die beiden Zwillinge verhaftet worden waren. Das war ja insgeheim sein Wunsch gewesen. Dass spät am Abend Rico und Ueli ebenfalls geschnappt wurden, als sie ihre Drohnen einpackten, war bedauerlich, aber auch kein Drama. Alles lief im Prinzip exakt nach Plan.

Regen prasselte auf das kleine Dachfenster seiner Wohnung in Zürich. Verrückt, dieser November. Kurze Kaltphasen wurden immer wieder durch fönartiges Wetter abgelöst, das hässlichen Regen mit sich brachte. Es konnte wahrlich depressiv machen. Doch die Laune von Johannes war an diesem Abend durch nichts zu trüben. Genüsslich löffelte er die Mikrowellenschale mit dem Fertiggericht aus.

»Clara, hast du schon den aktuellen Kontostand? Wie siehts aus?« Vertraulich strich er der Gefährtin über den Arm, was sie gerne geschehen ließ. »Ja, habe ich. Und es ist ziemlich was reingekommen. Wenn ich alles zusammenrechne, dann waren es von Freitag bis jetzt gut hundertachtzigtausend Euro. So viel Geld habe ich noch nie auf einem Kontoauszug gesehen. Was machen wir jetzt damit?«

Schön, wenn sie sich dadurch von den Verhaftungen der Gefolgsleute ablenken ließ. Johannes hatte Sorge, dass sie an ihm zu zweifeln begann, wenn er sich nicht um deren Schicksal kümmerte. »Na, abhauen, meine Liebste. Nur du und ich. Ab in den warmen Süden. Weit weg von hier, von diesem hässlich nasskalten Ort. Ich kaufe uns ein kleines Appartement direkt am Meer. Inmitten eines ursprünglichen Fischerdorfes, wo uns niemand kennt. Ist das eine Idee?«

Sie strahlte. Aber ja doch. Allein die Vorstellung des blauen Meeres mit den Delfinen, Rochen und anderen Fischen, die darin schwammen, und sie mittendrin mit Schnorchel und Brille. Weit weg von ihrem schrecklichen Leben hier, vom Club, den unappetitlichen Freiern – und Johannes würde dann nur noch ihr gehören. »Wo immer du hingehst, dort werde ich mit hingehen«, flüsterte sie voller Vorfreude.

Das solltest du besser nicht wollen, meine Liebe, dachte sich Johannes im Geheimen. Doch er ließ sie im Glauben, dass alles so kommen würde wie besprochen.

Ihr Blick wurde plötzlich ernst. »Und Johanna? Was ist mit ihr? Wo ist sie überhaupt?« Er zuckte mit den Schultern. Tatsächlich hatte Johannes keine Ahnung, wo sie war. Die Schlaue hatte es als Einzige geschafft, den ganzen Kontrollen in Deutschland und an der Grenze zu entkommen. Johanna hatte die zentralen Attacken durchführen sollen, während die anderen die Ermittler ablenkten. Aber ihr Instinkt hatte ihr wohl geholfen zu überleben. »Ich vermute, sie ist wieder zu Hause, jetzt, nachdem alles vorbei ist. Wir haben den Ausbeutern einen mächtigen Denkzettel verpasst. Das werden sie auf ewig nicht vergessen. Sie haben reichlich Buße gezeigt mit all dem Geld. Und die Öffentlichkeit diskutiert über die Schwabenkinder. Selbst die Regierungen streiten sich plötzlich über die Aufarbeitung der Vergangenheit. Was wollen wir mehr? Ziel voll erreicht. Johanna wird nicht mehr auftauchen, da bin ich sicher.«

Doch er sollte sich täuschen. Am Mittwochmorgen bereits stand Johanna vor seiner Tür und verlangte Einlass.

++ Dienstag, 13. November ++

In Ravensburg herrschte auch zwei Tage nach dem verstrichenen Ultimatum reges Treiben im Kommissariat und auf den Polizeidienststellen draußen auf dem Land. Den ganzen Montag über waren verstärkt Streifenwagen unterwegs. Zeigten Präsenz und gaben den Menschen unmissverständlich zu verstehen, dass der Staat das Gewaltmonopol für sich beanspruchte. Die Medien stürzten sich tatsächlich auf die Verhaftung der vier Tatverdächtigen. Man konnte beinahe erleichtert sein, dass mit den Drohnen zwei weitere Täter ins Netz gingen. Auch bei ihnen fanden die Ermittler Handgranaten. Die Panzerfäuste und Sprengsätze blieben jedoch nach wie vor verschwunden.

»Wer kümmert sich um die Clan-Streitigkeiten auf dem Land?« Frau Würstle stand in der halb offenen Tür. Tiefe Augenränder in ihrem Gesicht verrieten, dass auch sie die Tage über wenig Schlaf gefunden hatte. »Die Kollegen in Vogt und Wangen. Sie kommen da ganz gut voran. Da würden wir nur stören«, antwortete Kerstin, die gerade dabei ertappt wurde, wie sie versuchte, unbemerkt mit einem Deostick unter ihren warmen Pullover zu gelangen. Kerstin hatte sich in den vergangenen Tagen von ihrer bisherigen Einschätzung zu den Tätergruppen Stück für Stück entfernt. Entfernen müssen. Die Verhaftungen, die Waffen, die Schweizer Verbindung, das alles zog die Aufmerksamkeit von den Bodneggern ab.

Die Chefin nickte abwesend und entschwand mit einem »Gut, dann löst sich der Knoten langsam« aus dem Raum.

Im Vernehmungsraum 03 am unteren Ende des Ganges blickte Steven auf die Fotos, die von den Verhafteten gemacht worden waren. Ob die Namen stimmten, war schwer festzustellen. Die Schweizer Kollegen waren noch mit den erkennungsdienstlichen Maßnahmen beschäftigt.

Die zwei jungen Menschen, die vor ihm saßen, hätten unterschiedlicher nicht sein können.

Da war dieser stämmige, grimmig dreinschauende Hüne, mit seiner dunkelhaarigen wilden Mähne, dem Vollbart und Händen voller Hornhaut und Schwielen, die harte Arbeit offenbar gewohnt waren. Vorsorglich hatte sich ein Polizist direkt hinter ihm positioniert.

Neben dem Hünen saß wie ein Häuflein Elend ein schmächtiger, nach vorn gebeugter Kerl, dessen dunkelbraune Augen erstaunt vor sich hin stierten. Er schien es nicht fassen zu können, verhaftet worden zu sein.

Steven räusperte sich. »Was bewegt so junge Menschen, so was Dummes zu machen? Ich frage mich die ganze Zeit: Warum?« Er verharrte minutenlang in dieser betrachtenden Position. Halb über den Tisch gebeugt, nur auf der Vorderkante seines alten Stuhles sitzend.

Die beiden antworteten ihm nicht. Ihre Haltung und Blicke änderten sich nicht. Wie schon am Tag zuvor, als sie den ganzen Tag vernommen worden waren. »Ist es wirklich reine Geldgier? Oder stupide, krankhafte Lust an der Gewalt?« Ein erstes Zucken tauchte auf den Gesichtern seiner Gefangenen auf. »Seid ihr so verzweifelte Gestalten, dass ihr es nötig habt, auf Schwächere loszugehen?« Er warf die Bilder der misshandelten Opfer auf den Tisch. Auch jenes der alten Dame und von Bauer Gressler schleuderte er in ihre Richtung. Nervös rutschte der Schmälere auf seinem Stuhl umher. Unsicher blickte er zum Größeren. »Bei uns nennt man solche Kerle Schlappschwänze! Also wir suchen uns gleichwertige Gegner, wenn wir uns abreagieren müssen.«

Die Provokation zeigte endlich Wirkung. Mit dröhnender Stimme brüllte der Hüne Steven an: »Und die kleinen Kinder damals? Die hatten auch gleichwertige Gegner? Willst du Scheißkerl sagen, dass die wirklich eine Chance hatten?«

Steven legte ein weiteres Bild auf den Tisch: »Schaut her! Diese arme Dame ist vergangene Nacht gestorben.

Sie hat sich nach eurer niederträchtigen Misshandlung nicht mehr erholt. Ist das Gerechtigkeit?«

Jetzt war es der Jüngere, der reagierte: »Selbst schuld! Selbst schuld! Warum haben sie nicht auf unsere Forderungen reagiert? Wir wollten Genugtuung. Wir wollten all die armen Schwabenkinder rächen. Unsere Vorfahren. Warum hat sie nicht gezahlt, hä? Warum?« Er schlug die Faust auf den Tisch. Verzweifelt wandte er seinen Blick ab. Steven meinte Tränen zu erkennen. »Sie hätten doch nur zahlen müssen.« Ein Stoß mit dem Ellbogen des Nebenmanns in seine Rippen ließ ihn abrupt verstummen.

»Wer sind die anderen? Wo sind sie? Wo ist dieser Simon? Wo ist die Frau, die immer mit euch war?« Steven bohrte noch einige Zeit nach. Doch die beiden Verhafteten schwiegen fortan vehement.

Steven störte sich nicht daran. Verhöre brauchten ihre Zeit. Die Verdächtigen mussten weichgekocht werden. Und der Kleinere von ihnen würde bald so weit sein. »Lasst ihn uns nachher getrennt von seinem großen Begleiter befragen«, empfahl Kerstin Minuten später, als Steven sich wieder zu seinen Kollegen gesetzt hatte und sie über das Gespräch informierte. »Ich denke, wir sollten ihn mit dem Geldthema locken. Ob er weiß, dass inzwischen eine größere Summe überwiesen wurde? Lasst uns doch erzählen, dass seine Komplizen gerade sicherlich am Kofferpacken wären und mit dem Geld ohne ihn ins Ausland flüchten würden. Das wirkt bestimmt.« Sie konnte durchaus recht haben. Nur, wo war dieser Simon? Mit einem Seufzer lehnte sich Steven im Sessel zurück. Müde klappte er die einzelnen Ermittlungsakten zu. »Nun denn. Hoffen wir, dass das so ist. Dann gehen wir jetzt an die Aufräumarbeiten. Aber dann mit Bedacht und Ruhe. Das haben wir ja jetzt. Gell?«

Frau Würstle tauchte erneut im Raum auf, einen Kaffeebecher in der Hand. »Herr Plodowski, haben Sie kurz Zeit?« Er nickte. Eine böse Vorahnung ließ ihn jedoch zögern.

»Aber nur kurz. Wissen Sie, Andrea-Domenica fährt heute wieder nach Bonn zurück. Ich wollte sie nachher zur Bahn bringen. Und muss dann gleich zum Arzt. Erste Fäden ziehen.« Die Chefin nickte. »Dauert nicht lang«, und verschwand in Richtung ihres Büros.

Mutlos folgte Steven. Auch er hatte seinen Kaffeebecher beim Aufstehen geschnappt und nun schlürften sie beide für einen Moment wortlos ihre Getränke. Frau Würstle hatte wirklich versucht, die alten Büros mit etwas bunter Dekoration und Bildern von befreundeten Hobbykünstlern zu verschönern, wie er zum ersten Mal feststellte, als sein Blick unglücklich durch den Raum wanderte. Zusammen mit der zu früh platzierten Weihnachtsdekoration war das fast ein wenig zu dick aufgetragen, dachte sich Steven. »Fühlen Sie sich schon wieder fit, Plodowski?« Er zögerte mit der Antwort, zuckte dann etwas zögerlich mit den Schultern. »Oder sollen wir um eine Krankschreibung ersuchen?«, setzte Frau Würstle unmittelbar nach.

Steven ging ihr in die Falle. »Natürlich fit, Chefin. Zu einhundert Prozent! Na ja, beinahe. Wieso fragen Sie?«

Erfreut lehnte sie sich zurück. »Na, das ist ja prima. Dann können Sie gleich übermorgen nach Stuttgart. Die Ergebnisse der ersten Gespräche mit Ihrer Psychologin sind vergangene Woche angekommen. Und gestern hat sie sich nochmals gemeldet. Nachdem ich der Dame – die übrigens viel Sympathie für sie hegt – erklärt hatte, warum Sie sich nicht melden konnten, bat sie darum, dass es nochmals ein Gespräch gibt. Zwischen Ihnen und der Psychologin.«

Steven spannte sich innerlich an. Er fragte sich, was schlimmer sein konnte: die Gefangenschaft oder das nochmalige Durchkauen des Erlebten. Er wollte vergessen und nicht gleich wieder in noch offenen Wunden rumwühlen lassen. »Das will ich aber nicht.« Steven protestierte in einer für ihn ungewöhnlichen Klarheit. »Doch, das werden Sie! Plodowski, Sie müssen das tun. Ich habe den Bericht aus dem Krankenhaus aus Chur erhalten, mit dem dringenden Rat der Ärzte, dass Sie in Behandlung bleiben. Und da ich weiß, dass Sie von selbst keinen Therapeuten aufsuchen, will ich, dass Sie diese Chance nutzen.«

Er schien noch nicht überzeugt. Doch seine Chefin ließ keinen Zweifel daran. Steven musste nach Stuttgart. Das Fortbildungsprogramm an der Akademie war nicht zu vermeiden. So ein Scheiß! Resigniert nickte der Gepeinigte und verließ mit hängenden Schultern den Raum. Stumm schlich er in sein Büro und holte den Mantel. Für heute hatte er die Nase voll.

***

Den ganzen Weg nach Hause verfolgten ihn ihre Worte: »Plodowski, man hat mir gesagt, dass Sie das aufarbeiten müssen. Sonst brodelt das in Ihrem Untergrund weiter und bricht irgendwann in der Zukunft hervor, ohne dass Sie was dagegen tun können. Und das soll schrecklicher sein, als alles, was Sie zuvor erlebt haben. Wollen Sie das wirklich? Denken Sie an Ihre Familie und an Ihre neue Gattin!« Das hatte gesessen.

Andrea-Domenica öffnete traurig die Tür, als er das Fahrzeug in der Hofeinfahrt abgestellt hatte. »Ist es dringend notwendig, dass du gehst?« Steven küsste sie voller Melancholie auf die Stirn. Sie schluckte. »Ich muss. Die Arbeit wartet, und ich habe noch massenhaft zu tun, bis meine Wohnung fertig wird.« Der Stich drang tief in ihn ein. Der Gedanke, Andrea-Domenica zu verlieren, auch wenn es nur auf Zeit sein mochte, war für ihn unerträglich. »Schatz, ich müsste eigentlich mit hochfahren und dir beim Einrichten der Wohnung helfen. Das wäre das Mindeste.« Er stotterte beinahe, als er das herauspresste.

Sie nahm ihn bei der Hand und führte ihn stumm ins Haus. Dort war so gut wie alles schon für die Abreise bereit.

Steven seufzte und ging direkt zum Kühlschrank, um sich einen Ouzo einzuschenken. »Am helllichten Tag schon Alkohol?« Andrea-Domenica kämpfte mit dem Koffer, während sie das als tapferen Versuch, die Stimmung aufzulockern, fragte. Das blöde Ding wollte sich nicht schließen lassen. »Zu viel eingekauft in Ravensburg, was?«, versuchte er zu scherzen.

Sie mühte sich um ein Lächeln, während sie sich mit einem Rumms auf den Koffer setzte. Doch vergeblich.

»Schatz, lass doch einfach was hier. Schmeiß die Sachen bitte aufs Sofa und zerstreu sie überall. Dann habe ich das Gefühl, du bist noch hier. Ach, noch viel besser …« Er stockte kurz und rechnete im Kopf. »Ich muss am Donnerstag nach Stuttgart. Zur Psychologin. Dann könnte ich doch direkt danach zu dir hochfahren. Wäre das nichts?« Er kippte den Ouzo in den Hals und spürte sofort das Brennen in der Kehle. Überrascht blickte Andrea-Domenica auf. »Das, das wäre … das wäre wunderbar. Traumhaft.« Sie konnte ihr Glück beinahe nicht fassen. »Oh Schatz, wird das nicht zu viel für dich?« Eifrig schüttelte Steven den Kopf. Voller Vorfreude, seine Partnerin so schnell wiedersehen zu dürfen. »Ich würde sterben, wenn wir das nicht so machen.« Er lief hinüber zur Abstellkammer und ergriff einen der alten Koffer. »Hier, pack rein, was ich mitbringen kann. Dann hast du nicht so schwer zu schleppen.«

Deutlich erleichtert verabschiedete sich das Liebespaar eine halbe Stunde später am Bahnhof Ravensburg, als der Regionalzug nach Ulm einfuhr. »Nicht vergessen, in Ulm umsteigen in den ICE, bis nach Siegburg und dann umsteigen in die Straßenbahn runter nach Bonn. Von dort nimmst du am besten ein Taxi nach Hause.«

Sie lächelte. »Ja, Papa. Soll ich dich denn anrufen, wenn ich zu Hause bin?« Steven überhörte die Spitze in ihrer Stimme. »Unbedingt. Ich bestehe darauf.«

Der schrille Pfiff des Schaffners zwang sie, voneinander

abzulassen. Andrea-Domenica sprang in den Zug, die Türen schlossen – und weg war sie.

Einsam schlenderte Steven zum Wagen. Im Kopf ging er schon Fahrzeiten und Abläufe durch, damit er übermorgen zügig von Stuttgart wegkam. Eine junge Dame wartete bereits am Volvo, in der Hand einen Zettel. »Na Papa, haben wir einen Strafzettel kassiert? Mal wieder kein Ticket gezogen?« Er nahm Sina mit raschem Griff das Papier aus der Hand. »Sina, was machst du hier? Au Mann, diese Geldsauger. Schon wieder zwanzig Euronen weg. Langsam gehts ins Geld. Wolltest du Andrea-Domenica verabschieden?«

Seine Tochter nickte. »Ja, wo ist sie?«

Er wandte den Kopf in Richtung Bahngleise. »Abgefahren. Sie ist gerade eingestiegen.«

Enttäuscht blickte Sina dem Zug hinterher. »Schade. Ich hätte sie gerne noch mal gesehen. Ein toller Mensch, Vater. Wirklich toll. Mir tat es leid, was sie am Samstag bei unserem Familientreffen ertragen musste.«

Er gab ihr einen Kuss auf die Wange. »Haste Zeit? Wollen wir in die Stadt, 'nen Kaffee trinken gehen? Ich fühl mich gerade ein wenig einsam. Der Arzttermin muss warten.« Sie nickte. »Kann ich verstehen. Geht mir auch gerade so. Mein Freund und ich, weißt du, also wir haben ...«

»Euch getrennt?«

Tränen traten ihr in die Augen. Sie musste nichts mehr sagen. Stumm nahm Steven sie in seine Arme und drückte sie, während Sina sich ausweinte. Herr Max kratzte von Innen am Fenster. Mit den Hinterbeinen stand er auf dem Fahrersitz und richtete sich auf. Er wollte zu seinen Freunden. Beide lachten noch ein wenig zittrig auf beim Anblick des treuen Haustieres. Findling fehlte. Autofahren war nicht ihr Ding. »Lass uns unseren Freund hier nach Hause bringen, und dann gehen wir was trinken. Ich schlage vor, wir gehen gleich in die Cocktail-Phase über. Einverstanden?«

Das entsprach auch Sinas Stimmung. »Ich kenne da eine

gute neue Bar in der Oberstadt. Lass uns die mal ausprobieren.« Alles klang nach einem guten Plan gegen Einsamkeit. Die Welt konnte mit ihren Problemen für ein paar Stunden Pause machen.

++ Mittwoch, 14. November ++

Es mochte gegen sechs Uhr in der Früh sein, als Johannes aus dem Schlaf schreckte. Er fühlte sich beobachtet. Vorsichtig spähte er durch die Dunkelheit. War da was in der Tür? Clara schmiegte sich eng an ihn. Sie schlief tief und fest.

Er musste sich geirrt haben. Doch gerade als Johannes wieder die Augen schließen wollte, erhaschte er aus dem Augenwinkel eine leichte Bewegung. Wie ein angespannter Bogen schoss er aus dem Bett. Clara stieß einen erschreckten Schrei aus. Er stürzte nach vorn, wurde aber von einem kräftigen Schlag mit der Faust niedergestreckt.

Clara brüllte den Eindringling an: »Verschwinde, was willst du hier?« Sie knipste das Licht an. Einem Racheengel gleich stand der Eindringling breitbeinig vor ihnen. Ein großer Parka hing ihm über die Schultern. Johannes lag stöhnend vor dem Bett auf dem Boden. »Johanna«, rief Clara erstaunt. Sie richtete sich im Bett auf. Das hätte sie nicht erwartet.

»Verschwinde«, befahl die Angesprochene kühl.

Johannes mühte sich auf die Beine. »Du bist also zurück«, sprach er und rieb sich die wunde Stelle. »Wo hast du die letzten Tage gesteckt?«

Johanna beobachtet ihn eindringlich, um dann an ihm vorbei in den Raum zu treten. »Ist nicht wichtig.« Dann zu der Komplizin gewandt: »Clara, auf, mach die Fliege!« Sie stand bedrohlich vor dem Mädchen. »Verschwinde. Ist besser für dich.«

Die wollte aber nicht klein beigeben. Mit verschränkten Armen presste sie sich ins Bett. »Spinnst du? Was soll der ganze Zirkus?«

Ein Streit drohte zu entbrennen. Johannes musste einschreiten. »Clara, Schatz, kannst du so lieb sein und schon vorausgehen? Zu dir nach Hause, und ich hole dich später ab? Dann gehen wir zusammen in die Stadt. Tust du mir den Gefallen? Ich muss mit Johanna was besprechen.«

Stumm kroch die Freundin aus dem Bett und schnappte im Hinausgehen ihre Kleider vom Stuhl. Krachend flog die Tür ins Schloss. Johanna sprang unvermittelt ins Bett. Mitsamt Kleidung und Parka. »Machs dir bequem. Wenigstens die Schuhe kannst du aber bitte ausziehen.«

Sie zog die Stiefel mühevoll von den Füßen und schmiss diese auf den Boden. »Glaubst du wirklich, du kannst das ohne mich beenden?« Er setzte sich zu ihr. »Wie meinst du das?« Ungelenk fasste sie ihn am Schenkel. »Ich kenne dich besser, als du denkst.« Sie blickte zögerlich in seine Augen, konnte den Blick aber nicht lange halten. »Ich weiß, was du vorhast. Und ich werde mit dabei sein.«

Johannes blickte irritiert von ihrer Hand hoch in ihr Gesicht und wieder auf die Hand, die nach oben wanderte. Diese Johanna hier war verändert. Mochte sie ihn etwa? Mögen auf ihre Art? War ihr Verhalten in der Vergangenheit ihre Art, Zuneigung zu zeigen? Er konnte es schwerlich einschätzen. Doch was wollte sie jetzt? Was wusste sie von seinen Plänen?

»Wie bist du eigentlich den Polizeikontrollen entkommen? Die waren doch überall!« Er hielt ihre Hand fest. »Sag schon!« Doch sie lächelte nur. »Wenn man den ganzen Plan kennt, dann weiß man, was einen zu erwarten hat. Los, wir ziehen das gemeinsam durch. Du brauchst mich. Verstanden? Die Göre kann dir nicht helfen. Die hat doch kein Hirn!« Johannes wollte das nicht kommentieren. Er mochte Clara, wollte aber nicht darauf eingehen. »Sprich weiter. Ich mache uns schnell einen Kaffee.« Er wollte Zeit gewinnen. Konnte Johanna seinem Vorhaben gefährlich werden? Er unternahm einen letzten Versuch: »Was ist der Grund dafür, dass du weitermachen willst, Johanna? Wir sind doch erfolgreich gewesen. Die Welt weiß Bescheid, und wir haben mächtig viel Geld auf dem Konto. Lass uns das doch beenden! Lass uns gemeinsam verschwinden.«

Sie nahm den Kaffee entgegen, schlürfte laut und blickte verklärt zum Fenster hinaus. Ihre Stimme klang wie aus weiter Ferne. »Ja, lass uns das beenden. Aber richtig! Johannes, verkauf mich nicht für dumm. Das kannst du dem Mädchen erzählen, aber nicht mir. Was meinst du denn, warum ich all das auf mich genommen habe! Ich bin wie du. Hast du das denn noch immer nicht verstanden? Wir sind seelenverwandt, und unsere Schicksale sind eng miteinander verwoben. Das habe ich sofort vom ersten Augenblick an verstanden.« Johannes bemerkte nicht, dass sie ihn beim richtigen Namen ansprach. Sie wollte ihn auf den Mund küssen, ihre harten Lippen trafen aber nur den Mundwinkel, als er sich abwandte. Johanna schien wie entrückt und ignorierte seine Reaktion. Hatte sie Drogen genommen?

»Ich habe noch keine Erlösung für mein Leiden gefunden, genauso wenig wie du! Ich halte es einfach nicht mehr aus. Dieses vernichtende Feuer in mir lodert und frisst mich auf. Bei lebendigem Leib. Verstehst du? Es ist noch nicht zu Ende! Das weißt du genauso wie ich.«

Johannes blickte sie erstaunt an. Hatte Johanna eine ähnliche Geschichte wie er? Oder waren es die Drogen?

»Lass uns das durchziehen. Es ist unsere Bestimmung.« Sie drückte fest seine Hand. Johannes blickte sie ernst an. Hatte sie die Grenze genauso überschritten wie er? »Johanna, ich werde davon nicht mehr zurückkehren. Ist dir das bewusst?« Sie nickte entschieden. »Ja, das ist es. Lass es uns tun.« Johannes ergriff ihre Tasse und stellte sie auf die Seite. Er beugte sich zu ihr und küsste sie. Wild und ungestüm erwiderte sie sein Küssen, dass es ihn beinahe schmerzte. Sie fielen in einen wilden Taumel aus Leidenschaft und Kampf. Johanna schrie immer wieder auf, als ihre verletzten Rippen im wilder werdenden Taumel berührt und gedrückt wurden. Doch sie waren ergriffen von einer irrsinnigen Leidenschaft, die sie immer weitertrieb. Die Schreie aus Schmerz und Lust vermischten sich. Einige Nachbarn riefen verunsichert die Polizei, in Sorge, dass eine Straftat geschah. Als die Beamten jedoch einige Zeit später die Wohnung öffneten, war niemand mehr aufzufinden. Johannes und Johanna befanden sich bereits auf dem Weg nach Deutschland. Sie hatten ihre letzte Mission angetreten.

***

Alles verlief schnell, routiniert und vollkommen wortlos. Es war, als ob die beiden Verschwörer ausschließlich stumm miteinander kommunizierten. Die wenigen Sachen waren schnell verpackt und der Plan in aller Kürze erörtert: Über den Schwarzwald sollte sie der Weg nach Stuttgart führen, bevor sie zu ihrer letzten Etappe aufbrachen.

Johannes telefonierte beim Erreichen des Schwarzwaldes mit irgendeinem Mädchen. Es war nicht Clara, das hörte Johanna sofort. Aber die Eifersucht trieb sie dazu, ihm das Handy aus den Händen zu reißen und auf den Knopf zu drücken. »Wir können uns jetzt keine weiteren Fehler mehr leisten. Alles, was zu uns führen kann, muss vernichtet werden.«

Am Schluchsee hielten sie den an der Grenze gestohlenen Opel Corsa an und warfen ihre Telefone in hohem Bogen ins tiefe Wasser. Dann hetzte Johanna den Kleinwagen in wilder Fahrt durch die Berge des Schwarzwaldes. Johannes wagte einen verstohlenen Blick auf sie. Die straffe Haut zog sich eng gespannt über ihre Wangenknochen. Kein Zucken, keine Gemütsregung ließ sich im Gesicht ablesen. Eine perfekte gefühlskalte Maske, die sie unnahbar für ihre Umwelt machte. Sie mochte der Typ Mensch sein, der morden konnte, ohne mit der Wimper zu zucken.

Johannes lief es kalt den Rücken hinunter. Er hatte tatsächlich Angst vor dieser Frau und gleichzeitig zog ihn ihre Kaltblütigkeit magisch an. Das Schaudern breitete sich aus, als er an den nur wenige Stunden zurückliegenden brutalen Sex mit ihr dachte. Clara selbst schien in weiter Ferne. Ob sie seine Nachricht per Handy schon gelesen hatte? Sie war ein guter Mensch. Er durfte sie nicht mit hineinziehen.

++ Donnerstag, 15. November ++

Steven hetzte am darauffolgenden Tag die Königstraße hinunter. Genauso, wie er es vor wenigen Wochen getan hatte. Nur mit dem Unterschied, dass an diesem Tag ein eigenartiger Begleiter bei ihm war und ihn nicht mehr loslassen wollte. Dieser Kerl sprang während der Sitzung mit der Psychologin aus dem innersten seiner Seele heraus und baute sich seither zu übermenschlicher Größe auf. Er quälte ihn. Ließ die Sitzung zur Tortur werden. Rannte hinter ihm her, so schnell Steven auch lief. Er konnte das Gespenst nicht abwimmeln.

»Er wird Sie so lange in Ihrem Leben begleiten, solange Sie vor ihm, oder vor dem, was hinter ihm steckt, davonrennen. Dieser Simon ist ein Spiegelbild für etwas, das in Ihnen steckt, Steven. Es wird sich wie ein Brandmal in Ihre Seele einbrennen, wenn sie sich ihm nicht stellen! Stellen Sie sich dem Feind in Ihnen, Steven, stellen Sie sich diesem Simon! Sie müssen es tun. Seine Wut und krankhafte Sucht nach seiner Form von Gerechtigkeit hat in Ihnen eine Resonanz erzeugt. Welche ist das? Spüren Sie dem nach!«

Die Psychologin hatte gut reden. Hatte sie selbst schon einmal solch eine Situation erlebt? Dann würde sie wissen, wie sich das anfühlte. Nein, Steven war kein Feigling. Das konnte ihm niemand nachsagen. Doch dieser Feind hier drohte, ihn in seinen Grundfesten zu erschüttern.

Menschen in der vollen Fußgängerzone Stuttgarts rempelten ihn an, schimpften mit ihm, er solle doch aufpassen. Auf Höhe des Schlossplatzes wich der Kommissar den Menschenströmen seitlich aus und zückte das Handy. Ein Anruf im Kommissariat hatte noch immer geholfen.

»Kerstin? Hallo, Kerstin, bist du es?« Er brüllte ins Telefon. Umstehende Passanten blickten zu ihm herüber. Schon wieder ein Irrer?

»Ja! Aber wer ist am anderen Ende? Steven?« Es klackte

immerzu in der Leitung. Er hörte sie nur sehr schlecht.

»Ja, richtig, Steven. Hörst du mich? Ich bin noch in Stuttgart. Alles okay bei euch?«

Sie hustete. »Bis auf eine gemeine Erkältung, die ich mir da draußen geholt habe, ist alles gut. Viel wichtiger ist doch die Frage, wie es dir geht. Wie war die Sitzung?«

Steven überquerte wieder die Königstraße und bog in eine Seitengasse ab, um ziellos in Richtung Finanzviertel zu laufen. Der Lärm des Verkehrs an der Theodor-Heuss-Straße war beinahe unerträglich. Doch die Ampel wollte nicht umschalten. »Ja, gut. Sicher, es war gut. Richtig gut sogar, Kerstin. Sie hatte vollstes Verständnis für mich. Meinte, ich müsste mich gut ablenken, dann würde das schon werden.« Stille kehrte ein. »Hallo? Kerstin, hallo? Bist du noch dran?« Sie hustete wieder und schnäuzte die Nase. »Mein lieber Freund. Was erzählst du mir da? Jetzt raus mit der Sprache. Was hat sie wirklich gesagt?«

Die Ampel stellte auf Grün. Er trottete mehreren Dutzend Menschen hinterher, die über die Straße marschierten. »Krankschreiben, das will sie! Mich krankschreiben! Ich würde verdrängen und würde zu früh glauben, ich wäre schon wieder einsatzbereit.« Steven erzählte mehr, als er wollte. Doch das passierte ihm oft bei Kerstin. »Aber das habe ich ihr eindringlich ausgeredet. Ich würde hohl drehen, wenn ich keine Ablenkung habe.« Er bog nach rechts ab in die Kriegsbergstraße. Irgendwo musste ja eine Möglichkeit sein, rüber zum Bahnhof zu kommen.

»Recht hat sie, Steven. Mach es doch einfach. Nimm frei. Nur ein paar Tage wenigstens. Hier brennt nichts mehr an. Wir fahnden weiter nach den anderen Tätern. Aber es ist keine neue Gefahr mehr zu erwarten. Fahr zu Andrea-Domenica.« Ihre Stimme wurde unvermittelt schwächer.

»Das habe ich wirklich vor. Bin gerade auf dem Weg zur Bahn, um bis zum Ende der Woche zu ihr zu fahren. Okay für dich?« Er musste runter in die Klett-Passage, um zum

Bahnhof zu kommen. »Aber ja doch! Mach das. Ist 'ne gute Idee.« Kerstin schien das Interesse am Telefonat verloren zu haben. Irgendetwas lenkte sie wohl ab. Eventuell eine Nachricht am Bildschirm oder was auch immer. »Was ist? Du sprichst ja nicht mehr. Was liest du?« Kurze Stille. »Ach nichts.«

»Was, Kerstin? Was ist nichts?« Wieder ein kurzes Zögern, dann: »Ich lese mir gerade die Meldungen der Kollegen aus der Schweiz und Baden durch. Einfach aus Neugierde. Gestern Nachmittag wurde ein Kleinwagen gestohlen. Direkt an der Grenze. Und die Schweizer haben zuvor zwei verdächtige junge Leute verfolgt, die beim Schwarzfahren in der Bahn erwischt wurden und sich gegenüber den Kontrolleuren gewalttätig verhielten, als man sie festsetzen wollte. Sie waren in Richtung Grenze unterwegs.«

Steven stutzte. Er blieb unvermittelt stehen, was ihm das Fluchen der Passanten einbrachte, die kreuz und quer durch die unterirdische Welt des Stuttgarter Bahnhofs eilten. »Du bist also auch noch mit Augen und Ohren in der Schweiz am Forschen?« Er bewegte sich langsam wieder nach vorn und suchte die Rolltreppe nach oben in die Haupthalle des Bahnhofs. Der Gestank störte ihn mächtig, der von den vielen Menschen ausströmte. Stuttgart und seine Passagen waren schmuddelig und dreckig. »Nun ja, ich kenne dich, Steven, und kenne deine Instinkte. Das hat mich hellhörig gemacht. Ich will nur sicher sein, dass uns nichts durch die Lappen geht und neue Unglücke geschehen.« Das war neu. Steven fluchte, drehte sich wieder um und suchte die Schließfächer. Beinahe hätte er seinen Koffer vergessen. »Du bist ein Schatz, Kerstin. Glaubst du, da ist eine Verbindung zu unserem Fall?« Er sah nicht ihr Schulterzucken, konnte es sich aber gut vorstellen, als sie antwortete: »Derzeit gibt es keine Hinweise. Aber wir sichern die Informationen und versuchen parallel, etwas aus den Festgenommenen herauszuquetschen. Die Militärkollegen verhören die anderen zwei.

Sie wollen sie einfach nicht rausrücken. Die Staatsanwältin kämpft aber darum.«

Steven hatte endlich sein Schließfach gefunden und tatsächlich auch den Zahlencode richtig eingegeben. Mühsam zog er den Koffer aus der engen Öffnung. Das Handy zwischen Ohr und Schulter eingeklemmt zerrte er kräftig und knallte den alten Schalenkoffer auf den Plattenboden. Eines der Räder am Koffer klackte unschön beim Aufprall. Ein Obdachloser gesellte sich zu ihm und wollte sein Berater werden. Steven suchte schnell das Weite, den klackenden Koffer hinter sich herziehend.

»Die beiden jungen Kerle sind vermutlich Mitläufer. Ich glaube, die beiden könnten wir am besten knacken.« Kerstin sprach zögerlich. Steven wusste, dass sie nebenbei weiter in den Berichten las. Der Weg über die Baustelle des neuen Bahnhofs zog sich schier unendlich hin. Steven musste seinen Schritt beschleunigen, um den Zug zu ergattern, für den er sein Super-Sparpreis-Ticket gekauft hatte. Ein Gleiswechsel wurde angezeigt. Steven fluchte und wendete abrupt. Mit lautem Klatschen krachte er in eine junge Frau, die direkt hinter ihm stand. Beide fielen sie beinahe auf den Boden und konnten sich nur mit Mühe gegenseitig abstützen.

»Entschuldigen Sie bitte, das tut mir sehr leid.« Steven hob die Tasche der Dame auf und klopfte den Schmutz ab. Auch sein Handy lag auf dem Boden, durch den Aufschlag mit offener Schale und ohne Akku. »Sind Sie okay?« Er schob alle Bauteile in die Tasche und blickte die junge Frau an.

»Es passt schon«, entgegnete die Angesprochene schüchtern in schweizerischem Akzent. Steven horchte auf. Die Stimme! »Besuchen Sie Stuttgart?«, wollte er wissen.

Sie schüttelte den Kopf. »Nein, nein. Ich bin auf dem Weg nach Oberschwaben. Nach Ravensburg. Steige hier nur um, weil der Zug aus Zürich hier Halt macht. Aber ich komme aus Chur.« Ihre Stimme – sie sagte ihm etwas. Dann ihr Blick, der ihn erwartungsvoll anschaute.

»Sagen Sie, kennen wir uns? Kann das sein?«
Sie antwortete nichts, beobachtete ihn nur stumm.
»Ich war kürzlich in Chur. Vielleicht sind wir uns da begegnet? Ihre Stimme, die kommt mir so vertraut vor.«

Sie blickte verschämt auf den Boden. »Ja, das tun wir. Bitte verzeihen Sie mir. Ich wollte Sie nicht verfolgen. Aber Ihre Frau sagte mir, dass ich Sie mit etwas Glück hier beim Einsteigen in den Zug nach Bonn erwischen könnte.«

Steven zog die junge Frau vorsichtig ein wenig auf die Seite in Richtung des Bauzauns des neuen Bahnhofs, um den hektisch umhereilenden Passanten entgehen zu können. Irritiert sah er sie an. »Meine Frau? Woher kennen sie Andrea-Domenica – jetzt hab ichs. Krankenhaus! Aus dem Krankenhaus kenne ich Ihre Stimme! Sie waren doch in meinem Zimmer.« Sie antwortete nicht darauf, sondern blickte ihn eindringlich an. »Können wir sprechen? Ich muss dringend mit Ihnen reden.«

Der Zug musste bereits abgefahren sein, und somit war das Ticket verfallen. Steven beschloss, einen späteren Zug zu nehmen und bot ihr an, in der Bahnhofshalle nach einem Café Ausschau zu halten. Sein ihm eigenes Kribbeln im Bauch meldete sich. Aufgeregt setzte er sich mit ihr in einem Café in Bahnhofsnähe in eine Sitzecke und lauschte aufmerksam den Worten der Schweizerin. Simons beziehungsweise Johannes´ Schwester machte ihm gerade klar, dass der Höhepunkt der Gewalt noch nicht vorüber war. Im Gegenteil: Er stand ihnen noch bevor.

***

Gut eine Stunde später saß der Kommissar mit ihr im Regionalzug nach Ravensburg. Mühsam hatte er sein Handy wieder zusammengesetzt und aktiviert. Andrea-Domenica war telefonisch nicht erreichbar. Er sprach ihr aufs Band. Ihre Enttäuschung würde groß sein, dass Steven nicht kam, doch schließlich hatte sie das hier eingefädelt. Wenn das stimmte, was Mila gerade erzählt hatte, dann hatten sie nur noch zwei Tage, um eine Katastrophe zu verhindern.

»Entschuldigen Sie, dass ich Ihnen Ungemach bereite.« Mila trank aus einem Pappbecher mit frischem Milchkaffee. Ihr war es nicht wohl zumute, Steven von seiner Reise abgebracht zu haben. Doch das mit Johannes ließ ihr keine Ruhe. »Die Anrufe, die ich von ihm in den vergangenen Tagen erhielt, waren so eigenartig.« Steven stierte unentwegt auf sein nun wieder zusammengesetztes Handy. Ob Andrea-Domenica schon seine Nachricht abgehört hatte?

»Inwiefern eigenartig? Kannst du das nochmals ein wenig erläutern?« Er zog sein Notizheft aus der Jackentasche und ging seine Bemerkungen durch. »Du sagtest, er habe sich von dir verabschiedet?« Steven sprach so leise wie möglich, damit die anderen Fahrgäste nicht mithören konnten. Es konnte ja sein, dass gerade hier Attentäter saßen, die sich auf den Weg nach Ravensburg machten. Schwaben und Schweizer konnte man ja nicht unterscheiden. Alle sahen gleich aus.

»Ja. Das hat er. Johannes bat mich um Verzeihung und hat gesagt, dass er mich auf ewig liebt. Ich soll ihm verzeihen. Aber das wäre der einzige Weg, um sich zu reinigen. Er müsse sich reinigen. Alle Schwabenkinder würden durch ihn befreit werden. Immer wieder redete er nur von diesem komischen Thema.«

Steven notierte sich den Ausspruch »um sich zu reinigen« und kreiste ihn mit dem Kugelschreiber ein.

»Gestern Morgen rief er mich zum letzten Mal an. Ich habe noch geschlafen. Seine Stimme war so eigenartig fern. So leblos. Er habe mir alles übertragen. Alles würde mir gehören, wenn es einmal so weit wäre. Die Verbindung ist dann abgebrochen. Ich konnte nicht fragen, was er vorhat und wo er hinwill.« Mila wischte sich Tränen aus den Augen. »Er ist doch das Einzige, was ich noch in meinem Leben habe. Bitte, Herr Plodowski, helfen Sie mir!«

Steven legte seine Hand auf die ihre. »Steven, bitte, Steven. Wir waren doch beim Du. Wenn du möchtest, kannst du bei mir im Gästeappartement schlafen, Mila«, versuchte er abzulenken. Heimlich schrieb er Sina eine WhatsApp mit der Bitte um Hilfe. »Na klar, alles wird vorbereitet«, kam prompt die Antwort. Dankbar klappte Steven den Deckel der Schutzhülle zu. Sie wurde immer mehr zu seiner Verbündeten, seine Tochter. Von Andrea-Domenica noch immer keine Rückmeldung. »Warum glaubst du, dass ich dir helfen kann?« Mila zögerte mit der Antwort. Es war ihr unangenehm. Der schrille Pfiff des Schaffners ließ den Zug gerade aus dem Bahnhof Aulendorf ausfahren. Es rumpelte und ruckelte mächtig, als die Waggons über die Gleise rollten.

»Ich bin in Großmutters Haus gewesen. Das war vor circa zwei Wochen, als das mit Ihnen, ähm, dir geschah. Ich hatte so eine Ahnung, als die Berichte im Fernsehen gezeigt wurden und die Presse darüber schrieb. Johannes hat ja immer in dem Haus gewohnt, wenn er in Chur war. Dort hat er sich oft über viele Tage verbarrikadiert. Er hat mir aber nie verraten, was er da wirklich macht. Als er irgendwo in den Bergen verschwunden war, traute ich mich rein. In sein geheimes Arbeitszimmer ganz oben im Dachgeschoss.« Sie stoppte kurz und schluckte. »Ich mache so was sonst nie, aber meine Sorge war zu groß.«

Steven wurde zunehmend ungeduldiger und rutschte unruhig auf dem Sitz umher. Aufmunternd nickte er ihr zu. Die mitfahrenden Fahrgäste auf der gegenüberliegenden Gangseite wurden auf sie aufmerksam. Was machte dieser Mann mit dem jungen Mädchen? Warum weinte sie? Was erzählte sie? Sie versuchten, Worte zu ergattern. Doch der Lärm im Zug war zu laut. Steven musste schmunzeln, als zwei Damen mittleren Alters sich zu ihnen herüberlehnten. Ihre Ohren wollten beinahe zu ihnen herüberwachsen.

»Sprich ruhig weiter, liebe Tochter, wie siehts denn im Zimmer deines Bruders aus?« Er zwinkerte Mila zu und nickte leicht mit dem Kopf in Richtung Zuhörer.

»Ah ja, ähm. Also aufräumen tut er nicht besonders. Aber viele Bilder hat er an der Wand.« Steven lächelte den Damen zu. Peinlich berührt wandten sie sich ab und blickten aus dem Fenster. »Bilder von Ihnen, ähm von dir, Steven. Er hat gesammelt wie verrückt. Alles, was er über dich in Erfahrung bringen konnte, hat er ausgedruckt und an die Wand geheftet. Auch von einem deiner letzten spektakulären Fälle, den Weltmeisterschaften der Berufe in Kolumbien.«

Steven fühlte sich zum wiederholten Male unwohl und peinlich berührt. Nach der Psychologin gab es hier weitere Menschen, die sich intensiv mit seinem Leben beschäftigten. »Was meinst du denn, warum er das tat?«

Sie hob beide Hände nach oben. »Ich weiß es nicht. Ich habe keine Ahnung, wann er von dir erfahren hat. Aber er hat überall nachgeforscht und versucht, dich zu verstehen. Irgendwas an dir interessiert ihn sehr. Ich habe auf einem der Bilder gelesen: ›Deine Geschichte ist meine Geschichte.‹ Es war mit schwarzem Stift quer drübergeschrieben. Doch das ist noch nicht alles, wie ich vorhin erzählt habe!« Steven nickte. Nervös nestelte er an seinem Hemd herum. Die verkrusteten Narben auf seinem Körper juckten. »Er hat ein Testament verfasst. Aber keines, wie man sich das vorstellt. Es ist eine Art von Manifest.«

»Hast du es dabei?« Sie schüttelte den Kopf. Steven erhob sich und wuchtete mühsam den Koffer aus dem Ablagefach über ihnen. Ihm fehlte noch seine alte Kraft. »Nein, aber ich kanns gerne besorgen. Die Notizen und Pläne habe ich dabei. In der Tasche.« Sie folgte Steven den Gang hinunter zum Ausstieg. »Warst du schon mal in Ravensburg?« Er half ihr die Stufen hinunter. Sie zitterte. »Nein, noch nie. Ich bin überhaupt noch nie richtig aus Chur rausgekommen. Dies ist die weiteste Reise meines Lebens, Steven.«

Er bot ihr seinen Arm, und sie hakte sich gerne unter. »Na, dann willkommen. Aber lass uns schnell die Zeit nutzen.

Wir müssen ihn aufhalten.«
Sie gingen zum Parkplatz, wo nicht nur der Volvo wartete, sondern auch Sina. »Nanu, Tochter Nummer eins, du bist hier? Musst du nicht noch arbeiten? Darf ich dir Mila vorstellen?« Die Angesprochene löste sich vom Auto, grüßte die Schweizerin freundlich und küsste ihren Paps auf die Wange. »Na, wenn der Kommissar ruft, dann bin ich doch sofort zur Stelle. Lasst uns die Welt retten.«

Steven lächelte stolz. »Schon mal über eine Karriere bei der Polizei nachgedacht?«
Sie nickte aufrichtig. »Tatsächlich habe ich das in letzter Zeit schon öfters. Es ist mir in der Ausbildung ein wenig zu langweilig. Wäre ich eine gute Kommissarin?«
Steven nickte. »Ja, das wärst du. Mit Sicherheit.«

Sie packten das Gepäck ins Auto und fuhren in Richtung Nordstadt. Eine Kolonne Schaustellerfahrzeuge kreuzte ihre Fahrtroute. »Ist am Wochenende Martinimarkt?« Sina blickte den fahrenden Karussells und anderen Fahrgeschäften hinterher. »Ja, wieder unten in der Bachstraße. Willst du eine Runde aufs Karussell wie früher? Ich spendiere dir eine Freifahrt.« Sie schnippte mit den Fingern. »Aber sicher. Immer wieder gerne!« Das Wetter könnte gut werden, dachte sich Steven beim Anblick des Abendhimmels. »Sind Valmir und Kerstin informiert?« Steven blickte kurz rüber zu seiner Tochter. »Ja, beide warten oben. Ich habe ihnen erlaubt, schon mal reinzugehen. Kerstin hat ja den Schlüssel behalten.« Das passte für ihn. Mila blickte aufmerksam aus dem Fenster. Ihr gefielen die ganzen Gebäude, die Türme, die Menschen und ganz Ravensburg.

***

Oben in Stevens Haus beobachtete Herr Max die Szenerie von seinem Wärmeplatz unter der Infrarotlampe. Mila kraulte ihm vorsichtig, aber voller Begeisterung den Nacken.

Findling war abtrünnig geworden und lag rücklings auf Valmirs Schoß, um mit den vorderen Tatzen einen Wollfaden zu fangen. Bereits kräftig geplündert stand das improvisierte Vesper auf dem Tisch. Etwas Wurst, Käse, Brot und alles, was der Kühlschrank sonst noch hergab.

Sina tippte auf ihrem Handy herum. Steven vermutete, sie diskutierte mit ihrem Ex-Freund. Doch was er nicht wusste, es ging um eine enttäuschte Andrea-Domenica. »Wird das jetzt in Zukunft immer so sein?«, wollte diese gerade per Chat von Sina wissen. Auf seinem eigenen Handy war Funkstille. Der Kommissar erhob sich, um Richtung Bad zu gehen. »Sag mal, Steven, wenn diese Mila seine Schwester ist, was garantiert uns, dass sie nicht mit ihm unter einer Decke steckt?« Kerstin war ihm in den Gang gefolgt. »Liebste Kollegin, ich muss aufs Klo, können wir nicht nachher …?« Sie schob ihn ins Bad und zog die Tür von außen halb zu. »Nein, nicht nachher. Jetzt! Ich bleib hier und wir reden«, sprach sie durch den offenen Spalt. »Wir müssen uns unbedingt sicher sein! Erste Frage: Wie wollen wir wissen, dass Simon gleich Johannes ist?« »Weil sie erwähnte, dass Freund Ueli wohl mal ihren Bruder bei einem Besuch in Chur so nannte. Und einen Ueli haben wir ja festgenommen, wie sich jetzt herausgestellt hat.« Steven hatte sich zögerlich auf die Kloschüssel gesetzt. »Ein Ueli, der bisher nicht viel verraten hat. Hast du was über diese junge Frau hier in Erfahrung bringen können?« Steven schüttelte für sie unsichtbar den Kopf. Nein, Mila hatte bisher im Internet so gut wie keine Spuren hinterlassen. Sie wollte merkwürdigerweise auch nicht erzählen, wo sie wohnte. »Dritte Frage: Was sagt uns, dass sie die Wahrheit spricht? Vielleicht will sie uns in die Irre führen! Sie kann eine Komplizin dieses Straftäters sein.« Steven bemühte sich, so leise wie möglich zu pinkeln. »Mein Gefühl«, stotterte er unsicher. »Und hat dir dein Gefühl auf der Hütte geholfen? Jetzt lässt du die Schwester eines dringend Tatverdächtigen sogar in deinem Haus übernachten. Was ist, wenn du morgen früh plötzlich mehr Gäste im Haus hast, weil sie heute Nacht den Tätern die Tür öffnet?« Steven zog die Spülung und wusch sich die Hände. »Ich hab doch Herrn Max, der wird mich beschützen«, versuchte er zu scherzen. Doch der Blick in den Spiegel verriet ihm, dass Schweißperlen seine Stirn benetzten. Mit dem kleinen Handtuch in der Hand stand er in der Tür und blickte Kerstin ernst an. »Du hast recht, wir müssen vorsichtig sein.« Er küsste sie sanft auf die Stirn und flüsterte ein »Danke«. Erstaunt sah sie zu ihm auf. »Wofür?«

»Na, wegen deiner Umsicht – und überhaupt. Es ist schön, dass es dich gibt!« Verlegen wandte sie sich ab und lief den Gang zurück. Das erfreute Lächeln entging Steven aber nicht. Er holte sich den Stapel Papiere, den Mila mitgebracht hatte, und setzte sich neben Kerstin an den Tisch. Der Kommissar zeigte auf eine Skizze, die auf einer transparenten Folie aufgemalt war. Der passende Plan fehlte. »Das könnte der Marienplatz sein. Siehst du die Türme außen herum? Und hier der Strich nach unten? Das könnte die Bachstraße sein.«
Kerstin nickte. »Ja, das könnte sie. Muss aber nicht.«
Steven fuhr mit dem Finger weiter nach unten. »Hier hat er ein Kreuz und ein Ausrufezeichen gesetzt. Hier auch – und dort! Und hier hat er eine kleine Figur gezeichnet. Wo könnte das denn …? Warte mal.« Er sprang auf und zog eine Schreibtischschublade auf. »Ich muss doch … ja hier!«

Triumphierend hielt er einen Stadtplan in die Luft. »Wenn wir Glück haben, dann war sein Plan auch aus der Touristeninfo.« Er legte die aufgeklappte Karte auf den Tisch und die Folie darüber, schob sie etwas hin und her. »Passt«, jubelte er. »Ich hatte das alles für Andrea-Domenica besorgt.«

»Apropos Andrea-Domenica …« Sina hielt ihr Handy in die Luft. »Nicht jetzt«, Stevens Hand fuhr in der Luft nervös hin und her. »Ich glaube, ich habe da eine Ahnung.«

Valmir ließ den Faden und die Hand sinken, um sich auf Steven zu konzentrieren. Findling nutzte die Chance sofort und krallte sich mit beiden Pfoten in seine Haut. Mila kam zu ihnen an den Tisch, misstrauisch von Kerstin beäugt. »Es ist das Parkhaus! Will er so dreist sein und ein zweites Mal an einen Tatort zurückkehren? Wieso denn das?«

Valmir versuchte, die Katze abzulenken, während er sprach. »Zwei der Überfallenen und zwei weitere Erpressungsopfer wohnen in diesem Viertel beziehungsweise haben dort ihre Geschäfte. Ich vermute, er – oder sie, wir wissen ja nicht, wie viele übrig sind, will – oder wollen zu ihnen. Wir müssen ihre Geschäfte schützen. Lasst uns gleich um Personenschutz bitten.« Aufregung erfasste die Gruppe. Mit weit geöffneten Augen stand Mila noch immer am Tisch und blickte auf den Plan. Sie zitterte. Hatte sie Angst? Kerstin ließ ihren misstrauischen Blick nicht von ihr ab. »Alles gut?«, wollte Sina wissen. Nur halbherzig nickte die Angesprochene. »Sicher. Ich habe nur vergessen, meine Tabletten zu nehmen. Ich hol sie schnell.« Sie verschwand in ihrem Gästezimmer.

++ Freitag, 16. November ++

»Ob sie noch immer in Alarmbereitschaft sind?« Johannes flüsterte, damit die Fahrerin und ihr Freund vorn im VW-Bus nichts hören konnten. »Egal«, brummte Johanna unwillig. »Wir werden immer einen Schritt vor ihnen sein. Sie werden zu spät kommen, wenn es heiß her geht.« Siegesbewusst ballte sie die Faust. Es war eine gute Idee gewesen, die Aushänge an der Stuttgarter Uni nach Mitfahrgelegenheiten abzusuchen. In Zeiten der Mitfahr-Apps gab es tatsächlich noch immer dieses gute alte Medium.

»Werdet ihr lange in Friedrichshafen bleiben?«, rief die junge Fahrerin, Architekturstudentin, nach hinten. Ihr Freund drehte sich neugierig zu den beiden um.

»Nein. Wir haben nur kurz etwas zu erledigen und wollen dann eine schöne Wanderung in Richtung Bregenz unternehmen. Wir lieben es zu wandern.«

Der Bus fuhr in einer langen Kolonne die Bundesstraße entlang. Es ging nur langsam voran. Zahlreiche Lastwagen wollten noch vor dem Wochenende ihre Waren ans Ziel bringen. »Immer dieser Verkehr«, schimpfte der Beifahrer. »Man kommt einfach nicht mehr voran.« Johannes nickte beflissentlich. »Wie wahr. Nichts geht mehr heutzutage.« Die Vorderbank stimmte dem zu.

»Was für eine hirnlose Unterhaltung«, ärgerte sich Johanna. Sie war froh, wenn das bald ein Ende hatte. Dann noch dieses lächerliche Händchenhalten. Eine Liebesbeziehung vorzugaukeln widerstrebte ihr. Das Adrenalin zirkulierte schon lange in ihren Adern, sodass sie es beinahe nicht mehr aushielt, auf dem Hintern zu sitzen. Am liebsten hätte sie das Mädchen angeschrien, sie solle endlich Gas geben und die ganzen Idioten überholen. Doch sie konnte sich gerade noch beherrschen. Mühsam versuchte Johanna sich abzulenken. Ihr Blick wanderte über die sanften Hügel Oberschwabens, doch die Gedanken waren schon längst in der nahen Zukunft. Hoffentlich fand Johannes das Versteck. Er hatte ihr nicht verraten, wo die Sachen lagerten, die sie dringend für ihre Operation brauchten. Offenbar seine Art der Absicherung. Nach wie vor trauten sich beide nicht. Das konnten auch die wilden Bettszenen nicht verhindern, die sie auch vergangene Nacht im Hotel in Stuttgart erlebt hatten. Für beide war das eher Stressabbau, der nicht unbedingt schmerzfrei vonstattenging – ebenfalls für beide.

Verstohlen blickte sie zu ihrem Sitznachbarn. Gut sah man die roten Striemen, die über Wange und Hals verliefen, um sich Richtung Rücken unter dem dunklen Shirt zu verlieren.

Johannes ignorierte ihren Blick. Seine Gedanken wanderten zu Clara. Wie es ihr wohl gehen mochte? Er hatte ein schlechtes Gewissen dem loyalen Mädchen gegenüber. Das war nicht fair gewesen, was Johanna mit ihr gemacht hatte. Aber auch sein Verhalten war nicht korrekt, das musste er eingestehen. Egal! Schnee von gestern.

Diese innere Unruhe, diese brodelnde Dunkelheit, die immer wieder ohne Vorwarnung in ihm hochkochte, dieser drückende Schmerz, der wie ein Nadelstich ständig gegen sein Herz presste und ihn innerlich verbluten lassen wollte – sie beherrschten ihn genauso wie seine Komplizin neben ihm. Lange konnte er das nicht mehr aushalten. Er brauchte die Befreiung davon so dringend wie ein Verdurstender den rettenden Schluck Wasser. Clara, entschuldige mein Verhalten, aber das wiegt schwerer. In einem anderen Leben wären wir sicherlich ein tolles Paar geworden, wollte er ihr in Gedanken zurufen.

Ravensburg glitt an ihnen vorbei. Aufmerksam beobachteten sie die Silhouette der mittelalterlichen Stadt. Das Grau des Himmels ließ sie farbig und lebendig erscheinen, mit ihren roten Dächern und bunten Häusern.

»Müsst ihr unbedingt mal hinfahren. Eine schöne Stadt! Wir lieben sie, und normalerweise machen wir immer in einem der Cafés eine Pause. Aber es geht heute nicht.

Die Party in Friedrichshafen wartet.« Die Fahrerin mutierte zur Touristenführerin, stellte Johanna grimmig fest. Das nervte maximal. Doch zum Glück hatte sie Johannes bei sich, der ihre soziale Inkompetenz durch sein Geschwafel überspielen konnte. »Ja ja, wir haben das auch schon gehört. Wir Schweizer lieben Oberschwaben und Baden-Württemberg überhaupt. Wisst ihr, uns verbindet doch so viel.« Gerührt wandten sich beide Studenten zu ihnen um. »Ach wirklich? Kennst du ein wenig die Geschichten dazu?« Johannes nickte. Gerade als er ansetzen wollte zu reden, stieß ihm Johanna mit dem Ellbogen in die Seite, dass er erschrocken japste. »Liebling, wir müssen nachher noch dringend ins Zeppelin-Museum, das wünsche ich mir schon so lange.« Sie blickte ihm eindringlich in die Augen, bis er kapierte: Jetzt keine gefährlichen Gespräche über die Schwabenkinder anzetteln war die Botschaft.

Das Schlagwort Zeppelin lenkte die Studenten auf den Vordersitzen ab, und sie begannen zahlreiche Anekdoten über Friedrichshafen zum Besten zu geben. Johannes' Gedanken glitten ab. Er hatte die Waffen in einem Segelboot auf dem Campingplatz in Kressbronn versteckt. Sie mussten dort wegen der Winterruhe einbrechen, um an die schweren Geräte zu kommen.

»Wie kann man nur auf so eine bescheuerte Idee kommen«, schimpfte Johanna, nachdem sie sich an ihrem Ziel am Bodensee endlich von den Studenten verabschiedet hatten. Doch es ließ sich nicht vermeiden. Vom Bahnhof Kressbronn, zu dem sie mit der Bahn fuhren, bis zum Campingplatz Iriswiese, waren es gut zwei Kilometer.

»Der Plan ist gut! Jammer nicht so rum!« Er zog sie mit sich. Die großen Rucksäcke waren noch mit allerlei Füllmaterial ausgestopft, damit sie voll wirkten. »Die Campingplätze müssen immer Ende Oktober geräumt werden. Bis Ostern ist hier kein Mensch mehr. Ein besseres Versteck kann es nicht geben.«

Als sie jedoch unten am See den langen Stichweg von der Straße runter zum Campingplatz marschierten, hörten sie Flexgeräusche und Motorsägen. Das große Tor zum Campingplatz Iriswiese stand weit offen.

»So viel zum Verlassensein!«, zischte Johanna. Sie ärgerte sich über die Unbedarftheit ihres Begleiters. Es durfte so kurz vor dem Ziel kein Fehler mehr passieren.

Johannes zog sie am Ärmel ihrer Jacke mit sich. »Los, komm mit. Sie sind drüben in den Waschhäusern. Hier scheint alles sauber zu sein.«

Behutsam schlichen die zwei Eindringlinge am Empfangshaus vorbei, zum Gasthaus und von dort am kleinen Campingladen entlang in Richtung Bodensee. Nebel waberte über dem Wasser und zog in Schlieren über die Uferzone.

»Da unten ist das Boot. Ein altes Kajütschiff mit blauer Abdeckplane. Dort ist es!« Schnell verschwanden beide auf der Rückseite des Bootes, das auf einem Trailer winterfest gemacht war. Die Abdeckung war aufgeschlitzt, sodass sie leicht ins Innere gelangen konnten.

»Lass uns bis zur Dunkelheit hierbleiben«, entschied Johannes. »Dann kommen wir wieder unbemerkt von hier raus. Die Decken aus den Rucksäcken können wir zum Zudecken nehmen. Die wärmen gut!«

»Pssst.« Johanna drückte ihm den Finger auf den Mund. Sie horchten. Schritte und Stimmen waren zu vernehmen.

»Ich hätte schwören können, dass hier zwei Passanten entlanggegangen sind. Ein junges Pärchen.« Die Schritte verharrten. »Wo sollen sie denn sein?«, wollte die andere Stimme wissen. »Sicher ein Touristenpaar, das sich hierher verirrt hat. Die sind bestimmt schon wieder umgekehrt und draußen.« Doch der andere widersprach. »Ich weiß nicht. Die können doch nicht so schnell verschwunden sein. Lass uns ein wenig rumschauen. Der Chef macht uns die Hölle heiß, wenn da was ist. Warum hast du denn heute Morgen das Tor nicht wieder geschlossen?«

Der Kollege grummelte irgendetwas Unverständliches. »Hallo, ist hier jemand?« Schritte näherten sich ihrem Einstieg. Die Arbeiter schienen die Gegend abzusuchen, verschwanden dann aber nach wenigen Minuten. Das Paar verharrte noch einige Zeit vollkommen unbeweglich, bis wieder die Arbeitsgeräusche ertönten. Sorgsam legten sie die Decken auf dem Boden aus und wickelten sich mit weiteren ein. Eng umschlungen. Es war mächtig kalt. Die Nässe vom See zog ins Boot und durchdrang die Kleider.

Nur noch wenige Stunden bis zum Aufbruch. Johanna erspähte im Bug die großen schwarzen Taschen. Dort mussten die Teufelsgeräte sein. »Reinigung«, ihr ging nochmals der dumme Spruch von Johannes durch den Kopf. Der Kerl hatte wirklich einen Schaden. Doch das war ihr egal. Sie hatte ihre eigene Wut im Bauch. Unsäglich viel Wut, die sie herausschleudern wollte. Gegen die Deutschen, gegen die ganze Welt! Gegen die Touristen, die einst beim Vereinsausflug in schnapsseliger Männerrunde zu ihnen in den Ort kamen … Sie schüttelte sich. Dabei waren sie damals noch so klein. Sie und ihre Freundin. Doch das störte die besoffenen Kerle nicht. Jung wie Alt vergriffen sie sich an den Mädchen. Hass stieg in ihr hoch.

Neben ihr lag Johannes. Ebenfalls die Augen starr auf die Taschen gerichtet. Es würde noch eine Herausforderung werden, mit ihnen bis nach Ravensburg zu gelangen. Die wichtigere Frage aber war: Johanna loskriegen oder das mit ihr zusammen durchziehen? Er könnte sie hier zurücklassen, nicht freiwillig, aber er konnte sie überwältigen. War sie in Ravensburg eher eine Last oder Hilfe?

Johannes lauschte ihrem tiefen Atem. Johanna war inzwischen tatsächlich eingeschlafen. Er blickte sie aufmerksam an. Sie hatte ein gleichmäßiges Gesicht, wenn da nicht diese eine Augenbraue wäre, die so in Zacken nach oben verlief. Eigenartig. Selbst im Schlaf strahlte sie diese Eiseskälte aus.

Doch Johannes war sich sicher, dass dies nur ein Schutzpanzer war. Ob die Unterlagen von der Wohnung in Chur inzwischen bei dem Kommissar gelandet waren? Er wollte ihn beim Showdown dabeihaben. Der letzte Moment gehörte ihnen beiden. Ob Mila nochmals in dem Haus seiner Großmutter gewesen war, wie er hoffte? Die Anrufe und Hinweise müssten sie dorthin geleitet haben.

Johannes atmete tief durch, schloss die Augen und versuchte, ebenfalls ein paar Stunden Schlaf zu bekommen.

Showdown

++ Samstag, 17. November ++

Enttäuschung bei Andrea-Domenica! Das hätte er sich auch denken können. »Wird das jetzt immer so sein? Wird der Beruf immer vor mir kommen?« Mehr hatte sie am Morgen nicht geschrieben. Steven hatte bisher keine Zeit gehabt zu antworten. Sie saßen alle schon sehr früh an diesem Samstagmorgen auf der Dienststelle. Nur Valmir fehlte noch.

»Simon beziehungsweise Johannes bereitet sich auf den Showdown vor. Das dürfte uns allen sehr klar sein. Nur wo und wann?« Kerstin hatte sich in der vergangenen Nacht überzeugen lassen. Ihre Zweifel hatte sie hintenangestellt.

»Lieber jetzt vertrauen, als danach die Scherben zusammenkehren und weitere Opfer beklagen«, merkte sie noch spät in der Wohnung bei Steven an.

»Du kommst spät, Valmir.« Kerstin blickte kurz von den Unterlagen auf, als der Kollege müde eintrat. »Sorry, aber ich hatte vergessen, dass Martinimarkt ist. Kam nicht durch. Die machen die Stände gerade wieder fit für den heutigen Tag.«

»Heute!«, rief Steven plötzlich heraus. »Es ist heute!« Erschrocken blickten alle anwesenden Beamten zu ihm rüber.

»Was meinst du damit?«, wollte Kerstin wissen. Steven zeigte in Richtung Innenstadt: »St. Martin und der Martinimarkt. Das war schon immer der Zahltag! Ich hab vorhin in der Schwäbischen Zeitung einen Artikel dazu gelesen. Man zahlte in diesen Tagen den Jahreslohn aus. Das Rechnungsjahr ist zu Ende und auf dem Markt konnten die Menschen dann ihr Geld wieder ausgeben. Zahltag! Heute ist für Johannes Zahltag!«

Der Schock saß tief im Büro. Wenn das stimmte, dann mussten sie schnellstens so viele Beamte wie möglich ordern. Doch das am Samstag? Nachdem vergangenes Wochenende schon ein Großalarm ohne Ergebnis stattgefunden hatte? »Wir müssen es versuchen! Schnell, ruft die Einsatzleitung an. Holt Frau Würstle hierher. Wir müssen so viele Beamte wie möglich auf die Straßen bringen.« Steven agierte rasch und zielstrebig. »Wollen wir den Markt absagen?« Valmir hob den Plan in die Höhe. »Wenn sie wirklich mit den schweren Waffen aus der Kaserne hier sind, dann kann das in einer Katastrophe enden.« Doch Steven und Kerstin schüttelten synchron die Köpfe. »Nein, das können wir nicht tun. Der Markt findet seit dem Mittelalter statt! Was, wenn wir uns täuschen?« Mila und Sina tauchten in der Tür auf. »Guten Morgen, ihr beiden, wollt ihr euch in der Kaffeeküche was zu trinken holen? Ist gerade schwierig hier.« Doch Mila zögerte. »Ich habe gerade gehört, was ihr da gesagt habt. Johannes würde niemals so etwas machen!«

Valmir verengte die Augen und blickte zu ihr herüber. »Wie bist du dir da so sicher?« Für ihn war klar, dass Geschwister zueinanderhielten. Doch Mila ließ sich darauf nicht ein. »Weil ich ihn ein Leben lang kenne, weil ich weiß, was für ein Mensch er ist. Das ist nicht Johannes. Das entspricht ihm nicht.« Doch auch Steven stellte sich auf Valmirs Seite. Er zeigte mit dem Finger auf sich. »Erinnere dich daran, was er mir angetan hat. Mila, Menschen ändern sich, so leid es mir tut.« Sina zog die junge Frau mit sich mit. »Komm, wir müssen Wasser finden für deine Medikamente. Du darfst sie nicht nochmals einen Tag absetzen.«

Medikamente? Steven blickte beiden irritiert hinterher. Sie hatte das gestern schon angesprochen. Das Handy vibrierte. »Meldest du dich gar nicht mehr? Was ist los?« Steven starrte für einige Augenblicke aufs Display. Andrea-Domenica wartete auf ein Zeichen von ihm. Schnell tippte er etwas ein und sprang auf. »Was sagen die Markierungen auf dem Stadtplan? Wo können wir sie schnappen? Parkhaus?«

Valmir nickte. »Würde ich in jedem Fall überwachen. Es

ist zumindest eingezeichnet, und sie waren schon mal dort oben.« Doch von der anderen Seite des Raumes kam ihnen Widerspruch entgegen. »Johannes will auf dem Martinimarkt mit Bomben Schaden anrichten.« Kerstin tippte auf die einzelnen Zeichen auf der Folie, die wiederum auf dem Stadtplan fixiert war. »Das ist eindeutig.«

Wilde Diskussionen setzten ein. Ein Kollege hielt dagegen: »Was mich nur stutzig macht, ist die Tatsache, dass dieser Mann wichtige Unterlagen für einen solchen Plan ganz offen in der Wohnung zurücklässt. Und weiterhin frage ich mich, wie alt ist dieser Plan? Gibt es inzwischen einen neuen und dieser hier blieb deshalb zurück?« Die Truppe zögerte etwas, um den berechtigten Einwand zu überdenken.

»Könnte was dran sein«, murmelte Valmir. Er war gerade dabei, seine Schutzweste anzuziehen. »Wir sollten ...«, wollte der Kollege fortfahren. Doch Steven unterbrach barsch. »Wir sollten sofort auf den Markt und alles absichern. Es ist halb acht! In einer halben Stunde öffnet der Markt, und wenn es dumm läuft, können wir danach nichts mehr diskutieren, sondern nur noch viele Opfer beklagen! Wir diskutieren das auf dem Weg. Los!«

Alle sprangen auf und hetzten ihm hinterher. Ankommende Kolleginnen und Kollegen wurden direkt im Gang, im Treppenhaus und auf der Straße abgefangen. Sie mussten jetzt schnell sein!

***

Nicht weit von ihnen fragte sich Johannes kurz, was wäre, wenn Johanna tatsächlich zum Vollzug ihres Planes käme und die Verwüstung anrichtete, nach der sie sich wohl so sehnte. Doch nun war es ohnehin zu spät für Bedenken. Sie hatten sich vor einer halben Stunde getrennt und steuerten bereits ihre jeweiligen Einsatzorte an. Er marschierte mit einem schweren Rucksack auf dem Rücken über die Möttelinstraße außerhalb des Stadtkerns in Richtung Obertor auf der Anhöhe Ravensburgs. Blaulicht war auf den Straßen im Innenstadtbereich zu sehen. Die Martinshörner hallten durch die Gassen, wurden von den Wänden zurückgeworfen und verwandelten die gesamte Umgebung in eine beinahe unerträgliche Lärmkulisse. Aufgeschreckte Hunde jaulten im Chor mit. Eichhörnchen rannten im Zickzack von einem Baum zum anderen. Passanten blieben stehen und blickten irritiert in die Richtungen, aus denen die Geräusche kamen. Es schien, als ob die Fährte, die er gelegt hatte, funktionierte. Auf seine kleine Schwester war Verlass.

Noch während des Gehens tippte er in sein Handy eine WhatsApp: »Halt dich bereit, bald bin ich so weit.« Er überlegte sich noch, ob er dem Kommissar ebenfalls eine Nachricht schicken sollte. Johannes wollte ihm sagen, dass er nicht vorgehabt hatte, ihn in der Höhle sterben zu lassen. Doch war er sich da so sicher? Was verband ihn denn mit diesem Menschen? Warum dachte er immer wieder an ihn? Weil sie verbunden waren durch die Beziehung, die zwischen Gejagtem und Jagendem entstand?

Das Handy piepste. Beinahe wäre Johannes bei Rot über die Ampel gelaufen, als er versuchte, den Code einzugeben. Dieses Mal war es Johanna. »Bin angekommen«, stand dort nur. Wenn es dort war, wo er vermutete, dann war sie tatsächlich clever. Wäre es zu plump, dem Kommissar einen Hinweis zu schicken? Johannes entschied sich dagegen. Dieser Steven war nicht dumm. Er würde sofort verstehen, was Johannes im Schilde führte. Doch er konnte es nicht lassen und tippte beim Gehen ein: »Wir zerstören die Stadt der Schande an der Stelle, an der die Schande geschah.« Ohne zu zögern schickte er die Nachricht raus und schaltete das Handy ab, riss den Akku heraus und warf in der Nähe des Friedhofs alles in einen Müllcontainer. Ein weiteres Prepaid-Handy war schon eingerichtet und einsatzbereit.

Dass Johanna ihren Plan geändert hatte, konnte er nicht mehr wissen. Plodowski würde wenige Minuten später auf dem Parkhausdach am Untertor stehen und fluchen. Dieser Johannes hatte ihn schon wieder an der Nase herumgeführt. Aber, sie waren da! Sonst hätte er ihm nicht diese Nachricht geschickt. »Warte, jetzt krieg ich dich.« Steven bat Kerstin und Valmir, den Einsatz rund um den Martinimarkt zu leiten. Weitere Einsatzkräfte müssten in Kürze eintreffen.

»Sucht in den Häusern, auf den Dachböden, auf den Dächern. Sucht dort, wo möglichst viele Menschen sind. Lasst die Spürhunde durch die Straßen führen. Geht zum Marienplatz. Ja, sicher, geht dort hin. Wenn das stimmt, was dieser Ueli ausposaunt hat, dann können es nur noch maximal drei Zielpersonen sein. Ein Mann und zwei Frauen. Ihr habt die Personenbeschreibungen.«

Steven wandte sich ab und zog sich in sein Fahrzeug zurück. Er musste sich konzentrieren. Musste versuchen, zu denken und zu fühlen wie dieser Johannes. Was war sein Plan? »Was willst du anstellen, Kerl?« Steven murmelte vor sich hin, den Blick nach innen gewandt. »Stadt der Schande«, das musste Ravensburg sein. Der Kommissar hatte gedacht, dass es unten in der Bachstraße passieren würde, wo die Gedenkskulptur für die Schwabenkinder aufgestellt war. Doch dem schien nicht so. Wo noch? Was war noch ein starkes Symbol für Ravensburg? Steven legte den Gang ein und schoss aus der Parklücke heraus.

***

Johannes hatte es plötzlich eilig. Während Johanna die Drecksarbeit erledigte und wahrscheinlich dabei draufging, musste er mit allen Aufgaben fertig werden. Die beiden Adressen, die jetzt wichtig waren, kannte er in- und auswendig. Noch diese beiden dicken Fische schnappen, und dann war alles gut. Bei der Stadtvilla, der ersten Adresse, war er gerade angekommen. Ein mächtiger Bau. Johannes schlüpfte durch die offene Gartentür ins Innere des Anwesens, rüber zum schmucken Gartenhaus. Er zog seine Waffe und schlich sich seitlich an das Haus heran. Doch die Vorsicht war unbegründet. Der Herr, der dort bereits wartete, war allein, wie verlangt.

»Haben Sie das Geld?« Stumm nickte der Angesprochene und warf ihm eine Tasche hin. »Lassen Sie mich und meine Familie dann in Ruhe?«, wollte er wissen. Seine Teilnahmslosigkeit erstaunte selbst Johannes, dem es beinahe zu einfach ging. Unsicher blickte er um sich, ob keine Falle zuschnappte. Doch alles blieb ruhig.

»Sicher«, antwortete er so ruhig er konnte. »Sicher, wir Schweizer stehen zu unserem Wort. Wir haben jetzt, was uns zusteht und damit soll es gut sein. Sie haben dank unserer Hilfe Ihren Reichtum erworben. Jetzt haben wir unseren Anteil. Das ist gut so.« Der schick gekleidete Herr mit seinem bereits ergrauten Haar wollte darauf antworten, besann sich aber eines Besseren und wandte sich ab. »Gehen Sie jetzt! Sie haben mir und meiner Familie genügend Leid zugefügt. Sie sind ein Verbrecher und mehr nicht! Eine Schande, dass Sie sich als Rächer dieser aufrichtigen Menschen aufschwingen!« Wütend sprang Johannes einen kräftigen Satz nach vorn und packte den Mann an der Gurgel. »Sag so was nie wieder! Nie wieder!« Ihm wurde beinahe schwarz vor Augen, wie so oft. Der Angegriffene röchelte schwer, versuchte, sich zu befreien. »Verbrecher!« Er presste es mit letzter Kraft heraus. Johannes drückte fester und fester zu, bis der Mann zu Boden ging. Dort ließ er ihn zurück. Hass erfüllte ihn von einer Sekunde auf die andere. Er packte die Tasche in den Rucksack und rannte zum Ausgang. »Du Schuft«, brüllte er unentwegt. »Das zahle ich dir heim.« Wenn sie kein Einsehen hatten, dann musste Johannes eben doch noch härter durchgreifen.

Er schlug den Weg in Richtung Humpis-Quartier ein. »Zerstören, zerstören«, rief jener Simon in ihm, den Johannes eigentlich zurücklassen wollte. Doch dieser innere Kerl trieb ihn weiter. Ließ ihn eine Handgranate in eines der Geschäfte jenes Geschäftsmannes werfen, der sicherlich noch bewusstlos in seinem Anwesen auf dem Boden lag. Der Knall war unerträglich laut. Scheiben barsten, Rauch stieg auf. Johannes hatte zwar vorher geprüft, dass gerade niemand in dem Bürotrakt war, aber sicher konnte er nicht sein. Schreie hallten durch die Straßen.

Dieses Gefühl der Allmacht stieg wieder in dem jungen Kerl auf. Grimmig rannte er durch die verwinkelten Gassen, versuchte, sich zu orientieren, erreichte sein zweites Ziel.

***

Johanna blickte vorsichtig aus dem Dachfenster des alten Fachwerkhauses. Vor ihr breitete sich der Marienplatz aus. Die Stände hatten bereits geöffnet. Erste Passanten wanderten von Auslage zu Auslage. Die kleinen Vergnügungsanlagen für Kinder waren bereits voll im Einsatz. Bunt leuchteten die Karussells und kleinen Riesenräder. Sie schienen sich nicht von dem Lärm der Sirenen auf den umliegenden Straßen ablenken zu lassen. Es mutete an, als wären sie im Auge des Orkans. Johanna beobachtete die Szene.

Mit eiskalter Sachlichkeit spähte sich die junge Frau ihre Ziele aus. Am liebsten würde sie den Turm gegenüber mit ihrer Panzerfaust zerfetzen, sodass seine Trümmer nach unten stürzten und Panik unter den Menschen auslösten. Doch dafür mussten noch mehr Besucher auf dem Platz sein. Sie wusste nicht, wie zielgenau ihre Waffe auf diese Distanz sein konnte.

***

Kerstin, Valmir und die zahlreichen Beamten rannten von Haus zu Haus. Spezialkräfte positionierten sich auf den Dächern. Mit Spezialkameras suchten sie die einzelnen Fenster ab. Es war ein Wettlauf mit der Zeit. Noch immer war ihr Gegner für sie nicht greifbar. Der dumpfe Knall, den Johannes' Granate einige hundert Meter oberhalb von ihnen verursachte, ließ sie alle verharren. Was war das gewesen? Das Adrenalin schoss in noch höheren Dosen durch ihre Adern. Waren sie am falschen Ort? Steven war nicht erreichbar.

»Weitermachen! Alle bleiben auf ihren Positionen, wie besprochen«, rief Kerstin in ihr Mikrofon. »Das könnte eine Ablenkung sein. Oder was sonst auch immer. Findet die Schweine!«

Johannes hetzte die Treppen hoch. Die Tür im zweiten Stock öffnete sich zögerlich und wollte sich schnell wieder schließen, als die alte Dame den dunkel Gekleideten erblickte. Doch er stellte schnell das Bein in die Tür. »Nicht so zackig, meine Liebe. Ich denke, wir müssen noch etwas zu Ende führen!« Er drang in die Wohnung ein. Erstaunt musste er feststellen, dass die Dame nicht allein war. Vier junge Männer standen angriffsbereit im Raum.

»Ach, haben wir uns jetzt Bodyguards zugelegt?« Er zischte die Worte regelrecht heraus. Seine rechte Hand ging nach oben. »Wenn ihr nicht wollt, dass dieses Ding mitsamt euch allen hochgeht, dann haltet euch gefälligst zurück.«

Die Handgranate mit entsichertem Griff war gut zu sehen. Unwillkürlich wichen alle zurück. Johannes aber packte die alte Dame mit der Linken am Arm und zog sie zu sich. »Du musst mir nur das Geld geben, und dann bin ich weg!«

Sie zitterte am ganzen Körper. »Ich habe nicht so viel zusammenbekommen. Ich glaube, Sie verwechseln mich. Das habe ich Ihnen doch schon einmal gesagt. Ich bin nicht die, von der Sie damals gesprochen haben.« Irritiert blickte Johannes zu ihr. »Was redest du da für dummes Zeug. Willst du mir sagen, ich habe meine Arbeit nicht richtig gemacht?« Er war sich aber plötzlich selbst nicht mehr so sicher. »Egal, ihr steckt eh alle unter einer Decke. Wie viel hast du? Zeig her!« Er bemühte sich, die anderen nicht aus den Augen zu lassen. Doch die Jungs standen verängstigt in der Ecke. Wahrscheinlich Enkel der alten Dame. Sie war mutiger als die anderen Leute, die sie in den vergangenen Monaten in die Mangel genommen hatten. Das musste er anerkennend zugeben. »Dort liegt der Umschlag. Nehmen Sie es. Auch den Schmuck. Mehr habe ich nicht.« Direkt neben Johannes lag alles auf einer Kommode bereit. Er zögerte nicht lange, packte Umschlag und Tüte mit dem Schmuck, rannte zur Tür, zog sie schnell zu und stürmte die Treppe hinunter. Beinahe wäre er gestolpert und hätte die entsicherte Handgranate verloren.

Auf der Straße stieß er mit einem Polizisten zusammen und wollte schon in seiner Panik die Hand öffnen, besann sich dann aber und versteckte die Granate unter der Jacke. Er entschuldigte sich und ging gemächlichen Schrittes die Straße hoch, bis von oben aus der Wohnung der alten Dame Schreie und Rufe ertönten. Der Polizist blickte irritiert nach oben und dann zu dem rasch losrennenden jungen Kerl. »Stehenbleiben«, brüllte er und versuchte, die Waffe zu ziehen. Doch der Flüchtende war bereits um die Ecke gerannt.

Sollte Johannes seine Mission zu Ende führen? Oder besser verschwinden? Er hatte alles, was er wollte: genügend Geld, um in der fernen Welt ein neues Leben zu beginnen.

Die Gassen öffneten sich und machten einem großflächigen Parkbereich Platz. Kein Mensch war dort zu sehen, lediglich Autos. Johannes zog die rechte Hand hervor und schleuderte die Granate inmitten der parkenden Autos weit von sich. Die Explosion war mächtig und brutal. Einige Autos gingen in Flammen auf. Erschrocken blickte sich der Attentäter um. Er hatte nicht mit solch einem Inferno gerechnet. Benzintanks barsten, entzündeten sich.

***

»Jetzt drehen sie voll durch«, brüllte Valmir, als sie die Nachricht über Funk erreichte. Er schickte Steven alle Neuigkeiten über WhatsApp. Wenigstens die rief er ab.

Steven war währenddessen dabei, sich an den Tatort heranzupirschen. Die Nachrichten, die bei ihm eintrafen, las er im Gehen. Er hatte keine Zeit, um sich über sich selbst zu ärgern, dass er das Funkgerät vergessen hatte. Johannes musste in der Oberstadt sein. Das waren seine Spuren der Verwüstung! Die Explosion auf dem Parkplatz war gewaltig. Ravensburg hatte noch nie solch eine Katastrophe erlebt. Zwei Detonationen. Großeinsatz der Feuerwehr. Die Innenstadt glich einer Festung. Die Menschen auf dem Marienplatz drängten sich verunsichert zusammen, da sie nicht wussten, wohin. Sondereinsatzkommandos durchkämmten ein Haus nach dem anderen. Man konnte nicht sicher sein, dass es nur einen Täter gab.

Steven versuchte, den nächsten Schritt seines Gegners in diesem Katz-und-Maus-Spiel vorauszuahnen. Wo fand sich eine Spur? Wo war Johannes den Schwabenkindern am nächsten? Und plötzlich wusste der Jäger, was der Plan seines Gejagten war. Die Stadt der Schande durfte sich nicht anmaßen, irgendwelche Relikte zu den Schwabenkindern zu besitzen. Jedes Band sollte gekappt werden, und das Symbol der Gier sollte dieser Stadt genommen werden. Steven stürmte in Richtung Humpis-Quartier.

Johannes war bereits dort. Die wenigen Besucher, die sich an diesem Tag dorthin verloren hatten, schrie er an, zu verschwinden. Bedrohlich wedelte er mit seiner Pistole, die nun in seiner rechten Hand lag. Jetzt nur noch diese eine Ausmerzung der Geschichte, dann war er frei. Konnte ohne Last in die Zukunft.

»Wo ist die beschissene Ausstellung?«, schrie er die Kassiererin an. »Welche Ausstellung meinen Sie denn?«, stotterte diese. Unwillkürlich drückte sie ihre Hand an die Brust. Das schnell pochende Herz wollte ihr diese beinahe zerreißen. Johannes packte sie wild entschlossen an ihrem Jackett und zog die Zitternde hinter dem Tresen hervor. »Du zeigst mir sofort diese vermaledeite Ausstellung der Schwabenkinder, oder das war dein letzter Tag.«

Sie nickte stumm, aschfahl im Gesicht. Ein am Eingang stehender Rentner in Uniform versuchte zaghaft, sich in den Weg zu stellen. Doch Johannes schlug ihn rigoros mit dem Pistolengriff nieder. Je mehr Schritte er in den Innenhof des Humpis-Quartiers machte, desto klarer wurde ihm, dass dies hier eine Mausefalle war. Ein Entkommen schien schier unmöglich.

»Schnell«, herrschte er die Frau an. Doch diese hatte Schwierigkeiten, die engen Stufen der Treppen hochzusteigen. »Dort oben ist es«, schnaufte sie, der Ohnmacht nahe.

Ein lauter Knall erschütterte die Straßen, ließ die Fensterscheiben zittern. Erstaunt drehte sich Johannes in die Richtung, aus der die Detonation zu kommen schien. Hatte Johanna schon zugeschlagen? Begann sie mit ihrem Teufelswerk?

Er stieß die Kassiererin zur Seite und stürmte die restlichen Stufen hoch. Schnell legte er zwei seiner Sprengsätze aus und aktivierte die Funkzünder. »Raus hier«, brüllte er durch die Ausstellungsräume. Mehrere Feuermelder schlug er dabei ein und löste den Alarm aus. »Wer in einer Minute nicht verschwunden ist, wird sterben.«

Eine kleine Gruppe amerikanischer Senioren blickte erstaunt zu ihm herüber. Sie verstanden kein Deutsch, erkannten aber sofort die Lage und suchten das Weite. Johannes sah die Angst in ihren Augen. Das Gefühl von Macht übermannte ihn zum wiederholten Male. Wie eine Droge, die ihre Wirkung entfachte, schleuderte sie sich ihm entgegen. Der Körper verlangte immer mehr davon.

»Showdown, mein Freund, was?« Diese Stimme kannte er. Woher kam sie? Vor Schreck ließ Johannes einen kleineren Übungssprengsatz fallen, den er gerade am Entsichern war. Hektisch warf sich der Kämpfer nach hinten und stolperte einige Räume weiter, um sich hinter einem gusseisernen Ofen zu schützen. Die Detonation schien gewaltig, trotz der kleineren Sprengladung.

Steven fluchte laut auf. Beinahe wäre er in die Explosion reingerannt. Es war reines Glück, dass er glaubte, über einen Umweg dem Schweizer den Weg abschneiden zu können. Laut schnaufend stand der Kommissar wie versteinert da und beobachtete das Loch in der dünnen Hauswand. Feuer loderte auf, drohte das Gebälk zu befallen. Er rannte zum Feuerlöscher, den er durch die offene Tür im nächsten Raum entdeckte. Doch die Schläge, die ihn in seiner Magengegend und in seinem Gesicht trafen, stoppten ihn jäh. Steven ging, vor Schmerzen gekrümmt, zu Boden. »Sind wir mal wieder zu spät, Herr Kommissar, was? Tut mir leid, aber Sie sollten sich über Ihre berufliche Zukunft Gedanken machen.«

Steven wurde hochrot im Gesicht vor Jähzorn und Ohnmacht. Dieser …! »Du Wahnsinniger! Willst du uns alle umbringen? Du bist geisteskrank, mehr nicht. Nicht deine Schwester, sondern du gehörst in die Anstalt.«

Wollte er bewusst den Schalter bei Johannes umlegen? Egal wie, die Schmerzen waren enorm, die die Fußtritte seines Kontrahenten in seinem ganzen Körper verursachten.

»Jetzt mach ich dir und diesem Pack den Garaus, Plodowski. Ihr habt es nicht anders gewollt. Ihr seid schuld. Nicht ich!« Er ließ von ihm ab, schnappte sich seinen Rucksack und packte seine restlichen Sprengsätze in den Vorderbereich des Gebäudes, wo sich ehemals eine Schankstube befunden hatte. Schnell waren die Funkzünder aktiviert.

Eine tiefe Furche zeigte sich zwischen seinen Augen, als er zufrieden auf sein Werk schaute. Der Geruch von brennendem, modrigem Holz stieg ihm in die Nase. Hier würde es gleich sehr ungemütlich werden.

Johannes stürmte über den sich noch immer am Boden Windenden hinweg zum Ausgang der Ausstellung. Vorbei an den lebensgroßen Abbildungen der Schwabenkinder. Er hielt kurz inne. Das Mädel auf einer der Plexiglasstelen hätte seine Großmutter sein können. Sie sah so unschuldig aus. Auch die anderen, die zu sehen waren. Wie Lämmer, die zur Schlachtbank geführt wurden. »Mörder, Schandtäter«, brüllte Johannes durch die kleinen, dichten Gänge. Er stieß mit beiden Händen die Vitrinen um. Zerstörte in rasender Wut alles, was er greifen konnte.

Polizeisirenen ertönten rund ums Quartier. Sie schienen das Viertel zu umstellen. Johannes rannte über die hintere Stiege und über den dortigen Notausgang des Museums hinaus ins Freie. Er stellte sich breitbeinig in Richtung des Gebäudes und holte den Funkzünder hervor. Alle Sprengsätze waren miteinander synchronisiert. Er musste nur noch drücken – und wumm, dann war es mit der Geschichte der Stadt der Schande geschehen. War das Band auf immer zwischen ihnen zerrissen.

Johannes zögerte kurz und hob die Hand. Seine Augen flackerten. Er hatte Mühe, einen klaren Blick zu behalten. Zum letzten Mal nahm er alle Kraft zusammen und wollte seine Tat zu Ende bringen. Doch in dem Moment, als er die Zünder der Sprengsätze aktivieren wollte, stand direkt vor ihm eine ältere Dame, die das Abbild eines kleinen Mädchens hochhielt. Wie aus dem Nichts war sie ihm erschienen.

»Großmutter?«, sprach Johannes fiebrig in seinem Dialekt. »Bist du es wirklich?« Er konnte sie nur unscharf erkennen. »Ich könnte es sein«, sprach die Angesprochene in eben seinem Dialekt. »Ich kannte sie gut und weiß auch, wer du bist. Ich bin ein ehemaliges Schwabenmädel. Eine der letzten. Ich habe das Glück, dass ich kein so schlimmes Schicksal wie deine Großmutter ertragen musste. Ihr wurde von deinem Urgroßvater Schlimmes angetan!«

Pause kehrte ein. Johannes hörte das Knistern des Feuers der letzten Detonation. Jemand versuchte, mit dem Feuerlöscher den Brand zu löschen. Der herausströmende Schaum zischte laut vernehmbar. Die alte Frau gab dem Verstörten das Bild in die freie Hand und begann, mit ruhiger Stimme ihre Geschichte zu erzählen. »Ja, ich war bei einem der letzten Schwabengänge mit dabei. Und es stimmt, es waren für uns Kinder keine schönen Zeiten. Wir mussten viel erleiden. Doch ich habe Ruhe gefunden, so wie wir alle. Es macht doch keinen Sinn, diesen Menschen hier die Schuld zuzuschieben.« Immer mehr Menschen erschienen und stellten sich hinter die alte Frau. »Sie sind alle mit mir gekommen. Alle aus deiner Heimat, Johannes. Es war nicht schwer, deiner Spur zu folgen. Wir wollen, dass du aufhörst. Wir wollen nicht, dass jemand uns rächt! Für uns gibt es nichts zu rächen. Zumindest nicht auf diese Weise! Wir wollen das nicht.« Nicht alle schauten ihn so gütig an wie die alte Dame. Einige schienen sich auf ihn stürzen zu wollen. Johannes suchte krampfhaft nach seiner Waffe und fand sie in seiner Jackentasche. Das Bild des jungen Schwabenmädels fiel in den Staub.

»Kommt nicht näher«, brüllte er. »Ich werde sonst schießen. Ihr habt ja keine Ahnung. Euch haben sie doch verblendet.« Ihm lief Speichel aus den Mundwinkeln. Sein Gesicht verzog sich zu einer schrecklichen Grimasse.

»Deine Großmutter hätte das nicht gewollt, was du hier machst, Johannes. Denk an deine Familie und vor allem an deine Großmutter. Mila braucht dich ebenfalls.«

Woher kannten sie Mila? Irritiert schaute Johannes in die Runde der Menschen und dann wieder zu der alten Dame. »Lasst meine Schwester aus dem Spiel. Ich kümmere mich um sie. Deshalb bin ich hier! Wehe, ihr tut ihr was.« Er ging langsam rückwärts. Tränen schossen ihm in die Augen. Sein Blick verschwamm. »Lasst sie in Ruhe. Lasst mich in Ruhe!«, stotterte er immer wieder und wieder, bis er im Haus verschwunden war. Dort lehnte er sich mit dem Rücken an die Wand, schloss die Augen und atmete mehrfach tief durch. Das Knistern des Feuers hatte noch nicht ganz aufgehört. Johannes hob wieder den Kopf und öffnete die Augen.

In dem Moment, in dem er sich zum letzten Schritt durchgerungen hatte und von der Wand abstoßen wollte, knallte ihm eine Faust mit voller Wucht ins Gesicht, dass es nur so krachte. Ein zweiter Schlag traf ihn hart auf den Wangenknochen. Johannes schlug wild um sich und bohrte seinem Gegenüber die Fäuste in den Unterleib. Doch das Trommelfeuer gegen seinen Kopf ließ nicht nach. Ein Einschlag nach dem anderen ließ ihn schwindlig werden. Aber Johannes war hartnäckig. Er wand sich aus der engen Stelle heraus und entkam den Schlägen seines Widersachers für einen kurzen Moment.

»Du bist es, hast du noch nicht genug?« Er blickte Steven wütend ins Gesicht. Dieser keuchte aufgrund der Anstrengung, schritt aber konsequent nach vorn, um die nächsten Schläge zu platzieren. »Ich werde dich jetzt endgültig töten«, brüllte Johannes und hob die Waffe. Doch Steven schlug sie mit einem Handkantenschlag aus dessen Hand. »Das werden wir sehen, du fehlgeleiteter Knirps.« Steven schlug zu. Wieder und wieder. Mit der flachen Hand traf er seinen Widersacher frontal am Ohr, dass der gesamte Kopf herumgeschleudert wurde. Johannes taumelte. Doch Steven setzte nach. Schlug und schlug zu wie ein Wilder. Die Tage in der Höhle kamen in ihm hoch, brachten dunkles, gallenartiges Gift mit sich, das ihm den Verstand raubte. Steven spürte nicht, wie zahlreiche Hände an ihm zerrten und ihn vom leblos am Boden liegenden Körper wegzogen. Wild schlug er weiter zu, bis er schließlich selbst vollkommen erschöpft zusammenbrach und sein Bewusstsein verlor. Er hörte nicht mehr, wie jemand rief: »Der Zünder, sichert den Zünder!« Ein Polizist entwendete dem Attentäter in letzter Sekunde das Gerät, als dieser noch versuchte, sein Teufelswerk zu vollenden.

Als die Notärzte eintrafen, gab es bei Steven kein Lebenszeichen mehr. Er war kollabiert.

***

Eine letzte Explosion zerriss an diesem unglückseligen Tag die Anspannung in der Stadt. Johanna zündete in ihrem Raum, in dem sie sich vor den vordringenden Sicherheitskräften verbarrikadiert hatte, voller Wut ihre letzte Granate. Sie kam nicht mehr mit ihrer großen Waffe, der Panzerfaust, zum Einsatz. Zu früh hatte man sie entdeckt und versucht, zu ihr vorzudringen. Doch Johanna hatte lange Widerstand geleistet, bis ihr alle verfügbaren Mittel ausgegangen waren.

Ihr wildes Geheul ging in dem Lärm unter.
Ihren Körper suchte man aber nach der Detonation vergebens. Ob die Attentäterin durch eine Luke in der Wand des Dachgeschosses hatte entkommen können oder was sonst mit ihr geschehen war, musste noch untersucht werden.

Zukunft

++ Mittwoch, 21. November ++

»Guter Mann, nun steh ich innerhalb kürzester Zeit schon wieder vor deinem Krankenbett!« Andrea-Domenica streichelte Stevens Kopf.

Der Erwachende konnte nicht sagen, ob es Liebe oder Vorwurf war, das aus ihrem Gesicht sprach. Er stöhnte. Alles tat ihm am Körper weh. »Wo bin ich?«, stammelte er.

Andrea-Domenica setzte sich auf einen Stuhl neben dem Bett und nahm seine Hand in die ihre. »Im Krankenhaus. Hier in Ravensburg. Wie prophezeit bist du zusammengeklappt. Du hattest einen lebensgefährlichen Kreislaufkollaps, Steven.« Er blickte um sich. Kerstin, Valmir und ein behandelnder Arzt befanden sich ebenfalls im Zimmer. Neben Andrea-Domenica entdeckte er Sina. Er lächelte dankbar in die Runde seiner Freunde. »Aber ich lebe noch. Das ist ja auch was, oder?« Der Arzt leuchtete ihm mit einer kleinen Taschenlampe in die Augen. »Na, wer Witze machen kann, der hat gute Aussichten zu überleben. Willkommen zurück, Herr Plodowski, ich habe Sie vorhin aus dem künstlichen Koma zurückgeholt. Ich denke, drei Tage waren ausreichend. Was meinen Sie?« Steven verstand die Frage nicht so richtig und blickte ihn ratlos an. »Na, er meint, ob du jetzt klüger bist und erst einmal wirklich ausruhst. Oder ob er dich wieder in einen Erholungsschlaf versetzen soll.«

Steven war noch zu benommen, um den ernst gemeinten Witz in seiner vollen Tragweite zu erfassen. »Nein, bitte nicht mehr einschläfern. Ich will wach bleiben. Ich mache alles, was Sie wollen.« Lachen im Raum. »Na, einschläfern tun wir hier niemanden«, scherzte der Arzt.

Andrea-Domenica blickte ihren widerspenstigen Lebenspartner streng an. »Aber dich mit nach Bonn nehmen und einige Tage dort pflegen, das werde ich in jedem Fall. Kerstin und Valmir werden dich vertreten. Vier Wochen Auszeit, mein Bester!«

Vier Wochen? So lange hatte Steven noch nie Urlaub gemacht. »Herr Max, Findling, die Wohnung … Du arbeitest doch«, er stammelte alles durcheinander.

»Keine Sorge, Dad, ich komme mit.« Sina trat nach vorn. »Andrea-Domenica hat mich engagiert, ihre Wohnung designermäßig einzurichten. Und die Tiere kommen natürlich auch mit.«

Steven erkannte, dass anscheinend bereits alles geklärt war. Widerspruch zwecklos. Auf Bonn würden sie sicherlich nochmals zu sprechen kommen. Im Moment überwog das Glücksgefühl, dass Andrea-Domenica ihm verziehen hatte und hier war. Er wollte ihr seine Dankbarkeit in jedem Fall beweisen. Doch da waren noch andere Fragen, die ihn drängten. »Und die Christophorus-Bande? Wie ging es aus?«

Der Arzt wollte schon Einspruch erheben, was Steven aber mit einem Flehen im Blick abwehrte. »Nur kurz, bitte. Ich würde mehr Stress erleiden, wenn ich es nicht weiß.« Der Arzt nickte. »Na ja, zu dem jungen Schweizer kann ich nur sagen, dass ich ihn wieder zusammengeflickt und verarztet habe. Der war übel zugerichtet. Jemand muss ihn kräftig verprügelt haben.«

Steven erinnerte sich nur sehr vage. Er hatte einen Blackout in diesem Moment erlebt, das wusste er. »Doch niemand erinnert sich, wer ihn zusammengeschlagen hat. Eine Gruppe Schweizer, die den jungen Mann aufhalten wollte, konnte nicht viel dazu sagen.« Der Arzt wies den Korridor hinunter. »Er liegt einige Zimmer weiter den Gang runter, unter Bewachung. Man wird ihn übermorgen in die Anstalt bringen.«

Das hörte sich gut an. »Wie viele Attentäter gab es?«, wollte Steven noch wissen.

»Derzeit gehen wir von zweien aus, die hier zugange waren. Eine Frau hatte sich am Marienplatz in einem Haus verschanzt. Sie hatte Schlimmes vor, doch wir konnten sie stoppen. Nach der Detonation eines Sprengkörpers ist sie verschwunden. Wir untersuchen den ganzen Vorgang noch. Ansonsten haben wir einige Verwüstungen, hohe Material- und Sachschäden, aber zum Glück und wie durch ein Wunder keine Toten.« Valmir klang erleichtert.

Kerstin nickte. »Einige Verwundete jedoch. Sie sind aber alle auf dem Weg der Besserung. Derzeit fahnden wir in der Schweiz nach Verbündeten und Hintermännern der Gruppe. Mila konnte uns nicht wirklich weiterhelfen.«

»Wo ist sie denn?« Steven blickte im Raum umher, ob sie eventuell zu finden war. »Zurück in Chur. Sie musste wieder in ihre Klinik. Die Aufregung und die Vorgänge mit ihrem Bruder haben sie übel mitgenommen. Wir haben sie schnell zurückgebracht, damit sie wieder gute Betreuung hat. Valmir hat sich rührend um sie gekümmert und telefoniert auch häufig mit ihr, richtig?« Dieser hüstelte verlegen und scharrte mit dem Fuß. »Ja, ich gebs zu, dass ich sie mag und mich mit ihr angefreundet habe. Eine wunderbare Frau, ehrlich gesagt. Wir sind aber nur gute Freunde! Sie ist ohnehin zu jung!« Die Anwesenden lachten. »Das haben wir doch schon einmal gehört, oder? Scheint doch zu klappen, Valmir!«

Er nickte verlegen. »Aber was interessant ist: Mila hat erwähnt, dass Vereine der Hütekinder und Schwabenkinder in Liechtenstein und in Graubünden heute Vormittag sehr bedeutende Spenden erhalten haben. Es geht wohl um rund hunderttausend Euro, wie sie hörte. Woher das Geld kommt, weiß niemand. Wir vermuten, dass das ein Teil des Erpressergeldes ist. Können aber nichts nachweisen, da die Gelder von Konten aus dem Ausland stammen.« Valmir lächelte. »Ich denke, das Geld ist gut angelegt. Damit kann man viele soziale Projekte betreuen.« Recht hatte er!

***

Zufrieden klappte Clara am Flughafen Kloten ihren Rechner zu. Die letzten Überweisungen waren getätigt. Es war genügend Geld für alle da. Auch für sie und ihre Zukunft in Südamerika. Gut zwei Drittel gingen an die Nachfahren der Schwabenkinder, ein Drittel behielt sie für sich und ihre Zukunft. War sie nicht auch in gewisser Weise eine Geschädigte der Schwabenkinder? Ihr gefiel die Idee recht gut.

Die junge Frau ging zu ihrem Gate. Der Flieger würde in Kürze fertig sein zum Boarding. Genügsam, wie sie war, hatte sie Economy plus gebucht. Etwas Luxus wollte sie sich erst in der neuen Welt gönnen. Vielleicht würde sie Johannes eine Postkarte ins Gefängnis schicken. Mal schauen. Das konnte noch warten.

Sie notierte einen Satz aus der Tageszeitung in ihr Tagebuch, das sie sich in ihrem Smartphone angelegt hatte: »Zur richtigen Zeit die richtigen Dinge tun und entscheiden, das ist wichtig.«

Dieser Satz gefiel ihr. Voller Vorfreude setzte sie sich auf die Wartebank und blätterte die bunten Broschüren durch. Schöne Badestrände würden auf sie warten, dass musste man schon sagen. Eine kleine Strandbar wäre auch ’ne feine Sache. Clara traute sich zu, eine solche erfolgreich zu betreiben. Immer zum Sonnenuntergang würde sie besondere Lieder spielen und mit den Gästen auf das Leben anstoßen. Die junge Schweizerin lächelte. Ja, die Zukunft durfte kommen.

***

Frau Würstle legte das Schreiben an Steven nochmals in die Schublade. Der »Marschbefehl« zur Polizeiakademie nach Karlsruhe musste um ein halbes Jahr verschoben werden. Sollte der Kollege doch erst einmal genesen.

Sie brauchte ihn noch viele Jahre als bestes Pferd in ihrem Stall.

Der Zimtduft ihrer Kerzen erfüllte den Raum. Voller Vorfreude holte sie eine kleine Kiste aus dem Schrank und zauberte daraus Weihnachtssterne, kleine Holzweihnachtsmänner und ihre erzgebirgische Weihnachtspyramide hervor.

Durch die offenen Türen ihres Büros vernahmen Kerstin und Valmir das Summen der ersten Weihnachtslieder aus dem Mund ihrer Chefin. Kerstin zwinkerte ihrem Kollegen zu und erhob sich. »Ich finde, wir haben jetzt einen schönen Tag Auszeit verdient. Was meinst du?« Valmir schloss für einen kurzen Moment die Augen. »Das Gasthaus in Bodnegg?« Er blickte zu ihr herüber und stand ebenfalls auf. Lächelnd nickte sie, hakte sich bei ihm unter und verließ mit ihm das Büro.

ENDE

Der Autor Paul Steinbeck ...

... Jahrgang 1967, ist Historiker, Kulturgeograf, Kommunikationsexperte und Schriftsteller. Er veröffentlichte bereits mehrere Romane. Paul Steinbeck ist Oberschwabe und lebt in der Region Stuttgart.

"Schreiben ist für mich eine wunderbare Reise in die Welten meiner Heldinnen und Helden. Die LeserInnen sollen die Szenen erleben, fühlen und beinahe schon den Duft der Wiesen und Bergwälder riechen können. Sie sollen mitgerissen werden, hinein in Geschichten, die sie neue Welten erleben lassen und auch zum Nachdenken bringen. Für mich ist es jedes Mal eine echte Freiheit, die ich fern des Alltags erleben darf."

Bibliografie:

Zukunftssaga

«Der Flug des Zitronenfalters», Band 1
(ISBN: 978-3-7467-2931-2)
»Der Tresor im ewigen Eis», Band 2
(ISBN: 978-3-3470-2394-9),
»Apokalypse 2146», Band 3
(ISBN 978-3-9696-6414-8)

Steven Plodowski-Krimis

»Geheimcode WorldSkills», Steven Plodowski ermittelt 1
(ISBN: 978-3-9810-6045-4)
»Die Rache der Schwabenkinder», Steven Plodowski ermittelt 2
(ISBN: 978-3-7504-1295-8)
»Schwäbisches Gold», Steven Plodowski ermittelt 2
(ISBN: 978-3-9810-6046-1)

Jugendbuch

»Lilly und Mia in gefährlicher Mission»
(IBSN: 978-3-9810-6044-7)

Paul Steinbeck in den social Media:

Blog: paulsteinbeckschreibt.blog/
Instagram: instagram.com/paul.steinbeck/
Facebook: facebook.com/PaulSteinbeckSchreibt
Homepage: paul-steinbeck.de
Buchladen: https://sparkys-edition.shop/